KB041125

로셀리니가의
아들

The son of the Rossellini family
CAPTOR

로셀리니가의 아들

◆ 포획자 ◆

Kaoru Iwamoto

로셀리니가의 아들

아들

◆ 포획자 ◆

The son of the Rossellini family
CAPTOR

CONTENTS

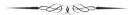

화보 · 본문 일러스트 하스카와 아이
옮긴이 심이슬

로셀리니가의 아들 포획자

서 장

금박이 듬뿍 사용된 화려한 천장. 그곳에는 베네치아 유리로 만든 거대한 상들리에가 무겁게 달려 있었다.

오크나무 소재의 벽에 빌트인 된 장식용 선반에는 마치 미술관을 방불케 할 만큼 많은 유화가 진열되어 있었다. 검은색과 금색 바탕에 붉은색으로 포인트를 준 복잡한 색감의 오리엔탈 양식 카펫. 실크 원단으로 팔걸이를 꾸민 의자나 정교한 상안 세공이 들어간 콘솔 테이블과 같은 수많은 가구도 중후한 공간에 더더욱 깊이를 자아냈다.

뉴욕 맨해튼 미드타운에 위치한 '아로마호텔'은 약 100년의 역사를 자랑하는 전통 있는 고급 호텔이다. 극장가에서 그리 멀지 않은 거리 때문에 문화인이나 영화 및 연극 관계자의 이용이 잦다. 일찍이 1920년대에는 미국 문단을 대표하는 수많은 작가들이 1층 바를 찾았다는 것으로도 유명하다.

아직 당시의 정취가 짙게 남아있는 메인 다이닝룸에는 지금 100명 가까운 손님이 모여 있었다.

유명 영화 프로듀서가 주최하는 파티인 만큼 초대 손님도 다양한 국적과 인종을 자랑하는 호화로운 자리였다. 영화나 TV에서 본 적이 있는 얼굴이 여기저기에 널려 있었다.

배우, 모델, TV쇼 진행자뿐만 아니라 시가를 문 영화 회사 중역, 스폰서 기업 관계자 같은 셀러브리티도 많이 찾아볼 수 있었다. 남녀 상관없이 아름답게 차려입은 그들은 그랜드 피아노의 재즈 연주에 맞춰 파티 회장을 흔들흔들 떠돌았다.

보이 제복을 입은 나루미야 아야토는 수다를 즐기며 흥겨워하는 그들 사이를 샴페인 글라스가 담긴 쟁반을 한 손에 들고 빠져나갔다. 플로어 안을 누비는 아야토의 좌우에서 손이 뻗어 왔고, 샴페인은 눈 깜짝할 사이에 동이 났다.

쟁반 위에 담긴 샴페인 글라스가 없어지자, 이번에는 테이블 위에 놓인 빈 잔과 그릇, 재떨이를 회수하며 돌아다녔다. 주방에 반납하고 또다시 새로운 샴페인을 보충하여 플로어로 ── 라는 일련의 동작을 한 시간 정도 되풀이하는 사이에 손님의 요구가 조금씩 진정되기 시작했다.

한숨을 후우 내쉬고는, 샴페인 글라스를 회수한 은쟁반을 든 채 일단 벽 쪽으로 물러났다. 호화찬란한 플로어를 한눈에 볼 수 있는 위치에서 아야토는 담소를 나누는 손님들의 모습을 둘러보았다.

코넬 대학교 호텔경영학부 학생인 아야토가 인턴십의 일환으로 이 아로마호텔에서 일하기 시작한 지 한 달. 그동안 만찬회 도우미로 몇 번 들어간 적은 있지만, 이렇게까지 현란한 파티는 처음이었다.

원래라면 인턴인 자신이 부름을 받을 자리가 아니었지만, 아야토의 일솜씨를 마음에 들어 한 뱅큇 매니저에게 특별히 발탁되었다. 그런 그에게서 파티가 시작되기 전에 "오늘 손님은 일류 셀러브리티 분들뿐이니, 아무쪼록 실례되는 일이 없도록."이라고 엄격한 주의를 받은 탓에 좀처럼 긴장이 풀리지 않았다.

미묘하게 굳어진 표정으로 물끄러미 응시하면서 무슨 돌발 상황이 일어나진 않았는지, 서빙을 필요로 하는 손님이 있는지 연회장 안을 구석구석 체크하던 아야토는 곧 화려한 손님들 중에서도 유달리 주목을 끄는 눈부신 외모의 백인 남성에게 시선을 빼앗겼다.

'그'는 난로 앞에 서 있었다.

그 모습을 포착한 순간, 아야토는 저도 모르게 숨을 삼켰다.

'굉장하다…….'

넓은 어깨와 높은 허리 위치, 긴 팔다리 —— 타고난 훤칠한 9등신에 실크 턱시도 슈트를 멋지게 차려입은 '그'는 출렁거리는 플래티나 블론드의 소유자였다. 빛의 강약에 따라서는 금색으로도 보이고 은색으로도 보이기도 하는 절묘한 색조. 갈색에서 탈색한 이미테이션 블론드가 아닌 진정한 금발의 광택이 샹들리에에 반사되어 반짝반짝 빛났다.

게다가 그의 경우, 현란한 것은 머리 색만이 아니었다.

칙칙함 하나 없는 크림색 피부. 플래티나 블론드가 한 가닥 내려온 이지적인 이마. 단정하고 부리부리한 눈썹. 그 밑에서 보석처럼 차가운 빛을 발하는 아이스블루색 눈동자. 마치 귀족 같은 품위를 뽐내는 콧날. 요염하면서도 기품이 넘치는 입가.

전체적으로 색소가 옅은 점은 얼핏 북유럽계처럼 보이지만, 화려한 외모는 라틴계의 피가 섞인 것처럼 보이기도 했다. 왠지 모르게 태도나 행동거지가 미국인은 아닌 것 같았다. 나이는 올해 대학에 입학한 자신보다 약간 연상일 것이다.

시원스럽고 우아한 미모를 보고 한순간 할리우드 스타인가 싶었지만, 스크린에서 '그'를 본 기억은 없었다. 영화를 좋아해서 꽤나 많은 작품을 섭렵했다고 자부하는 데다, 설령 어떤 단역이라 하더라도 이렇게 인상적인 마스크를 가진 배우를 잊을 리가 없다.

배우가 아니라면 스폰서 기업 관계자 혹은 프로듀서의 가족일까? 어느 쪽이든 이 자리에 있는 이상 틀림없이 어마어마한 셀러브리티일 것이다.

용모를 세일즈 포인트로 삼는 배우나 모델과 비교해도 전혀 손색이 없을 뿐더러, 그들을 훨씬 능가하는 미모를 가진 '그'는 그럼에도 불구하고 인형처럼 인위적이지도, 여성적이지도 않았다. 세련된 몸동작 하나하나에서 남성적인 색기가 뿜어져 나오고 있었다.

그 페로몬에 이끌린 듯이 많은 여성들이 '그'의 주위를 에워싸고 있었다. 아직 10대로 보이는 소녀부터 나이가 지긋한 귀부인까지 모든 여성들이 '그'의 일거수일투족을 황홀한 눈빛으로 지켜보았다.

아야토는 '그' 또한 그녀들에게 자연스레 마음을 쓰고 있다는 것을 알 수 있었다. 한 사람 한 사람에게 공평하게 말을 걸고, 한 사람에게도 빠짐없이 미소를 보이며 음료나 음식이 부족하지 않은지 고루고루 신경을 썼다. 한 노부인이 의자에서 일어나자 살며시 옆에 서서 그 손을 다정하게 잡았다.

아직 충분히 젊은 '그'의 완벽한 에스코트에 '그'의 할머니 정도 되는 연배의 귀부인 또한 진심으로 기쁜 듯이 미소를 짓는 것을 멀리서 봐도 알 수 있었다.

몸에 밴 '그'의 에스코트와 교양 있는 행동거지를 직접 본 아야토도 남몰래 감탄을 자아냈다.

그야말로 진정한 셀러브리티였다.

어릴 적부터 사교술을 익히는 계층은 역시 다르다.

저도 모르게 자신의 입장도 직무도 잊고 '그'의 품위 있는 동작에 넋을 잃고 있으려니, 귀부인의 손을 잡은 '그'가 천천히 돌아보았다. 그 직후, 예기치 않게 서로의 눈이 마주쳤다. 놀란 아야토는 어깨를 움찔 떨었다.

"윽……."

빨려 들어갈 듯이 투명한 아이스블루색 눈동자.

저도 모르게 허리가 쭉 펴지게 만드는 날카로운 눈빛.

시선이 인파를 관통하듯이 똑바로 자신을 향한 그 찰나, 찌릿찌릿한 전류가 등줄기를 스쳤다. 지금까지 경험한 적 없는 충격에 깜짝 놀란 아야토는 하마터면 쟁반 위에 놓인 샴페인 글라스를 엎을 뻔했다.

'뭐, 뭐지?'

이런 식으로 손님과 적나라하게 눈을 마주치는 행동은 실례에 해당한다. 그런 생각을 하면서도 그 눈빛에 홀린 것처럼 시선을 돌릴 수가 없었다.

'그' 또한 어째선지 눈을 돌리지 않았다. 아야토에게 시선을 고정한 채로 서서히 두 눈을 크게 떴다.

"……."

10미터 이상 떨어진 거리에서 서로 말없이 쳐다보기를 몇 초. 의아한 표정을 지은 귀부인이 '그'에게 무슨 말을 속삭였다. 그러자 몸을 살짝 움직인 '그'가 간신히 아야토에게서 시선을 돌렸다.

그 순간, 몸의 경직이 확 풀렸다.

아야토는 꿈에서 깨어난 듯이 두 눈을 깜박였다.

'지금 그건……, 뭐였을까?'

어느샌가 두방망이질 치던 심장을 심호흡으로 달랜 다음 또다시 시선을 원래 위치로 돌리자, '그'는 귀부인과 함께 다이닝룸을 나가던 참이었다.

그 균형 잡힌 뒷모습을 지켜보면서 빨려 들어갈 것 같던 아이스 블루색 눈동자를 떠올렸다.

심장이 쿵쾅 뛰었다.

'심장이……, 이상해.'

아야토는 이상하게 술렁거리는 가슴을 주체하지 못하면서도 이름조차 모르는 '그'의 등을 눈으로 좇고 마는 자신을 도저히 제지할 수 없었다.

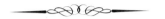

제1장

나루미야 아야토가 근무하는 '카사호텔 도쿄'는 전철역에서 제법 가까운 약간 높은 언덕 위에 오도카니 세워져 있다.

어수선한 역 앞과 그리 떨어지지 않은 큰길에서 옆으로 꺾어 구불구불하고 좁은 길을 한동안 올라가면 조금은 뜬금없는 위치에 풀과 나무로 에워싸인 클래식한 건물이 나타난다. 시대의 흐름이 멈춘 듯한 그 레트로한 경관을 처음 본 손님은 거의 예외 없이 깜짝 놀라는 것 같았다.

"도쿄 한가운데에 아직 이런 곳이 남아 있었군요."

카사호텔 도쿄는 아르데코 양식[1]인 본관과 신관 모두 합쳐 객실

---

1 아르데코 양식: 1920~30년대에 유행한 장식 미술의 한 양식. 기하학적 무늬와 강렬한 색채가 특징.

이 100실, 레스토랑이 다섯 곳, 티룸과 바가 한 곳씩, 연회장이 세 곳인 작은 호텔이다. 내년 봄에 창립 40주년을 맞이한다.

결코 화려하지도 호화롭지도 않지만, 자연에 둘러싸인 환경과 고요하고 차분한 정취는 쇼와[2]시대 문호들이 늘 머물 만큼 큰 사랑을 받았다. 산책 겸 고서점가까지 나가볼 수 있는 거리도 나이 든 손님들에게 평판이 자자한 듯했다.

예전에는 고급 주택가였다고 하는 입지는 풍요로운 자연에 둘러싸였기 때문인지, 아니면 높은 지대에 있기 때문인지 신기하게 여름에도 시원했다. 마치 고원에 있는 피서지에 온 것 같다고 말하는 손님도 있었다. 멀리서 온 손님과 도쿄에서 온 손님의 비율이 그리 다르지 않는 것은 그런 이유일지도 모른다.

찌는 듯한 도심의 혹서에서 벗어나 장기 체류하는 단골손님의 물결이 한 차례 진정된 9월 초.

주말이 끝난 —— 월요일 아침 8시.

완벽하게 청소된 신관 로비는 이따금 아침 식사를 먹으러 로비에 내려오는 손님들이 왔다 갔다 하는 정도라 여느 때와 마찬가지로 인기척이 없었다.

정오 체크아웃 시간 막바지에는 카운터 앞에 줄이 생기기 때문에 스태프가 총동원되는 리셉션에도 지금은 차콜그레이 유니폼 차림의 남성 스태프 두 명이 조용히 서 있을 뿐이었다.

그들과 같은 색 슈트를 입고 로비 구석에 위치한 어시스턴트 매

2 쇼와: 1926년부터 1989년까지의 일본 연호.

니저 데스크에서 단말기를 향해 있던 아야토는 인기척을 느끼고는 고개를 들었다.

고상한 노부인의 모습을 확인한 아야토는 조심스럽게 미소를 지었다.

"사카가미 님, 안녕히 주무셨습니까? 어젯밤엔 푹 쉬셨는지요?"

"네. 여긴 냉방이 없어도 시원해서 푹 잤어요. 잠깐 얘기 좀 할 수 있을까요?"

"물론이죠. 앉으십시오."

아야토가 일어서서 데스크 앞에 있는 의자를 가리키자, 몸집이 작은 노부인은 그곳에 천천히 앉았다.

사카가미는 매해 7월 하순 무렵부터 초가을까지 장기 체류하는 단골손님이다. 카사호텔 도쿄를 이용한 지 10년이 넘는다.

예전에는 부부 둘이서 묵었지만, 재작년에 유명 출판사 전 임원이던 남편이 세상을 떠난 이후로는 혼자서 오게 되었다. 주말에는 손주들을 데리고 놀러 온 아들 내외와 함께 호텔 레스토랑 세 곳 중 한 군데에서 식사를 한다.

"오늘도 참 잘생겼네요."

정면에 앉은 노부인이 얼굴을 마주하자마자 그렇게 말했다. 그 말을 들은 아야토는 어리둥절할 뿐이었다.

"네? 저기……, 아닙니다……."

이따금 손님에게 용모를 칭찬받을 때가 있지만, 스스로는 좀처럼 이해가 되지 않았다.

잠자코 있으면 '새침'하게 보인다고 하는 얼굴에 대해서는 굳이 말하자면 콤플렉스가 강했다. 표정이 없는 것은 서비스업에 종사하는 사람으로서 치명적인 마이너스 포인트가 된다고 생각하기 때문이다.

미국에서 대학 재학 중에 인턴십으로 찾은 호텔에서마다 동료들에게 '거만하다'며 트집을 잡힌 씁쓸한 경험도 콤플렉스에 박차를 가하게 했다.

"빈말 아니에요. 당당하고 시원한 모습이 마치 배우 같은걸요. 당신처럼 젊고 아름다운 청년을 가까이서 보는 것만으로도 나까지 젊어지는 것 같지 뭐예요."

노부인이 생글생글 웃으며 그렇게 말하자, 아야토는 당혹스러움을 감추지 못한 채 고개를 푹 숙였다.

"……감사합니다."

입사한 지 얼마 안 된 무렵에도 나이 든 손님으로부터 '백석 같은 미청년'이라는 말을 들은 적이 있다.

요컨대 남자치고는 피부가 희멀겋다는 뜻이다. 더불어 갸름한 얼굴. 신경질적인 눈썹. 가늘게 찢어진 두 눈. 가는 콧날과 얇은 입술. 약간 뾰족한 턱. 이렇게나 섬세한 구석만 모여 있으니 열심히 몸을 키워 남자인 자신에게 부족한 요소를 보충하고자 노력을 쏟으려는 마음조차 들지 않았다.

호텔리어로서 수행을 쌓은 요 6년 동안 미소에 관해서는 겨우 손님에게 불쾌감을 주지 않는 수준까지 달했지만, 솔직히 자신의 외모에 자신감을 가질 영역까지는 아직 전혀 도달하지 못한 상황이었다.

"후후. 내가 곤란하게 했나 보네요. 당신은 귀여우니까 나도 모르게 그만 애를 먹이고 싶어진단 말이죠."

귀엽기는커녕 동료와 후배들을 엄격하게 지도하는 탓에 주위에서는 '불편하다'느니 '무섭다'느니 하는 평판이 자자한 아야토도 스물아홉 살인 자신의 두 배 이상으로 인생을 경험한 노부인 앞에서는 체면이 말이 아니었다. 아야토는 마음속으로 도저히 당해 내지 못하겠다고 쓴웃음을 지으면서 물었다.

"사카가미 님. 무슨 용건이십니까?"

"상의할 게 좀 있어서요."

"제가 도와드릴 수 있는 일이라면 뭐든지 말씀해 주십시오."

아야토가 기꺼이 대답하자, 노부인 또한 입가에 미소를 지으면서 화제를 꺼냈다.

"오늘 점심에 친구를 만날 예정인데, 어디 좋은 가게 없을까요? 호텔 레스토랑도 좋지만, 가끔씩은 나도 기분 전환 하러 바깥에 나가고 싶어서 말이죠."

어시스턴트 매니저인 아야토의 본래 업무는 프런트 매니저 보좌이지만, 카사호텔 도쿄는 게스트 서비스 전임자를 두지 않기 때문에 보통 컨시어지가 맡아 보는 종류의 업무도 아야토의 관할이었다.

손님의 다양한 요구를 들어주는 컨시어지 업무는 지식과 경험,

외부와의 관계, 그리고 무엇보다 유연한 발상력이 필요한 일이었다. 자신의 지시에 따라서는 호텔 평가가 떨어져 버릴지도 모르는 압박감도 있지만, 요청을 잘 처리하면 손님의 기뻐하는 얼굴을 직접 볼 수 있다. 그만큼 보람 있는 일이었다.

아야토는 곧바로 앞에 있는 키보드를 쳐서 사카가미가 묵고 있는 객실 데이터를 불러왔다.

아마 어제는 아들 내외가 왔을 것이다.

'303호실……, 이거다.'

역시 어젯밤에는 아들 내외와 다이닝룸에서 프렌치 코스를 함께했다. 이로써 프렌치라는 선택지가 하나 사라졌다.

"괜찮으시다면 제가 가게를 고르는 데 참고할 수 있도록 몇 가지 질문을 드려도 될까요? 오늘 함께 점심 식사를 하시는 분과는 어떤 관계이신가요?"

"학교 동창이고, 만나는 건 10년 만이에요. 그 친구도 작년에 남편을 먼저 보내서……."

사카가미의 이야기에 귀를 기울이면서 이번에는 사이드 데스크 서랍을 열었다. 그러자 가지런히 놓인 검은 가죽 파일이 나타났다. 모든 파일에는 아야토가 입사 후 6년에 걸쳐 착실히 모은 다양한 종류의 정보와 자료가 빽빽이 꽂혀 있었다. 이른바 호텔리어의 재산이다.

아야토는 그중에서 레스토랑 파일북을 하나 꺼내 데스크에 펼쳤다.

일본식, 양식, 중식, 중남미, 스페인, 그 외로 분류된 파일북에는 아야토가 직접 실제로 찾아가서 맛을 확인하고 이 정도라면 손님에게 추천할 수 있겠다고 납득한 가게가 담겨 있었다. 명함을 교환한 뒤에도 가게 주인이나 책임자와 정기적으로 교류를 갖고 있다.

'상대분도 동년배시라면 일본식이 무난하겠지?'

그리 많은 양을 먹을 수는 없을 테니 눈으로 즐길 수 있고, 되도록 천천히 이야기를 나누면서 식사할 수 있는 가게가 바람직할 것이다.

아야토는 속으로 몇 군데를 점찍은 다음, 재빨리 페이지를 넘겼다.

"이번에는 도쿄에 있는 대학병원에서 진찰을 받기 위해 상경하게 됐어요. 무릎이 좀 안 좋아서 말이죠. 내 지인인 의사분을 소개해 줬거든요."

"그러시군요. 실력 좋은 의사분께 진찰 받고 얼른 나으셔야 할 텐데."

뇌 속에서 고른 가게 세 군데 중 하나로 후보를 좁힌 다음, 파일 안에서 컬러 인쇄된 팸플릿을 꺼냈다. 다양한 조건 중에서도 이 가게가 최적이라는 확신을 가진 아야토는 그 팸플릿을 데스크 위에 놓았다.

"이 가게는 어떠신가요?"

사카가미가 팸플릿을 손에 들었다.

"가이세키 요리[3]지만 바닥이 아니라 테이블석에 앉아서 드시는

3 가이세키 요리: 작은 그릇에 다양한 음식이 조금씩 순차적으로 담겨 나오는 일본의 연회용 코스 요리.

스타일입니다. 같이 가시는 친구분께서 무릎이 안 좋다고 하시니, 오히려 이런 스타일이면 더 편하게 식사를 하실 수 있지 않을까요?"

"듣고 보니 그렇네요."

"테이블석은 안뜰과 마주 보고 있는데, 그 안뜰이 또 사시사철 그 계절 꽃으로 가득해서 굉장히 아름답다고 평판이 자자하답니다. 지금 계절이면 아마 부용과 프렌치매리골드가 절정이겠죠."

사카가미가 팸플릿에 게재된 정원 사진을 보며 중얼거렸다.

"정원을 바라보면서 식사를 할 수 있다니 참 근사하네요."

"이쪽 가게가 마음에 드신다면 지금 전화를 걸어 보겠습니다."

"부탁 좀 할게요."

"예약 시간은 몇 시로 할까요?"

"열두 시로 부탁해요."

"알겠습니다."

알 만한 사람은 다 알 정도로 당일 예약은 일절 받지 않기로 유명한 가게였지만, 무슨 일이든 해보기 전에 포기하면 끝이 없다. 지금은 세상을 떠난 선대 오너는 호텔리어로서 끈질긴 점은 장점이라고 말하곤 했다.

이 시간이라면 아직 결정권을 가진 지배인은 가게에 나오지 않았을지도 모른다. 그렇게 생각한 아야토는 직접 지배인의 휴대전화로 연락했다.

"야마모토 지배인님이시죠? 카사호텔 도쿄 나루미야입니다. 아침 일찍 휴대전화로 전화 드려서 죄송합니다. 실은 긴히 드릴 부탁이 있어서요."

지금과 같은 인기 레스토랑이 되기 전에 아야토가 손님을 몇 번 소개한 적이 있었고, 그 손님이 레스토랑의 단골 고객이 된 경위가 있어서 지배인도 아야토의 무리한 부탁을 들어주었다.

아야토는 VIP용으로 잡아 두던 창문가 자리를 확보하고 안도했다. 제2, 제3 후보도 머릿속에 있긴 했지만, 역시 이 가게가 제일이라는 생각이 강했기 때문이다.

"열두 시에 두 분으로 예약했습니다."

"고마워요. 역시 대단하네요."

"친구분과는 이쪽 로비에서 만나기로 하신 거죠? 그럼 열한 시 반에 차를 준비해 두도록 하겠습니다."

"친구도 틀림없이 기뻐할 거예요."

사카가미가 그렇게 말하고는 방긋 미소를 지었다. 진심이라는 것이 전해지는 미소를 보니 아야토도 행복한 기분이 들었다.

손님의 이런 웃는 얼굴이야말로 호텔리어로서 일하는 자신의 원동력일지도 모른다.

"또 뭐 필요하신 것이 있으면 언제든지 편히 말씀해 주십시오."

마찬가지로 자연스러운 미소가 흘러나온 아야토의 뇌리에 문득 어떠한 생각이 번뜩였다. 예전부터 언젠가 기회가 있으면 사카가미에게 꼭 물어보고 싶었던 질문을 떠올린 것이다.

눈앞에 있는 노부인의 기품 있는 얼굴을 쳐다보며 약간 망설인 뒤에 입을 열었다.

"사카가미 님……. 뭐 하나 여쭤봐도 될까요?"

"좋아요."

"사적인 질문이니 혹시 실례가 된다면 대답하지 않으셔도 괜찮습니다."

"당신과는 오래 알고 지낸 사이인걸요. 신경 쓰지 말고 말해봐요."

노부인이 다정하게 재촉하자, 아야토는 예전부터 품고 있던 의문을 입에 담았다.

"사카가미 님께선 도쿄에 자택이 있는데도 어째서 저희 호텔을 이용해주시는 건가요?"

장기 숙박의 이유를 묻자, 노부인이 "아, 그거 말이에요?" 하고 살짝 고개를 끄덕였다.

"처음에는 같이 사는 며느리를 편하게 해주고 싶어서 남편과 호텔에 묵기 시작했어요. 여름에는 학교도 방학이라 애들 돌보는 것만으로도 힘들잖아요."

"그렇구나. 그런 이유였군요."

"여기 직원분들은 당신을 비롯해 진짜 가족처럼 걱정해주셔서……, 나 같은 늙은이 혼자서도 안심되고 우리 집처럼 아늑하니까 그만 오래 머물게 되더라구요. 오히려 우리 며느리한테 어서 집에 돌아오라고 혼날 정도이지 뭐예요."

"감사합니다."

아야토가 과분한 칭찬의 말에 감사를 표하자, 문득 사카가미의 시선이 허공을 쓰윽 맴돌았다. 그러더니 로비를 천천히 둘러보고는 중얼거렸다.

"게다가 이곳은 남편과의 추억이 한가득 남아 있는 곳이니까요. 그 당시 그대로의 모습을 유지하며 언제까지고 변하지 않는 곳은 그렇게 많지 않잖아요. 특히 도쿄는……."

조용한 목소리가 가슴을 찌르자, 아야토는 숨을 작게 삼켰다.

"가능한 한 계속 변하지 않고 있어줬으면 좋겠어요."

"……."

지금 이 상황에서 '계속 변하지 않는다'고 약속할 수 있다면 얼마나 좋을까?

그런 생각이 들었지만, 오랫동안 카사호텔을 사랑해주는 단골손님이기 때문에 경솔한 말은 할 수 없었다.

따끔따끔 찌르는 듯한 아픔을 가슴에 느끼면서 눈앞에 있는 주름 깊은 얼굴을 말없이 바라보고 있자, 사카가미가 의자에서 일어섰다. 아야토는 그 움직임에 정신을 퍼뜩 차리고는, 자리에서 일어나고자 의자를 뒤로 밀었다.

"방으로 돌아가시겠습니까?"

"네. 하지만 괜찮아요. 혼자 돌아갈 수 있으니까. 당신은 하던 일을 마저 하도록 해요. 알았죠?"

그렇게 말하고 미소를 지은 노부인이 어시스턴트 매니저 데스크에서 멀어지더니 방을 향해 걷기 시작했다. 잠시 후, 그 동작을 지켜보던 아야토의 시선 끝에서 작은 뒷모습이 그 자리에 멈춰 섰다.

로비 중간 정도에서 잠시 망설임을 보인 사카가미의 곁으로 차콜그레이 유니폼을 입은 여성 스태프가 잽싸게 달려갔다. 그리고 두세 마디 대화를 나눈 뒤, 여성 스태프가 사카가미 곁에 바싹 다가붙은 자세로 리셉션 카운터를 향해 걸어가기 시작했다. 상황을 보아하니 아무래도 편지를 보내고 싶었던 것 같다.

손님께서 곤란해하시면 먼저 말을 걸 것.

손님께서 장소를 물으시면 입으로만 설명하지 말고 그 장소까지 함께할 것.

카사호텔 창립자인 선대 오너 와다 료이치로의 사원 교육이 지금도 스태프들 사이에 확실하게 침투해 있다는 사실을 확인한 아야토는 떠 있던 엉덩이를 다시 의자에 붙인 다음, 하던 업무를 다시 시작하기 위해 모니터로 시선을 향했다.

*　　*　　*

미국 뉴욕주 이타카시에 있는 코넬 대학교.

'접객 산업 하면 코넬'이라 칭송받는 명문대 호텔경영학부 언더그래듀에이트 프로그램 —— 학사 과정 —— 을 수료 후, 지금 일하는 이 카사호텔 도쿄에 입사한 지 6년이 지났다.

아무리 코넬대를 졸업한 엘리트라 하더라도 '호텔리어의 시작은 벨보이'라는 선대 오너의 방침에 따라 아야토의 호텔리어 인생도 벨보이 업무에서 시작되었다.

날마다 손님의 짐을 옮기고 방을 안내하는 벨보이 업무를 반년,

객실 청소 담당을 반년, 총 1년 동안 말단 업무를 수행한 후 프런트 오피스에서 숙박 예약 담당을 1년, 프런트에서 2년 업무 경험을 거쳐 입사 5년째인 재작년에 어시스턴트 매니저로 승진했다.

어시스턴트 매니저는 숙박 부문에서 프런트 매니저의 뒤를 잇는 포지션이다. 수장인 제너럴 매니저(총지배인) 밑으로 관리, 숙박, 레스토랑, 연회 각 부문을 합쳐 총 120명 정도 되는 종업원 중에서도 위에서부터 열 손가락 안에 꼽히는 관리직이기 때문에 스물일곱 살이라는 젊은 나이에 그 자리에 취임한 것은 순조로운 출세 코스를 밟고 있다는 뜻이라고도 할 수 있었다.

다만 아야토 본인은 자신의 출세에 전혀 관심이 없었다. 애당초 호텔업계에서 성공할 야망이 있었다면 코넬대를 졸업하자마자 대규모 호텔 체인을 택한다는 선택지도 있었다. 사실 대학 동기들은 졸업과 동시에 대기업에 취직하여 현재 간부 후보생으로서 세계 각지에 이름난 호텔에서 근무하고 있다. 아야토가 그들처럼 하지 않았던 이유는 입학 당초부터 졸업하면 일본으로 돌아가 카사호텔 도쿄에 뼈를 묻겠다는 심산이었기 때문이다.

아야토가 열세 살이던 해, 부모님이 사고로 돌아가셨다. 그 후, 돌아가신 부모님을 대신해 아야토의 후견인이 되어 대학에 들어갈 때까지 물심양면으로 지원해준 선대의 은혜에 보답하기 위해서도 카사호텔의 서비스를 지금 이상으로 향상시키고 싶다.

아야토는 그 마음 하나로 코넬 대학교에서 4년간의 혹독한 대학 생활을 견뎌 냈다고도 할 수 있다.

"나루미야 씨."

지하에 있는 종업원용 카페테리아에 갈 시간적 여유가 없었기에 뒤쪽 직원용 방에서 점심 대신 샌드위치로 가볍게 끼니를 때우고 있던 아야토에게 프런트 매니저인 하시구치가 말을 걸어왔다.

새치가 드문드문 보이는 머리를 바짝 쓸어 올린 하시구치와 아야토는 부자지간만큼 나이 차이가 났다. 학교를 졸업하자마자 입사한 뒤로 35년 동안 오로지 카사호텔에서만 근무해 온 그는 선대가 호텔을 세웠을 때 함께 고생한 고참 사원이었다.

아야토는 숙박 부문 부장이기도 한 직속 상사의 매서운 표정을 보고는, 샌드위치를 입에 넣으려던 손을 멈추었다.

"하시구치 씨, CC인가요?"

CC —— 커스터머즈 컴플레인. 고객의 클레임을 뜻한다.

숙박 부문 호텔리어가 인상을 찌푸리고 있다면 우선 이 CC, 혹은 예약 수가 실제 객실 수를 웃돌고 만 오버부킹 둘 중 하나가 틀림없다.

그러나 예상과 달리 하시구치는 아야토의 질문에 고개를 가로저었다.

"아까 총지배인한테서 들었는데, 그 시찰 말이야, 내일부터인가 봐."

그 말을 들은 순간, 위가 오그라들면서 식욕이 사라졌다.

"내일부터……라고요?"

카사호텔 도쿄가 외국계 회사 로셀리니 그룹 산하에 들어가기로 정해진 것은 불과 저번 달의 일이었다.

하시구치가 말한 '그 시찰'이란 로셀리니 그룹의 호텔, 의류 부문을 총괄하는 COO —— 최고 업무 책임자가 이탈리아에서 일본으로 온다는 뜻이다. '시찰을 하러 가겠다'는 통지는 예전부터 있었지만, 구체적으로 '언제'인지 명확한 일정을 들은 것은 오늘이 처음이었다.

매수 자체도 갑작스러웠지만, 일본 방문 또한 갑작스러웠다. 그들을 맞아 싸워야 할 카사호텔 스태프들 입장에서는 기습이나 다름없는 일본 방문. 그만큼 COO가 바쁘다는 증거일 테지만.

"갑작, 스럽네요."

아야토가 근심에 찬 목소리로 중얼거리자, 하시구치가 못마땅한 얼굴로 고개를 끄덕였다.

"그러게……. 오늘 통지하고 당장 내일 오면 어떻게 손볼 시간도 없는데 말이야."

'혹시 그걸 노린 건가?'

느닷없는 일본 방문의 이면에는 평소 있는 그대로의 카사호텔을 보겠다는 의도가 있는 걸까?

만약 그렇다면 새로운 보스는 상당한 수완가일지도 모른다.

"일단 내일까지 관내를 꼼꼼하게 청소해야겠구만."

하시구치가 수많은 수라장을 헤어 나온 베테랑치고는 웬일로 동요가 엿보이는 목소리를 냈다. 그러나 아야토는 구태여 그 의견에 동조하지 않았다.

벼락치기는 조만간 그 한계가 드러난다.

호텔 업무는 겉모습만 꾸민다고 되는 간단한 일이 아니었다.

그렇게 하지 않아도 이제껏 자신들이 해 온 서비스로 새로운 보스를 충분히 만족시킬 수 있을 것이다.

선대 오너의 가르침을 충실하게 지키고, 성심성의껏 손님과 마주하면 문제없을 터.

아야토는 마음속으로 자신을 타일렀다.

재작년 가을, 카사호텔 도쿄를 세운 창립자이자, 지금은 세상을 떠난 쇼와 시대의 문호들과도 친교가 두터웠던 카리스마적 매력을 갖춘 선대 오너 와다 료이치로가 병으로 쓰러졌다.

선대 오너는 경영 방침에서부터 인사, 객실 인테리어, 스태프 유니폼, 레스토랑 메뉴에 이르기까지 모든 것을 자신의 철학에 따라 정하던 원맨 경영자였다. 카사호텔의 색깔은 와다 료이치로라는 사람의 개성 그 자체라고 해도 좋다.

선대 오너가 죽은 후에도 그의 접객 정신을 사랑해 마지않는 스태프들은 그의 호텔 철학을 충실하게 이어받고, 창립 이후 변함없는 정성을 다한 서비스로 카사호텔을 지켜 왔다. 하지만 유감스럽게도 40년의 역사가 새겨진 건물의 노후화는 부정할 수 없었다.

또한 새로이 설비 투자를 하고 싶어도 길어진 불황으로 인해 기업 체력 자체가 떨어진 카사호텔에게 수억 엔 규모의 자금 조달은 어려운 일이었다.

건물 노후화라는 만성적인 병과 잇따른 외국계 고급 호텔 체인 건설 급증이라는 보디 블로가 서서히 타격을 가하면서 요 1년 동안 카사호텔의 숙박률은 눈에 띄게 하락했다.

특히 젊은 여성 고객층에게는 스파도 피트니스도 클럽도 없는 카사호텔이 전시대적으로 느껴지는지, 20대 신규 고객은 거의 얼씬도 하지 않는 상황이었다.

설상가상 자칫하면 이럴 때는 나쁜 쪽으로 일이 기우는 법이다.

선대 오너가 세상을 떠난 후에 뒤를 이은 외아들이 상황을 한번에 만회하기 위해 뛰어든 선물거래가 큰 손해를 냈다.

이것이 결정타가 되어 까딱하면 부도 —— 호텔 폐쇄로 이어지기 직전에 융자의 손길을 내민 곳이 바로 이탈리아 자본 로셀리니 그룹……이었던 듯하다. 아야토가 추측으로밖에 얘기할 수 없는 이유는 경영권 양도까지 이르는 모든 과정을 전부 선대 오너의 아들이 독단으로 진행했기 때문이다.

보아하니 로셀리니 그룹의 타진을 받고 선대 오너의 아들이 홀로 몰래 밀라노에 건너가 계약서에 사인을 한 것 같지만, 휴가를 낸 그가 일본을 나갔던 것조차 아무도 몰랐다.

어느 날 아침, 난데없이 '경영권이 이탈리아 기업에 넘어갔다'는 말을 전해 들은 종업원들은 한 명도 예외없이 도깨비에 홀린 듯한 표정을 짓고 있었다. 어렴풋이 경영난에 허덕이고 있다는 사실을 알아채고 있던 아야토를 비롯한 상층부는 그렇다 쳐도, 그조차 몰랐던 현장 스태프들 입장에서는 그야말로 아닌 밤중에 홍두깨 같은 전격 발표였을 것이다.

조직은 여전히 인사 변동조차 없었다. 하지만 사실상 매수로 인해 오너는 이탈리아인으로 바뀌게 된다. 그에 따라 선대 오너의 아들은 경영권을 잃었지만, 새로운 오너가 온정을 베푼 건지 아니면 뒷거래가 있었던 건지 총지배인이라는 직책을 맡아 카사호텔에 머물게 되었다.

솔직히 말해 호텔 경영 센스는 거의 무에 가까운 데다, 서비스업에도 전혀 적성이 없는 그가 남아 있어봤자 별 도움도 안 된다는 것이 모든 스태프들의 공통된 의견이었지만, 새로운 오너 기업의 수장이 정한 일이라면 그 결정에 따를 수밖에 없다.

전광석화 같은 매수를 결정한 이탈리아 기업의 수완가 COO가 내일 시찰을 겸해 급거 일본을 찾는다.

'드디어 오는구나.'

경영권이 넘어갔지만, 요 한 달 동안 카사호텔에는 딱히 특별한 변화가 없었다. 경영이 이탈리아 자본으로 바뀐 사실을 깜빡 잊을 만큼 지금까지와 다름없는 일상이 이어졌고, 처음에는 동요하던 종업원들도 점차 진정을 되찾는 중이었는데.

그러나 역시 이대로 현상 유지일 리가 없다. 수장이 교체되어 경영 방침에 변화가 없을 리가 없는 것이다.

"로셀리니라는 데 말이야, 유럽에서는 유명한 기업이지?"

하시구치의 질문이 사색을 하던 아야토를 현실로 다시 끌고 왔다.

"네, 그런가 봐요. 하지만 아시아권에는 아직 본격적으로 진출하지 않은 상태라 일본에서는 지명도가 그리 높지 않아요."

아야토는 매수가 정해지고 나서 세계 각국에 있는 대학 동기들에게 연락을 취해 입수한 로셀리니 그룹에 관한 정보를 뇌리에 떠올렸다.

현 CEO —— 사장 겸 최고 경영 책임자 —— 는 레오나르도 로셀리니. 본거지는 이탈리아 시칠리아. 사령탑인 본사는 로마에 있다.

원래 와인, 오렌지, 올리브 오일 생산 및 수출이 주된 사업이었지만, 선대 카를로 에르네스토 로셀리니 시절에 업적을 비약적으로 확대하여 현재는 유럽과 미국 전역에서 레스토랑 경영, 의류 및 호텔 경영 등 폭넓게 사업을 전개 중인 일대 콘체른(기업 결합)이었다.

내년 4월에는 아오야마에 도쿄 지사 'Rossellini Giappone(로셀리니 자포네)'를 설립할 예정이라고 한다.

유럽과 미국을 제패한 로셀리니 그룹의 다음 시장은 아시아. 그래서 우선 일본에 거점을 두고 아시아 진출의 발판으로 삼을 속셈인 것 같았다.

호텔 경영을 시작한 지는 아직 얼마 되지 않았다. 그룹 안에 호텔과 의류 부문이 발족된 지는 고작 6년. 따라서 아야토가 코넬대 재학 중에는 전혀 무명의 존재였다.

하지만 요 6년 동안 어마어마한 약진을 이루었다.

본국 이탈리아의 역사 깊은 거대 호텔 체인 매수를 시작으로 유럽과 미국 각지에서 노후화된 호텔을 사들여 현대풍으로 개장한 다음, 해마다 세 군데씩 빠른 속도로 잇따라 리뉴얼 오픈을 하고 있었다.

라이프 스타일 제안형 소규모 호텔이지만, 신진기예 디자이너에게 실내 장식을 의뢰하고 경영진에 젊은 스태프를 등용시키면서 다른 소규모 호텔과 일선을 긋고 있다는 평판이 자자했다. 모던한 내장과 세련된 인테리어가 20대에서부터 40대 하이클래스 고객 사이에서 반응이 좋으며, 업적도 꽤나 순조로운 듯했다.

내년 4월에 도쿄 지사를 세우는 데 앞서 카사호텔을 매수.

입지 조건은 좋지만 설비가 노후화되고 만 소규모 호텔이라는 점에서 카사호텔은 로셀리니 그룹이 지금까지 관여해 온 물건 조건과 딱 들어맞았다.

언젠가는 도쿄에서 대형 호텔을 신규 건설하는 것도 시야에 넣으면서 우선 먼저 매수한 카사호텔로 시장 상황을 살피려는 것일까?

가령 시장 상황을 살펴보기 위한 선행 투자라 할지라도 융자의 손길을 뻗어준 것은 감사한 일이었다. 덕분에 카사호텔 폐쇄라는 괴로운 결말을 피할 수 있었다. 미국과 유럽에서 이름난 대기업인 이상, 자금력 또한 윤택할 것이다. 호텔 경영에 밝다는 점도 마음에 들었다.

하지만 그렇다고 무턱대고 환영할 수만은 없었다. 새로운 오너에 관해 걱정되는 점이 몇 가지 있었기 때문이다.

작긴 하지만 적어도 도쿄 일등지에 세워진 호텔이기 때문에 그렇게 저렴한 물건은 아니었을 것이다. 그런데도 카사호텔에 한 번도 사전 답사를 오지 않고 계약을 해버렸다.

어쩌면 로셀리니 그룹 입장에서는 푼돈이었을지도 모르지만……, 사전 답사도 하지 않고 구입했다는 사실은 바꿔 말하면 카사호텔에는 전혀 관심이 없으며 그 입지 조건에만 가치를 두고 있다는 점을 시사하고 있다는 생각이 들어 견딜 수가 없었다.

만약 자신의 추측이 맞다면 앞으로 카사호텔의 운명에는 암운이 드리워질 것이다.

'그리고 또 하나.'

로셀리니 그룹의 성공 뒤에 따라다니는 흉흉한 소문.

정말인지 아닌지는 모르지만, 이렇게까지 급성장한 배후에는 마피아의 지원이 있었다는 설이다.

본거지가 시칠리아인 점에서 비롯된 소문일지도 모른다. 그룹의 소재지인 시칠리아는 마피아의 발상지로 유명하다. 공공연하게 자신을 마피아라고 말하는 자는 없지만, 언더그라운드에서는 아직도 패밀리의 지배가 이어지고 있다는 이야기도 들린다.

아야토는 이탈리아에 있는 호텔에 근무하는 친구로부터 입수한 '로셀리니 그룹에 관한 흉흉한 소문'을 아직 직장 동료 아무한테도 얘기하지 않았다.

베테랑인 하시구치조차 이만큼 신경을 곤두세운 상태이다. 그러니 현장 스태프들에게 더 이상 스트레스를 주는 행동은 피하고 싶었다. 동요하면 누구든 실수가 잦아진다. 그 결과 피해를 보는 사람은 숙박 중인 손님이다. 게다가 어디까지나 소문이며, 진위 여부는 모른다.

"이탈리아인이라."

또다시 생각에 잠겨 있던 아야토는 불안한 듯한 하시구치의 목소리에 정신을 차렸다. 평소에는 그다지 말수가 많은 사람이 아니지만, 새로운 보스의 일본 방문을 앞에 두고 무슨 얘기라도 하지 않으면 진정이 되지 않는 듯한 모습이었다.

"어떤 사람일까? 몇 살 정도 먹었으려나?"

일본을 찾는 COO에 대해 자신들에게 전해진 것은 이름뿐. 그 이름을 또 이탈리아에서 일하는 지인에게 물어본 바, 카를로 에르네스토 로셀리니의 차남이라는 사실을 알 수 있었다. 카를로 에르네스토 로셀리니에게는 아들이 세 명 있으며, 그중 차남인 듯했다. 참고로 현 대표인 레오나르도 로셀리니는 장남이다.

"호텔 부문의 수장인 이상, 어느 정도 경력을 쌓지 않았을까요?"

하시구치가 아야토의 냉정한 대답을 듣더니 "그야 그렇겠지?" 하고 턱을 쓰다듬었다.

"나랑 비슷하려나?"

"그럴지도 모르겠네요."

"그 사람이 보고 마음에 안 드는 부분은 별 수 없이 변혁을 가해야겠지?"

"······그럴 가능성도 있겠네요."

아야토가 신중한 목소리로 긍정하자, 하시구치가 한숨을 푹 내쉬었다.

"난 35년 동안 여기서 일해 왔으니, 이제 와서 냉철한 외국계 회사가 우리 호텔로 들어온들 잘 대응할 자신이 없다.”

울적한 중얼거림이 아까 사카가미가 했던 말과 겹쳤다.

―― 가능한 한 계속 변하지 않고 있어줬으면 좋겠어요.

가능하다면 앞으로도 쭉 선대 오너의 뜻을 이어받아 '카사호텔=집. 고객의 별장 같은 아늑한 공간'이라는 콘셉트를 유지해 나가고 싶다.

그 마음은 아야토도 마찬가지였다. 전 종업원의 공통된 바람일 것이다.

그러나 한편으로 그리 만만치 않으리라는 어두운 예감 또한 가슴에 그림자를 드리웠다.

“내일……이구나.”

혼잣말처럼 중얼거린 아야토는 완전히 말라버린 샌드위치를 종이가방 속에 도로 넣었다. 식욕은 완전히 사라진 상태였다.

*　　*　　*

다음 날.

드디어 본국 이탈리아에서 새로운 보스가 들이닥치는 당일인 만큼 카사호텔 관내 분위기는 아침부터 긴장으로 곤두서 있었다.

정위치인 어시스턴트 매니저 데스크에서 신관 로비의 상황을 유심히 지켜보고 있던 아야토는 오가는 스태프의 얼굴에서 평소와 다른 긴장의 빛을 발견하고 미간을 찌푸렸다. 비교적 젊은 종업원들은 안절부절못하고 몇 분마다 한 번씩 현관에 힐끔힐끔 시선을 보냈다.

숙박 부문 아침 미팅 때 '딱히 어려워할 필요도, 긴장할 필요도 없다. 평소의 서비스를 보여주는 것이 중요하다'고 얘기했지만, 아무래도 별 효과는 없었던 것 같다.

아야토 또한 완전히 평상심을 유지하고 있는 상태는 아니었다. 어젯밤에는 잠을 설친 데다, 아침에도 평소보다 일찍 잠에서 깼다. 시찰 건으로 마음이 무거운 것은 다들 마찬가지였다. 게다가 현장 스태프보다 내부 사정에 밝은 만큼, 새로운 보스에 대해 품고 있는 위구심은 훨씬 클지도 모른다.

그렇다고 호텔 사정 때문에 손님들에게 불쾌감을 줄 수는 없었다.

신기하게도 손님들은 그 자리의 분위기를 민감하게 읽어 낸다. 그렇기 때문에 스태프의 동요는 확실하게 전해지고 말 것이다.

다시 한 번 스태프 한 사람 한 사람에게 '시찰 건은 잊고 각자의 업무에 전념하라'고 주의를 주며 돌아다녀야 할지 고민하고 있으려니, 유니폼인 메스 재킷에 검은 바지 차림의 키타가와가 다가왔다. 그는 마음이 뒤숭숭한지 안절부절못하는 모습으로 옆에 서더니, 몸을 굽히고는 아야토의 귓가에 속삭였다.

"나루미야 씨, COO는 오늘 몇 시에 도착할까요?"

키타가와는 작년 4월에 입사하여 벨보이 업무를 맡은 지 아직 1년 반밖에 되지 않은 신참 호텔리어 청년이다. 성격이 밝고 의욕도 있기 때문에 아야토도 열심히 교육시키는 중이었다.

아직 어딘가 학생다운 부분이 남아 있는 그 얼굴을 올려다본 아야토는 아침부터 벌써 몇 번이나 받았는지 모를 질문에 내심 넌더리를 내면서도 "시간은 안 정해진 것 같더라고."라고 대답했다.

"그래도 직항편이면 낮에 도착하는 알리탈리아 아니면 JAL……."

"자가용 제트기로 올 가능성도 있지."

아야토가 지적하자, 키타가와는 "윽." 하고 숨을 삼켰다.

"맞다. 그럴 가능성도 있겠네요. 로셀리니 그룹을 총괄하는 일족인 데다, 잘 나가는 셀러브리티니까요."

키타가와가 스탠딩 칼라에 손가락을 집어 넣고는 한숨을 푹 쉬었다.

"적어도 언제 올지 알면 그때까진 일에 집중할 수 있을 것 같았는데. 저, 아침부터 계속 긴장되어서 가만히 있질 못하겠어요. 영어는 가능하지만 이탈리아어는 하나도 못하는 데다, 새로운 보스 앞에서 무슨 실수를 저지르지는 않을까 생각만 해도 걱정돼서……."

"너무 부담감 느낄 필요 없어. 미팅 때도 얘기했지만, 평소에 우리가 실천하는 서비스로 충분히……."

그렇게 말하던 도중, 공기가 술렁거리는 것을 느꼈다. 시선을 휙 돌리자 그곳 —— 유리창 너머에 있는 현관 앞 주차 공간으로 검은색 리무진이 미끄러져 들어오는 광경이 보였다.

프록코트 차림의 도어맨이 황급히 달려가서 뒷좌석 문을 열었다. 우아하고 아름다운 동작으로 리무진에서 내린 장신의 남성을 본 아야토는 눈을 천천히 가늘게 떴다. 멀리서도 알 수 있는 균형 잡힌 9등신은 그가 일본인이 아니라는 것을 말해주고 있었다.

'COO가 도착한 건가? COO치곤 젊은데……?'

도어맨의 유도를 따라 다크그레이 더블 브레스트 슈트를 맵시 있게 차려입은 남성이 현관 로비에 발을 들여놓았다. 로비에 있던 스태프와 손님 모두가 전신에서 풍기는 고상한 분위기에 압도된 듯이 숨을 죽이고 지켜보는 가운데, 그는 리셉션을 향해 똑바로 걸어왔다. 거리가 점점 가까워지면서 그 세련된 미모가 전모를 드러냈다.

　우선 눈에 띈 것은 샹들리에에 반사되어 반짝이는 찰랑거리는 플래티나 블론드. 이지적인 이마와 단정하고 부리부리한 눈썹. 마치 귀족 같은 고상함을 뽐내는 콧날. 요염하면서도 기품이 넘치는 입가.

　그리고 무엇보다 인상적인 것은 차가운 빛을 발하는 아이스블루색 눈동자.

　"윽……."

　외국인 남성의 빼어난 용모를 인식한 순간, 아야토의 시원하게 찢어진 눈이 서서히 커졌다.

　'말도, 안 돼.'

　심장이 쿵쾅쿵쾅 뛰었다.

　'세상에……. 설마.'

　가늘게 떨리는 두 손을 꽉 쥐었다. 천천히 눈을 감고 나서 다시 한 번 떠보았다.

　하지만 시야에 비친 옆얼굴은 역시 '그'였다.

　잊고 싶어도 잊을 수 없는 그 우아한 옆얼굴. 10년의 세월이 흘렀는데도 조금도 바래지 않은 완벽한 미모.

　"……굉장하다. 진정한 셀러브리티 오라가 철철 넘치네."

옆에 있던 키타가와의 중얼거림이 멀리서 들려왔다.

'그'가 한 발짝 다가올 때마다 봉인해 놓은 물림쇠가 하나씩 풀어지면서 해마 저 깊이 넣어 둔 기억이 되살아나는 것을 느꼈다.

뉴욕에서의 만남과 하룻밤. 그리고 일방적인 이별.

── 미안하지만 네가 누군지도 모르고, 만난 적도 없어서 말이지.

내치는 듯이 잔혹했던 목소리가 또다시 재생되면서 누가 꽉 움켜쥔 것처럼 심장이 아파 왔다. 무의식적으로 가슴 언저리를 손으로 누른 아야토는 이어서 어금니를 꽉 깨물었다.

'최악의 상황이군⋯⋯.'

운명의 신을 원망하고 싶은 심정이었다.

하필이면 새로운 오너가 시찰을 오는 오늘, 10년 전에 실수로 하룻밤을 보낸 상대와 카사호텔에서 재회하다니!

내심 심하게 동요하고 있으려니, 리셉션 안쪽에 있는 총지배인실에서 마흔쯤 된 블랙 슈트 차림의 남성이 뛰어나왔다. 그러더니 '그'에게 달려가서 큰 목소리를 냈다.

"미스터 로셀리니, 오시길 기다리고 있었습니다!"

'뭐⋯⋯?'

아야토는 총지배인의 말에 귀를 의심했다. '그'와의 재회로 인한 충격이 채 가시지 않은 사이에 또다시 충격을 받고 말을 잃었다. 뒤통수를 퍽 얻어맞은 것처럼 머리가 어찔했다.

미스터 로셀리니?

그렇다는 건, '그'가 새로운 보스?!

'말도 안 돼…….'

그런 우연이 있을 리가.

아니, 잠깐. 애당초 10년 전에 만났을 땐 틀림없이 다른 이름이었다. 그렇지 않았다면 자신도 COO의 이름을 들었을 때 단번에 '그'인 줄 알았을 것이다.

그럼 그때 '그'는 가명을 사용했다는 말인가? 왜 그런 짓을?

혼란스러운 머리에 잇달아 의혹이 피어올라 멍하니 눈을 뜬 채로 굳어 있던 아야토의 옆에서 키타가와가 놀란 목소리를 냈다.

"엥? COO가 저렇게 젊어? 우와, 웬일이야! 나루미야 씨하고도 그렇게 차이 안 날 것 같은데요?"

동의를 구하는 목소리에도 대답을 할 수 없었다. 머릿속이 너무 혼란스러운 탓에 자신의 기억이 뭐가 맞고 뭐가 틀린지조차 모르겠다.

[멀리서 오시느라 힘드셨죠? 일본까지 이렇게 친히 와주셔서 감사드립니다.]

까무잡잡한 얼굴에 알랑방귀를 뀌듯이 천박한 미소를 지은 총지배인 와다가 빈말로도 잘한다고 할 수 없는 영어로 말을 걸었다. 그러더니 '그'와 악수를 나눈 다음, 뒤를 돌아보았다.

[하시구치 씨, 우리 호텔의 구세주이신 에두아르 로셀리니 씨입니다. 미스터 로셀리니, 이쪽은 프런트 매니저인 하시구치입니다.]

와다의 뒤에서 긴장한 얼굴로 대기하던 하시구치가 '그'에게 오른손을 내밀었다.

[잘 오셨습니다. 저희 카사호텔 종업원 일동은 당신을 진심으로 환영합니다.]

국어책을 읽듯이 약간 딱딱한 말투로 인사하자, '그'는 쿨한 표정으로 고개를 끄덕였다.

"네. 환영해줘서 고마워요."

그러더니 하시구치의 손을 잡고 유창한 발음의 일본어로 대꾸했다.

"밀라노에서 처음 뵈었을 때도 깜짝 놀랐지만, 정말 일본어에 능통하시군요!"

총지배인이 요란스러울 정도로 치켜세웠다. 악수를 나눈 하시구치는 놀라서 눈을 휘둥그렇게 떴다.

그렇다. '그'는 일본어에 무척 능통했다.

현지인과 다름없는 그 유창한 일본어를 듣자 겨우 실감이 났다. 방금 전까지는 악몽이라도 꾸고 있는 것처럼 현실감이 없었다.

하지만 역시 '그'가 새로운 보스인 것이다.

불운이라고밖에 여겨지지 않는 만남을 앞에 두고 등줄기가 차가워졌다. 그리고 그 직후, 총지배인 와다가 이쪽을 보았다. 이쪽으로 오라는 듯이 눈짓하자, 심장이 쿵쾅 뛰었다. 식은땀이 옆구리를 타고 흘러 떨어졌다. '그'는 하시구치와 이야기를 나누는 중이라 아직 자신의 존재를 알아채지 못했다.

과연 '그'는 자신을 보고 그날 밤 상대임을 알아챌까?

만약 가령 '그'가 알아챈다면 어떻게 될까?

'그'의 입장에서는 10년 전에 어쩌다가 정사를 나눈 상대 따윈 그저 성가신 존재일 뿐일 것이다.

자신에게도 그날 밤 일은 '젊은 날의 실수', '잊고 싶은 쓰라린 과거'일 뿐이었다.

서로를 위해 모른 척해야만 할까?

어떻게 대처해야 좋을지 몰라 망설이고 있으려니, 한껏 짜증이 난 듯한 와다가 아야토를 불렀다.

"나루미야!"

"나루미야 씨, 부르시는데요?"

키타가와의 재촉을 받고 데스크에서 엉거주춤 일어섰다. 자칫하면 덜덜 떨릴 듯한 다리를 질타하면서 비틀거리지 않고 겨우겨우 세 남자에게 다가갔다.

"미스터 로셀리니, 어시스턴트 매니저인 나루미야입니다."

'그'가 와다의 소개를 받고 천천히 돌아보았다. 바로 가까이서 아이스블루색 눈동자와 눈이 마주친 순간, 두 사람 사이에 불꽃이 파밧하고 튄 것 같은 착각에 사로잡힌 나머지 어깨가 움찔 떨렸다. 그 차가운 눈빛에 촉발된 듯이 머나먼 옛날에 들었던 그 말이 또다시 플래시백되었다.

── 미안하지만 네가 누군지도 모르고, 만난 적도 없어서 말이지.

가슴에 예리한 아픔이 스치자, 아야토는 순간적으로 눈을 내리깔았다.

'안 되겠어.'

이대로 얼굴을 계속 마주했다간 터무니없는 말을 지껄일 것 같았다.

'그'의 깨끗한 고급 가죽 구두를 가만히 응시하면서 땀으로 흠뻑 젖은 손바닥을 몇 번이나 쥐었다 폈다. 빨리 무슨 말을 하지 않으면 다들 수상쩍게 여길 것이다.

몹시 초조해진 아야토는 굳어진 입술을 열심히 옆으로 당겼다.

"처음 뵙겠습니다, 미스터 로셀리니."

가까스로 목구멍 안쪽에서 감정을 억누른 단조로운 목소리를 쥐어짜 내어 그렇게 인사한 다음, '그'의 얼굴을 보지 않고 오른손을 내밀었다.

"……"

영원히 이어질 것 같았던 숨 막힌 침묵 후 —— 실제로는 몇 초밖에 지나지 않았을지도 모르지만 —— 예쁘게 생긴 손이 눈앞에 나타났다. 그 손은 아야토의 오른손을 꽉 잡더니 순식간에 떨어져 나갔다.

그래도 아야토는 그 한순간의 온기와 짜릿짜릿한 감각을 주체하지 못하고 느릿느릿 고개를 들었다.

시야에 차가운 미모가 들어왔다. 자신을 냉랭하게 내려다보는 아이스블루색 눈동자에서는 조금의 감정도 보이지 않았다. 싸늘한 시선을 받으며 몸에서 힘이 쭉 빠져나가는 것을 느꼈다.

'눈치……, 못 챈 건가?'

안도의 한숨을 내쉬는 것과 동시에 마음 어딘가에서 낙담한 자신을 깨닫고는 가슴속으로 자조의 웃음을 지었다.

뭘 이제 와서…….

이미 그때 뼈저리게 깨닫지 않았는가.

틀림없이 일일이 다 셀 수 없을 만큼 자유로운 정사를 즐기고 있을 '그'에게 고작 한 번 잤을 뿐인 자신 따윈 전혀 특별한 존재가 아닐 것이다. 가끔은 색다른 상대와 섹스 좀 해볼까? 그 정도일 뿐인 셀러브리티의 변덕. 그저 한순간의 즐거움일 뿐이었던 것이다.

"이 나루미야 씨가 하시구치 밑에서 실질적으로 현장 지휘를 맡고 있습니다."

'그'는 총지배인의 설명에 건성으로 고개를 끄덕였다. 아까 저도 모르게 눈을 내리깔고 말았으니, 상사와 눈을 마주치지도 못하는 글러먹은 녀석이라고 여겼을지도 모른다. 눈을 똑바로 보며 이야기를 하는 것은 기본 중의 기본이다. 아야토 또한 부하 직원이 방금 전의 자신과 같은 태도를 취하면 주의를 준다. 하지만 '그'는 훈계조차 하지 않았다.

아야토는 자신에게 전혀 관심이 없는 듯한 그 모습을 보자 가슴속에 복잡한 마음이 오갔지만, 공손히 허리를 굽히고는 머리를 깊이 숙였다.

"잘 부탁드리겠습니다."

"나야말로."

퉁명스러운 말투에 가슴이 욱신거렸지만, 동요하는 마음을 필사적으로 감추고 얼굴을 들었다.

"미스터 로셀리니, 다른 부문 직원들을 소개해 드리겠으니 이쪽으로 오시죠."

총지배인이 그렇게 말하자, 아야토는 재빨리 발길을 돌려 걷기 시작했다. 1초라도 빨리 '그'의 곁에서 멀어지고 싶었다.

새로운 보스에게 인사를 마친 아야토가 어시스턴트 매니저 데스크로 돌아가자, 키타가와가 걱정스러운 듯이 말을 걸었다.

"나루미야 씨, 얼굴 창백한 것 좀 봐. 괜찮으세요?"

"아……, 응."

"나루미야 씨도 긴장을 하시네요. 근데 저 사람은 확실히 엄청 박력 있긴 하네요. 외국에서 오신 손님도 꽤 많이 맞이해봤지만, 저렇게 온몸에서 셀럽 오라가 뿜어져 나오는 사람은 처음 봤어요."

아야토는 흥분한 듯한 키타가와의 목소리를 들으며 의자에 축 늘어지듯이 앉았다.

마치 고된 업무를 끝낸 후처럼 기진맥진한 상태였다.

제2장

'그'와 아야토가 처음 만난 것은 10년 전. 그 당시 아직 코넬 대학교에 재학 중인 학생이었던 아야토가 뉴욕에 있는 '아로마호텔'에서 인턴으로 일하던 무렵이었다.

그날 밤은 6층 메인 다이닝룸에서 100명 가까이 되는 규모의 파티가 열렸다.

유명 영화 프로듀서가 주최하는 파티인 만큼 초대 손님도 다양한 국적과 인종을 자랑하는 호화로운 자리였다. 영화나 TV에서 본 적이 있는 얼굴이 여기저기에 널려 있었다.

배우, 모델, TV쇼 진행자뿐만 아니라 시가를 문 영화 회사 중역, 스폰서 기업 관계자 같은 셀러브리티도 많이 찾아볼 수 있었다. 남녀 상관없이 아름답게 차려입은 그들은 그랜드 피아노의 재즈 연주에 맞춰 파티 회장을 흔들흔들 떠돌았다.

보이 제복을 입은 나루미야 아야토는 수다를 즐기며 흥겨워하는 그들 사이를 샴페인 글라스가 담긴 쟁반을 한 손에 들고 빠져나갔다. 플로어 안을 누비는 아야토의 좌우에서 손이 뻗어 왔고, 샴페인은 눈 깜짝할 사이에 동이 났다.

쟁반 위에 담긴 샴페인 글라스가 없어지자, 이번에는 테이블 위에 놓인 빈 잔과 그릇, 재떨이를 회수하며 돌아다녔다. 주방에 반납하고 또다시 새로운 샴페인을 보충하여 플로어로 —— 라는 일련의 동작을 한 시간 정도 되풀이하는 사이에 손님의 요구가 조금씩 진정되기 시작했다.

한숨을 후우 내쉬고는, 샴페인 글라스가 담긴 은쟁반을 든 채 일단 벽 쪽으로 물러났다. 호화찬란한 플로어를 한눈에 볼 수 있는 위치에서 아야토는 담소를 나누는 손님들의 모습을 둘러보았다.

코넬 대학교 호텔경영학부 학생인 아야토가 인턴십의 일환으로 이 아로마호텔에서 일하기 시작한 지 한 달. 그동안 만찬회 도우미로 몇 번 들어간 적은 있지만, 이렇게까지 현란한 파티는 처음이었다.

원래라면 인턴인 자신이 부름을 받을 자리가 아니었지만, 아야토의 일솜씨를 마음에 들어 한 뱅큇 매니저에게 특별히 발탁되었다. 그런 그에게서 파티가 시작되기 전에 "오늘 손님은 일류 셀러브리티 분들뿐이니, 아무쪼록 실례되는 일이 없도록."이라고 엄격한 주의를 받은 탓에 좀처럼 긴장이 풀리지 않았다.

미묘하게 굳어진 표정으로 물끄러미 응시하면서 무슨 돌발 상황이 일어나진 않았는지, 서빙을 필요로 하는 손님이 있는지 연회장 안을 구석구석 체크하던 아야토는 곧 화려한 손님들 중에서도 유달리 주목을 끄는 눈부신 외모의 백인 남성에게 시선을 빼앗겼다.

　'그'는 난로 앞에 서 있었다.

　그 모습을 포착한 순간, 아야토는 저도 모르게 숨을 삼켰다.

　'굉장하다……'

　넓은 어깨와 높은 허리 위치, 긴 팔다리 —— 타고난 훤칠한 9등신에 실크 턱시도 슈트를 멋지게 차려입은 '그'는 출렁거리는 플래티나 블론드의 소유자였다. 빛의 강약에 따라서는 금색으로도 보이고 은색으로도 보이기도 하는 절묘한 색조. 갈색에서 탈색한 이미테이션 블론드가 아닌 진정한 금발의 광택이 샹들리에에 반사되어 반짝반짝 빛났다.

　게다가 그의 경우, 현란한 것은 머리 색만이 아니었다.

　칙칙함 하나 없는 크림색 피부. 플래티나 블론드가 한 가닥 내려온 이지적인 이마. 단정하고 부리부리한 눈썹. 그 밑에서 보석처럼 차가운 빛을 발하는 아이스블루색 눈동자. 마치 귀족 같은 품위를 뽐내는 콧날. 요염하면서도 기품이 넘치는 입가.

　전체적으로 색소가 옅은 점은 얼핏 북유럽계처럼 보이지만, 화려한 외모는 라틴계의 피가 섞인 것처럼 보이기도 했다. 왠지 모르게 태도나 행동거지가 미국인은 아닌 것 같았다. 나이는 올해 대학에 입학한 자신보다 약간 연상일 것이다.

시원스럽고 우아한 미모를 보고 한순간 할리우드 스타인가 싶었지만, 스크린에서 '그'를 본 기억은 없었다. 영화를 좋아해서 꽤나 많은 작품을 섭렵했다고 자부하는 데다, 설령 어떤 단역이라 하더라도 이렇게 인상적인 마스크를 가진 배우를 잊을 리가 없다.

배우가 아니라면 스폰서 기업 관계자 혹은 프로듀서의 가족일까? 어느 쪽이든 이 자리에 있는 이상 틀림없이 어마어마한 셀러브리티일 것이다.

용모를 세일즈 포인트로 삼는 배우나 모델과 비교해도 전혀 손색이 없을 뿐더러, 그들을 훨씬 능가하는 미모를 가진 '그'는 그럼에도 불구하고 인형처럼 인위적이지도, 여성적이지도 않았다. 세련된 몸동작 하나하나에서 남성적인 색기가 뿜어져 나오고 있었다.

그 페로몬에 이끌린 듯이 많은 여성들이 '그'의 주위를 에워싸고 있었다. 아직 10대로 보이는 소녀부터 나이가 지긋한 귀부인까지 모든 여성들이 '그'의 일거수일투족을 황홀한 눈빛으로 지켜보았다.

아야토는 '그' 또한 그녀들에게 자연스레 마음을 쓰고 있다는 것을 알 수 있었다. 한 사람 한 사람에게 공평하게 말을 걸고, 한 사람에게도 빠짐없이 미소를 보이며 음료나 음식이 부족하지 않은지 고루고루 신경을 썼다. 한 노부인이 의자에서 일어나자 살며시 옆에 서서 그 손을 다정하게 잡았다.

아직 충분히 젊은 '그'의 완벽한 에스코트에 '그'의 할머니 정도 되는 연배의 귀부인 또한 진심으로 기쁜 듯이 미소를 짓는 것을 멀리서 봐도 알 수 있었다.

몸에 밴 '그'의 에스코트와 교양 있는 행동거지를 실제로 본 아야토도 남몰래 감탄을 자아냈다.

그야말로 진정한 셀러브리티였다.

어릴 적부터 사교술을 익히는 계층은 역시 다르다.

저도 모르게 자신의 입장도 직무도 잊고 '그'의 품위 있는 동작에 넋을 잃고 있으려니, 귀부인의 손을 잡은 '그'가 천천히 돌아보았다. 그 직후, 예기치 않게 서로의 눈이 마주쳤다. 놀란 아야토는 어깨를 움찔 떨었다.

"으……."

빨려 들어갈 듯이 투명한 아이스블루색 눈동자.

저도 모르게 허리가 쭉 펴지게 만드는 날카로운 눈빛.

시선이 인파를 관통하듯이 똑바로 자신을 향한 그 찰나, 짜릿한 전류가 등줄기를 스쳤다. 지금까지 경험한 적 없는 충격에 깜짝 놀란 아야토는 하마터면 쟁반 위에 놓인 샴페인 글라스를 엎을 뻔했다.

'뭐, 뭐지?'

이런 식으로 손님과 적나라하게 눈을 마주치는 행동은 실례에 해당한다. 그런 생각을 하면서도 그 눈빛에 홀린 것처럼 시선을 돌릴 수가 없었다.

'그' 또한 어째선지 눈을 돌리지 않았다. 아야토에게 시선을 고정한 채로 서서히 두 눈을 크게 떴다.

"……."

10미터 이상 떨어진 거리에서 서로 말없이 쳐다보기를 몇 초. 의아한 표정을 지은 귀부인이 '그'에게 무슨 말을 속삭였다. 그러자 몸을 살짝 움직인 '그'가 간신히 아야토에게서 시선을 돌렸다.

그 순간, 몸의 경직이 확 풀렸다.

아야토는 꿈에서 깨어난 듯이 두 눈을 깜박였다.

'지금 그건……, 뭐였을까?'

어느샌가 두방망이질 치던 심장을 심호흡으로 달랜 다음 또다시 시선을 원래 위치로 돌리자, '그'는 귀부인과 함께 다이닝룸을 나가던 참이었다.

그 균형 잡힌 뒷모습을 지켜보면서 빨려 들어갈 것 같던 아이스 블루색 눈동자를 떠올렸다.

심장이 쿵쾅 뛰었다.

'심장이……, 이상해.'

아야토는 이상하게 술렁거리는 가슴을 주체하지 못하면서도 이름조차 모르는 '그'의 등을 눈으로 좇고 마는 자신을 도저히 제지할 수 없었다.

* * *

그 후, 혼자서 다이닝룸으로 돌아온 '그'와 다른 손님의 어깨 너머로 몇 번 눈이 마주쳤지만, 대화를 나누기는커녕 수많은 여성들에게 에워싸인 '그'의 곁에 다가가지도 못한 채 열 시 무렵이 되어서 야 파티는 끝이 났다.

손님들을 배웅한 다음에는 뒷정리가 기다리고 있었다.

테이블에 남은 잔과 식기를 주방으로 나른 뒤, 의자와 테이블을 옮기고 나서 클리닝을 하고······. 1시간 후, 스무 명이 달려들어 겨 우 청소를 마쳤다.

지하 2층에 있는 종업원용 라커룸으로 철수했을 때는 오랜 시간 긴장하고 있었던 탓인지 피곤해서 녹초가 된 상태였다. 라커룸 구 석에 있는 소파에 앉아 다른 종업원들이 샤워를 마치기를 기다렸 다. 그들이 모두 돌아간 것을 확인하고 나서 아야토는 겨우 샤워룸 에 발을 들여놓았다.

예전에 한 번 혼자서 한창 샤워를 하고 있는 동안, 나중에 들어온 동료가 뒤에서 갑자기 끌어안더니 억지로 키스를 하려던 적이 있었 다. 그땐 다른 동료가 샤워룸에 들어온 덕분에 화를 면했지만, 만일 그대로 아무도 오지 않았다면······. 생각했더니 소름이 오싹 끼쳤 다. 애초에 골격과 몸에 붙은 근육량이 다르기 때문에 있는 힘을 다 해 밀어붙이면 도저히 당해 낼 수 없을 것이다.

다행히도 그 동료는 얼마 안 있어 다른 호텔로 이동했지만 그 이 후로 샤워를 할 때는 가장 나중에 하고, 샤워룸 문은 꼭 잠그게 되 었다.

미국에서 유학을 하면서 자신이 같은 남자에게 성욕의 대상이 된다는 사실을 알게 되었다.

코넬대에서는 기숙사 생활을 하고 있지만, 상급생인 기숙사 사감이 '너와 같은 방을 쓰게 해달라는 신청이 쇄도한다'고 쓴웃음을 지으며 얘기한 적도 있다. 게다가 실제로 세 명의 남학생으로부터 고백을 받았다. 정중히 거절했지만, 그 후에도 스킨십인지 성추행인지 판별이 어려운 아슬아슬한 보디터치를 당하는 일이 종종 있었다.

아로마호텔에서 일하기 시작하고 나서도 연락처가 적힌 메모나 편지를 주거나, 말도 안 되는 액수의 팁을 —— 게다가 수표로 —— 억지로 쥐어주려는 남성 손님이 있었다. 정말로 그냥 받을 수 없는 어마어마한 금액이었기 때문에 물론 "받을 수 없습니다." 하고 딱 잘라 거절했다. 라커룸에서 속옷을 도둑맞은 적도 있다. 어쩌면 이건 동료가 자신을 골탕 먹이려고 저지른 짓이었을지도 모르지만.

처음에는 그렇게 동양인이 신기한가 싶은 정도였다.

확실히 덩치는 가냘픈 부류에 속할지도 모르지만 키는 177센티미터나 되는 데다, 스스로는 얼굴이 딱히 여자처럼 생겼다고 생각하지 않았다. 오히려 굳이 말하자면 표정이 없기 때문에 귀엽지 않은 부류일 것이다. 뱅큇 매니저도 '넌 좋게 말하면 신비스러운 오리엔탈 뷰티, 나쁘게 말하면 무뚝뚝하다'고 말한 적이 있다.

그러나 같은 남자들의 성추행 비슷한 접근이 거듭되자 자신에게 어딘가 파고들 틈이 있을지도 모른다고 생각을 고쳐 먹은 아야토는 요새 들어서는 되도록 가드를 철저히 하고, 설령 상대가 동료라 할지라도 필요 이상으로 어울리지 않으려 했다. 몇 번 같이 놀자는 제안을 거절한 탓에 일부 동료들이 '코넬대 다닌다고 도도하게 군다'는 험담을 한다는 것도 알고 있었지만, 자신을 지키기 위해서는 어쩔 수가 없었다.

탈의실 드라이어기로 젖은 머리를 말린 다음, 사복인 브이넥 서머 스웨터에 감색 바지로 옷을 갈아입었다. 벗은 유니폼은 클리닝에 내놓기 위해 빨래통에 넣었다.

몸단장을 마친 후 라커룸에서 나온 아야토는 쥐 죽은 듯이 고요한 복도를 걷기 시작했다. 역시 심야 열두 시 가까운 시간이 되니 관내를 걸어 다니는 손님도 보이지 않았다. 지금 시간이라면 엘리베이터를 이용해도 손님의 방해가 되지 않을 것이다. 하루 종일 서서 일했던 탓에 장딴지가 팅팅 부은 상태라 걸어서 계단을 올라가기가 힘들었다.

엘리베이터 홀에서 엘리베이터의 도착을 기다리면서 한숨을 쉬었다.

긴 하루였다. 처음으로 경험하는 대규모 파티였던 데다, 스태프들 사이에서 벌어진 작은 해프닝도 포함해 이런저런 일이 있었다. 많은 셀러브리티를 바로 가까이서 볼 기회가 주어졌지만, 역시 누구보다 인상적이었던 사람은 ──.

플래티나 블론드에 차가운 아이스블루색 눈동자.

파티 회장에서 가장 눈에 띄던 화려한 미모가 뇌리에 떠올랐다.

이름도 모르는 '그'는 이미 돌아갔을까? 아니면 오늘 밤엔 아로마 호텔에 방을 잡았을까?

주위를 둘러싸던 아름다운 미녀들을 떠올렸다.

어쩌면 그중 누군가와 지금쯤…….

저도 모르게 천박한 상상을 하고는 황급히 고개를 좌우로 절레절레 흔든 그때, 땡, 클래식한 벨 소리가 울렸다. 100년의 역사를 자랑하는 아로마호텔은 엘리베이터도 제법 빈티지했다. 아무도 없는 상자에 올라타자, 좌우에서 문이 나오면서 천천히 닫혔다.

1층 버튼을 누르려고 하다가 문득 깜박한 물건이 있다는 것을 깨달았다. 이런. 파티에 관해 간단히 정리해 놓은 수첩을 그대로 주방에 놓고 와버렸다. 오늘 밤에 당장 리포트를 쓸 생각이었는데.

손가락을 위로 쓱 움직여 6층 버튼을 눌렀다. 상자가 덜컹덜컹 가늘게 흔들리면서 위로 올라가더니 1층에서 멈추었다. 로비에서 탈 손님에 대비하여 금색 조작판 앞으로 이동했다.

땡.

좌우로 천천히 열린 문 틈으로 검은색 천이 얼핏 보였다. 곁눈질로 슬쩍 살피고는 장신을 통해 남성이라는 것을 알 수 있었다. 이윽고 문이 활짝 열렸다.

"윽…….."

활짝 열린 문 맞은편……, 그곳에는 '그'가 서 있었다.

'이……이럴 수가.'

턱시도에 감싸인 우아하고 아름다운 모습을 인식한 아야토의 두 눈이 서서히 커졌다. 불과 방금 전에 '그'를 생각했던 참이었기에 놀라움은 더더욱 컸다.

예상치도 못한 우연에 동요하고 만 아야토는 말문을 잃고 멍하니 서 있었다. '그'도 한순간 자신을 보고 놀란 표정을 지은 것 같았지만, 아야토 본인이 몹시 당황한 상태였기 때문에 분명치 않았다.

얼마나 서로 말없이 쳐다보고 있었을까?

아야토의 목에 걸린 사진이 들어간 스태프증을 힐끔 본 '그'가 단정한 입술을 벌려 영어로 물어보았다.

[타도 될까?]

그 용모에 어울리는 벨벳 같은 질감을 띤 부드러운 테너톤 목소리.

황급히 [물론이죠, 미스터.]라고 대답한 아야토는 엘리베이터에 올라탄 '그'에게 긴장한 얼굴로 물었다.

[몇 층으로 가십니까?]

[10층.]

[알겠습니다.]

최상층인 10층에는 스위트룸이 6실 있었다.

턱시도 차림으로 1층에서 올라탔다는 것은, 파티가 끝난 후에 지금까지 바에서 술을 마신 건가?

또다시 쓸데없는 추측을 머리에 떠올리면서 10층 버튼을 눌렀다. 문이 닫히자, 밀폐된 공간에 '그'와 단둘이 되었다. 상자 한가운데에 선 '그'가 나비넥타이에 손을 댄 순간, 달콤한 오드콜로뉴 향기가 감돌면서 심장이 쿵쾅 뛰었다.

'뭐지……?'

왜인지 모르겠지만, 심장이 몹시 빨리 뛰었다.

얼굴도……, 뜨겁다.

손님과 단둘이 엘리베이터를 탈 때는 항상 긴장하지만, 지금의 정신 상태는 그것을 초월한 것 같은 기분이 들었다.

심장이 너무 크게 뛰는 탓에 소리가 들리지 않을까 불안해진 아야토는 곁눈질로 '그'를 힐끔 살펴보았다. 그리고 뜻밖에도 눈이 마주치는 바람에 어깨를 움찔 떨었다. 초조한 나머지 얼굴을 홱 돌렸다. 그리고 나선 자신의 어리석은 행동을 후회했다.

바보야. 먼저 눈을 돌리다니, 손님에게 실례라고.

'……틀림없이 이상하게 생각했을 거야.'

미숙한 자신이 한심했다. 이렇게 되고 나니 좁은 공간에 단둘이 있는 일이 고통 그 자체였다.

어서……. 어서 6층에 도착해줘.

기도하는 듯한 마음으로 2……, 3……, 4……,5, 깜박이며 올라가는 층수 표시 램프를 올려다보면서 두 주먹을 꽉 쥔 바로 그 직후.

파앙!

느닷없이 상공에서 파열음이 나는가 싶더니, 갑자기 전기가 나갔다.

"으악!"

갑작스러운 어둠으로 인해 아야토는 일본어로 비명을 질렀다. 상자가 휘청 흔들렸다. 불의의 충격으로 몸이 기우뚱거리더니, 곧바로 바닥에 엉덩방아를 쿵 찧었다.

[괜찮아?]

'그'의 목소리가 가까이서 들렸지만, 주변이 캄캄한 탓에 모습은 보이지 않았다. 아까까지 깜박이던 작은 층수 표시 램프도 꺼져 있었다. 칠흑 같은 어둠. 올라가던 상자는 멈췄지만, 문은 닫힌 상태였다. 5층과 6층 사이에서 정지해버린 것 같았다.

[괘, 괜찮⋯⋯습니⋯⋯다.]

목구멍에서 간신히 쥐어짜 낸 목소리는 꼴사나울 정도로 덜덜 떨렸다.

아야토는 열세 살이 되던 해 여름에 부모님을 잃은 사고 후유증으로 인해 어둠을 무서워했다. 아니, 무서워한다는 간단한 말로는 다 표현할 수 없었다. 아야토를 카운셀링한 의사는 PTSD ── 외상후 스트레스 장애라고 진단했다.

기적적으로 아야토 혼자만 살아남은 비참한 사고 이후로 되도록 어두운 곳을 피해 살아왔다. 잠을 잘 때도 불을 환히 켠 채로 자고, 특히 깜깜하게 닫힌 곳에는 절대로 가까이 가지 않으려 했다. 하지만 갑자기 어둠에 휩싸이면서 혼란이 물밀듯이 밀어닥쳤다.

그러나 지금은 손님이 함께 있다. 혼란에 빠져 있을 상황이 아니었다.

손님을 앞에 두고 어떻게든 바닥에서 일어서려 했지만, 기운이 빠지고 말았는지 도저히 일어서질 못했다. 그러는 사이에 체온이 내려가면서 오한이 등줄기를 타고 올라왔다. 몸이 경련하듯이 가늘게 떨리기 시작했다. 아야토는 숨이 막힌 나머지 목을 손으로 눌렀다.

'답답해⋯⋯. 숨을⋯⋯, 못 쉬겠어.'

목에서는 바람 빠지는 소리가 났고, 눈물이 쏟아졌다.

무서워. 무서워. 무서워!

머릿속이 온통 공포로 덮이면서 더는 아무 생각도 할 수 없었다.

[저기, 정말로 괜찮아?]

이변을 알아챈 '그'가 걱정스러운 듯이 말을 걸었지만, 이미 대답조차 할 수 없었다.

답답해. 무서워. 누가…….

'살려줘!'

어금니에서 딱딱 소리를 내면서 몸을 웅크린 채 벌벌 떠는 아야토의 어깨를 느닷없이 커다란 손이 움켜잡았다. 그러더니 다정한 손길로 어깨를 안았다. 아야토는 살랑 감도는 달콤한 향기에 감싸였다.

[넌 재패니즈인가?]

울상이 된 아야토는 귓가의 속삭임에 고개를 끄덕였다.

"어둠이 무서워?"

이번 질문은 놀라울 만큼 유창한 일본어였다. 하지만 지금의 아야토에게는 어딜 어떻게 봐도 서양인인 그가 모국어에 가까운 발음을 구사하는 데에 놀랄 만한 여유조차 없었다.

"네……."

"아마 뉴욕의 명물인 정전일 거야."

'그'가 그렇게 말하면서 아야토의 위팔을 살며시 잡고 일으켰다. 아야토는 무릎을 세우고 일어선 상태로 '그'의 품에 폭 안겼다. '그'

는 공포에 움츠러든 몸을 달래듯이 어깨에서부터 등까지 몇 번이나 천천히 쓰다듬어 주었다.

"뉴욕 케이블은 오래된 게 많아서 지역적인 정전은 매번 있는 일 이거든. 호텔도 대응에 익숙할 테니 곧 복구될 거야."

손님에게 위로를 받다니……. 원래는 자신이 해야 하는 일을 '그' 에게 하게 하다니, 생각할수록 한심했다. 그래도 '그'의 따뜻하고 넓 은 품에 감싸여 등을 부드럽게 쓰다듬어주는 손길에 몸을 맡기고 있는 사이에 고통스러웠던 발작이 조금 가라앉았다.

사람의 체온을 더 느끼고 싶어서 떨리는 손으로 '그'의 턱시도 재 킷을 붙잡고 매달렸다.

그러자 '그'도 아야토를 꽉 껴안아주었다.

'아아……'

살짝 벌어진 입술에서 뜨거운 숨이 새어 나왔다.

아무것도 보이지 않는 어둠 속에서 밀착한 '그'의 온기와 또렷한 심장 소리만이 아야토의 의지가 되어주었다.

'따뜻해.'

머릿속에 떠오른 과거의 충격으로 인해 열세 살의 자신으로 돌 아가버린 걸지도 모른다. 저도 모르게 어린아이가 어리광을 부리듯 이 '그'의 탄탄한 가슴에 뺨을 부비부비 비빈 그때였다. 꺼졌을 때와 마찬가지로 불이 느닷없이 확 켜졌다.

"아……."

"복구된 것 같군."

아야토는 눈이 부신 탓에 눈물로 젖은 두 눈을 깜박거리고 나선, 주뼛주뼛 시선을 들었다. '그' 또한 눈이 부신 듯이 눈을 가늘게 뜬 채로 아야토를 쳐다보고 있었다.

이윽고 길고 예쁜 손가락이 아야토의 눈가에 맺힌 눈물을 닦아 주었다.

"괜찮아?"

아야토는 바로 앞에 있는 아이스블루색 눈동자에 넋을 잃은 채 고개를 꾸벅 끄덕였다. '그'의 두 눈이 또다시 서서히 가늘어지더니, 아야토의 머리를 다정하게 쓰다듬어 주었다.

머리를 쓰다듬는 손이 기분 좋은 나머지 황홀함을 느끼며 눈을 감았다. 잠시 후, 상자가 덜컹 흔들리더니 엘리베이터가 움직이기 시작했다.

그 진동으로 퍼뜩 정신을 차린 아야토는 자신이 '그'에게 안겨 있다는 것을 깨닫고 날쌔게 물러서듯이 몸을 뗐다.

'이 바보야 ──!'

아무리 예상치 못한 해프닝이 일어났다고 하더라도 손님에게 매달리다니, 어떠한 경우라도 햇병아리 호텔리어로서 절대 있어선 안 될 추태였다.

원래 상태로 돌아가는 것과 동시에 핏기가 싹 가셨다. 아야토는 순간적으로 바닥에 무릎을 꿇고 마치 머리를 문지르는 양 넙죽 엎드려 사과했다.

"죄, 죄송합니다!"

"그런 식으로 사과하지 마……. 난……."

'그'가 무슨 말을 하려던 그때, 상자가 멈추었다. 슬라이드 도어가 열리면서 스태프 두 사람의 모습이 보였다. 엘리베이터가 멈춘 것을 알아채고 6층에서 대기하고 있었던 듯했다.

[미스터, 괜찮으십니까?]

'그'가 스태프의 물음에 대답했다.

[난 괜찮지만, 이 친구가…….]

아야토가 바닥에 털썩 주저앉아 있는 것을 깨달은 스태프 중 한 사람이 걱정스러운 듯이 [괜찮아?] 하고 물었다. 그러나 아야토는 대답할 수 없었다. 극도의 긴장 상태에서 해방된 반동으로 인해 목소리가 나오지 않을 정도로 허탈감에 빠지고 만 것이다.

[아무래도 어둠을 무서워하는지 가벼운 패닉 증상을 일으킨 것 같더군. 관내에 의사나 테라피스트가 있다면 데려다줘.]

말을 못하는 아야토 대신 '그'가 설명해주었다. 고개를 끄덕인 스태프 두 사람이 축 늘어진 아야토를 양쪽에서 끌어안고 상자 밖으로 데리고 나왔다. 스태프는 상자를 나오고 나선 안에 혼자 남은 '그'에게 물었다.

[저희가 도와드릴 일이 있을까요?]

[아니, 없어. 나보다 그 친구를 돌봐주도록.]

[알겠습니다. 정전으로 폐를 끼쳐 죄송합니다. 좋은 밤 보내십시오, 미스터.]

[수고하게.]

아직 머리는 몽롱한 상태였지만, 그래도 최소한의 예의로 '그'에게 감사 인사를 해야만 한다는 것은 알고 있었다. 아야토는 양쪽에 있는 스태프의 지탱을 받으며 느릿느릿 고개를 들었다.

하지만 때는 이미 늦었다. 아야토가 고개를 들었을 때는 이미 엘리베이터 문은 닫히고 난 뒤였다.

＊　　　＊　　　＊

그 후, 스태프용 휴게실에서 20분 정도 누워 있던 아야토는 조금씩 허탈 상태에서 회복했다.

시간이 시간인 만큼 호텔과 계약한 진료소 의사는 이미 귀가한 뒤였다. 아야토를 걱정한 스태프가 '근처 응급실에서 진찰을 받아 보라'고 권했지만, 이렇게 된 이유는 알고 있었기 때문에 괜찮다고 거절했다. 어둠에서 해방되어 혼란이 진정되면 아무 문제 없었다.

그보다 한시라도 빨리 '그'에게 자신이 부린 추태를 사과하고 감사의 마음을 전해야만 한다.

어쩔 줄을 몰라 안절부절못하던 아야토는 휴게실을 뛰쳐나가 서둘러 프런트 오피스로 향했다.

나이트 매니저에게 부탁해서 알아본 바, 오늘 최상층 스위트룸은 만실. 그중 세 명은 단골 고객이며, 두 명은 여성이었다. 그렇다면 남은 한 명이 '그'일 것이다. '그'는 스위트룸 중에서도 특히 등급이 높은 프레지덴셜 스위트에 묵고 있었다.

레지스트레이션 카드에는 '사이먼 로이드'라는 이름이 적혀 있었다.

이것이 '그'의 이름이구나.

객실 번호는 1001호실. 1박 숙박, 체크아웃 예정 시간은 정오였다.

지금 찾아갈지, 내일 오전 중에 만나서 인사해야 할지 매우 망설여졌지만, 될 수 있으면 오늘 밤에 사과하고 싶었다. 뱅큇 매니저로부터 무슨 문제가 발생한 경우에는 되도록 빨리 대처하는 편이 좋다고 배운 데다, 내일이 되면 엇갈릴 가능성도 있었다.

객실에 미리 전화를 해 놔야 될지 말지도 망설였지만, 밤 열두 시를 훌쩍 넘은 시간이었기 때문에 이미 자고 있을 가능성을 고려하여 직접 찾아가기로 결심했다. 노크를 했다가 반응이 없으면 내일 다시 인사하러 가자.

베버리지(음료) 담당자에게 부탁하여 사비로 샴페인을 한 병 구입한 아야토는 얼음을 채운 샴페인 쿨러에 넣어 차갑게 식혔다. 그러고 나서 새 유니폼으로 갈아입은 다음, 샴페인과 샴페인 글라스, 오프너를 실은 왜건을 밀며 엘리베이터에 올라탔다.

10층에 도착하자 벨이 땡 울리며 문이 열렸다. 스위트룸이 늘어선 플로어는 엘리베이터 홀에서부터 이미 고급스러운 느낌이 감돌았다. 역사가 느껴지는 가구가 놓여 있었고, 천장에도 앤티크한 샹들리에가 매달려 있었다.

이 호텔에서 일하기 시작한 지 한 달이 지났지만, 말단 스태프가 최상층까지 올라갈 기회는 거의 없기 때문에 긴장으로 인해 허리가 쭉 펴지는 것을 느꼈다.

다른 층과 확연히 다른 특별한 장식에 압도되는 것을 느끼면서도 고블랭직 카펫에 발을 디딘 아야토는 왜건을 밀며 쥐 죽은 듯이 고요한 복도를 나아갔다.

복도 맨 끝이 1001호실이었다. 오크 원목으로 된 중후한 문 앞에 서서 왜건을 벽 쪽으로 댄 아야토는 두근두근 시끄러운 심장을 진정시키기 위해 크게 심호흡했다.

빨리 사과하고 싶은 마음 하나로 여기까지 돌진했지만, 막상 문 앞까지 오니 주눅이 들고 말았다. 이 문 건너편에 '그'가 있는 것이다. 그렇게 의식하자마자 심장 고동이 점점 더 빨라졌다.

하지만 망설이고 있을 시간은 없었기 때문에 큰마음을 먹고 오른손을 들어 올려 똑똑똑, 가볍게 노크했다.

숨을 죽이고 기다렸지만, 한참 동안 아무런 응답도 없었다.

역시 벌써 잠들었나 보다. 아니면 목욕을 하고 있다거나.

굳이 말하자면 낙담보다는 안도가 훨씬 컸다. 딱딱하게 굳어 있던 어깨에 힘을 풀고 나서 내일 사과하고자 발길을 돌린 직후, 등 뒤에서 목소리가 들렸다.

[누구시죠?]

"앗……."

그 목소리를 듣자마자 황급히 몸을 홱 돌렸다. 안쪽에서 찰칵 열린 문 틈으로 턱시도 재킷을 벗고 드레스 셔츠에 커머번드 차림인

'그'가 얼굴을 살짝 내비쳤다.

아야토를 본 '그'가 두 눈을 크게 떴다. 그러더니 문을 활짝 열고는 한 발짝 앞으로 나왔다.

[너······.]

풀어서 늘어뜨린 나비넥타이를 목에 걸고 드레스 셔츠 옷깃 언저리를 살짝 풀어 헤친 러프한 스타일이 '그'의 요염한 면모를 한층 부각시켰다. 저도 모르게 몇 초 동안 넋을 잃고 처다본 아야토는 마음속으로 그런 자신을 질타하면서 고개를 푹 숙였다.

[쉬고 계셨을 텐데, 밤 늦게 정말 죄송합니다. 가능하면 오늘 중으로 아까 저지른 무례를 사과드리고 감사를 전하고 싶은 마음에 찾아 뵈었습니다.]

"이제 괜찮아?"

유창한 일본어로 묻는 질문에 얼굴을 들자, 아이스블루색 눈동자가 자신을 물끄러미 처다보고 있었다. 아야토는 자신에게 똑바로 향한 시선에 움츠러들 뻔했지만 꾹 참으며 마찬가지로 일본어로 대답했다.

"네, 이제 괜찮습니다. 아까는 엘리베이터 안에서 폐를 끼쳐 정말 죄송했습니다. 그리고 이래저래 마음 써주신 점도 정말 감사합니다."

아야토는 감사의 마음을 전한 다음, 머리를 깊이 숙였다.

"저, 그래서······, 사과의 의미로 준비했는데, 혹시 괜찮으시면 받아 주시겠습니까?"

주뼛거리며 말을 꺼낸 아야토는 왜건을 끌어당겨 쿨러 안에 있는 샴페인을 손으로 가리켰다.

이 레이블은 파티에서도 잘 마셨으니 아마 싫어하지 않을 것이다. 그렇게 생각하고 크루그를 고르긴 했는데, 과연 그는 이 크루그를 받아줄까?

쿨러 안에 있는 샴페인을 힐끗 본 '그'가 말없이 고개를 끄덕였다.

아무래도 받아줄 것 같다. 아야토는 가슴을 쓸어내렸다.

'다행이다.'

아야토는 입구 부근에서 뒤로 물러선 '그'에게 "실례하겠습니다."라고 고개를 끄덕이며 가볍게 인사한 다음, 왜건을 밀며 실내로 들어갔다. 등 뒤에서 문이 타악 소리를 내며 닫혔다. 아야토는 주실 중간까지 들어가서 왜건을 세웠다.

"이미 차가운 상태인데, 어떻게 할까요? 지금 드시겠습니까? 아니면⋯⋯."

옆에 선 '그'에게 지시를 바라며 묻던 말이 중간에 뚝 끊겼다. 옆쪽에서 뻗어 온 손이 갑자기 위팔을 잡았기 때문이다. 그 손은 그대로 아야토를 확 끌어당겼다.

"앗⋯⋯."

다리가 비틀거린 다음 순간, 아야토는 '그'의 품속에 있었다.

서서히 커진 눈으로 자신을 품에 안은 '그'를 올려다보았다.

"무⋯⋯슨?"

무슨 일이 일어났는지 얼른 이해하지 못하고 목소리가 새어 나왔다.

왜? 어째서 이런 짓을?

'그'는 대답하지 않았다. 그저 말없이 지근거리에서 자신을 내려다보고 있었다. 그 눈동자가 —— 차가운 아이스블루색 눈동자가 기분 탓인지 열을 띠고 있는 것처럼 보이자, 아야토는 당혹감을 감추지 못했다.

'화난 건가……?'

혹시 이런 시간에 찾아오는 무례한 녀석이라고 노여움을 사버린 걸까?

만일 그렇다면 거듭 실례를 사과해야 할 것이다.

"저……저기……, 죄송합니……."

하지만 사과의 말은 마지막까지 밖으로 나오지 못했다. 말끝을 빼앗듯이 아래턱을 잡고는 쭉 들어 올리는가 싶더니, 촉촉하게 젖은 입술이 아야토의 입술을 덮어 왔다. 갑작스러운 행위에 허를 찔린 아야토는 '그'의 품에서 동작을 멈춰버렸다.

"으읍……."

잠시 자신이 무슨 짓을 당하고 있는지도 몰랐다.

그 정도로 자신을 향한 '그'의 행동은 갑작스러웠고, 이해하기도 힘들었다…….

두 눈을 크게 뜬 채 몸과 머리가 굳은 상태로 입술이 틀어막힌 아야토는 이윽고 입술 틈을 밀어젖히고 들어온 젖은 감촉에 몸을 흠칫 떨었다.

── 혀?!

"아웃."

'그'는 반사적으로 몸을 비틀며 저항하는 아야토를 마치 놓치지 않겠다는 양 한쪽 팔로 꽉 껴안았다. 커다란 손이 아야토의 저항을 가볍게 받아넘기듯이 아래턱을 고정시키자 더는 도망칠 수 없었다. 치열을 가르며 입안으로 헤집고 들어오는 뜨거운 혀를 순순히 받아들일 수밖에 없었다.

"음……, 웅, 웃."

공방 끝에 도망칠 길을 찾아 허둥거리던 혀는 원치 않게 꽉 붙들렸다. 질척질척 젖은 소리를 내며 입안을 유린당하자, 입안에서 넘친 타액이 입가에서 흘러 떨어졌다.

깊어지는 입맞춤으로 인해 점점 산소가 부족해지면서 안개가 낀 듯이 머리 한가운데가 멍해졌다. 얼굴이 뜨겁게 달아올랐고, 눈가에 눈물이 맺혔다.

"흐……웃."

'그'가 멋대로 실컷 아야토의 입안을 희롱해 댄 끝에 거우 아래턱을 잡고 있던 힘을 풀었다. 간신히 입술이 해방된 아야토는 가슴을 크게 헐떡였다.

그러나 그것도 잠시. 아야토는 곧바로 다시 한 번 키스를 당할 것 같은 기척을 느끼고는 황급히 얼굴을 돌렸다.

"자, 잠시……만, 요."

거친 숨결을 틈타 소리치며 '그'의 상체에 두 팔을 대고 버티면서 어떻게든 몸을 떼어 내고자 했다. 하지만 '그'의 손이 허리를 단단히 끌어안고 있었기에 벗어날 수 없었다. 궁지에 몰린 아야토는 고개를 좌우로 절레절레 흔들었다.

"왜, 왜 이러시는지 이유를 가르쳐주세요!"

"이유?"

빨려 들어갈 듯한 아이스블루색 눈동자가 아야토의 눈을 들여다보았다.

"어째서 이런 짓을 하시는 겁니까?"

울상이 되어 그렇게 따진 아야토의 뇌리에 어떠한 가능성이 떠올랐다.

혹시 취한 걸까? 설마 그래서 자신을 여자와 착각한 건가?

표면상으로는 그렇게 보이지 않지만, 취하지 않았다면 동성인 자신에게 키스할 이유가 없었다.

"저……, 저는 남자예요."

진지하게 주장하자, '그'가 예쁘게 생긴 미간을 찌푸렸다.

"나도 알아. 넌 무척 아름답지만, 여자가 아니라는 건 한눈에 봐도 안다고."

알아? 다시 말해, 남자라는 걸 알면서 키스했다는 거야?

그 대답을 듣고 나니 머리가 더더욱 혼란스러워졌다.

"그럼……, 어째서?"

반쯤 어찌할 바를 몰라 하며 묻자, '그'도 약간 곤혹스러운 표정을 지었다.

"어째서?"

혼잣말을 하듯이 "어째서일까?" 하고 중얼거린 다음, 또다시 아야토의 눈을 물끄러미 보았다.

"나도 내 행동에 놀라고 있어서 말이지. 아무리 아름답다고 해도 만난 지 얼마 되지도 않은 상대에게……, 게다가 동성에게 이런 기분을 느낀 적은 태어나서 처음이거든."

"이런 기분……?"

'그'가 앵무새처럼 말을 반복하는 아야토를 진지한 눈빛으로 똑바로 쳐다보더니 속삭였다.

"……널 원해."

"윽……."

직설적인 유혹의 말에 심장이 쿵쾅 뛰었다. 얼굴이 확 달아오르는 것을 스스로도 알 수 있었다. 자신의 반응에 당황한 아야토를 내려다보던 '그'의 두 눈이 서서히 가늘어졌다.

"넌 싫어?"

"네?"

"나와 사랑을 나누기 싫어?"

싫다고 말하고 거절해야만 한다는 것은 알고 있었다.

미스터, 죄송하지만 장난이 지나치시군요. 그런 말로 완곡하게 거절해야 한다.

그러면 아마 일류 신사인 '그'는 더 이상 막무가내로 밀어붙이지 않을 것이다.

머리로는 알고 있는데도 —— .

"……모르겠어요."

무의식중에 아야토의 생각과 반대되는 말이 입을 타고 흘러나왔다.

"모르겠어? 그럼 싫다는 건 아니라는 뜻이군."

아야토의 망설임을 놓치지 않고 다소 억지로 그렇게 단정한 '그'가 약간 조급한 말투로 물었다.

"이름이 뭐지?"

'그'가 그렇게 묻자, 아야토는 새 유니폼에 아직 명찰을 달지 않았다는 것을 깨달았다. 스태프증은 아까 휴게실에서 누워 있었을 때 벗어 놓은 상태였다.

"아……아야토입니다."

"아야토라."

그 이름을 마치 음미하듯이 감회 깊은 표정으로 발음한 '그'가 부드러운 미소를 지었다.

"예쁜 이름이군. 당당함과 평온함을 띠고 있으면서도 어딘가 요염한 게……, 너의 아름다운 자태와 무척 잘 어울리는걸."

거듭되는 과분한 칭찬에 위화감을 느끼면서도 바로 가까이서 본 '그'의 웃는 얼굴이 너무나도 우아한 나머지 이런 상황임에도 불구하고 그만 넋을 잃은 채로 멍하니 쳐다보고 말았다.

"미스터……."

"쉿. 이제 아무 말도 하지 마."

'그'는 검지로 입술을 눌렀다. 그 손가락이 떨어지는 것과 동시에 입술이 아야토의 입술을 덮어 왔다.

"응······."

또다시 키스.

뜨겁게 젖은 혀가 이번에는 욕망을 억누르지 못하도록 입안을 천천히 애무했다. 위턱을 혀끝으로 찌르고 치열을 가르더니, 혀를 자근자근 깨물었다. 마치 아야토의 약점을 꿰고 있는 듯한 교묘하고 열정적인 입맞춤.

"으······응, 하응."

머릿속이 열을 머금었고, 어느샌가 몸이 안쪽에서부터 사르르 녹기 시작했다.

당장이라도 휩쓸릴 것 같은 자신이 두려웠던 아야토는 매달리듯이 '그'의 드레스 셔츠 주름을 붙잡았다.

'안 돼······.'

손님에게 구애를 받은 것은 이번이 처음은 아니었다. 요 한 달 동안만 해도 남녀 불문하고 몇 번이나 침대로 유혹받았지만, 전부 정중하게 거절해 왔다.

호텔리어에게 손님과 육체관계를 갖는 것은 금기 중의 금기였다.

설령 취업 중이 아니라 하더라도, 정식 스태프가 아니라 하더라도 그 금기만은 절대 저질러선 안 된다.

'안 돼······, 안, 돼······.'

마지막 요새라는 양 가슴속으로 '안 돼'라는 말만 되풀이했다.

그 말만 하면 끝난다. 알고 있다.

그건 알고 있는……데.

"꼭……, 널 갖고 싶어."

입술을 뗀 '그'가 귓바퀴에 직접 속삭인 순간, 온몸에서 힘이 빠졌다.

"성급한 건 알지만, 못 참겠어."

열을 머금은 애달픈 목소리로 애원하자, 아야토의 마지막 요새는 와르르 무너졌다.

셀러브리티의 변덕, 하룻밤의 위안일 뿐이라는 것은 알고 있었다. 그래도 '그'의 팔을 뿌리칠 수는 없었다…….

붙잡히고 말았다.

아야토는 달콤한 덫에 빠져드는 자신을 느끼면서 스스로 입술을 벌려 '그'의 세 번째 침입을 받아들였다.

제3장

정신을 차려 보니 침실의 침대 위였다. 새하얀 실크 시트에 눕혀진 채로 남자에게 깔린 아야토는 시선 끝에 있는 눈부신 미모를 올려다보았다.

'그' 또한 아야토에게 뜨거운 눈빛을 보냈다. 시선과 시선이 서로 엉켰고, 아이스블루색 눈동자 안쪽에 깃든 또렷한 정욕의 빛을 발견한 아야토는 작게 몸서리를 쳤다.

정말로……, 이제 '그'와 섹스를 하는 것이다.

실감을 곱씹은 그 찰나, 심장이 쿵쾅 뛰었다.

'그'를 밀어내고 도망치고 싶기도 하고, 팔을 뻗어 그 몸을 끌어안고 싶기도 한 상반되는 감정을 주체하지 못하고 있는 사이에 넋을 잃을 만큼 아름다운 얼굴이 다가오더니 단정한 입술이 코끝에 살짝 닿았다. 쪽 소리를 내며 떨어진 입술이 이어서 목덜미에 닿더니 쇄골로 내려갔다. 심장에 가까워짐에 따라 안 그래도 폭주할 듯한 고동이 더더욱 빨라졌다.

'그'는 보이 제복을 벗기더니 언더셔츠를 쭉 걷어 올렸다. 맨살에 닿은 공기를 느낀 직후, 가슴 선단을 입술로 쭉 빨리자 어깨가 움찔 떨렸다.

"뭐……뭐야?"

예상외의 전개에 혼란스러운 목소리가 나왔다.

그러나 '그'는 당혹스러워하는 아야토는 아랑곳 않고 계속해서 가슴에 애무를 가했다. '그'가 작은 구슬을 입술 사이에 머금고 쭉 잡아당기자, 등이 실룩 굽이쳤다. 젖꽃판을 혀끝으로 할짝할짝 핥자, 약한 불에 지져지듯이 자극이 자근자근 밀려오면서 저도 모르게 교성이 흘러나왔다.

"앗……."

스스로도 처음 듣는, 평소보다 몇 배나 옥타브가 높은 목소리에 화들짝 놀랐다. 혀끝으로 돌기를 눌러 찌부러뜨리듯이 자극당하자 선단이 뜨겁게 열을 발하며 짜릿하게 저려 왔다.

까끌까끌한 혀가 열기를 띤 유두를 집요하게 핥아 대자 달콤한 한숨이 새어 나왔다.

"……흐웃."

전부 태어나서 처음 맛보는 감각이었다.

"단단해졌군."

가슴팍에 얼굴을 묻은 '그'의 속삭임을 듣고는 얼굴이 확 달아올랐다.

단단해졌다고?

여자 같은 새된 교성을 낸 데다, 남자 주제에 젖꼭지를 애무당하고 느끼다니……!

"응……, 크읏."

수치심에 어금니를 악물고 안간힘을 다해 목소리를 억눌렀지만, 한 번 변하고 만 것은 원래대로 돌아가지 않았다.

게다가 가슴에 가해지는 자극으로 인해 생겨난 '열'은 서서히 하반신으로 전도되기 시작한 상태였다.

'어쩌지?'

하복부가 뜨거웠다.

아야토는 자신의 하반신이 반응하기 시작한 것을 깨닫고 초조해졌다. 아무리 요 한 달 동안 호텔 일 때문에 바쁘고 피곤해서 자위조차 하지 않았다 하더라도 다른 사람이 가슴을 조금 애무했다고 징조를 보이다니 창피하기 그지없었다.

초조함에 사로잡혀 다리를 오므리고 가리려 한 행동이 도리어 아야토를 궁지에 몰아넣고 말았다. 부자연스러운 동작을 알아챈 '그'가 손을 뻗어 두 다리 사이를 만졌다.

"앗……."

살짝 만지기만 했는데도 온몸이 떨렸다.

"갑갑해 보이는걸."

그렇게 중얼거린 '그'가 가슴에서 얼굴을 떼고는 몸을 아래로 틀었다. 아야토는 허리띠에 손을 대고 풀려 하는 '그'를 황급히 제지했다.

"자……잠시만요."

하지만 '그'는 제지를 무시하고 허리띠 버클을 재빨리 풀더니 지퍼까지 내려버렸다.

"미스터……, 잠시만……."

'그'가 자기 마음대로 아야토의 유니폼 바지 앞을 느슨하게 풀어버리자, 아야토는 울먹이는 목소리로 몇 번을 애원했다. '그'의 앞에 천박한 상태인 자신을 드러내는 것이 부끄러웠다.

"이대로 있으면 괴롭기만 할 뿐이잖아."

얼굴을 든 '그'가 다정하게 말했다.

"하지만……."

"날 믿고 맡겨. ……알겠지?"

'그'는 더할 나위 없이 달콤하고 타인을 부리는 데 익숙한 말투로 아야토의 저항을 막은 다음, 재빨리 바지와 속옷을 한꺼번에 잡고 쑥 내렸다. 하의를 다리에서 잡아 빼내고 언더셔츠도 벗기더니 몸에 입고 있던 옷을 전부 제거해버렸다.

실오라기 하나 걸치지 않은 알몸으로 하얀 시트 위에 누운 채 열을 머금은 '그'의 눈빛을 한 몸에 받고 있으려니 아야토는 온몸이 수치심으로 빨갛게 물드는 것을 느꼈다. 귀까지 뜨거웠다.

치사하다. 자기 혼자만 옷을 입고 있다니……, 치사하다.

"보지, 마세요……."

지금 이 순간만은 밝은 방이 싫었다. 몸을 비틀어 알몸을 감추고자 했지만, 무정한 손이 그를 제지했다. 아야토의 두 손을 시트에 붙들어 맨 '그'가 감탄의 목소리를 자아냈다.

"상상했던 대로……, 아주 아름답군."

상상했다니……, 언제?

게다가 정작 그렇게 말하는 '그' 본인이 훨씬 아름다운데.

아야토가 어리둥절해하자, 그 사이에 '그'는 아야토의 두 다리를 잡고 좌우로 확 벌렸다.

"앗……."

충격으로 인해 비명이 입을 타고 흘러나왔다. 모양을 바꾸고 벌떡 서버린 욕망을 '그'의 눈앞에 훤히 드러냈다는 생각만으로도 정신이 아득해졌다.

"싫, 어요!"

어떻게든 다리를 오므리려고 저항했지만, '그'가 손으로 꽉 누르고 있었기에 그러지도 못했다.

"왜 싫지? 이렇게나 아름다운데."

'그'의 입술이 무릎 뒤쪽에 꾹 닿았다.

"매끄럽고 부들부들하고……, 달콤하군."

입술이 그런 창피한 말을 속삭이면서 다리 끝을 향해 미끄러지듯이 떨어졌다. 말의 애무에도 능숙한 '그'의 입술과 혀가 안쪽의 민감한 살갗을 쓱 어루만지자, 아야토의 허벅지가 바르르 떨렸다.

마침내 다리 끝까지 올라왔다……고 생각한 다음 순간, 아야토의 욕망은 '그'의 입안에 머금어졌다.

"히익!"

축축하고 뜨거운 점막에 감싸이자 충격으로 인해 목구멍에서 소리가 났다.

'말도 안 돼……'

예상치 못한 전개에 머릿속이 새하얘졌다.

'그'의 입이 자신의 물건을……!

이 세상에 구강 성교라는 행위가 있다는 것을 하나의 지식으로서는 알고 있었지만, 실제로 경험하는 것은 물론 처음이었다. 상대가 '그'라고 생각하니 더더욱 어찌할 바를 몰랐던 아야토는 놀라 소리쳤다.

"안 돼요, 그러시면, 안 돼요!"

플래티나 블론드를 손으로 잡고 힘껏 떼어 내고자 했다. 하지만 꿈쩍도 하지 않았다. 움직이기는커녕 오히려 목 안쪽까지 깊숙이 물어버리고 말았다.

"앗, 앗, 아, 웃……"

중심축을 훑듯이 입술을 위아래로 움직일 때마다 강렬한 쾌감으로 인해 교성이 튀어나왔다.

츄릅, 츄르릅, '그'의 고귀한 분위기와 도무지 어울리지 않는 음탕한 물소리에도 부추김당해 체온이 단숨에 상승했다.

선단의 옴폭 패인 그곳을 혀끝으로 콕콕 찔리자 숨을 삼켰다. 자

극에 약한 뒤쪽 힘줄을 까끌까끌한 혀로 훑은 순간, 허리가 음란하게 실룩거렸다. 입 전체를 사용하여 꽉 조이는 바람에 당장이라도 절정에 달할 것 같았지만, 시트를 움켜잡고 안간힘을 다해 견디었다.

"이……이, 제."

급속도로 치솟는 사정감으로 인해 눈가에 눈물이 어렸다. 태어나서 처음 경험하는 쾌락의 파도에 빠져 휩쓸릴 뻔한 아야토는 무의식적으로 '그'의 백금색 머리카락을 손가락에 휘감고 울먹이는 목소리로 애원했다.

"부탁이에요……. 놔주세요!"

하지만 애원은 통하지 않았다. '그'의 입에 한층 더 세게 빨린 아야토는 하얀 목을 뒤로 젖혔다.

안 돼. 이제 못 견디겠어.

"아, 아앗 ── !"

아야토는 새된 비명을 지르며 '그'의 입안에서 터졌다.

"하아……, 하아."

힘이 빠진 팔을 시트에 내던진 채 흐트러진 숨을 고르고 있으려니, '그'가 천천히 얼굴을 들었다. 눈물로 부예진 시야 속에서 하얀 울대뼈가 위아래로 천천히 움직였다.

"아……."

마……마셨어?

욕정에 젖어 더더욱 요염하게 보이는 미모에 잠시 넋을 놓고 있던 아야토는 퍼뜩 정신을 차렸다. 일류 셀러브리티인 '그'가 자신이 쏟아 낸 것을 삼키는 모습을 목격하자 머리끝까지 몰렸던 피가 단숨에 가시는 기분이었다.

"죄, 죄송합니다!"

새파랗게 질려 사과하자, '그'가 고개를 좌우로 흔들었다.

"사과할 필요 없어. 그보다……, 기분 좋았나?"

아야토는 망설이면서도 고개를 끄덕였다.

"다행이군."

'그'가 안심한 듯이 미소를 지었다. 항상 자신감에 넘치는 '그'의 그 안도한 표정이 가슴을 찔렀다. 심장에 달콤한 고통이 퍼졌다.

하지만 정말로 정신을 잃을 뻔할 만큼 기분 좋았다.

그렇기에 '그'에게 받기만 하는 건 왠지 찜찜했다. 본디 섹스란 서로가 함께 기분 좋아지는 행위일 터.

'그'가 이런 밤을 몇 번이나 보내 왔다는 사실은 완벽한 리드를 보면 알 수 있었다. 그에 비해 누군가와 육체관계를 맺는 행위 자체가 처음인 자신이 '그'와 똑같이 할 수 있으리라는 생각은 전혀 들지 않지만.

'그래도……, 일방적인 건 싫어.'

그 마음에 압도된 아야토는 주뼛주뼛 말을 꺼냈다.

"저……, 이번에는 제가 할게요."

그러나 큰마음을 먹고 한 제안은 즉각 거절당했다.

"넌 아무것도 하지 마."

"하, 하지만……, 그럴 수는."

"아까 그건 내가 그렇게 하고 싶어서 했을 뿐이니까."

그런 말을 들으니 자신감이 없는 만큼 더 이상 강요할 수는 없었다.

"그 대신 지금부터는 되도록 저항하지 말고 나에게 몸을 맡겨줄래? 무턱대고 버둥거렸다간 널 다치게 할지도 모르니까. 알겠지?"

"네……."

아야토는 진지한 표정으로 그렇게 당부한 '그'에게 고개를 꾸벅 끄덕여 보였다.

침대 위에서 마주 본 '그'의 손길을 따라 다시 한 번 두 다리를 크게 벌린 아야토는 방금 전에 '그'가 했던 당부를 떠올리며 무릎을 오므리고 싶은 충동을 꾹 참았다.

긴 손가락이 방금 사정한 욕망에 닿았다……고 생각한 순간, 그대로 아래를 향해 쓰윽 미끄러졌다. 엉덩이 사이의 골짜기를 손끝으로 콕콕 찌르자 등이 움찔 떨렸다.

"여길 쓰는 건 처음이야?"

'그'가 얼굴을 들여다보며 묻자, 아야토는 당혹감을 감추지 못했다.

남자들끼리 섹스할 때 '그곳'을 쓴다는 것은 알고 있었다. 미국에 오고 나서 자기 방어를 위해 인터넷으로 게이에 대해 조금 공부했기 때문이다.

'어쩌지?'

'이곳'은 물론이거니와 섹스 자체가 처음이라고 솔직하게 고백하면 흥이 깨질까?

그렇다면 전부 털어놓을 필요는 없이 남자와의 섹스는 처음이라는 사실만 밝혀 두는 편이 좋을 듯한 생각이 들었다. 아마 그에 따라 태도가 달라질 것 같으니까.

고민 끝에 "네."라고 작게 인정하자, 눈앞에 있는 '그'의 미모가 달콤하게 녹아내렸다.

"부드럽게 할게. 절대로 상처 주지 않겠다고 약속하겠어."

'그'가 아야토의 무릎에 입술을 꾹 가져다 대고 나선 일어서더니 침대에서 내려갔다. 그런 다음, 성큼성큼 걸어 욕실로 사라지는가 싶더니 보디로션을 통째로 들고 돌아왔다. 침대로 되돌아오는 도중에 한 손으로 커머번드를 능숙하게 벗어 바닥에 떨어뜨리고는 드레스 셔츠의 단추를 모두 풀어 바지 허리춤에서 빼내었다.

'그'는 드레스 셔츠 앞을 풀어 헤친 상태로 또다시 침대를 삐걱 울리면서 올라왔다. 아야토는 훤히 드러난 탄탄하고 아름다운 가슴, 그리고 균형 잡힌 근육질의 복부를 보며 숨을 삼켰다.

확 풍기는 수컷의 페로몬을 맡고 아찔해진 순간, 어깨에 손이 닿더니 몸을 뒤집었다. 그 손은 그대로 폭신폭신한 베개에 얼굴을 묻고 엎드리게 한 뒤, 허리만 높이 치켜 들게 했다.

그러자 '그'를 향해 엉덩이를 쭉 내민 자세가 되고 말았다.

부끄러운 자세에 저항할 틈도 없이 손가락이 얇은 살을 비집어 열자, 아야토는 힉 소리를 내며 목을 울렸다. 스스로도 본 적이 없는 '그곳'에 그의 시선을 느꼈다.

"으, 윽……."

그런 곳을 그의 눈앞에 훤히 드러내다니, 생각만 해도 창피해서 미쳐버릴 것 같았다.

수치심으로 온몸을 붉게 물들인 채 몇 번이나 싫다고 몸을 비틀며 저항했지만, '그'는 용서해주지 않았다.

"참아. 너에게 상처 주지 않게 하기 위해서야."

'그'는 강한 말투로 타이르더니, 손가락으로 벌린 은밀한 곳에 보디로션을 뿌렸다. 허벅지 안쪽까지 흘러내릴 만큼 듬뿍 뿌린 다음, 액체를 고루 펴 바르고 나서 그 안에 손가락을 넣었다.

"윽."

이물감을 느낀 아야토는 인상을 찌푸렸다. 딱딱한 손가락이 반사적으로 밀어내려 하는 안쪽 주름의 움직임을 달래듯이 몸 안에서 찌꺽찌꺽 소리를 내며 꿈틀거렸다.

'소름 끼쳐…….'

어금니를 악물고 위 언저리에서 치미는 구토감을 건뎌 냈다.

자신도 힘들지만, '그' 또한 틀림없이 힘들 것이다. 상대가 여자라면 이런 귀찮은 절차를 밟을 필요는 없을 테니까. 서로가 그런 마음이 들면 당장이라도 안을 수 있다.

그런데도……, 이런 고생까지 하면서 왜 남자인 자신을 안으려하는 걸까?

그런 의문이 들었지만, 대답은 나오지 않았다.

단 한 가지 확실한 것은 설령 이 정사가 하룻밤의 변덕이라 할지라도 '그'가 자신과 이어지기 위해 지금 최대한으로 노력해주고 있다는 사실.

어떻게든 그 마음에 보답하고 싶다. 절실하게 생각한 그때였다. 어떤 곳에 '그'의 손가락이 닿자마자 전류가 등줄기를 찌르르 관통했다. 허리가 꿈틀 떨렸다.

"읏……."

뭐지? 왠지 이상하다.

손가락이 그곳에 닿자 허리 안쪽이 근질근질 쑤시는 것 같은 느낌이 들면서…….

"거기……."

"여기?"

"응……, 이, 상해……, 왠지……, 이상해요."

혀가 잘 돌아가지 않았지만 안간힘을 다해 호소했다.

"여길……, 이런 식으로……, 문지르면, 기분 좋아?"

'그'가 확인하듯이 그 지점을 손가락 끝으로 문질렀다.

"네……, 아……앙, 아앙."

네, 라고 말할 생각이었지만, 목소리가 흐트러지는 바람에 제대로 말이 나오지 않았다. 무의식중에 몸속의 손가락을 꽉 조이며 허리를 흔들흔들 움직이고 말았다. 어느샌가 발기한 욕망에서도 투명한 꿀이 흘러넘쳐 시트를 적시고 있었다.

"하앗……, 앗, 아……."

그 이후로도 한동안 두 개로 늘어난 손가락이 그곳을 정성껏 풀어주었다. 안이 끈적하게 녹아내린 타이밍을 살피듯이 손가락을 뽑아 냈다.

"슬슬……, 괜찮겠지?"

상실감에 실룩거리는 뒤쪽에 뜨겁게 젖은 뾰족한 끝이 찰싹 닿았다. 사납게 뛰는 '그'의 맥동에 몸이 움츠러들었다.

"잘 들어. 되도록 몸에서 힘을 빼. 긴장 풀고 편히 있어."

'그'가 아이를 어르듯이 다정하게 속삭이면서 점차 압력을 가해 왔다.

"아윽……."

아프다고 소리치지 않는 것이 고작이었다. 몸이 두 동강 나는 듯한 충격에 눈물이 왈칵 쏟아졌고, 온몸의 모공이란 모공에서 식은 땀이 뿜어져 나왔다.

무리야. 긴장 풀고 편히 있으라니, 그렇게는 못해.

반사적으로 앞을 향해 도망치려 했다. 하지만 강한 힘이 허리를 꽉 붙들었다.

"무척……, 좁군."

고통스러운 목소리가 목덜미에 떨어지자, 아야토는 눈물로 젖은 두 눈을 깜박였다.

힘든 것은 아야토 혼자만이 아니다. 참아야 한다고 생각하고 있으려니, '그'가 앞으로 손을 뻗어 왔다. 그러더니 충격으로 인해 기운을 잃은 성기를 한 손으로 꽉 쥐고는 천천히 자극하기 시작했다.

"아……."

애무를 받은 곳에서 작은 쾌감의 징조가 싹트자 조금……, 아주 조금 편해졌다. 몸의 경직이 풀린 탓인지 이물을 빡빡하게 조이고 있던 내부도 약간 느슨해졌다.

"그래……, 그 상태로 풀어봐."

격려를 받은 아야토는 멈추고 있던 숨을 조심스레 토해 냈다.

"천천히……, 그래, 조금씩 삼키는 거야."

작열하는 덩어리가 점막을 끌어들이며 조금씩 앞으로 나아갔다.

"아주 잘하는걸. 이제 얼마 안 남았으니까 힘내."

"응, 크……으."

마지막에는 아야토의 허리를 붙잡은 '그'가 흔들어 대듯이 움직여 전부를 꾹 밀어 넣었다.

"……들어갔어."

한숨 섞인 저음이 등을 타고 떨어지더니, 뒤에서 아야토를 꽈악 끌어안았다.

"하아……, 하아."

전력 질주한 뒤처럼 숨이 거칠어지고, 온몸이 땀으로 흠뻑 젖었다. 복부가 빵빵하게 부풀었고, 아무튼 뜨거웠다. 자신의 몸속에서 '그'가 쿵쾅쿵쾅 고동치고 있었다.

불과 몇 시간 전만 해도 멀리서 선망의 눈빛으로 바라보고 있던 '그'와 지금 짐승 같은 자세로 이어져 있다니, 왠지 믿어지지 않았다.

"자, 움직일게."

뒤에 있던 '그'가 아야토의 호흡이 진정되기를 기다렸다는 듯이 서서히 움직이기 시작했다. 초심자인 아야토를 배려하는 듯한 완만한 피스톤 운동. 아야토는 시트를 부여잡고 작열하는 덩어리가 몸속을 왔다 갔다 하는 위화감을 견디었다.

"으……응."

처음에는 고통스러울 뿐이었지만, 이윽고 '그'가 문지른 부분에서 신기한 감각이 싹트기 시작했다. 온몸을 달콤하게 마비시키는 '무언가'가 서서히 스며 나오더니…….

그것이 쾌감임을 깨달은 것은 '그'가 아까 손가락으로 찾은 지점을 정확히 겨냥하듯이 찔러 올린 그때였다.

"앗, 응."

칠칠치 못하게 벌어진 입술에서 저도 모르게 교성이 흘러나왔다.

"여기가, 기분 좋은가?"

몸을 덮어 온 '그'가 쾌감을 느끼는 부분을 단단한 물건의 끝으로 찌르면서 확인하자, 아야토는 고개를 끄덕거렸다.

"기분……, 좋아, 요."

섹스 자체는 처음인데도 동성에게 안겨 뒤로 느끼고 마는 자신이 부끄러웠지만, 거짓말은 할 수 없었다. 거짓말을 해봤자 아마 '그'는 이미 다 알고 있을 것이다.

"착해라."

'그'는 달콤한 목소리로 속삭인 직후, 뒤에서 아야토를 안아 일으키더니 무릎 위에 앉혔다. 넓은 가슴에 폭 감싸인 상태에서 두 다리를 부둥켜 안듯이 꽉 붙잡힌 아야토는 그 자세로 밑에서 퍽 찔러 올리는 '그'를 맞이했다.

"앗, 앗, 아앗."

피스톤 운동이 거듭될 때마다 위로 젖힌 목에서 교성이 쏟아졌다. 욱신거리는 곳을 힘차게 휜 선단으로 몇 번이나 후벼 파이자 검은자가 촉촉하게 젖었다.

"웅, 흐웃……."

이런 식으로 자신의 몸이 쾌감을 느끼는 줄은 몰랐다. 단단하고 늠름한 쐐기를 깊이 물고, 조이고, 끈적끈적하게 느끼면서 이렇게 달콤한 신음 소리를 낼 줄은 몰랐다.

"넌 정말, 잘 느끼는, 구나."

귓불을 입안에 머금은 채 귓바퀴에 숨을 불어넣자, 관자놀이가 서서히 뜨거워졌다.

"말하지……, 마세……."

"왜? 칭찬하는 건데."

'그'의 의미심장한 웃음에 입술을 꽉 깨물었다. 남자가 자신에게 '잘 느낀다'고 한 말은 아무리 생각해도 칭찬으로 여겨지지 않았다.

"당신은……, 심술궂은 분이군요."

"심술 부리는 것 아니야. 몸 어디나 할 것 없이 이렇게 아름다운 데다 감도까지 좋다니, 그야말로 최고인걸."

정말로 칭찬받고 있는 건지 알 수 없어 혼란스러워하는 사이에 '그'는 뾰족하게 선 아야토의 양쪽 유두를 손가락으로 빙글빙글 애무했다. 그대로 꽈아악 잡아당기자, 등이 흠칫 뛰면서 뒤로 젖혀졌다.

"아……, 응."

"유두가 좋아? 만지면 느껴져?"

"모르겠……."

아야토는 고개를 절레절레 저었다.

"모르겠어? 하지만 여길 애무하면……, 아래쪽이 꽉 조이는걸."

"아앗."

확실히 유두를 애무당한 자극이 하복부로 전해지면서 내벽이 음란하게 율동하는 것을 알 수 있었다. 천박한 자신이 지긋지긋했지만, 자신의 뜻과는 달리 몸 안의 '그'를 휘감는 것은 어쩔 도리가 없었다.

"응, 흐……, 응……."

오늘만 세 번이나 발기한 욕망에서도 쿠퍼액이 끈적끈적하게 흘러 떨어지면서 보디로션과 한데 뒤섞여 '그'가 허리를 꿈틀거릴 때마다 질퍽, 찔꺽, 음란한 물소리가 울려 퍼졌다. 그 소리에 이끌리듯이 고개를 숙인 아야토는 시야에 비친 자신과 '그'의 결합 부분을 보고 어깨를 떨었다.

'굉장하다.'

이렇게 크고 굵은 물건이 자신의 몸속에 들어가 있는 것이다.

새삼 그 사실을 깨달은 아야토는 몸을 작게 바르르 떨었다.

첫 체위는 동물의 교미 같아서 부끄러웠지만 그게 정답이었을지도 모른다. 만약 처음부터 이것을 봤다면 몸이 위축되는 바람에 도저히 받아들이지 못했을 것이다.

"……아야토."

'그'가 쉰 목소리로 자신의 이름을 부르자, 등골에 오싹오싹 소름이 끼쳤다. 젖은 흥분이 나갔다 들어왔다 하는 자극적인 비주얼과의 상승 효과로 인해 사정감이 단숨에 치솟았다.

"아……, 아, 응……, 아앙……."

밀려온 쾌감의 파도에 삼켜지면서 머릿속이 새하얗게 물들며 불꽃이 튀었다.

"가, 갈 것, 같……, 아……, 갈 것 같……, 아앗."

허리를 가늘게 떤 아야토는 욕망의 선단에서 하얗고 탁한 액체를 뿜어 냈다.

절정에 달할 때 몸속에 있는 '그'를 세차게 조였는지, 등과 밀착된 복근에 힘이 확 들어갔다.

"윽……."

괴로운 듯한 숨결이 귀에 닿더니, '그'가 아야토의 얼굴을 잡아 뒤로 비틀듯이 돌리고는 입을 맞추었다.

"음, 으응."

깊은 입맞춤을 나누면서 서로의 혀를 휘감은 채로 '그'가 뒤에서 세차게 몰아쳤다. 첫 번째의 여운도 아직 다 가시지 않은 상태로 방금 절정에 달한 민감한 점막을 뜨겁고 달콤하게 휘저어 대자, 그것만으로도 또다시 한계에 다다를 것 같은 느낌이 들었다.

"응……, 웃, 음."

등 뒤에 있는 '그'가 흠칫거리며 숨을 삼킨 바로 다음 순간, 크게 부풀어 오른 '열'이 안에서 터졌다. 뜨거운 물방울이 몸 가장 깊숙한 곳에 촤악 내리치자, 아야토는 움찔 떨며 등을 뒤로 젖혔다.

"하앙……, 또……, 아아."

아야토는 몸 안쪽이 '그'의 방탕으로 뜨겁게 젖어 가는 느낌에 몸을 파르르 떨면서 두 번째로 찾아온 절정의 계단을 뛰어 올라갔다.

*　　　*　　　*

그 뒤에도 '그'가 원하는 대로 한 번 더 관계를 나눈 다음, 샤워를 하고 같은 침대에 들어갔다.

'그'는 어둠을 무서워하는 아야토를 배려해서인지 침대 옆에 있는 간접조명을 켜 놓아주었지만, 평소에는 한밤중에도 환하게 불을 켜고 자는 아야토는 어슴푸레한 어둠에조차 익숙해지지 못해 결국 잠을 잘 수가 없었다. 전에 없이 신경이 흥분한 상태이기 때문이기도 할 것이다.

아야토는 옆에서 규칙적인 숨소리가 들려오기 시작한 때를 노려 '그'를 깨우지 않도록 세심한 주의를 기울여 킹사이즈 침대에서 몰래 빠져나왔다.

조용한 숨소리를 내고 있는 '그'를 곁눈질로 슬쩍 보면서 바닥 여기저기에 떨어진 옷을 주워 들었다. 첫 행위를 마치고 욱신거리는 허리를 보호하면서 파우더룸에 가서 몸단장을 끝냈다.

마지막으로 '그'의 자는 얼굴을 눈에 아로새기고 나서 몸을 홱 돌린 아야토는 살금살금 방을 나갔다.

'그'에게 아무 말도 하지 않고 돌아가자니 양심에 찔렸지만, 어쨌든 머릿속이 혼란스러운 상태였기에 한시라도 빨리 혼자가 되어 마음을 정리하고 싶었다.

호텔에서 5분 거리에 지어진 종업원용 아파트로 다리를 약간 질질 끌다시피 하면서 돌아왔다. 방 침대에 앉은 아야토는 한 손으로 얼굴을 감쌌다.

"하아……."

손가락과 손가락 사이에서 무거운 한숨이 새어 나왔다.

손님과 자고 말았다.

손님과 육체관계를 갖다니, 호텔리어로서 결코 있어서는 안 되는 행위였다.

게다가 무려 직장인 호텔 객실에서…….

최악이다. 금기 중의 금기를 저지르고 말았다.

왜 이렇게 쉽사리 휩쓸리고 말았을까? 손님에게 잠자리 제안을 받은 적은 처음이 아닌 데다, 자제심 하나에는 자신 있었는데.

자신에게 그렇게 묻자, 잠시 후 정답이 번뜩였다.

'그'였기 때문에. 상대가 '그'였기 때문에 거부할 수 없었다.

아마 '그'에게는 하룻밤의 유흥이었을 것이다. 미모와 재력을 겸비한 일류 셀러브리티인 '그'가 자신 같은 동양인 남자에게 진심으로 빠질 리가 없다. 틀림없이 미녀 삼매경인 나날에 질려 가끔은 색다른 것도 맛보고 싶다는 정도의 가벼운 변덕이 발동해 자신에게 손을 댄 것이다.

―― 이런 기분을 느낀 적은 태어나서 처음이거든.

그렇게 말하긴 했지만, 누구에게나 그렇게 말할지도 모른다……

스스로 이끌어 낸 추측에 상처 입은 아야토는 욱신거리는 가슴을 누르며 고개를 가로저었다.

그러나 자신은……, 다르다.

확실히 혼란의 여파로 인해 평상심과는 거리가 먼 정신 상태였다는 점은 인정한다. 하지만 '그'에게 끌린 것도 사실이다. 그렇지 않았다면 아무리 상대가 넋을 잃을 만큼 엄청난 미인이라 할지라도 그리 쉽게 남자와 잠자리를 갖지 않았을 것이다. 원래 게이도 아닌데다, 동성과의 섹스는커녕 누군가와 육체관계를 맺은 적 자체가 처음이었으니까.

생각해보면 파티에서 처음 본 순간에 '그'가 내뿜는 오라에 매료되고, 그 화려한 미모에서 눈을 떼지 못했다.

그래도 그 자리에서만 보고 말았다면 인상적인 손님 중 한 명으로 끝났을지도 모른다.

그 후, 엘리베이터에 우연히 함께 타지 않았다면.

그 엘리베이터에 정전이 일어나지만 않았다면.

이제 와서 이러쿵저러쿵 다른 가능성을 생각해봤자 아무 의미 없다. 게다가 '그'는 한창 혼란에 빠져 있던 자신이 어둠 속에서 유일하게 의지할 수 있는 존재가 되어주었다. 일면식도 없는 자신을 품에 안아 위로해준 '그'의 다정함이 눈물 날 정도로 기뻤다.

심야에 방을 찾아간 것도 지금 와서 생각해보면 사과하고 감사의 마음을 전하고 싶다는 표층심리 밑에 다시 한 번 '그'를 만나고 싶다는 욕구가 숨어 있었던 것 같다. 물론 그 후의 전개는 완전히 예상 밖이었지만.

그리하여 관계를 맺어버린 지금, '그'를 향한 마음은 더더욱 커진 상태였다.

어느새 사랑이라고 해도 될 만큼……

'어쩌지?'

현장 실습을 위해 인턴으로 근무한 호텔에서 사랑에 빠질 줄은 전혀 생각도 못했다. 유학비용 일체를 부담해주고 있는 은인을 위해서도 연애질에 정신이 팔려 있을 상황이 아닌데.

게다가 '그'는 동성인 데다, 자신과는 사는 세계가 다른 셀러브리티……

'마음에 둬봤자 이루어질 리가 없지.'

이루어지지 않는 사랑에 사로잡히고 만 자신을 몹시 나무라는 동안에도 동이 트기 시작하면서 '그'와 또다시 얼굴을 마주할 시간이 시시각각 다가오고 있었다.

'그'와 만나면 뭐라 말할까?

'그'의 정신적 부담을 줄여주기 위해 "어젯밤엔 즐거웠습니다." 하고 원나이트에 익숙한 척해야 할까? 아니면……, 어차피 미래가 없는 사랑이니 차라리 아무 일도 없었던 듯이 행동해야 할까?

'어떡하지?'

'그'는 오늘 낮에 호텔을 떠나버린다. 그때 자신은 웃는 얼굴로 배웅할 수 있을까?

생각할수록 마음이 착잡해져 결국 뜬눈으로 밤을 지샌 아야토는 어떻게 대응해야 할지 결론을 내지 못한 채 출근 시간을 맞이하고 말았다.

5분 전에 아파트를 나와 오전 여덟 시 정각에 호텔에 도착한 아야토는 '그'가 서둘러 아침 일곱 시로 체크아웃 시간을 앞당긴 뒤 황급히 호텔을 떠났다는 사실을 알고 악연실색했다.

왜 갑자기?

혹시 자신과의 사이에 있었던 일이 원인인 건가?

충동적으로 손을 대긴 했지만, 나중에 무슨 말을 듣기 싫어서?

새하얘진 머릿속에 잇따라 의혹이 부상했다.

아무리 생각해봤자 뭐가 정답인지는 알 수 없다. 뭐가 정답인지는 모르지만, '그'가 자신에게 아무 말도 하지 않고 떠난 것만은 틀림없는 사실이었다.

역시……, 하룻밤의 유흥이었던 것이다.

어렴풋이 알고 있긴 했지만, 이렇게 가혹한 현실이 눈앞에 들이밀어진 충격은 역시나 컸다.

아야토는 손님과 스태프의 눈을 피해 종업원용 1인 휴게실에 틀어박혀 몰래 소리를 죽이고 울었다. 육체적 대미지와 정신적 충격이 겹쳐진 탓에 그날은 하루 종일 아무 쓸모가 없었다.

실의의 구렁텅이에서 회복하지 못한 채 최악의 정신 상태로 일주일이 지나자 여름 방학이 끝났다. 인턴십을 마친 아야토는 아로마 호텔을 떠나 코넬대로 돌아갔다.

대학에 돌아간 뒤에도 실연의 아픔을 치유하지 못한 채 한동안 공부에 열중하지 못하는 나날이 계속됐다.

정신을 차려 보면 어느샌가 '그'를 떠올리고 있었다. 파티에서 본 세련된 행동거지, 엘리베이터 안에서 했던 포옹, 침대 위에서 보고 들었던 '그'의 눈빛과 목소리, 뜨겁고 격렬했던 행위를 몇 번이나 되새겼다.

왜 아무 말도 하지 않고 떠났을까? 자신이 언제 어떻게 노여움을 샀는지 원인을 곰곰이 생각하다가 아니다, 애초에 그건 하룻밤의 정사였을 뿐이라고 퍼뜩 정신을 차렸다.

결실을 맺지 못한 사랑을 언제까지고 질질 끌어봤자 아무 의미 없다.

헛된 짓이다. 잊어야 한다. 하루 빨리 —— .

그렇게 결론을 냈는데도 자신이 문득문득 질리지도 않고 그날 밤의 일을 떠올리고 있다는 것을 깨닫고는 침울해졌다.

자신이 이렇게나 끈질긴 타입인 줄은 몰랐다. 특히 연애에 관해서는 담백하고 집착심도 거의 없는 줄 알았는데.

이제 와서 사는 세계가 다른 '그'와 어떻게 될 수 있으리라고는 생각하지 않는다. 하지만 적어도 잊을 계기가 필요했다.

딱 한 번만이라도 '그'와 만나 그 입에서 확실하게 진의를 듣는다면 그에게 연연해하는 마음을 떨쳐 낼 수 있을 것 같은 기분이 들었다.

하지만 연락을 취하고 싶어도 아야토가 '그'에 대해 알고 있는 것은 '사이먼 로이드'라는 이름뿐. 자신도 풀네임을 말하지 않았다.

고민 끝에 아야토는 참지 못하고 아로마호텔에 전화를 걸어 여름 동안 신세를 진 뱅큇 매니저에게 사정을 털어놓았다.

저번 달 파티가 열렸던 날 밤, 갑작스럽게 엘리베이터에 사고가 일어나 '미스터 사이먼 로이드'에게 신세를 져서 감사 편지를 쓰고 싶은데 연락처를 몰라서 난처한 상황이다.

전화로 그렇게 전하자, "고객 정보를 외부에 유출시키는 행위는 금지지만, 너는 코넬대 학생이고 신분도 확실하니 그런 사정이라면 이번에만 특별히 가르쳐줄게."라는 말과 함께 주소를 가르쳐주었다.

뱅큇 매니저가 알려준 뉴욕 시내 주소를 통해 전화번호를 알아보았다. 만나러 간다고 쳐도 우선 먼저 전화로 연락하는 편이 좋을 것이다.

기숙사 방 침대 위에 다소곳이 무릎을 꿇고 앉아 떨리는 손가락으로 전화기 버튼을 눌렀다. 신호음을 듣고 있는 동안에도 심박수가 점점 올라갔고, 회선이 연결된 순간 절정에 달했다.

전화를 받은 사용인으로 추정되는 중년 남성에게 횡설수설하면서도 가까스로 "저는 아로마호텔 관계자입니다. 미스터 사이먼 로이드는 댁에 게시는지요? 얼마 전에 호텔에서 있었던 일로 드릴 말씀이 있어서 연락 드렸습니다." 하고 용건을 전했다. 그러자 남성이 『잠시만 기다려 주십시오.』 하고 대답하더니 보류음이 흘러나왔다.

한참이 지난 후, 보류음이 끊기더니 수화기에서 젊은 남성의 목소리가 『전화 받았습니다.』 하고 대답했다. 아야토는 그 목소리를 듣기만 했을 뿐인데도 벌써 머리에 피가 몰리는 것을 느끼며 살짝 흥분한 목소리로 말을 꺼냈다.

[미……미스터 사이먼 로이드 맞으십니까?]

목소리가 약간 멀리서 들렸지만, 남자의 목소리가 『예스.』라고 대답했다.

[저……, 저는 아로마호텔에서 보이로 일했던 아야토입니다.]

『아야토?』

의아해하는 목소리에서 전해지는 불길한 예감이 등을 타고 스멀스멀 기어올랐다. 수화기를 쥔 손에 식은땀이 났다.

[기억 안 나시나요?]

『…….』

아무리 그래도 "당신과 하룻밤을 함께한 사람입니다."라고는 할 수 없어서 말을 머뭇거렸다.

[미스터, 저……, 엘리베이터에서.]

『미안하지만.』

상대는 설명하려던 말을 도중에 가로막았다.

『네가 누군지도 모르고, 만난 적도 없어서 말이지.』

[네……?]

『이런 전화는 민폐일 뿐이야.』

이제 와서 무슨 볼일이냐고 말하고 싶어 하는 듯한 목소리를 듣자, 머리에 냉수를 뒤집어쓴 듯이 등골이 파르르 떨렸다. 그대로 얼어붙어 있으려니 『두 번 다시 연락하지 않았으면 좋겠군.』하고 거절의 말이 이어졌다. 그리고 곧바로 일방적으로 전화를 뚝 끊는 비정한 소리가 고막에 꽂혔다.

"……."

수화기를 손에 든 채 멍하니 두 눈을 크게 떴다.

'그'와 한 번 더 이야기를 나누고 미련을 털어 내고 싶었지만, 이렇게까지 거부할 줄은 솔직히 예상치 못했다.

어쩌면 마음 어딘가에서 조금은 다정한 말을 건네주지 않을까 기대하고 있었던 걸지도 모른다. 적어도 아름다운 사람과 함께한 여름날의 추억으로 삼을 수 있을 정도로는 대화가 성립될 줄 알았다.

하지만 '그'의 태도는 그런 비열한 바람을 완벽하게 깨부술 만큼 냉혹하고 퉁명스러웠다.

언제 수화기를 놓았는지도 기억나지 않는다.

그 후……, 아야토는 '그'에 관한 기억을 마음속 깊은 곳에 엄중히 봉인했다.

그리고 그 이후로는 한눈팔지 않고 학업에 전념하며 4년간의 대학 생활을 무사히 마쳤다. 교수가 마스터 프로그램에 진학하지 않겠냐고 권하기도 했지만, 코넬대에서 배운 것을 하루 빨리 실무에 살리고 싶어서 일본에 귀국했다.

그다음 해 봄부터 은인인 선대 오너에게 은혜를 갚을 겸 카사호텔에서 근무하기 시작했다.

사회인이 되고 나서 몇몇 여성에게 고백받아 교제를 하기도 했지만, 전부 오래가지 않았다. 본격적인 연인 관계로 나아가기 전에 매번 차이고 말았기 때문이다. 이유는 항상 판에 박은 듯이 똑같았다.

"당신은 나랑 호텔 중 뭐가 더 중요해?"

그녀들의 노여움을 살 것을 알면서도 솔직하게 호텔이라 대답하고, 그때마다 차였다. 성격상 도저히 거짓말은 할 수 없었다.

아마 연인과의 시간보다 일을 우선시해 버리는 자신은 연애 자체와 맞지 않는 것 같다.

지금까지 살아온 인생에서 단 한 번도 제대로 된 연애를 해본 적이 없는 데다, 자신이 먼저 좋아하게 된 사람도 단 한 명뿐.

평생 동안 딱 한 번 진심으로 사랑한 상대에게는 처음 만난 그날 달콤하고 격렬하게 안겼고, 그다음 날이 되자 안녕이라는 말 한마디도 없이 깨끗하게 버림받았다.

그 괴로운 첫사랑 상대와 10년 후, 다른 무엇보다도 소중한 일터
인 카사호텔에서 상사와 부하 직원으로 재회할 줄이야…….

운명의 신에게 저주를 받았다는 생각밖에 들지 않았다.

제4장

　새로운 오너인 로셀리니 그룹 호텔의 호텔·의류 부문 최고 업무 책임자 에두아르 로셀리니는 카사호텔 도쿄에 리브인(live-in)하기로 했다.

　해외에서는 총지배인이 자신이 근무하는 호텔에 리브인 ―― '입주'하는 경우가 드물지 않지만, 일본에서는 그런 사례를 거의 들어 보지 못했다. 일본에서 리브인하는 사람은 해외에서 외국계 호텔로 부임한 대표 정도일 것이다.

　총지배인 와다는 COO 숙박용으로 긴자에 위치한 역사 있는 고급 호텔 스위트룸을 잡아 놓은 듯했다. 카사호텔에 객실이 얼마든지 있는데 일부러 다른 호텔에 방을 잡는 것도 우스운 이야기지만,

24시간 상주하는 새 보스에게 흠을 잡히고 싶지 않기 때문일 것이다.

전해 들은 바에 따르면, COO는 어젯밤 접대 자리에서 숙박에 대해 얘기를 꺼낸 와다에게 지극히 타당한 견해를 제시한 뒤 완곡하게 거절한 것 같았다.

"그렇게나 멋진 카사호텔이 있는데 일부러 다른 곳에 머물 만한 이유가 떠오르지 않는군."

객실도 스탠다드로 충분하다고 말하는 그를 '객실 하나만 쓰시기엔 너무 좁을 것이다'라는 이유로 간신히 설득하여 스위트룸으로 승낙을 받았다고 한다. COO가 리브인할 방은 최상층인 806호실. 카사호텔 객실 중 최상급은 아니지만, 그다음 등급에 속하는 방이다.

일본을 찾은 다음 날 아침, 다시 말해 오늘 아침 이른 시간부터 주실에 커다란 라이팅 데스크와 의자를 옮겨 놓고 집무실로 꾸몄다.

"그렇게 됐으니, 한동안 나루미야 씨도 평소 이상으로 기합을 넣고 업무에 임해줘. 뭐, 나루미야 씨에 한해서는 굳이 당부까지 할 필요도 없지만……."

아침 일찍 업무 사항 전달 겸 미팅을 가진 후, COO가 리브인하게 된 경위를 아야토에게 들려주던 프런트 매니저 하시구치가 두꺼운 눈썹 사이를 확 찌푸렸다. 어젯밤, 하시구치도 아카사카 고급 요리점에서 있었던 접대 자리에 동석했다.

"여하튼 적은 온종일 눈을 번뜩이고 있으니까 말이야."

하시구치는 매서운 표정을 누그러뜨리지 않은 채 그렇게 말하고 는, 아야토의 어깨를 툭 두드렸다.

말투에서 추측하건대 하시구치 본인도 성가신 사태가 벌어졌다 고 여기는 것 같았다.

확실히 상층부는 물론, 현장 스태프 입장에서도 24시간 긴장을 늦출 수 없는 나날의 시작이었다.

'리브인이라.'

'그'와 얼굴을 마주할 기회가 그만큼 늘어난다고 생각하니 마음 이 무거워졌다.

하지만 그것도 몇 개월이나 계속되는 것은 아니다. 아마 길어도 일주일 정도, COO가 일본에 체류하는 동안뿐이다.

그렇게 자신을 타이르며 마음을 고쳐 먹은 아야토는 뒤쪽 직원 용 방을 나와 1층 로비를 가로질렀다. 아침 일곱 시라는 이른 시간 이라 그런지 로비는 아직 한산했다.

여덟 시 업무 개시 전에 아침밥을 먹을 생각으로 계단을 이용해 지하 2층으로 내려갔다. 종업원용 카페테리아에 들어가자마자 곧 바로 누군가가 말을 걸었다.

"나루미야 씨."

하얗고 청결한 홀 벽 쪽 테이블 자리에서 벨보이 키타가와가 한 손을 들고 있었다. 이쪽에 와서 앉으라는 듯이 자신의 앞쪽 빈자리 를 한 손으로 가리켰다.

그런 그를 향해 살짝 고개를 끄덕인 아야토는 주방과 마주한 카운터로 다가가선 쟁반을 손에 들었다.

이곳은 종업원 전용 식당이지만 24시간 상시 몇 종류의 메뉴가 준비되어 있으며, 근무 시간이 다른 스태프가 언제든지 이용할 수 있다. 맛도 위층 레스토랑과 크게 다르지 않아 인기가 있었다.

선대 오너는 이렇게 사원을 위한 설비에 돈을 아끼지 않았다. '음식'은 온갖 부분에서 원동력이 되기 때문에 이곳의 알찬 메뉴는 스태프의 근로 의욕 향상에 크게 공헌해 왔다.

뜨거운 커피와 브리오슈, 샐러드를 고른 아야토는 쟁반을 들고 키타가와의 맞은편 빈자리에 앉았다. 아야토가 자리에 앉기를 기다렸던 키타가와가 몸을 앞으로 쑥 내밀었다.

"마침 잘 오셨어요. 나루미야 씨한테 여쭤보고 싶은 게 있었거든요."

"뭔데?"

"COO가 언제까지 일본에 체류할지 들으셨어요?"

키타가와가 목소리를 낮추고 그렇게 묻자, 아야토는 커피잔을 입으로 가져가면서 대답했다.

"아니, 아직 못 들었어."

"리브인한다는 건 24시간 감시한다는 것과 마찬가지 아니에요? 다들 며칠이라면 어떻게든 되겠지만, 몇 달 동안 이어지면 너무 힘들 것 같다고 난리도 아니라구요."

역시 현장 스태프 사이에서도 우려의 목소리가 나오고 있는 것 같았다. 하지만 아야토에게도 COO의 체류 일수에 관한 정보는 전해지지 않았기 때문에 뭐라 대답할 수가 없었다. 알았다면 아까 미팅에서 화제에 올랐을 테니, 하시구치도 아마 모를 것이다.

"이건 어디까지나 내 개인적인 견해지만……, COO라는 입장상 상당히 바쁠 테니 그렇게 오래 체류하진 않을 거야."

호텔 부문 외에 의류 부문 대표이기도 한 COO에게 카사호텔 하나에 오래 매달려 있을 시간은 없을 테다.

키타가와가 희망적인 관측도 섞인 아야토의 견해에 "그렇군요." 하고 안도한 목소리로 대답했다.

"아, 그러고 보니 프런트 도이 씨가 와다 총지배인님한테서 들었다고 하는데, COO 있죠, 프랑스 유명 여배우의 아들인가 봐요. 나루미야 씨, 이자벨 라로크라는 배우 아세요?"

브리오슈를 가르던 손이 멈추었다. 아야토가 놀란 나머지 두 눈을 크게 뜨고 정면에 있는 키타가와를 보았다.

"당연하지……. 이자벨 라로크 하면 유럽에서는 엄청 인기 있는 배우라고. 유명 감독이 찍은 왕년의 명작에도 주연으로 출연했어."

"그래요?"

키타가와가 잘 모르겠다는 얼굴로 고개를 갸웃거렸다.

할리우드와 달리 유럽 영화는 친숙하지 않을 테고, 키타가와가 태어나기 전에 활약한 프랑스 배우라면 더더욱 모르는 게 당연할지도 모른다.

"안타깝게도 20대 후반이라는 젊은 나이에 교통사고로 세상을 떠나는 바람에 출연작은 그리 많지 않아. 전성기에 요절했기 때문에 지금도 일부 영화 팬들 사이에서는 인기가 어마어마하지만 말이지."

"호오, 나루미야 씨, 잘 아시네요."

"응……, 영화는 꽤 좋아하거든."

워커홀릭인 자신의 유일한 취미라 할 수 있었다. 영화는 어릴 적부터 좋아했다.

아야토도 이자벨 라로크의 전성기와는 세대가 다르지만, 그녀의 출연작은 하나도 빠짐없이 보았다. 고등학교 때 고전작을 재상영하는 작은 영화관에서 우연히 그녀의 출연작을 보고서 그 아름다움에 홀딱 반해 그 후에도 꾸준히 그녀의 출연작 비디오를 모았다. 요 10년 정도 일 때문에 바빠서 다시 보지 못하고 있지만, 학생 시절에는 그야말로 틈만 나면 몇 번이나 보고 또 보기를 반복했다.

그러고 보니 그녀는 죽기 직전에 어디 부호와 결혼해서 아이를 낳았을 터 ── .

아야토는 해마 깊숙한 곳에 잠든 머나먼 기억을 파헤쳤다.

행복의 절정에 있던 절세의 미녀에게 찾아온 비극이라는 타이틀로 그 당시 신문을 떠들썩하게 만들었다는 기사를 어딘가에서 읽었다.

그럼 그 부호가 선대 카를로 에르네스토 로셀리니이며, 태어난 아이가 '그'라는 건가?

생각해보니 확실히 그녀의 모습이 남아 있었다. 그녀도 멋진 플래티나 블론드와 찬란하게 빛나는 아이스블루색 눈동자의 소유자였다. 우아하고 기품 있는 미모와 완벽한 비율, 게다가 똑 부러진 연기까지. 그녀는 '20세기 마지막 쿨뷰티'라고 불리며 당시 영화계를 주름잡았다.

10년 전, 영화 프로듀서가 주최한 파티에 '그'가 참석했던 것도 모친과 관계가 있을지도 모른다는 생각이 이제서야 퍼뜩 들었다.

그……, 이자벨 라로크의 아들.

'그'가 10대 때 자신이 동경하던 배우의 아들이라는 것을 알고는 신기한 인연을 느꼈다.

이국에서 딱 하룻밤을 함께 보낸 '그'와 10년이라는 세월을 거쳐 재회한 것만으로도 엄청난 우연인데.

'아아, 그렇구나.'

문득 깨달았다.

그래서 이름을 프랑스식으로 읽는구나. 이탈리아식으로 읽으면 에두아르가 아니라 에두아르도일 것이다.

애당초 10년 전에 만났을 때는 아예 다른 이름이었는데, 무슨 이유가 있는 걸까?

생각에 잠겨 연달아 머리를 굴리고 있던 아야토는 새로이 떠오른 수수께끼에 대해 곰곰이 생각하고 나선 포기한 듯이 고개를 좌우로 살짝 흔들었다.

쓸데없는 짓이다. 셀러브리티라는 특수한 인종의 사고 회로와 행동 원리를 서민인 자신의 척도로 재봤자 어차피 한 치도 맞지 않을 것이다.

"유명 배우의 아들이자 세계적 재벌가의 아들인 데다, 출중한 미모에, 일본어도 원어민이나 마찬가지고……, 우리랑 똑같은 사람 같지 않아요. 생각할수록 한숨밖에 안 나오네요."

키타가와가 그야말로 한숨 섞인 말투로 투덜거렸다.

"……."

"그리고 보니 COO 말인데요, 글쎄, 나루미야 씨보다 한 살 어리더라구요."

"뭐……?"

틀림없이 자신보다 연상이라 믿었기에 깜짝 놀라지 않을 수 없었다.

그렇다는 건, 10년 전에 만났을 때는?!

믿어지지 않았다. 그날 밤 익숙하게 리드하던 그 모습은 도무지 그 나이 대로 보이지 않았다.

'그런 사람이 연하라니…….'

그렇다면 그는, 대학 졸업과 거의 동시에 호텔업계에 진출하여 성공을 거머쥐었다는 뜻이다.

다시 한 번 자신과는 사는 세계가 다르다는 것을 뼈저리게 깨달은 아야토는 어금니를 살며시 꽉 깨물었다. 그런 아야토의 동요를 알 리가 없는 키타가와가 아까보다 더 목소리를 낮추고 속삭였다.

"COO가 카사호텔을 장차 근대적인 호텔로 개축하고 싶어 한다는 얘기, 정말이에요?"

"누가 그런 얘기를 해?"

아야토가 인상을 찌푸리며 반대로 캐묻자, 키타가와는 어깨를 움츠렸다.

"누구라고 할 것 없이……, 다들 그런 얘기 하던걸요. 리뉴얼에 맞춰 스태프도 싹 물갈이하는 것 아니냐고 다들 불안에 떨고 있어요."

로셀리니 그룹이 소유한 호텔 중 몇 군데가 현대적인 내장과 인테리어를 내세운 디자인 호텔이기 때문에 거기서 나온 억측일 것이다.

아야토는 자신도 마찬가지로 위구심을 품고 있다는 속내는 조금도 티 내지 않고 엄한 목소리를 냈다.

"그런 터무니없는 억측은 생각없이 입 밖에 내지 마. 아무런 근거도 없는 헛소문이라도 그럴싸하게 말하면 다들 동요한다고. 스태프들의 그런 불안은 알게 모르게 손님들에게도 전해지는 법이야."

아직 젊은 키타가와에게 현재 상황에서 동요하지 말라고 말하는 것도 참 가혹한 짓이긴 했지만, 아야토는 마음을 모질게 먹고 타일렀다.

"COO는 어제 막 도착했으니, 뭔가를 정한다고 해도 아직은 일러. 체류 기간 동안 카사호텔을 구석구석 차분히 체크하고, 앞으로 어떻게 할지 판단하실 거야. 우리는 성심성의껏 카사호텔의 장점을 있는 그대로 그분에게 어필해 나갈 수밖에 없어."

"그렇네요⋯⋯. 죄송합니다."

"아, 여기 있었네!"

키타가와가 기가 죽은 듯이 목을 움츠린 그때, 등 뒤에서 커다란 목소리가 들려왔다. 돌아보니 카페테리아 입구에 하시구치의 모습이 보였다. 아야토를 향해 종종걸음으로 뛰어온 프런트 매니저가 긴장한 표정으로 말했다.

"나루미야 씨, 미스터 로셀리니가 자네를 부르셔."

*　　　*　　　*

결국 아침 식사는 입에 대지도 못하고 카페테리아를 나선 아야토는 COO가 집무실로 쓰고 있는 스위트룸으로 향했다. 신관 최상층까지 엘리베이터를 타고 올라간 뒤, 약간 빠른 걸음으로 복도를 걸어갔다.

8층 복도 끝에 있는 806호실 앞에서 발걸음을 멈춘 아야토는 두 방망이질 치는 심장을 진정시키기 위해 심호흡을 했다.

'진정해. 평소처럼 행동하면 돼. 어디까지나 사무적으로.'

그렇게 자신을 타이르면서 넥타이 매듭을 꽉 조였다. 그런 다음, 시선을 떨구고 플레인토 슈즈가 광이 나게 잘 닦였는지 확인하고 나서 얼굴을 들었다.

자신을 딱 집어 지명하다니, 대체 무슨 용건일까?

의문과 함께 근심까지 생겨났다.

어제는 아침에 인사한 이후로 한 번도 마주치지 않았지만, 오늘 단둘이 얼굴을 마주하면 '그'는 자신을 떠올릴까?

만일 '그'가 자신을 떠올리면 자신은 어떻게 대처해야 할까?

한동안 머릿속으로 이런저런 상황을 시뮬레이션한 뒤, 한숨을 푹 쉬었다.

그때는 그때다. 정말로 떠올릴지 어떨지도 모르는 지금 상태에서 끙끙 앓아봤자 아무 소용 없다.

그보다 지금은 일이 우선이다.

어떤 용건으로 호출을 받은 건지 모르겠지만, 현장 스태프 대표로서 COO 앞에서 추태를 보일 수는 없다.

마호가니로 만들어진 문을 싸움을 걸듯이 노려본 다음, 오른손을 들어 올려 똑똑똑 노크했다. 잠시 후, 안에서 "들어오세요." 하고 응답이 들렸다. 아야토는 놋쇠로 된 문손잡이를 꽉 잡고 돌렸다.

"실례하겠습니다."

밀어서 연 문 건너편, 스위트룸 주실은 필요 없는 가구를 치우고 사무실처럼 깔끔한 공간으로 바뀌어 있었다. 들어가자마자 바로 왼쪽에 작은 응접 세트, 오른쪽에는 책장과 선반, 정면에는 창문을 등진 형태로 커다란 책상이 놓여 있었다.

아야토는 검은 가죽으로 된 이그제큐티브 체어에 앉아 책상 위에 놓인 서류를 훑어보고 있는 COO 앞까지 일직선으로 다가갔다. 그리고 책상에서 50센티 떨어진 곳에서 발길을 딱 멈추었다.

오늘 '그'는 밝은 회색 핀스트라이프가 들어간 로열네이비 슈트를 입고 있었다. 흰색 셔츠에 보라색 넥타이의 조합이 환하게 빛나는 플래티나 블론드를 보다 한층 돋보이게 해주었다. 왼쪽 가슴에 꽂힌 리넨 행커치프가 1센티미터 정도 보였고, 손목에는 실버 커프스 단추와 하이엔드 브랜드 시계. 여전히 한 치의 틈도 없는 미남이었다.

막상 그 모습을 눈앞에서 보니 오히려 뛰던 심장이 진정되었다. 비즈니스 모드로 바뀐 아야토는 '그'가 얼굴을 들기를 기다리며 입을 뗐다.

"미스터 로셀리니, 부르셨다고 해서 왔습니다."

그러자 '그'는 생각지도 못한 말을 입에 담았다.

"딱딱한 존칭은 붙일 필요 없어. 에두아르라고 부르도록. 나도 너를 나루미야라고 부르지."

아야토는 그편이 일하기 편하다면 이의는 없었다. 미국 호텔에서 실무를 보던 학창 시절에도 상사를 퍼스트네임으로 불렀기 때문에 저항감은 없었다.

"그럼, 에두아르."

요청에 따라 다시 한 번 이름을 불렀다.

"무슨 용건으로 부르셨습니까?"

맑은 아이스블루색 눈동자가 아야토를 똑바로 쳐다보았다. 말없이 가만히 시선이 쏟아지자, 또다시 가슴이 술렁거리기 시작했다.

'혹시……, 알아챘나?'

내심 동요해선 안 된다고 자신을 타이르며 더더욱 무표정을 가장한 아야토는 숨을 죽이고 상대가 이야기를 꺼내기를 기다렸다. 30초 가까이 이어진 기나긴 침묵 후, 에두아르가 겨우 입을 열었다.

"넌 코넬대를 나온 엘리트더군. 성적도 꽤 우수했던 것 같던데."

그 말을 들은 순간, 에두아르가 지금까지 훑어보던 서류가 자신의 이력서임을 깨달았다.

"그런 네가 왜 이런 작은 호텔에 있는 거지? 그 이유를 알고 싶군."

'……아니구나.'

알아챈 것이 아니었다.

멈추고 있던 숨을 가만히 내뱉은 직후, 마음 어딘가에서 실망한 자신을 질타했다.

이걸로 됐다. 일로 얽히게 된 이상, 그날 밤 일은 걸림돌이 될 뿐이다. 서로에게 결점밖에 되지 않는 과거의 실수는 봉인해버리는 것이 제일이다.

"호텔업계는 인재의 유동이 심하지. 우수한 호텔리어는 보통 세계 각지에 있는 유명 호텔을 전전하면서 커리어를 쌓으니까. 그런데 너는 대학을 졸업하자마자 카사호텔에 입사한 이후로 6년 동안 한 번도 이직하지 않았어. 스카우트가 없던 것도 아니었을 텐데. 어째서 더 큰 호텔로 옮기지 않았지?"

진심으로 신기한 듯 묻는 에두아르에게 어떻게 대답해야 좋을지 한 차례 생각한 다음 입을 열었다.

"저는 이 카사호텔 도쿄의 창립자이신 선대 오너 와다 료이치로 씨에게 큰 빚이 있습니다."

"빚?"

"저희 부모님은 제가 열세 살이 되던 해에 사고로 돌아가셨습니다."

"사고로……."

에두아르의 두 눈이 살짝 가늘어졌다.

"부모님이 돌아가신 후, 와다 료이치로 씨는 저의 후견인이 되어 저희 부모님 대신 저를 키워 주셨습니다. 제가 고등학교에 진학할 수 있었던 것도, 코넬대에 유학을 갈 수 있었던 것도 다 선대 오너께서 도와주신 덕분입니다."

"너의 부모님과 와다 씨는 무슨 관계지?"

"저희 할아버지가 와다 씨와 친구 사이셨습니다."

"그렇군."

에두아르가 납득한 듯이 고개를 끄덕였다.

"게다가……, 개인적인 은의와는 별도로 저는 호텔리어셨던 선대 오너를 존경하고, 그분께서 한평생 여기까지 일궈 내신 카사호텔 도쿄를 사랑합니다."

아야토의 설명을 들은 에두아르는 한쪽 눈썹을 약간 치켜 올리며 책상 위에서 깍지를 끼고 있던 손을 풀었다. 그러더니 두 팔을 의자 팔걸이로 옮기고는, 등받이에 천천히 몸을 기대었다.

"난 이 호텔 경영을 총괄하는 책임자로서 앞으로 카사호텔 도쿄를 개혁해 나갈 생각이야. 우선 앞으로 1년 동안 등급을 한 단계 높일 계획이지."

아무렇지도 않게 말했지만, 말처럼 쉬운 일은 아니었다. 특히 카사호텔처럼 오래된 호텔의 경우에는 상당한 설비 투자가 필요하다.

"등급을 올리기 위해서는 건물 복원 공사와 설비 보강도 필요하지만, 최우선 과제는 스태프의 의식 개혁이야. ── 그래서 말인데."

일단 말을 끊은 에두아르가 아야토의 얼굴을 예리한 시선으로 응시하며 말했다.

"네가 내 오른팔이 되어줬으면 좋겠어."

아야토는 갑작스러운 지명에 당황했다.

"하지만……, 저보다 직책이 위인 프런트 매니저나 총지배인님이……."

"프런트 매니저 하시구치는 나이가 너무 많고, 총지배인 와다는 무능해."

아야토는 싸늘한 목소리로 살벌하게 딱 잘라 말하는 에두아르의 말에 놀라 숨을 멈추었다.

에두아르는 하고 싶은 말이 있는 듯한 아야토의 눈빛에 대답하듯이 중얼거렸다.

"와다는 무능하지만, 선대 오너의 아들이야. 선대의 핏줄인 그의 존재는 적어도 몇십 년 동안 이 호텔을 이용해 온 단골 고객에게는 의미가 있지."

'이 사람은······.'

카사호텔의 주력을 이루는 나이 많은 단골 고객이 보수적이라는 점도 확실하게 이해하고 있는 것이다. 급격한 변화를 선호하지 않는 그들을 안심시키기 위해 굳이 꼭두각시로 와다를 총지배인에 앉혀 두고, 개혁을 진행하기 위한 물밑 작업에 들어간다······. 아야토는 보통이 아닌 전략과 수완에 내심 혀를 내둘렀다.

"그 점에서 보면 넌 젊고, 호텔리어로서도 유능하니까. 상사와 부하 직원들 사이에서 부지런한 데다 현명하다고 평판이 좋지. 너무 부지런해서 약간 워커홀릭인 경향이 있는 것 같지만."

언제 스태프들에게 자신의 인물평을 묻고 다닌 걸까? 아야토가 더더욱 놀라고 있으려니, 에두아르가 의자에서 쓱 일어섰다. 그러더니 책상 너머로 오른손을 뻗어 왔다.

"내 오른팔로서 함께 개혁을 추진해줬으면 해."

아야토는 잘 관리된 아름다운 손을 말없이 쳐다보았다.

"나루미야?"

에두아르가 손을 잡으려 하지 않는 아야토를 의아하다는 듯이 불렀다.

시선을 든 아야토는 바로 앞에 있는 아이스블루색 눈동자를 도전적인 눈빛으로 응시했다.

"등급을 올리는 건 저도 멋진 일이라고 생각합니다. 하지만 만약 그 때문에 지금의 카사호텔 도쿄가 가진 따뜻하고 가정적인 분위기를 잃게 된다면 저는 개혁에 찬성할 수 없습니다."

시선 끝에서 에두아르가 예쁘게 생긴 눈썹을 불쾌하다는 듯이 찌푸렸다.

"향수 따위에 연연하다니, 하찮기 그지없군."

"윽……."

"그런 것에 사로잡혀 있는 한, 시대에 뒤쳐져 도태될 뿐이야."

에두아르가 내뱉듯이 말하자, 그 말을 들은 아야토의 어깨가 흔들렸다.

"그리고 선대 오너를 향한 충성심도 빨리 버려. 지금 너의 보스는 나야. 그 점을 명심하도록."

에두아르가 날카로운 목소리로 못을 박자, 아야토는 두 주먹을 꽉 쥐었다.

"내 손을 잡아. 이건 명령이야."

높은 곳에서 사람을 내려다보는 듯한 도도한 명령에 머리가 확 뜨거워졌다.

'제길……. 명령 같은 소리 하긴……. 잘난 척하지 말란 말이야……!'

복종을 강요하는 이 손을 힘껏 뿌리칠 수 있다면 얼마나 통쾌할까?

하지만……, 일시적인 감정에 좌우되어 카사호텔의 미래를 헛되게 만들 수는 없다.

아야토는 속에서 끓어오른 분노를 가슴속 깊은 곳에 밀어 넣은 다음, 오른손을 느릿느릿 들어 올렸다. 마지못해 잡은 에두아르의 손은 차가운 말투와는 반대로 따뜻했다.

그 온기에 촉발되어 10년 전 밤의 기억이 되살아날 뻔하는 바람에 아야토는 황급히 손을 뺐다.

"죄송하지만, 여덟 시부터 업무가 시작되니 이만 실례하겠습니다."

묵례하고 발길을 돌린 아야토는 그대로 뒤를 돌아보지 않고 집무실을 나갔다.

*　　*　　*

자신에게 복종하기 싫으면 그만두라는 듯한 거만한 태도.

그런 사람인 줄 몰랐다. 그런 오만하고 얄미운 남자일 줄이야.

엘리베이터 안에서 공포에 떨던 자신을 품에 안고 달래준 다정한 '그'를 떠올리고는 어금니를 꽉 깨물었다.

그 후로 10년. 사람이 변하기에 충분한 세월이 흘렀다. 자신도 요 10년 사이에 변했을 것이다.

10년 전 ─── 그 시절의 자신은 아직 젊고, 정신적으로 어린아이나 마찬가지였다.

그래서 '그'의 그 눈부신 셀러브리티 오라에 눈이 멀고 말았다.

그런 유희에 익숙한 '그'가 '이런 기분을 느낀 적은 태어나서 처음'이라는 역겨운 말을 달콤하게 속삭이자 정신이 팔려 그 자리의 분위기에 휩쓸리고 말았다.

그 일은 어린 시절의 오점. 젊은 혈기 탓이다.

하지만 지금은 다르다. 사회인으로서, 호텔리어로서 나름대로 경험을 쌓으며 자신을 다루는 방법을 익혔다. 이제 더는 한때의 감정에 휩쓸리지 않는다.

무엇보다 지금의 자신에게는 사명이 있다.

선대 오너가 세우고 소중히 가꾼 카사호텔 도쿄를 지켜야 한다는 사명이.

그렇기 때문에 새로운 보스가 아무리 얄미운 남자라 하더라도 도망칠 수는 없다. 오히려 개혁을 위해 자신의 오른팔이 되어달라고 했으니 이보다 더 좋은 기회는 없다. COO를 직접 설득할 수 있는 기회도 늘어날 테니까.

자신이 이 상황에서 힘껏 참고 버티지 않으면 카사호텔은 그 냉철한 이탈리아인의 손에 의해 옛 모습을 찾아볼 수 없을 정도로 처참하게 변하고 말 것이다.

'그것만은 절대로 허락해선 안 돼.'

마음속으로 굳게 맹세한 아야토가 엘리베이터 홀에 발을 디딘 그때, 엘리베이터 네 기 중 하나가 열렸다. 검은 슈트를 입은 총지배인 와다가 엘리베이터 안에서 내렸다.

"총지배인."

아야토의 모습을 포착한 와다의 가무잡잡한 얼굴이 곧바로 험악한 표정을 지었다.

"나루미야? 왜 네가 여기 있어?"

"COO가 불러서 얘기 좀 하다 나온 참입니다."

"COO가? 무슨 얘기 했는데?"

"그건……."

COO가 총지배인인 자신을 제쳐 두고 아야토에게 보좌역을 맡아 달라고 했다는 사실을 알면 평소처럼 언짢아질 것이다.

"말씀드릴 수 없습니다."

대답을 거부하자, 와다가 콧방귀를 흥 뀌었다.

"비밀 얘기냐? 여전히 빈틈이 없구만. 죽은 우리 아버지에서 새로운 보스로 냉큼 갈아탔군."

아야토는 와다가 밉살스러운 목소리로 따져도 동요하지 않았다.

와다의 이런 일방적인 트집은 아야토가 그의 부친인 선대 오너의 보살핌을 받기 시작한 무렵부터 벌써 이래저래 10년 이상 이어졌기 때문에 이미 내성이 생긴 상태였다.

아무래도 부친이 친아들인 자신보다 아야토를 더 귀여워했다고 믿는지, 사사건건 악의를 갖고 시비를 걸어온다. 지금처럼 깐족깐족 빈정거리거나, 사소한 실수를 찾아선 기고만장한 태도로 잔뜩 들떠 남 앞에서 들먹이는 등……, 마흔을 넘긴 남자가 할 짓이 아니지만, 그만큼 오랜 세월에 걸쳐 쌓인 원한이 깊다는 뜻일지도 모른다.

그래도 역시 아야토가 사라지면 프런트 업무가 제대로 굴러가지 않는다는 건 아는지 인사에까지 개인적인 원한을 끌고 오는 일은 없었지만, 대가 바뀐 당초에는 자신에게 의견을 내는 고참 스태프를 노골적으로 멀리하더니 트집을 잡아 한직으로 내쫓곤 했다. 덕분에 현장은 혼란에 빠졌고, 업무에도 현저하게 지장을 초래했다.

갑작스러운 매수극에 불안을 떨쳐 낼 수 없다고는 해도 대표가 바뀌면서 와다에게 실권이 없어졌다는 점에는 안도하는 스태프도 적지 않을 것이다.

확실히 선대 오너는 외아들에게 매우 엄격했다.

하지만 그것은 하루 빨리 어엿한 호텔리어가 되어주길 바라는 마음, 이른바 '사랑의 채찍'이었다. 실제로 선대 오너는 죽기 직전까지 아들을 걱정했다. 그러나 슬프게도 서투른 부친의 애정은 마지막까지 아들에게 전해지지 않았던 것 같다.

이런 상황에선 무슨 말을 해도 그의 신경을 건드릴 뿐임을 경험으로 알고 있었다. 말없이 자리를 뜨는 것이 제일이다.

"가보겠습니다."

머리를 숙이고 와다의 옆을 지나 엘리베이터에 올라타려던 아야토의 귀가 복도를 걸어오는 발소리를 포착했다. 손님이라면 엘리베이터를 양보해야 한다. 그렇게 생각한 아야토가 발걸음을 멈춘 것과 거의 동시에 엘리베이터 홀에 에두아르의 장신이 나타났다.

"미스터 로셀리니! 지금 마침 방에 찾아 뵈려던 참이었습니다."

요란을 떨며 그 이름을 외친 와다가 에두아르에게 달려갔다.

"총지배인이군."

에두아르는 당장이라도 두 손을 비벼 댈 것 같은 기세인 와다에게서 시선을 돌리더니 아야토를 보았다.

"방금 그에게 카사호텔 개혁에 대해 얘기한 참이야."

"개혁이라. 어휴, 정말, 미스터께서 말씀하시는 대로 이런 호텔은 시대에 뒤처졌죠. 사양 마시고 원하시는 대로 가차없이 바꿔주십시오."

아야토는 에두아르의 비위를 맞추며 알랑대는 와다를 곁눈으로 노려보았다.

예전부터 의심하긴 했지만, 역시 카사호텔을 외국계 기업에 팔아넘긴 이유는 자신을 거들떠보지 않은 부친에 대한 복수인 것 같다는 생각이 들었다.

못난 아들임을 알면서도 자신이 세상을 떠나면 책임감이 싹터 그가 변할 것이라 여기고 카사호텔의 미래를 맡긴 선대 오너가 불쌍했다.

카리스마 호텔리어도 부모 자식간의 정은 끊어버리지 못한 것이다.

"오늘 저녁 식사는 어디로 모실까요? 드시고 싶은 것이 있으면 무엇이든지 말씀해 주십시오. 관광하고 싶으신 곳이 있다면 제가 안내해 드리겠습니다."

"총지배인. 난 도쿄에 놀러 온 게 아니니 그런 배려는 필요 없어."

"그, 그러십니까? 그래도, 저기, 혹시 마음이 바뀌시면 아무쪼록 사양 말고 말씀해 주십시오……."

에두아르에게 아첨을 떠는 와다를 보고 있기 괴로웠던 아야토는 두 사람에게 묵례를 했다. 그런 다음, 이번에야말로 엘리베이터에 올라타려던 그때였다.

"나루미야."

뒤에서 자신을 부르는 목소리에 이끌려 돌아보았다. 와다의 어깨 너머로 에두아르가 이쪽을 보고 있었다.

"틈날 때 관내를 안내해주지 않겠어?"

자신을 노려보는 와다의 시선이 따가울 정도로 느껴졌지만, 보스의 부탁을 거부할 수는 없었다.

"정오 체크아웃 업무가 끝난 후라도 괜찮으십니까?"

"괜찮아."

"알겠습니다. 그럼 짬이 나는 대로 방에 찾아 뵙겠습니다."

제5장

　정오 체크아웃 피크가 지나고 프런트 업무가 일단락된 무렵, 아야토는 또다시 에두아르의 방을 찾았다. 관내를 안내한다는 약속을 지키기 위해서였다.

　첫인상은 자칫하면 나중까지 영향을 끼치는 법이다. 여기서 카사호텔에 대해 좋지 않은 인상을 줄 수는 없었다. 안내역으로서 짊어진 아야토의 책임은 매우 중대했다.

　"아시겠지만, 저희 카사호텔 도쿄에는 지상 6층 지하 2층 구조인 본관과 지상 8층 지하 2층 구조인 신관이 있습니다. 본관과 증축된 신관에 둘러싸인 곳이 바로 안뜰이며, 여름 밤에는 가든 파티나 작은 연주회를 개최하는 경우도 있습니다. 객실 수는 본관, 신관을 합쳐 총 100실. 본관이 38실, 신관이 62실입니다. 시설은 로비 라운지에 티룸이 한 곳, 레스토랑이 다섯 곳, 바가 한 곳, 작은 연회장과 큰 연회장 합쳐서 세 곳, 차 50대를 수용할 수 있는 주차장이 신관, 본관 양쪽 지하 2층에 있습니다."

키가 큰 COO와 어깨를 나란히 하고 신관 8층 복도를 걸으면서 우선 큰 틀을 대충 설명했다.

"객실은 스탠다드, 디럭스, 스위트로 등급이 나뉘어 있으며, 스탠다드 및 디럭스룸은 싱글, 더블, 트윈 타입별로 방이 있습니다. 스위트룸은 신관에 6실, 본관에 3실씩 있고, 저마다 넓이와 인테리어 테마가 다릅니다. 본관 스위트룸에는 일본 정원이 딸려 있는 방도 있습니다."

당연하다면 당연하지만, 기본 정보에 관해서는 이미 파악했을 것이다. 고개를 살짝 끄덕인 에두아르가 리퀘스트를 입에 담았다.

"실제로 보고 싶군."

"그럼 신관부터 안내해 드리겠습니다."

우선 엘리베이터를 타고 최하층인 신관 지하 2층까지 내려갔다. 신관을 먼저 고른 이유는 이쪽이 새 건물이라 비교적 문제가 적을 것이라고 판단했기 때문이다.

"이 층에는 주차장과 종업원 전용 카페테리아, 휴게실과 수면실 등이 있습니다."

에두아르와 함께 종업원용 카페테리아 안으로 들어가자, 각 테이블에 앉아 쉬고 있던 스태프들이 놀란 얼굴로 의자에서 엉덩이를 떼었다. 에두아르는 황급히 자세를 바로 하는 그들에게 "신경 쓰지 말고 편히들 쉬어요." 하고 말을 걸었다. 아무리 그렇게 말 한들 COO가 시찰 중임을 알고도 편하게 쉴 수 있는 사람은 없을 것이다.

"메뉴가 제법 다양하군."

카페테리아 안을 한 바퀴 둘러본 뒤, 에두아르가 그렇게 중얼거렸다.

"여기는 24시간 상시 몇 종류의 메뉴가 준비되어 있고, 근무 시간이 다른 스태프가 언제든지 이용할 수 있습니다."

"24시간이라. 유지하려면 막대한 비용이 들겠군."

"⋯⋯선대 오너는 사원 복리후생에 비용을 아끼지 않는 분이셨습니다."

에두아르가 아야토의 말을 듣고는 힐끗 쳐다보았다.

아까 "선대 오너를 향한 충성심도 빨리 버려."라는 말을 들은 참이었기 때문에 토를 달까 봐 경계 태세를 취했지만, 에두아르는 아무 말도 하지 않았다.

종업원용 휴게실과 수면실을 대충 훑어보고 나선 지하 1층으로 올라갔다.

"이 층은 연회장과 관내 예배당이 있습니다. 연회장은 120명을 수용할 수 있는 볼룸, 80명을 수용할 수 있는 중간 규모의 연회장과 50명을 수용할 수 있는 소규모 연회장, 이렇게 총 세 곳입니다."

"관내 예배당이 뭐지?"

에두아르가 신기한 듯한 얼굴로 물었다.

"이쪽으로 오시죠."

십자가를 짊어진 제단과 벤치로 된 내빈석, 버진로드가 설치된 관내 예배당에 에두아르를 안내한 아야토는 일본의 특수한 결혼식 사정을 이탈리아인 보스에게 설명했다.

"이곳에서 목사님이 주례를 서주시는 가운데 교회식으로 결혼식을 올린 다음, 연회장에서 피로연을 여는 것이 일반적인 웨딩 플랜의 흐름입니다."

"도쿄에도 교회는 있는데, 호텔 안 예배당에서 결혼식을?"

에두아르가 형식적인 예배당을 모방한 식장을 바라보며 의아하다는 듯이 미간을 찌푸렸다.

"말씀하신 대로 바깥에도 교회는 있지만, 교회에서 피로연 회장까지 이동하는 시간과 수고를 덜고 되도록 호텔 안에서 전부 끝내고 싶다는 생각을 가진 손님도 계시거든요."

"목사는?"

"저희 호텔과 계약한 목사님이 와주십니다."

독실한 로마 가톨릭 신자로 추측되는 그에게는 자신의 신앙과는 상관없이 외부에서 파견된 목사 앞에서 혼인 서약을 하는 일본인이 이상하게 여겨지겠지만, 이것이 현실이다.

"일본 호텔 수익 또한 결혼 피로연이 차지하는 비율은 굉장히 높습니다. 웨딩 부문은 호텔의 기둥이라고도 할 수 있죠."

예약이 오래전부터 들어오는 결혼 피로연은 사전에 준비할 수 있기 때문에 식재료비나 인건비를 유효적절하게 변통하기 쉽다. 따라서 이익률도 높아지는 것이다.

에두아르가 그런 점은 아주 잘 알겠다는 듯이 고개를 끄덕였다.

"하지만 저출산과 만혼화의 영향으로 호텔 웨딩은 해마다 수요가 감소 중이라고 하던데."

역시 숫자에 관한 사전 조사는 빈틈이 없는 것 같다.

"그건……, 맞는 말씀입니다."

실은 카사호텔도 웨딩 이용이 전성기와 대비하면 반으로 떨어진 상태였다. 예전에는 양쪽 부모님이 바라는 형태로 결혼식을 올리는 커플이 대부분이었기 때문에 중년 고객이 많은 카사호텔에도 수많은 발주가 있었지만, 요새는 당사자가 주도하는 결혼식을 원하는 커플이 많기에 그 결과 해외 예식이나 레스토랑 웨딩에 고객을 빼앗기고 있었다.

이건 어느 호텔이나 머리를 싸매고 고민하는 문제이며, 아야토 또한 결혼식 고객을 되찾기 위해 무슨 수단을 강구해야 한다는 위기감을 항상 품고 있었다. 그러나 연회 부문과는 소속 부서가 다르기 때문에 직접 참견하기 어려운 입장이었다.

"기업 컨벤션이나 전시회 등의 연회장 이용 건수도 줄었다고 하더군. 나중에 앞으로 반년간의 연회장 예약 현황 데이터를 준비해 주도록."

에두아르의 요청에 "알겠습니다." 하고 대답했다.

계단으로 1층에 올라간 다음, 천장 없이 훤히 트인 로비 라운지를 가로질러 안뜰과 마주한 티룸과 베테랑 바텐더가 혼자 꾸려 나가는 영국풍 카운터바를 시찰했다. 그 후, 2층으로 올라갔다.

"2층에는 레스토랑이 모여 있습니다. 프렌치 전문 메인 다이닝, 다다미방을 갖춘 일본 요리, 스테이크 하우스, 중화 요리, 그리고 이탈리안 레스토랑, 이렇게 총 다섯 점포입니다."

한 점포씩 안에 들어가서 가게 안을 말없이 둘러본 에두아르가 이탈리안 레스토랑까지 둘러보고 나오자마자 입을 열었다.

"이 규모 호텔치고는 레스토랑 수가 많은 것 같군."

역시 그 점을 찌르는구나.

아야토는 내심 얼굴을 찡그리면서도 겉으로는 침착한 목소리로 대답했다.

"작은 호텔이라 특별히 설비가 갖춰지지 않은 만큼 손님께 맛있는 식사를 대접하고 싶다는 선대 오너의 생각이십니다."

"……."

"선대 오너는 음식에 매우 까다로운 분이셨기 때문에 다섯 개 있는 레스토랑 모든 곳에 강한 애착을 갖고 계셨습니다. 건강하셨을 때는 직접 츠키지까지 가서 식자재를 들여오시기도 했고, 배달된 식자재의 신선도를 아침마다 본인께서 직접 확인하셨을 정도입니다."

옆에 있는 남자의 눈썹이 꿈틀 움직이는 것을 곁눈질로 확인하며 말을 이었다. 선대 오너 이야기를 꺼내면 새로운 보스가 언짢아하는 것은 어렴풋이 알고 있었지만, 이 점은 꼭 주장할 필요가 있었다.

"덕분에 호텔 레스토랑 전부 손님들 사이에서 아주 평판이 좋습니다. 또한 숙박하셨을 때 들른 레스토랑을 마음에 들어 해주시곤 나중에 따로 식사만 하러 이용해주시는 손님도 많이 계십니다."

단숨에 딱 잘라 말하자, 에두아르는 언짢은 표정을 지으며 "그렇군. 이유는 이해했어."라고 낮은 목소리로 대꾸했다. 일단 레스토랑의 필요성을 어필한 데에 안도한 아야토는 에두아르를 위층으로 데려갔다.

"3층부터는 객실입니다."

객실 청소 담당자들이 청소를 시작한 신관 객실은 타입별로 얼추 안내한 다음, 비품과 설비에 대해 설명했다. 신관 시찰이 끝나자 복도로 이어진 본관으로 이동했다.

드디어 문제의 본관이라 생각하니 긴장감이 커졌다.

"본관은 원래 개인이 경영하던 종합병원을 선대 오너가 매입해 호텔로 개축한 건물입니다. 프랑스인 건축가의 손을 거쳐 아르데코 양식을 도입한 역사적 가치가 높은 건축물이죠. 카사호텔 도쿄는 40년 전에 이 본관에서 영업을 시작했습니다. 신관이 오픈한 것은 지금으로부터 15년 전입니다."

하지만 마음속 긴장을 되도록 겉으로는 드러내지 않고 본관의 역사를 간략하게 설명했다.

"건축 자체가 준공된 지는 몇 년이 지났지?"

"67년 됐습니다. 물론 그동안에 보수공사는 몇 번 했고, 해마다 세부 개수 공사를 진행하고 있습니다."

"그렇다 쳐도 역시 상당히 노후화됐군."

천장과 복도 구석구석을 날카로운 눈빛으로 보자 아야토의 등이 서늘해졌다. 괜찮다, 청소는 빈틈없이 완벽할 거라고 자신을 타일렀다.

"신관은 오프화이트를 바탕으로 밝은 색조로 통일했지만, 본관은 외관 이미지에 맞춰 중후한 분위기를 살린 레트로모던풍입니다. 각 조명도 그 당시 물건인 앤티크 램프를 사용하였으며, 실내 내장도 회반죽을 바른 벽과 나뭇결을 바탕으로……."

"어둡군."

본관 복도를 걷기 시작한 지 얼마 되지 않아 머리 위에서 들려온 중얼거림에 아야토의 어깨가 흠칫 떨렸다. 본관 안쪽 복도에 채광창이 없는 부분은 낮에도 간접조명을 켜 놓고 있었다. 노후화로 인한 천장과 벽의 균열이 최대한 눈에 띄지 않도록 신관보다 조명의 광량을 약하게 해 놨는데, 그걸 전부 꿰뚫어 본 건가?

"……신경 쓰이신다면 총무 쪽에 전달해 놓겠습니다."

"그렇게 해주도록."

본관을 시찰하는 동안 에두아르는 어딘지 모르게 언짢아 보였다. 유럽과 미국에서 최신 디자인 호텔을 경영하는 그의 눈에는 본관의 모든 것이 낡아 보일 것 같다는 생각에 마음이 조마조마했다.

"여긴 뭐지?"

최상층에 6실 있는 일본식 다다미방 가장 끝에 있는 문을 열자, 그 전까지는 말수가 적었던 에두아르가 허를 찔린 듯한 목소리를 냈다.

"차실인가?"

"아뇨, 여기도 객실입니다. 저희 호텔 단골 고객 중에는 작가님들이 많이 계시거든요. 작품을 집필하기 적재적소인 곳인지, 다다미 바닥에 좌탁이 있는 일본식 스타일 객실이 인기가 있습니다. 또한 차분한 분위기라 나이 드신 손님 사이에서도 호평이 자자하죠. 들어오십시오."

"여기서 신발을 벗고 들어가는 건가?"

문을 열자마자 있는 바닥에 선 에두아르가 당황스러운 목소리로 묻자, 아야토는 "네." 하고 긍정했다.

"실내에는 절대로 신발을 신은 채로 들어가선 안 됩니다."

결국 구두를 벗고 올라오지 않은 채 돌 바닥에 서서 —— 맹장지를 바른 창문, 크림색 모래벽, 아담한 토코노마[4]와 좌탁, 등나무 의자 등 —— 약 5.5평 정도 되는 다다미 방의 내부를 예리한 시선으로 차례차례 스캔해 나갔다.

"……."

무언의 시찰이 무척 길게 느껴졌다.

숨을 죽인 채 대각선 뒤에서 감정을 읽을 수 없는 조각 같은 옆얼굴을 살피고 있으려니, 느닷없이 질문이 날아왔다.

"얼마나 가동 중이지?"

---

4 토코노마: 객실인 다다미방의 정면 상좌에 바닥을 한 층 높여 만들어 놓은 곳. 벽에는 족자를 걸고, 한 층 높여 만든 바닥에는 도자기, 꽃병 등을 두어 장식한다.

"네?"

"이 재패니즈 스타일 객실 말이야. 작가가 선호한다고 했는데, 옛날이라면 그렇다 처도 지금은 인터넷 환경도 없는 방에서 집필하는 작가가 그리 많지 않을 텐데."

아픈 곳을 찔려 한순간 말문이 턱 막힌 아야토는 목구멍에서 괴로운 목소리를 쥐어짜 냈다.

"확실히……, 예전보다 가동률은 많이 떨어졌습니다. 나이가 많이 들어 절필하시거나 돌아가신 선생님도 계시니까요. 하지만 쇼와 시대 문호들이 더없이 사랑했던 이 일본식 객실은 카사호텔 도쿄의 세일즈 포인트이기도 하고, 선대 오너께서도 가장 애착을……."

"선대 오너의 애착은 상관없어."

말을 다 하기도 전에 딱 가로막힌 아야토는 한순간 숨을 죽였다. 뒤를 돌아본 에두아르가 싸늘한 눈빛으로 아야토를 꿰뚫었다.

"과거 이야기를 하고 있는 게 아니야. 우리는 지금 카사호텔의 미래에 대해 얘기하고 있는 거라고."

"……."

"내 말이 틀렸나?"

"……맞는 말씀입니다."

낮은 목소리의 확인 질문에 어금니를 악문 아야토는 머리 위에서 자신을 내리누르는 위압적인 시선에 압도되어 서서히 눈을 내리깔았다.

                    *   *   *

　총 한 시간 반을 들여 관내 시찰을 마친 에두아르는 그 후 혼자
서 집무실에 틀어박혔다. 아야토도 그와 인사하고 신관 1층 로비로
돌아왔다.

　정위치인 어시스턴트 매니저 데스크에서 손님의 요청 사항에 응
하면서도 아야토의 머릿속에서는 아까 전에 에두아르와 한 대화가
떠나질 않았다.

　── 과거 이야기를 하고 있는 게 아니야. 우리는 지금 카사호텔
의 미래에 대해 얘기하고 있는 거라고.

　듣고 보니 맞는 말이라 순간적으로 대꾸하지 못했다.

　자신은 과거에 너무 사로잡혀 있는 걸까?

　아니, 그렇지 않다. 선대 오너의 뜻을 이어받아 될 수 있는 한 현
재 상태를 유지하는 것이 자신의 사명……

　줄곧 의심하지 않고 관철해 온 신념이 이제 와서 흔들리기 시작
한 것을 느끼며 번민하고 있으려니, 데스크 위의 내선이 울렸다.

　"네. 1층 로비 나루미야입니다."

　『나야. 손이 비었으면 방으로 오도록.』

　에두아르였다. "알겠습니다."라고 대답하고 나서 수화기를 놓고
손목시계를 보니 3시 5분이었다.

　눈꺼풀 뒤로 말 붙일 엄두도 나지 않는 얼음 같은 미모를 떠올렸
다.

또다시 얼굴을 마주해야 한다고 생각하니 마음이 무거웠지만 어쩔 도리가 없다. 개혁에 불타는 새로운 보스로부터 카사호텔과 종업원을 지키기 위해서는 오른팔의 입장을 이용해 먹을 만한 기개가 필요했다.

그런 자신을 격려하며 의자에서 일어섰다.

마침 손님의 발길도 끊긴 참이었기에 아야토는 리셉션 스태프에게 잠시 자리를 비우겠다고 전하고는, 8층까지 엘리베이터를 타고 올라갔다.

"나루미야입니다. 실례하겠습니다."

노크를 하고 집무실 문을 연 다음, 보스가 앉아 있는 정면 데스크까지 다가갔다. 그리고 발을 멈춘 것과 거의 동시에 에두아르로부터 A4 사이즈 종이를 건네받았다.

"관내 시찰을 끝내고 카사호텔 개혁안에 대해 내 나름대로 견해를 정리한 리포트야."

개혁안 —— 이라는 단어에 심장이 덜컥하는 것을 느끼며 두 손으로 받은 종이에 시선을 떨구었다. 영어가 빽빽한 종이는 다 합쳐 세 장이었다.

'겨우 한 시간 만에 이만한 리포트를?'

일이 빠른 점에 놀라고 있으려니, 에두아르가 쿨한 표정으로 입을 열었다.

"리포트는 나중에 천천히 훑어보도록. 우선 급한 대로 구두로 설명하지."

"네."

허리를 쭉 편 아야토는 긴장한 얼굴로 보스의 말을 기다렸다.

"장차 본관을 개축하는 것도 시야에 넣고 신관 리노베이션을 진행할 생각이야."

"윽……."

등급을 올리기 위한 신관의 개장은 사전에 예상한 범위 내였지만.

"요컨대……, 언젠가 본관을 허물겠다는 말씀이십니까?"

약간 높아진 목소리로 확인했지만, 에두아르는 그 질문에 대답하지 않고 말을 이었다.

"본관은 전체적으로 관내가 어두컴컴하고, 바닥도 높낮이가 너무 심해. 노후화로 인한 균열도 군데군데 보였고."

역시……, 눈치챘구나.

"큰 지진이 일어나면 건물이 붕괴될 위험성이 있어. 유사시를 대비해 숙박객의 안전을 확보하는 것이 우리의 가장 큰 의무야."

"본관, 신관은 모두 이미 재작년에 건물 조사를 통해 내진에 문제가 없다는 진단을 받았습니다."

"그 이후로 이미 2년이나 지났다고. 다시 한 번 전문가를 불러 상세한 조사를 거쳐 만약 문제가 발견되는 경우에는 이번을 계기로 본관은 한동안 폐쇄할 생각이야."

── 폐쇄!

아야토가 충격으로 말을 잃은 동안에도 에두아르의 설명은 이어졌다.

"들자 하니 해마다 세세한 수리를 거듭하고 있다고 하던데, 보수 경비도 만만치 않아. 그렇게 살살 달래 가면서 조심조심 쓸 바에는 차라리 허물고 다시 짓는 편이 낫다는 게 내 의견이야. 본관에 대해서는 이상. 이어서 신관 리노베이션에 대해. 큰 항목은 세 가지. 우선 제일 먼저 연회장을 폐쇄할 거야."

"연회장을 폐쇄하신다고요?!"

본관 폐쇄의 충격에서 회복되기 전에 더욱 커다란 추격타가 가해지는 바람에 저도 모르게 큰 목소리가 튀어나왔다. 머릿속이 찌릿찌릿 저려 오는 감각에 사로잡히면서도 열심히 호소했다.

"그럴 수가……. 그렇게 무작정 폐쇄한다고 하시면 어떡합니까? 연회장을 폐쇄하면 결혼식이나 기업 관련 컨벤션 주문을 받을 수 없게 됩니다. 게다가 오랜 세월에 걸쳐 연회장을 회식에 이용해주신 단골손님도 계시고……."

"그런 건 네가 말하지 않아도 알아. 앞으로 반년간의 예약 데이터를 봤지만, 예약이 차 있는 날보다 그렇지 않은 날이 훨씬 많은 상황이더군. 호텔은 시간을 파는 비즈니스야. 살 사람이 나타나지 않는 공간은 불량 자산이나 다름없어."

"하, 하지만."

"본디 호텔 비즈니스는 객실을 파는 것이 기본. 앞으로 카사호텔은 결혼식이나 기업, 단체 손님에게 의지하는 기존의 영업 방침에서 개인 고객을 중시하는 숙박 주체형 호텔로 노선을 바꿀 생각이야."

"숙박 주체형⋯⋯."

근래 대연회장이나 결혼식장을 두지 않는 숙박 주체형 호텔이 늘어나고 있는 것은 사실이지만, 그건 전부 요 몇 년 사이에 신규로 뛰어든 새 호텔뿐이었다. 어느 호텔이건 시대의 요구에 맞는 매력적인 시설을 갖추고 있기 때문에 개인 손님을 대거 획득하였고, 그 결과 기업이나 단체 손님에게 의지하는 일 없이 영업을 이루어 가고 있었다.

아야토도 개인 손님을 소중히 한다는 방침에는 진심으로 찬성한다. 그것이야말로 원점회귀라고 생각하며, 호텔리어로서 가진 이상이기도 하다. 이상이긴 하지만, 그래도.

"숙박 주체형은 이상적이긴 하지만, 지금의 카사호텔 시설로는 안타깝게도 개인 손님 하나에 집중하기는 어렵습니다."

근심을 솔직하게 입에 담았지만, 에두아르는 전혀 동요하지 않았다.

"그를 위한 두 번째 개혁안. 다섯 개 있는 레스토랑을 메인 다이닝과 일본요리 두 점포로 줄일 생각이야."

"레스토랑을 두 점포로 줄인다고요?!"

또다시 큰 목소리가 나오고 말았다. 아야토의 동요는 아랑곳 않고 바로 앞에 있는 자료에 시선을 떨군 에두아르가 담담한 말투로 숫자를 읽어 나갔다.

"현재 다섯 개 있는 레스토랑 저마다 인건비가 50퍼센트에 달하는 상태야. 그에 반해 부문 이익률은 20퍼센트에도 미치지 못하고 있지. 이 숫자로는 카사호텔 안에 레스토랑을 다섯 개나 유지하는 의미가 없어. 지금까지는 연회나 피로연을 위한 요리의 종류를 확보하는 의미도 있었겠지만, 연회장이 없어지면 필연적으로 그 수요도 잃게 되겠지."

"하지만……, 갑자기 두 점포만 남기고 없애다니, 아무리 그래도 너무하십니다!"

그러나 아야토의 항의는 완전히 무시당했다.

"내 경험상 이 규모의 호텔이라면 두 점포로 충분해. 티룸과 바는 남길 생각이야. 이익이 날 만한 레스토랑만 두고 각각 새로이 룸을 설치하면 적은 인원의 회식이나 파티도 어느 정도 소화할 수 있지. 아까 네가 말했던 단골 고객의 회식 같은 행사도 그 정도면 문제없겠지. 또한 연회장과 레스토랑을 없앰에 따라 생겨나는 공간에는 새로운 시설을 만들 예정이야. 새 시설 후보로는 스파, 피트니스룸, 이벤트 진행이 가능한 다목적 공간, 비즈니스 센터 등을 생각 중이고."

에두아르는 아야토에게 이의를 제기할 틈을 주지 않고 이야기를 거침없이 진행해 나갔다. 평소에는 대처할 수 있는 내용도 동요한 탓인지 머리에 쉽사리 들어오지 않았다.

"세 번째 개혁안은 최신 컴퓨터 시스템 도입이다. 객실을 시작으로 관내 전체에 무선랜을 완비하고, 프런트 오피스뿐만 아니라 말단까지 전 스태프가 고객 정보를 공유할 수 있는 시스템을 확립할 생각이지. 이로써 시간, 인력 낭비를 없앨 수 있겠지. 컴퓨터 시스템에 의한 효율화와 더불어 관내 및 객실 청소를 외주로 맡겨 최종적으로는 종업원 수를 30퍼센트 삭감할 계획이야."

── 종업원을 30퍼센트 삭감.

무정한 구조조정 선언에 등골이 한순간에 싸늘해졌다.

무엇보다도 두려워하던 사태. ……그게 현실이 되고 말았다.

에두아르가 창백해진 얼굴로 멍하니 서 있는 아야토를 감정을 알 수 없는 차가운 두 눈으로 응시하며 말을 이었다.

"또한 앞서 말한 리노베이션과 동시 진행하는 형태로 스태프의 의식 개혁이 필요해. 좋게 말하면 가정적이고 목가적, 나쁘게 말하면 세련되지 못하고 투박한 지금의 서비스로는 토박이 손님을 대응할 순 있어도, 한 등급 위의 손님은 부를 수 없으니까."

에두아르가 냉정한 목소리로 딱 잘라 말한 그 순간, 머리에 피가 확 몰렸다. 아야토는 저도 모르게 데스크로 바짝 다가가선, 몸을 쭉 내밀고 반론했다.

"저희 호텔은 지역 손님과 오랫동안 호텔을 이용해주신 단골손님께 사랑을 받으면서 지금까지 왔습니다. 현행 서비스로도 충분히 만족해주고 계시……."

"잘 들어."

말꼬리를 빼앗듯이 말을 가로막은 에두아르가 아야토의 얼굴을 똑바로 쳐다보며 흔들림 없는 목소리로 말했다.

"시대는 변해. 이미 내일만 되면 오늘은 낡은 것으로 바뀌지. 그 증거로 카사호텔은 해마다 숙박률이 떨어지고 있어. 건물 노후화만이 원인이 아니라고. 서비스 자체가 이미 낡은 거야."

"윽······."

지금까지 자신들이 믿고 날마다 행해 온 서비스를 정면에서 부정당하자, 아야토는 머리에 망치를 맞은 것 같은 충격을 받았다.

확실히 시대의 흐름은 만물에게 평등하며, 형태가 있는 것이 썩어 가는 것은 아무도 막을 수 없다. 카사호텔도 예외가 아니다. 그러나 선대 오너가 한평생을 바쳐 일궈 낸 서비스를 낡은 것이라는 한마디로 딱 잘라 버리는 것만큼은 용서할 수 없었다.

"저는······, 저희가 성심성의껏 실천하는 서비스에 낡은 것도, 새로운 것도 없다고 생각합니다."

아야토는 눈앞에 있는 얼음 같은 미모를 노려보며 감정을 억누른 낮은 목소리로 말했다. 시선과 시선이 부딪치며 불꽃이 튀었다. 아야토의 도전적인 눈빛을 상대로 아이스블루색 눈동자가 험악한 빛을 내뿜었다.

"······."

30초 정도 긴장으로 곤두선 분위기 속에서 서로를 노려본 다음, 에두아르가 천천히 입을 열었다.

"내 콘셉트에 찬성하지 않는 사람은 필요 없어."

"윽······."

"개혁에 방해만 될 뿐이야."

지금 당장 이 남자에게 사표를 내던지고 싶다 ── !

하지만 여기서 자신이 도망치면 누가 선대 오너가 사랑했던 카사호텔을 지킬까?

친아들조차 내팽개쳐버린 카사호텔을……

턱뼈를 굳게 다물며 분노의 감정을 억지로 삼킨 아야토는 부르르 떨리는 입술로 사과했다.

"……주제 넘는 말씀을 드려 죄송합니다."

에두아르가 알겠다는 듯이 너그럽게 고개를 끄덕였다.

"그럼 나중에 리포트를 훑어보고 문제점이 있으면 알려주도록. 그리고 리폼에 드는 비용 견적을 내주겠어? 본관, 신관 내진 진단 준비도 부탁하지."

에두아르가 척척 지시를 내리자, 가까스로 본분으로 되돌아온 아야토도 "네." 하고 대답했다.

"어디서 견적을 낼지는 저에게 맡겨 주시겠습니까?"

"그래. 하지만 몇 군데에서 견적을 내줬으면 좋겠군. 리노베이션에 드는 비용의 큰 틀이 나온 단계에서 최종 개혁안을 만들어 간부 회의에서 발표하지."

"알겠습니다."

"나루미야……, 뒤로 세 발짝 물러나봐."

갑작스러운 명령에 보스의 의도를 알지 못한 채 세 발짝 물러났다. 에두아르는 아야토의 전신을 머리부터 발끝까지 냉정한 시선으로 체크하더니 말했다.

"우선 개혁의 시작은 유니폼부터군. 지금 유니폼은 너무 틀에 박힌 스타일이야."

집무실을 나와 일터로 돌아오고 나서도 아야토는 일이 손에 잡히지 않았다.

　　지금 막 들은 대담하고 무모한 개혁 내용에 한동안 혼이 빠진 듯이 데스크에서 멍하니 있었다.

　　이 일은 아무에게도 말할 수 없다. 하시구치에게도 말할 수 없다.

　　안 그래도 갑작스러운 외국계 회사 자본의 참가로 동요하고 있는 스태프들에게 인원 삭감 건이 새어 나가면 현장은 혼란에 빠질 것이다. 그 가능성을 생각하면 지금 단계에서는 아무에게도 상의할 수 없었다.

　　120명의 운명을 자신 혼자 짊어진다는 압박감에 위가 쿡쿡 쑤시듯이 아파 오기 시작했다. 아야토는 재킷 위에서 위 언저리를 손바닥으로 문질렀다.

　　자신도 물론 이 상황에는 만족하지 않는다.

　　잇따른 신규 외국계 고급 호텔 오픈을 바로 눈앞에 두고 그저 마냥 수수방관하고 있을 만한 상황이 아니라는 것은 알고 있다. 카사 호텔이 살아남기 위해서는 약간의 개혁이 필요하다.

　　그러나 그건 어디까지나 선대 오너의 철학에 입각하여 잔잔하게 진행하는 변혁이지, 그렇게까지 급격한 변화는 원하지 않는다. 그렇게까지 변하면 더는 카사호텔이 아니게 되고 만다.

무거운 한숨을 내쉰 아야토는 에두아르가 건넨 영문 리포트를 훑어보았다.

문제점을 지적하라고 했지만, 다시 한 번 처음부터 읽어봐도 COO가 명확하게 내세운 개혁안은 논리 정연한 데다, 화가 날 정도로 빈틈이 없었다. 일본에 온 지 이틀이라는 단기간 동안 익숙지 않은 환경에서 이만큼 일을 해치우다니, 정말 어마어마한 수완이었다. 분하지만 역시 대단하다고 하지 않을 수가 없었다.

숙박 주체형을 지향한다는 의견에는 일단 찬성이다. 이론은 없다. 현실적으로 따져봤을 때도 점점 예약이 잡히지 않는 연회장 폐쇄 또한 그나마 납득이 된다.

하지만 선대 오너가 사랑했던 레스토랑 다섯 군데 중 세 곳을 없애겠다는 제안은 받아들일 수 없었다.

게다가 노후화를 구실로 '본관을 허물고 새로 짓겠다'는 에두아르의 생각은 절대로 수긍할 수 없었다.

본관은 카사호텔 도쿄의 상징이다. 완전히 똑같은 외관의 건물을 새로 짓는다 한들 수많은 추억이 새겨진 본관을 대신할 수는 없다. 그 이탈리아인은 그걸 이해하지 못했다.

── 가능한 한 계속 변하지 않고 있어줬으면 좋겠어요.

사카가미를 시작으로 몇 년을 함께해 온 단골 고객들의 얼굴이 뇌리에 떠올랐다.

무엇보다도 오랫동안 카사호텔을 찾아주신 손님들이 실망할 거라 생각하니 견딜 수 없었다.

객실 청소를 외주로 돌리면 인건비를 삭감할 수 있다는 것도 안다. 하지만 일부러 그렇게 하지 않았던 선대 오너의 방침을 이어 가고 싶었다. 선대 오너는 종업원 스스로가 객실을 청소함으로써 손님의 성격을 보다 이해할 수 있으리라고 믿었다. 그것이 더 나아가선 진심 어린 고객 서비스로 이어진다는 신념을 갖고 있었다. 아야토도 신입 사원 시절에 그를 몸소 체험하고 배웠다.

관내 청소를 업자에게 맡기지 않고 종업원 스스로가 하는 것도 중요하다. 건물에 대한 애정이 깊어질 뿐더러, 되도록 깨끗하게 쓰자는 책임감도 쌓인다.

그러나 아무리 그런 심정을 말로 호소해봤자 그 냉혹한 남자의 마음을 움직일 수는 없을 것이다.

과거를……, 선대 오너 이야기를 꺼내면 역효과라는 사실도 알고 있었다.

구조조정과 본관 철거를 회피하기 위해서는 이 리포트에 필적하는 내용의 기획서를 작성할 수밖에 없다. 그것을 토대로 프레젠테이션을 하여 에두아르를 설득하는 것이다.

통상 업무에 더해 내진 조사 사무소에 전화를 하거나, 건설회사 여러 곳에 연락을 취하는 등, 분주한 하루를 마친 밤 열 시. 아야토는 뒤쪽 직원용 방에서 개인용 노트북을 펼쳐 자신 나름대로 '카사 호텔 개혁안'을 입력하기 시작했다.

되도록 서둘러 기획안을 완성해야 한다. 될 수 있으면 에두아르가 일본에 있는 동안.

초조함에 사로잡히며 키보드를 치던 아야토의 손가락이 문득 멈추었다.

자신은 입사 이후 숙박 분야에 종사해 왔기 때문에 프런트 업무에 관해서는 프로지만, 연회나 레스토랑, 영업 등 다른 분야에 관해서는 문외한이다.

그런 자신의 약점을 전문가의 보조로 커버하면……, 각 현장의 목소리에 의거한 아이디어가 모이면 내용면에서 더 충실한 기획서가 완성되지 않을까?

카사호텔의 위기는 카사호텔에서 일하는 동료들끼리 힘을 합쳐 극복해야만 한다.

당장 내일 아침 미팅에서 모두의 아이디어를 모으자. 물론 구조 조정 건은 덮어 둘 생각이지만, 현재 상황에 위기감을 가진 스태프들은 틀림없이 협조해줄 것이다.

한 줄기 빛이 보인 듯한 기분이 들면서 마음이 아주 살짝 가벼워졌다. 디스플레이에 시선을 되돌린 아야토는 또다시 키보드를 치기 시작했다.

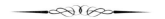

제6장

　본관과 신관 내진 강도 재조사와 리폼 견적 내는 작업이 시작되고 사흘 후. 밀라노에 있는 로셀리니 그룹 의류 부문에서 새로운 유니폼 샘플이 도착했다.

　도착한 샘플은 간부용 블랙 슈트를 시작으로 프런트용 슈트가 남녀별로 각각 한 종류, 도어맨용 프록코트와 모자, 벨보이와 벨걸용 제복, 레스토랑용 턱시도에서부터 그리터(안내역)용 제복, 주방장용 쿡코트까지 모두 디자인이 통일되어 있었다. 그 디자인은 COO의 대략적인 지시를 토대로 밀라노 본사 디자이너가 고안한 듯했다.

　지금까지 입었던 차콜그레이 유니폼은 역사 깊은 호텔답게 정통적인 디자인이었지만, 이탈리아에서 만든 새 유니폼은 검은색을 바탕으로 옷깃과 소매에 은색 천이 덧대어진 세련된 디자인이었다. 새로운 디자인을 아침 미팅 자리에서 선보이자마자 여성 스태프들 사이에서 "근사하다!" 하고 감탄의 목소리가 터져 나왔다.

"옷깃 커팅 세련된 것 봐~. 역시 오더메이드는 다르네."

"와아, 빨리 입어보고 싶다! 리본 타이도 예쁘다!"

"그 원피스도 예쁘지 않아?"

"근데 보디 라인이 드러나니까 살 좀 빼야 되겠는걸."

여성 스태프들은 흥분한 듯이 큰 목소리로 이러쿵저러쿵 말을 나누었다. 젊은 스태프뿐만 아니라 중년층 스태프들도 눈을 반짝반짝 빛내고 있었다. 남성 사원들은 그와 대조적으로 깔끔하고 세련된 디자인에 주눅이 든 사람이 많은 것 같았다.

"이런 세련된 디자인을 입어도 어울리기나 하려나? 자신이 없네."

아야토는 진심으로 자신 없는 듯이 중얼거린 하시구치를 격려했다.

"괜찮아요. 기본은 다 슈트니까요."

"나루미야 씨는 좋겠다. 스타일도 좋지, 원래부터가 모델 같잖아."

하시구치가 원망하는 투로 불평을 늘어놓자, 아야토는 쓴웃음을 지었다. 남성 스태프 중에서도 키타가와를 필두로 패션에 관심이 있는 젊은 세대는 기뻐하고 있는 것 같지만.

아야토 본인은 유니폼 하면 디자인보다 착용감이 훨씬 중요하다고 생각하는 쪽이었다. 유니폼인 이상, 아무리 근사해봤자 움직이기 불편하면 아무 의미가 없다.

결국 각 부문에서 평균 체형 남녀 직원을 한 명씩 선발하여 샘플을 입어보기로 했다. 아야토도 프런트 대표로서 새로운 유니폼을 착용했다. 위아래 전부 검은색인 슈트에 흰색 셔츠, 넥타이는 광택이 있는 실버그레이 바탕에 검은색과 흰색 핀스트라이프가 대각선으로 들어간 레지멘탈 타이[5]. 재킷을 걸쳐보자 놀랄 만큼 가벼웠다. 천이 부드럽고, 착용감이 아주 좋았다.

'움직이기 편해.'

재단이 입체적이기 때문일까? 주머니가 재킷 바깥쪽에 세 개, 안쪽에 네 개, 바지에도 총 네 개 달려 있었으며, 그 위치나 깊이 또한 편리성을 고려한 디자인이었다. 겉보기만이 아니라 유니폼으로서 가진 기능성도 추구한 것 같았다.

아야토는 이만한 일을 실질적으로 사흘 만에 해낸 밀라노 본사의 신속한 대응에 감탄하면서 8층까지 올라갔다.

COO가 일본을 방문한 날로부터 이래저래 닷새가 지났다. 하루에 몇 번이나 호출을 받는 탓에 집무실을 들락날락 하는 것에도 서서히 익숙해지고 있었다. 하지만 에두아르와 얼굴을 마주하기 전에는 아직도 어렵다는 생각을 버리지 못해서인지 위가 꼭 수축되는

---

5 레지멘탈 타이: 영국의 전통적인 연대 깃발 색깔을 본뜬 무늬(레지멘탈 스트라이프)를 모티브로 한 넥타이.

기분이 들었다. 아야토는 문 앞에서 심호흡을 한 다음, 문을 똑똑똑 노크했다.

"나루미야입니다."

"들어와."

"실례하겠습니다."

아야토는 마호가니로 된 문을 열고 방 안으로 들어갔다. 그리고 정면 데스크를 향해 말을 걸었다.

"완성된 새 유니폼 샘플이 도착했으니, 시간 괜찮으시면 아래층 사무실까지 보러 와 주시겠습니까?"

창가에 있는 미남은 오늘 아침에도 클라시코 이탈리아[6] 슈트를 우아하게 차려입고 있었다. 색은 밝은 회색. 셔츠는 삭스블루, 넥타이는 검은색 바탕에 작은 흰색 물방울 무늬였다.

정말로 뭘 입어도 잘 어울린다. 그의 모습에 매번 질리지도 않고 넋을 잃는 자신에게 내심 혀를 차고 있으려니, 전방에서 목소리가 들려왔다.

"도착했나?"

"네, 오늘 아침 일찍 항공편으로 도착했습니다."

"아이템은 전부 갖춰졌고?"

"확인해 봤습니다만, 발주한 아이템은 전부 갖춰져 있었습니다. 대응이 굉장히 빨라서 깜짝 놀랐습니다."

---

6 클라시코 이탈리아: 이탈리아에서 만든 고품질 클래식 스타일이 콘셉트인 슈트, 셔츠, 구두 등을 일컫는 통칭.

"그야 재촉했으니까."

아무 일도 아니라는 듯이 그렇게 대꾸한 에두아르가 두 눈을 차츰 가늘게 떴다.

그러더니 언젠가와 마찬가지로 이쪽의 애간장이 다 녹아버릴 만큼 아야토의 전신을 찬찬히 체크한 뒤에 입을 열었다.

"나쁘지 않군. 제법 남자다워졌는걸?"

비아냥거리는 말투에 그만 화가 울컥 치밀었다. 감정을 제어하는 데에는 능수능란하다고 자부했지만, 에두아르 앞에서는 도무지 제대로 기능하지 않았다. 자중하라고 스스로를 타이르고 있으려니 에두아르가 의자에서 일어났다. 그러더니 책상을 돌아 큰 보폭으로 거리를 좁히며 아야토의 반 발짝 앞에서 발걸음을 멈추고는, 목을 향해 손을 뻗어 왔다.

"윽……."

갑작스러운 접근에 당황하고 있는 동안 실크 넥타이를 잡히자 심장이 쿵쾅 뛰었다. 에두아르가 매듭에 손가락을 걸고 몇 센티미터 더 바짝 끌어당기자 한숨이 닿을 만큼 거리가 가까워지는 바람에 숨을 죽였다.

"저, 기."

에두아르가 반사적으로 뒷걸음칠 뻔한 아야토를 낮은 목소리로 타일렀다.

"움직이지 마."

"……네."

보아하니 넥타이를 고쳐 매어줄 생각인 듯했다. 하지만.

'아무리 그래도……, 얼굴이 너무 가까운 것 아닌가?'

이렇게 바로 가까이서 얼굴을 보는 것은……, 10년 만이다.

아이스블루색 눈동자가 똑바로 자신을 내려다보자, 아야토는 천천히 시선을 돌렸다.

심장이 불규칙적으로 일사불란하게 뛰기 시작했다.

'빨리……, 끝내줘.'

마음속으로 기도한 순간, 오드콜로뉴 향기가 코끝을 살랑 스쳤다.

기억 속의 향기와……, 달라.

당연하다. 그 후로 10년이나 지났으니까.

그런 데에 이제 와서 실망하는 자신에게 화가 난 나머지 입술을 살며시 깨물었다.

"좋아, 이제 됐어."

마지막으로 넥타이 딤플 모양을 손가락으로 조절하던 에두아르가 겨우 넥타이에서 손을 떼고 만족스러운 듯이 중얼거렸다.

"이 넥타이는 약간 여유를 갖고 매야 모양이 예쁘게 잡혀."

"……감사합니다."

인사를 하고 눈앞에 있는 남자로부터 도망치듯이 뒤로 물러났다. 거리를 둔 아야토를 잠시 팔짱을 끼고 바라보던 에두아르가 말했다.

"지금까지 입던 유니폼 라인은 훌륭한 스타일을 돋보이게 해주지 못했으니까 말이지."

"네······?"

누구 이야기를 하는 걸까 하는 의문을 입 밖으로 내어 확인하기 전에 또다시 말이 이어졌다.

"차콜그레이 컬러도 사람을 가리지 않는 무난한 색이긴 하지만, 입는 사람에 따라서는 얼굴색이 칙칙해 보였거든."

그건 확실히 그럴지도 모른다. 예전부터 스태프들 사이에서도 실제 나이보다 나이가 들어 보인다는 얘기는 있었다.

"역시 검은색으로 하길 잘했어. 나루미야는 피부가 하얘서 블랙 슈트가 잘 어울리는군."

── 응?

지금 그 말은 마치 자신을 위해 이 유니폼을 발주했다는 것처럼 들리는데?

'설마.'

잘못 들은 것이다. 그럴 리가 없다.

부정하자마자 자신을 쳐다보는 에두아르의 두 눈이 열을 띠고 있는 것 같은 기분이 들어 작게 숨을 삼켰다. 재회한 뒤로 에두아르는 항상 아야토 따윈 안중에도 없다는 듯이 쿨한 태도였기 때문에 이런 식으로 뜨거운 시선이 향하니 진정이 되질 않았다······.

무슨 말을 하고 싶은 듯한 눈빛이 부추기는 바람에 그날 밤의 기억이 되살아날 것 같았다.

마음속 깊은 곳에 쑤셔 넣었던 '무언가'가 고개를 쳐들려고 하던 그때 ── .

"저⋯⋯."

아야토는 목구멍 깊은 곳에서 갈라진 목소리를 쥐어짜 냈다. 자신이 먼저 이 숨막히는 공기를 끊어 내지 않는 한, 더 이상 침묵이 이어졌다간 쓸데없는 말을 지껄일 것 같아 두려웠다.

"슬슬⋯⋯, 아래층으로 가시죠."

에두아르가 어깨를 약간 떨었다. 그러더니 꿈에서 깬 듯이 천천히 눈을 깜박이고는, "아, 응." 하고 중얼거렸다.

"다들 기다리고 있어서요."

"그래. 가지."

아야토는 고개를 끄덕인 에두아르를 먼저 나가게 하기 위해 출입구 좌측에 서서 대기했다.

* * *

"나루미야 씨, 저번에 말씀하신 개혁안, 각 부문에 따라 정리했어요."

목요일 아침, 1층 로비 데스크에서 단말기를 향해 있던 아야토 앞에 쇼트커트 스타일에 바지 정장을 입은 여성 스태프가 다가왔다. 그녀가 내민 투명한 파일에는 프린트한 종이 다발이 끼워져 있었다.

"텍스트 데이터는 나루미야 씨 메일로 보내 놨어요."

"쿠보타, 도와줘서 고마워."

객실 담당인 쿠보타 사나에는 벨보이인 키타가와와 입사 동기이며, 올해로 스물네 살이다. 키가 크고 슬림한 체형 때문인지 중성적인 분위기를 가졌다. 성격도 털털하고 밝다.

저번 주 목요일 조례 시간에 카사호텔 개혁안을 모집하자, 미팅이 끝난 뒤에 이 쿠보타가 아야토를 찾아와선 "제가 할 수 있는 일이 있다면 돕게 해주세요." 하고 보조역을 자청해주었다.

솔직히 통상 업무에 COO 보좌까지 맡으면서 지금의 업무량만으로도 펑크 직전이었기 때문에 보조역을 자청해준 쿠보타가 무척이나 고마웠다.

둘이서 이야기를 나눈 결과, 개혁에 관한 의견 모집 용지를 각 부문에 나눠주고 각자 기입하게 한 다음, 나중에 쿠보타가 회수해서 컴퓨터로 입력하기로 했다. 메일로 받으면 텍스트 데이터로 정리할 수고를 덜 수 있지만, 스태프 전원이 컴퓨터를 다룰 수 있는 것도 아니라 역시 종이에 써달라고 하는 편이 확실하다는 쪽으로 의견이 모아졌다.

지금은 객실 담당으로서 숙박 부문에 있지만 장차 홍보부 판촉과로 옮기기를 희망하는 쿠보타는 카사호텔 개혁에 남다른 관심이 있는지 적극적으로 나서서 아이디어를 내주고 있었다. 겁도 없고 대응도 발 빠르기 때문에 믿음직스러운 어시스턴트였다.

"꽤 많이 모였어요. 특히 20대 스태프들이 이것저것 의견을 많이 내줬더라구요."

그 말을 뒷받침하듯이 파일은 의견이 많이 모였다는 것을 알 수 있을 만큼 두툼했다. 젊은 직원들이 의욕을 보이고 있다는 사실이 기뻤다.

"우선 오늘 시점에서 모인 분량이니까 아직 추가로 또 모일 것 같아요. 기한을 정할까요?"

"그래, 그러자."

오늘 아침, 3사에 의뢰한 개수 공사비 견적을 받았기 때문에 리노베이션 경비 추산은 얼추 집계된 상태였다. 본관과 신관 내진 진단은 신중을 기하기 때문에 며칠 더 걸릴 것 같다는 조사 회사의 연락이 있었다. 진단 결과가 나오는 대로 간부 회의가 소집되어 COO의 개혁안이 발표될 것이다.

그 전에 기획을 확실하게 세워 COO에게 프레젠테이션을 해야 한다.

머릿속에서 일정을 역산한 아야토는 대답을 기다리는 쿠보타에게 말했다.

"되도록 이번 주 안에 통합하고 싶은데, 이번 주 토요일 밤까지 마감해서 다음 주 월요일 아침 일찍까지 텍스트 데이터로 정리해줄 수 있을까? 그러면 내가 월요일 중으로 기획서를 완성할 테니까."

"네, 괜찮아요."

힘차게 책임지고 맡아준 쿠보타가 "저, 그리고." 하고 말을 꺼냈다.

"부문마다 의견을 모집하는 것과는 별개로 여성 스태프들 대상으로 앙케트를 진행해봐도 될까요?"

"여성 스태프 한정으로?"

"데이터를 정리하면서 생각해봤는데, '여성의 입장에서 이런 점을 이렇게 바꾸고 싶다'거나 '자신이 손님이라면 이런 부분이 이랬으면 좋겠다', 그런 식으로 여자이기 때문에 생각할 수 있는 아이디어가 거의 없더라구요. 다들 남녀 간의 성차를 넘어 호텔리어라는 입장에서 객관적인 의견을 말하기만 할 뿐이랄까? 그래서 굳이 여성의 시선으로 대상을 좁혀 개선점을 모집해보면 또다른 의견이 모이지 않을까 싶어서요."

카사호텔은 굳이 말하자면 중년층 이상의 부부나 남성 손님이 많은 호텔이지만, 앞으로 집객률을 올리기 위해서는 여성 손님을 끌어들일 수 있을지 없을지가 하나의 관건이 된다. 그렇게 생각하면 여성만의 의견은 귀중했다. 무엇보다 젊은 쿠보타가 적극적으로 아이디어를 낸 것이 믿음직스럽게 느껴졌기에 아야토는 찬성의 뜻을 표했다.

"재미있겠는데? 꼭 한번 해보자."

쿠보타는 자신의 아이디어가 채용되자 기쁜 듯이 얼굴을 반짝였다.

"앙케트 항목에 관해서는 저한테 맡겨주시면 안 될까요?"

"그래, 부탁할게."

"그럼 당장 만들게요!"

쿠보타가 힘찬 목소리로 대답했다.

                    *   *   *

　다음 날 아침 오전 여섯 시.

　우선 현시점에서 모인 스태프 개혁안을 정리하기 위해 일찍 출근
한 아야토는 안뜰을 지나치다가 생각지도 못한 인물을 발견하고는
저도 모르게 발걸음을 멈추었다.

　햇빛을 받아 반짝이는 플래티나 블론드. 멀리서도 눈길을 끄는
균형 잡힌 장신.

　에두아르였다. 벤치에 앉은 백발의 숙박객과 활짝 웃으며 이야
기를 나누고 있었다. 리브인의 이점은 이른 아침이나 심야에 손님
과 접촉하는 시간을 자주 가질 수 있다는 점이지만……, 아무리 그
래도.

　'이렇게 아침 일찍부터?'

　샌드베이지 슈트를 입고 곧은 자세로 서 있는 모습이 카사호텔
의 풍경과 위화감 없이 어우러져 보이자 이상한 기분이 들었다.

　일본에 온 지 열흘 정도밖에 되지 않았는데 어느새 이렇게나 카
사호텔에 융화된 걸까?

　약간의 감개에 젖어 다가가자, 에두아르의 목소리가 들려왔다.

　"미스터 모리타, 안녕히 주무셨어요?"

　벤치에 있던 손님과 헤어진 뒤, 이번에는 다른 숙박객에게 말을
걸고 있었다. 그저께부터 본관에 있는 일본식 다다미방에 숙박 중
인, 방금 전 숙박객과 마찬가지로 중년 부부였다. 어제 오전 중에

저녁 식사를 하러 갈 만한 가게 건으로 응대를 했던 부부로, 도쿄에서 대학을 다니는 손주를 만나기 위해 부부끼리 센다이에서 상경했다고 한다.

"어제 미술관에서 즐거운 시간 보내고 오셨는지요?"

"네, 실컷 구경하다 왔어요. 미술관 소장품인 차도구 컬렉션이 아주 근사하더라구요."

"저도 저번에 봤는데, 혼아미[7]의 시로라쿠 다완이 근사하더군요. 손주분과 식사는 잘 하셨어요?"

"추천해주신 대로 로비 데스크에 있는 젊은 직원한테 상의해봤어요."

"어시스턴트 매니저 나루미야 말씀이시군요."

"맞아요. 그 직원한테 부탁해서 예약한 가게에 갔더니, 갓 재배된 가을 야채가 한가득 나오더라구요. 덕분에 아주 맛있게 먹었어요. 당신도 다음에 꼭 가보세요."

"다행이네요. 저도 때를 봐서 한번 가보겠습니다."

'처음 알았어.'

그 친밀한 대화 내용에도 놀랐지만, COO가 자신에게 상의하라고 손님들에게 권했다는 이야기에는 더더욱 놀랐다.

자신의 업무를 조금은 인정해주고 있다는 뜻일까?

등이 간지러운 느낌을 주체하지 못하고 멍하니 서 있으려니, 에두아르가 그런 아야토를 발견했다. 그는 모리타에게 인사를 한 다

---

7 혼아미: 혼아미 코에츠. 에도 시대 초기의 도예가이자 예술가.

음, 어깨를 휙 돌려 이쪽을 향해 다가왔다.

"좋은 아침."

"안녕히 주무셨습니까? 일찍 일어나셨네요."

"너야말로 평소보다 한 시간 일찍 출근했군."

그 말에 또다시 깜짝 놀랐다. 자신의 평소 출근 시간을 파악하고 있는 건가?

이 사람에게는 놀라기만 할 뿐이었다.

가슴속으로 화들짝 놀라고 있으려니, 아야토의 바로 앞에서 발걸음을 멈춘 에두아르가 안뜰 한가운데에 있는 화단으로 시선을 돌렸다.

"여긴……, 【팔라초 로셀리니】 같군."

"네?"

혼잣말처럼 중얼거리는 목소리를 제대로 듣지 못하고 그만 되물었다. 아야토에게 힐끗 시선을 돌린 에두아르가 "아아……, 미안해." 하고 사과의 말을 입에 담았다.

"【팔라초 로셀리니】……, 내가 태어나 자란 시칠리아의 본가를 그 땅에 사는 사람들이 그렇게 부르거든. 이 안뜰에 서 있다 보면 본가의 파티오가 생각나서 말이지."

"【팔라초 로셀리니】……."

향수 속에 일말의 고통이 뒤섞인 듯한 복잡한 목소리에 위화감을 느끼면서 그 이름을 입안에서 살며시 되풀이했다.

"바글리오, 라고 불리는 시칠리아식 영주관 스타일 건물인데, 역시 이곳처럼 네모난 모양으로 천장이 뚫린 공간이 있어. 파티오 한 가운데는 수령이 몇 백 년은 된 커다란 올리브 나무가 뿌리를 뻗고 있지."

'시칠리아……'

지중해 거의 한가운데에 떠 있는 이탈리아 공화국의 최남단 섬.

기원전 그리스인이 '신들의 선물'이라고 부르던 아름다운 섬.

라틴, 비잔틴, 이슬람 등의 문화가 공존하는 독특한 문화를 가진 섬.

영화에서 본 지독하리만치 아름다운 바다가 뇌리에 떠올랐다. 두 천재 다이버를 그린 프랑스 영화. 아야토가 좋아하는 영화 중 하나이다.

타오르미나의 청록빛 해안선. 강한 햇빛과 진한 그림자. 기원전부터 이어진 돌바닥. 금색 언덕. 하얀 집. 에트나 산. 흐드러지게 핀 꽃들. 가지가 휠 정도로 한가득 열린 과일. 숨이 콱콱 막힐 만큼 향긋한 오렌지 향기.

영상으로 봐서 알고 있긴 하지만 실제로 가본 적은 없는 머나먼 이국을 잠시 상상한 아야토는 에두아르의 시선에 이끌리듯이 화단으로 눈길을 돌렸다.

사계절의 꽃을 즐길 수 있는 화단에는 지금 석산, 코스모스, 맨드라미 등이 피어 있었다.

구석구석 정성껏 손질된 녹색 잔디와 소박한 나무 벤치. 돌이 깔린 산책길.

선대 오너는 본관과 신관에 에워싸인 이 뻥 뚫린 공간을 더없이 사랑했다. 여름밤에 이곳에서 열리는 연주회는 카사호텔의 풍물시이기도 했다. 선대 오너가 세상을 떠난 후에는 아들인 와다가 이벤트 개최를 귀찮아했지만 그래도 어떻게든 작년까지는 이어 왔다. 그러나 올해는 결국 개최되지 않은 채 여름이 끝나고 말았다.

　어딘가 향수를 띤 눈빛으로 안뜰 한가운데에 있는 화단을 바라보던 에두아르가 고향을 그리는 마음을 떨치려는 듯이 미간을 찌푸리더니 시선을 쓱 돌렸다. 그러더니 호텔을 에워싼 나무로 시선을 옮기며 중얼거렸다.

　"여긴 정말 풀과 나무가 많군. 도쿄에 있다는 사실을 한순간 잊게 된단 말이지."

　"손님 중에는 고원에 있는 피서지에 온 것 같다고 말씀하시는 분도 계십니다."

　에두아르가 어깨를 움츠렸다.

　"확실히 기분 좋게 지낼 수 있는 곳이야. 도쿄의 늦더위는 혹독하다고 들었는데, 카사호텔에 있는 한 느낄 틈도 없겠어. 그저께는 손님과 함께 카사호텔 주변을 조깅했지. 참 기분 좋던걸?"

　"함께 조깅을……, 하셨다고요?"

　"카사호텔에는 헬스장이 없으니까. 몸이 둔해지는 것을 막기 위해 뛰고 있지."

　그렇게 설명한 에두아르가 신관 뒷문을 향해 산책길을 걷기 시작했다.

"너도 한 가지 일에 너무 몰두하지 말고 가끔씩은 한숨 돌리면서 기분 전환을 하는 편이 좋아. 매일 얼굴을 보는데, 쉬는 날도 제대로 안 쉬고 다 반납하고 있는 것 아닌가?"

에두아르는 앞장서서 걸으면서 약간 거리를 두고 따라오는 아야토에게 확인하듯이 물었다.

그 지적은 정확했다. 아야토는 요 2주 동안 쉬는 날 없이 출근했다.

일단 데스크 근무는 아침 여덟 시부터 저녁 여섯 시까지지만, 거의 매일 잔업을 하고 있기 때문에 근무 시간은 있으나 마나 한 것이나 마찬가지였다.

지금은 통상 근무 외에 COO 보좌와 개혁안을 정리하는 역할도 맡고 있기 때문에 하루 휴가를 얻어 집에서 느긋하게 있어야겠다는 마음의 여유가 전혀 없었다.

"COO께서 귀국하신 후에 휴가를 쓰겠습니다."

아야토가 신중하게 받아치자, 에두아르가 뒤를 돌아보았다. 진의를 살피는 듯한 날카로운 눈빛이 자신을 향하자 숨을 죽였다. 하지만 바로 그 직후, 에두아르는 또다시 얼굴을 홱 돌렸다.

"그걸 기다렸다간 너의 몸이 남아나지 않을걸."

"······."

"휴일은 꼬박꼬박 챙겨. 알았지?"

에두아르가 등을 돌린 채 엄한 목소리로 명령하자, 아야토는 마지못해 수긍했다.

"……네."

이 기회에 언제까지 일본에 있을지 캐묻고자 하려는 의도였지만, 상대는 그 의도를 파악하고 능숙하게 피해버렸다.

요새 들어 본국으로 돌아갈 기미가 전혀 보이지 않아 지친 각 부서 스태프들이 "COO는 언제까지 카사호텔에 체류하실 예정인지 아세요?" 하고 날마다 몇 번이나 물어보았다. 보좌역인 아야토라면 스케줄을 파악하고 있으리라 예상하고 묻는 것이다.

그러나 아야토는 에두아르의 개인적인 스케줄에 대해서는 아무것도 듣지 못했다. 그의 스케줄은 전임 비서가 관리하고 있기 때문이다. 비서는 내년 4월에 창설 예정인 도쿄 지사 'Rossellini Giappone(로셀리니 자포네)' 준비실 스태프이기도 하다.

그렇기 때문에 아야토가 COO의 호출을 받는 것은 카사호텔에 관련한 용건이 있을 때뿐이다.

갑작스럽게 일본을 찾은 날로부터 11일째. 정신적으로 잔뜩 긴장한 상태가 강요되는 시간이 길어짐에 따라 스태프들의 심신이 모두 피폐해진 것을 느낄 수 있었다. 아야토 본인도 예외는 아니었다. 오히려 에두아르의 존재에 가장 스트레스를 느끼고 있는 사람은 자신일지도 모른다.

자나깨나 24시간 늘 에두아르의 존재가 머리에서 떠나지 않았다.

실연 상대와 날마다 마주하며 가장 잊고 싶은 과거의 기억이 무슨 일이 있을 때마다 재생되는 고통은 상상 이상이었다. 옛 상처의

딱지를 억지로 떼어 내서 몇 시간마다 한 번씩 굵은소금을 뿌려 대는 셈이었다.

원흉인 에두아르는 자신을 기억조차 하지 않으니 허무감만 더더욱 커질 뿐이었다.

목구멍까지 치밀어 오른 한숨을 꾹 삼킨 아야토는 COO의 등을 좇아 신관으로 들어갔다. 앞장서서 가던 에두아르가 관내 청소 스태프들에게 먼저 허물없이 "좋은 아침." 하고 말을 걸었다.

"안녕하십니까, 미스터 로셀리니."

"오늘은 저녁부터 비가 내린다고 하더군. 현관 바닥이 젖으면 위험하니 신경 좀 써줘."

"알겠습니다. 우천용 매트를 준비해 놓겠습니다."

아직 손님의 모습이 보이지 않는 신관 로비에 다다르자, 이번에는 리셉션으로 성큼성큼 다가갔다. 아침 여섯 시부터 근무하는 프런트 직원 두 명이 COO의 접근에 화들짝 놀라 어깨를 흠칫 떨었다.

"자네들, 각자 더 거리를 두고 서 있도록."

"아, 네!"

어깨를 나란히 하고 있던 두 사람이 당황한 듯이 2미터 정도 떨어졌다.

"그래, 카운터 끝과 끝 정도 위치가 딱 좋아. 프런트 직원이 서로 가까이 서서 이야기를 나누고 있으면 설령 일 얘기라 할지라도 사적인 이야기를 하고 있는 것처럼 보이거든. 손님 입장에서 보면 결코 기분 좋은 광경은 아니지."

"아, 네."

"손님 눈에 자신들이 어떻게 비칠지 항상 의식하도록. 스태프 한 사람 한 사람이 아름다운 행동거지를 취하고자 의식하기만 해도 호텔 전체가 아름답게 보이니까."

아야토는 에두아르의 말에 화들짝 놀랐다.

손님에게 불쾌감을 주지 않도록 청결감과 자세에는 신경을 쓰고 있긴 하지만, '아름답게 보이도록 행동한다'는 발상은 지금까지 머리에 아예 없었다. 손님의 동향에는 항상 마음을 쓰고 있었지만, 반대로 손님들이 자신들을 주시하고 있다는 의식은 희박했던 것 같다.

프런트에 있는 두 사람도 허를 찔린 표정으로 납득한 듯이 고개를 끄덕이고 있었다.

이렇게 말하는 에두아르 본인이 그저 그곳에 서 있기만 해도 그 자리가 환해지는 특별한 오라를 내뿜고 있기 때문에 그 말에는 설득력이 있었다.

'아아……, 그렇구나.'

개혁의 첫걸음으로 우선 유니폼을 새로이 바꾸게 한 것도 '스태프의 미의식이 높아지면 호텔 전체가 아름답게 보인다'는 그 나름의 철학에 의거한 일일지도 모른다는 생각에 도달했다.

그 후, 에두아르는 지하 2층으로 내려가 관내를 돌아보기 시작했다. 그러면서 스쳐 지나가는 유니폼 차림의 스태프 한 사람 한 사람에게 인사를 하고 말을 나누었다.

원래 아침 관내 순회는 총지배인의 일이지만, 지각 상습범인 와다가 이렇게 아침 일찍 얼굴을 내밀 리가 없었다.

"아침마다 이 시간에 관내를 돌아보시나요?"

스태프의 반응을 통해 오늘만 이러는 것이 아니라 아무래도 이것이 COO의 일과인 듯하다는 사실을 깨달은 아야토는 신관 최상층에 도착할 쯤 되자 그렇게 물었다. 에두아르가 계단을 쉬지 않고 오르며 그렇다고 대답했다.

"되도록 손님 앞에서 주의를 주고 싶지 않거든. 그렇다고 시간이 지난 뒤에 실수를 지적해봤자 아무 의미가 없으니까. 그래서 아직 손님이 적은 이 시간대에 관내를 순회하면서 보이거나 깨달은 점을 담당자에게 직접 얘기하고 있지."

시간이 지난 뒤에 혼나봤자 의미가 없다는 말에는 아야토도 동감이었다. 실수를 한 그 자리에서 혼내지 않으면 무엇을 어떻게 잘못했는지 본인에게 전해지지 않는다. 칭찬할 때도 마찬가지다.

하지만 그렇게 하기 위해 에두아르가 수면 시간을 쪼개고 있다는 생각을 하니 복잡한 기분이 들었다. 아까 전에는 아야토를 걱정해 주었지만, 그가 훨씬 격무에 시달리고 있을 것이다.

아침 다섯 시쯤에 기상하여 하루 내내 집무실에서 다양한 미팅과 회의, 밤에는 밤대로 연일 회식과 파티 일정이 있는 듯, 카사호텔에서 검은색 리무진을 타고 나가선 한밤중에 돌아오는 경우가 많았다.

그저께도 어딘가에서 파티가 있었는지 드레스로 한껏 멋을 낸 여성 두 사람을 에스코트하며 호텔로 돌아왔다. 현관 로비에서 턱시도 차림의 에두아르를 발견했을 때는 10년 전 그날 밤이 되살아나려 하는 바람에 그만 눈을 돌리고 말았지만.

그리고 보니 하루 종일 모습이 보이지 않았던 날에는 아침부터 상하이로 날아가서 협상을 마치고 그날 바로 돌아왔다는 것을 알고 놀란 적도 있었다.

그야말로 제트 센터라는 호칭에 걸맞는……, 대체 잠은 언제 자는지 걱정이 될 만큼 빡빡한 스케줄이었다.

자신도 워커홀릭이라는 자각이 있지만, 그는 확실히 자신을 훨씬 웃돌았다.

그렇게 생각한 순간, 정신을 차려 보니 쓸데없는 참견을 입에 담고 있었다.

"일에 너무 몰두했다간 당신이야말로 쓰러지실 거예요."

그 찰나, 앞에 있는 어깨가 흠칫 떨린 듯한 기분이 든 것은…….

'내가 잘못 봤나?'

물끄러미 응시하고 있으려니, 에두아르가 엘리베이터 홀에서 발걸음을 멈추었다.

그러더니 몸을 돌려 아야토를 똑바로 내려다보았다.

"걱정해주는 건가?"

'이런.'

그가 쓰러지든 컨디션이 안 좋아지든 자신과는 아무 상관 없다. 다시는 사적인 감정에 휩쓸리지 않겠다. 철저하게 사무적인 태도로 대하겠다. 그렇게 결심했는데……, 입을 잘못 놀려 쓸데없는 말을 하고 말았다.

입술을 깨물며 예리한 눈빛에서 눈을 돌렸다.

"개혁을 진행하는 도중에 COO가 쓰러지시면 곤란하니까요."

일부러 이름이 아니라 'COO'라는 직함을 언급하며 내치듯이 딱딱한 목소리로 대답한 직후.

"너야말로……, 이제 어둠은 무섭지 않나?"

머리 위에서 떨어진 낮은 목소리를 듣고는 숨을 삼켰다.

'지금……, 뭐라고……, 한 거지?'

어둠? 무섭지 않아?

설마 —— .

심장이 크게 쿵쾅 뛰었다.

고개를 홱 들어 올린 아야토는 눈앞에 있는 얼굴을 응시했다. 자신을 내려다보는 에두아르의 파란 눈동자를 쳐다보며 굳어진 목구멍을 열심히 열었다.

"무……."

무슨 말씀이십니까? 라고 본인에게 물으려던 바로 그때. 엘리베이터 홀에 새된 목소리가 울려 퍼졌다.

"미스터 로셀리니!"

목소리의 주인은 핑크색 샤넬 슈트를 입은 중년 여성이었다.

에두아르의 어깨 너머로 그 모습을 포착한 아야토는 조건반사적으로 레지스트레이션 카드를 떠올렸다. 사흘 전부터 스위트룸 801

호실에 숙박 중이며, 나고야에서 온 신규 고객이었다.

풍만한 육체를 흔들며 다가온 여성이 에두아르를 황홀한 눈빛으로 올려다보았다.

"미시즈 우루시바타, 좋은 아침입니다."

에두아르 또한 아야토에서 시선을 돌리더니 부인을 향해 미소를 지었다.

"마침 잘됐네. 지금 당신을 찾고 있던 중이었어요. 이탈리아에 유학 중인 딸 문제로 상의할 게 있어서……. 잠깐 시간 괜찮아요?"

왼팔 소매를 살짝 걷은 에두아르가 손목시계를 확인하며 대답했다.

"10분 정도라면 괜찮습니다만."

"그 정도라도 상관없어요. 내 방으로 올래요?"

"로비 살롱에서 듣도록 하죠."

짧은 대화 후에 우루시바타와 에두아르가 엘리베이터에 올라탔다. 문이 닫힐 때까지 허리를 숙여 인사하며 두 사람을 배웅한 아야토는 무표정으로 꾸민 가면 아래에서 세차게 동요하고 있었다.

* * *

── 너야말로……, 이제 어둠은 무섭지 않나?

에두아르의 말이 고막에서 맴돌았다.

'그게……, 무슨……, 뜻이야?'

입에 담지 못한 질문이 머릿속을 빙글빙글 돌았다.

모르겠다. 아니……, 알고 싶지 않다.

사고 정지와 거의 동시에 핏기가 싹 가시는 느낌이 들더니, 문득 눈앞이 캄캄해졌다.

'현기증……?'

엘리베이터 홀 벽으로 비틀비틀 다가가선 손을 짚었다. 벽에 손을 짚은 자세로 현기증이 지나가기를 기다린 뒤, 엘리베이터 버튼을 눌렀다. 언제 손님이 올지 모르는 홀에서 언제까지고 벽에 들러붙어 있을 수는 없었다.

아야토는 입을 벌린 무인 상자에 올라탄 다음, 벽에 기대어 불규칙하게 쿵쿵 뛰는 심장을 유니폼 위에서 부여잡았다. 그대로 지하 2층에 도착한 엘리베이터에서 내리자마자 종업원용 휴게실로 뛰어들어갔다.

자신 외에는 이용자가 없는 것을 확인한 아야토는 세면대로 다가가서 수도꼭지를 틀었다. 힘차게 흘러나오는 물을 두 손으로 떠서 찰박찰박 세수를 했다. 그 후 한동안 흐르는 물에 손바닥을 대고 있었다. 냉수를 맞고 있는 사이에 불규칙하게 맥동하던 심장이 조금씩 진정되었다.

"헉……, 헉."

느릿느릿 얼굴을 들자 흠뻑 젖은 자신과 눈이 마주쳤다. 거울에 비친 얼굴은 창백함을 넘어 새하얗게 질려 있었다.

── 너야말로……, 이제 어둠은 무섭지 않나?

약간 차분함을 되찾은 뇌리에 또다시 에두아르의 목소리가 맴돌았다. 이번에는 사고가 정지되는 일 없이 움직이기 시작했다.

에두아르는 10년 전의 일을 기억하고 있던 건가?

처음부터 자신이 누군지 알아채고 있었던 걸까? 아니면 요 11일 동안 서서히 떠올린 걸까?

재회한 날의 상황을 떠올려보았다. 그때 순간적으로 시선을 아래로 향하는 바람에 표정은 볼 수 없었다. 악수를 나누고 얼굴을 들었을 때는 이미 쿨한 무표정이었지만.

아무튼 에두아르는 자신이 뉴욕에서 하룻밤을 보낸 상대라는 것을 알고 있다. 처음부터 알고 있었으면서 일부러 모른 척했는지, 최근에 떠올리고 아까 입에 담았는지는 분명치 않지만……, 알고 있는 것만은 확실하다.

그런 결론을 낸 순간, 무릎이 희미하게 떨렸다. 그 자리에 주저앉아 버리고 싶은 충동을 세면대에 손을 짚으며 가까스로 참았다.

충격은 그 정도로 컸다.

에두아르가 자신을 기억하지 못한다는 사실에 허무함을 느낀 적도 있었지만, 지금 와서 생각해보니 그편이 몇 배는 나았음을 통감했다.

지금까지는 그날 밤의 일을 기억하지 못한다고 여겼기 때문에 업무라고 딱 잘라 구분할 수 있었다. 쑤시는 옛 상처를 감추고 비즈니스 파트너로서 대할 수 있었던 것이다.

하지만 앞으로는……, 자신이 없다. 에두아르 앞에서 평정을 가장할 자신이 없다.

'어쩌지?'

앞으로 어떡해야 될까? 어떤 식으로 대해야 할까?

스스로에게 물어봤자 짧은 시일 안에 명확한 답을 도출할 수 있을 리가 없었다.

그리고 답이 나오지 않는다고 해서 언제까지고 우물쭈물 고민하고 있을 수는 없었다. 앞으로 30분 후에 아침 미팅이 시작된다. 여덟 시 근무 시작 전에는 심야 근무 스태프로부터 인수인계를 받고 클레임을 확인, 또한 오늘 예약 상황도 확인해야 한다.

할 일, 반드시 해야 할 일을 나열했더니 마음이 조금 차분해졌다.

우선 손수건으로 얼굴을 닦았다. 젖어버린 앞머리를 빗으로 정리한 다음, 가까스로 겉모습을 가다듬었다.

이 건은 일시 보류. 눈앞에 있는 일이 정리되고 나서 향후 대책을 생각하자.

"좋았어."

그렇게 자신을 타이른 다음, 휴게실 문을 밀고 나왔다.

아야토는 아직 엄청난 충격을 질질 끌면서도 마음속 동요를 꽁꽁 숨긴 채 오전 업무에 몰두했다. 데스크에서 자리를 비울 틈조차 없을 만큼 손님이 끊임없이 상담을 하러 찾아왔지만, 그 건에 대해 생각하지 않을 수 있어서 오히려 바쁜 편이 나았다. 다행히 에두아르의 호출은 없었고, 얼굴을 마주하는 일도 없었다.

카사호텔 체크아웃은 열두 시지만, 열한 시부터 서서히 인파가 몰려든다. 단체객이라면 어느 정도 피크를 예상할 수 있지만, 오늘 체크아웃 예정 손님은 대부분이 개인이었다.

"오늘은 정오에 집중하겠네."

프런트 매니저 하시구치가 열한 시 반을 지난 시점에 단말기를 노려보면서 중얼거렸다. 시간이 이러한 데도 아직 3분의 2 정도 되는 손님이 방에 남아 있다. 그렇다는 말은 즉, 앞으로 정오까지 30분 동안 30실의 체크아웃이 집중된다는 뜻이다.

"일손이 부족하군."

이렇게 누군가에게 도움을 부탁하고 싶을 때에 한해 마침 프런트 스태프 중 한 사람이 갑자기 몸이 안 좋아서 결근을 했다.

"총지배인은?"

하시구치가 도움이 되지 않는 총지배인까지 찾을 정도로 급박한 심경인지 와다의 이름을 꺼냈다. 그러나 하필이면 로비에도, 총지배인실에도 모습이 보이지 않았다.

"열 시쯤에 지하 카페에서 뵈었어요."

프런트 스태프 중 한 사람이 결제를 진행하는 동안 목격 정보를 보고했다.

"그 이후에는?"

다들 일제히 고개를 가로저었다. 아야토는 가슴 주머니에서 휴대전화를 꺼냈다.

"연락해볼게요."

리셉션 뒤쪽에 있는 프런트 오피스로 들어가선, 와다의 전화번호를 눌렀다. 하지만 몇 번을 전화해봐도 허무한 신호음만 울려 퍼질 뿐, 끝내는 음성사서함으로 연결되고 말았다. 아야토는 한숨을 쉬고는, 음성사서함에 메시지를 남겼다.

"나루미야입니다. 이 메시지를 들으시면 서둘러 연락 부탁드릴게요."

여태까지 이런 식으로 메시지를 남겨도 한 번도 연락을 준 적이 없었기 때문에 이번에도 쓸데없는 짓이겠거니 하고 반쯤 포기한 심정으로 휴대전화를 집어넣었다.

낮에 관내에서 와다의 모습이 보이지 않는 것은 오늘만이 아니라 일상다반사였다. 아무에게도 행선지를 알리지 않고 총지배인실에서 홀연히 사라지는 것이다. 애인의 집에 죽치고 틀어박혀 있질 않나, 파칭코에 가서 놀고 있질 않나, 경마장에 가질 않나……, 나쁜 소문에는 부족함이 없었다.

총지배인이 일을 빼먹고 대낮에 번화가를 얼쩡거리는 모습을 만약 손님이 보기라도 하면 호텔의 신용은 뚝 떨어진다. 기껏 젊은 스태프들이 카사호텔을 다시 일으켜 세우고자 열심히 노력해봤자 원래 진두지휘해야 되는 총지배인이 방해가 되어서야 아무런 의미가 없다.

선대 오너가 세상을 떠난 후, 면전에서 그를 타이를 수 있는 사람이 없어져버린 탓인지 날마다 생활이 점점 더 문란해지고 있는 것 같은 기분이 들었다. 이대로 있다가는 갈 데까지 가는 것도 시간 문제였다.

언젠가는 깨달아 주리라는 막연한 기대를 품고 있었지만……, 아무래도 달콤한 꿈이었던 것 같다.

『카사호텔을 부탁한다. ……마사루도 부탁하마.』

아야토는 선대 오너가 숨을 거두기 직전에 했던 말을 가슴에 떠올리고는 결의를 굳혔다.

아무리 꺼리고 싫어한다 하더라도 오늘이야말로 따끔하게 의견을 말해야겠다.

아무도 말하지 못하겠다면 16년 동안 알고 지내 온 자신이 쓴소리를 할 수밖에 없다.

그것이 와다를 위한 일이기도 할 것이다.

한 명 적은 인원으로 어떻게든 체크아웃 시간 피크를 넘긴 후, 아야토는 오후 업무를 소화하면서 와다가 돌아오기를 기다렸다. 에두아르는 두 시 넘어 도쿄 지사 스태프와 외출한 뒤로 이쪽에도 돌아오지 않았다.

아야토의 근무 시간이 지난 밤 열 시 무렵, 와다가 먼저 호텔로 복귀했다.

'돌아왔다!'

앉아 있던 아야토는 매니저 데스크에서 벌떡 일어났다.

"총지배인님."

아야토는 반나절이나 농땡이를 부리고는 아무 일도 없었다는 듯이 시치미를 뚝 떼고 로비를 가로지르는 와다에게 다가가선 말을 걸었다. 들리는지 안 들리는지 모르겠지만 발걸음을 멈추지 않는 남자를 쫓아가서 옆에 나란히 섰다.

"드릴 말씀이 있는데, 지금 잠깐 시간 괜찮으세요?"

아야토를 곁눈질로 본 와다가 질색하는 표정을 감추지도 않고 말했다.

"꼭 지금 얘기해야 돼? 난 바쁘거든? 지금 차 끌고 나가려던 참이 란 말이야."

또 나간다고? 일을 빼먹고 외출했다가 지금 막 들어오지 않았는 가. 그렇게 따져 묻고 싶은 마음을 꾹 참고 정중하게 부탁했다.

"부탁드릴게요. 지금이 아니면 안 돼요."

에두아르는 아니지만 주의를 주려면 그 자리에서, 그게 불가능 하면 적어도 그날 중에는 주의를 주어야 효과가 있다.

그러나 와다는 멈춰 서려 하지 않았다. 오히려 보폭을 넓혀 아야 토를 떼어 내려고 했다. 아야토는 자신을 무시하고 계단을 내려가 는 남자를 뒤쫓았다. 그리고 인적이 없는 지하 2층 주차장에서 겨 우 따라잡아 뒤에서 그 팔을 붙잡았다.

"잠시만요!"

"뭐야, 짜증 나게."

와다가 매몰차게 뿌리쳤지만, 아야토는 굴하지 않고 물었다.

"제가 남긴 음성사서함 메시지는 들으셨어요?"

"……"

와다는 대답하지 않고 고개를 홱 돌렸다. 40대 사회인으로 생각되지 않는 아이 같은 태도를 보며 가슴속으로 한숨을 푹 쉬었다.

"외출하실 때는 적어도 아무 스태프한테나 어디 가는지 말씀하고 가세요. 유사시에 총지배인님의 행선지를 모르면 총지배인님께 지시를 요청할 수가 없단 말이에요."

꾸짖음을 당할 때 토라지는 얼굴은 그가 아직 청년이었던 무렵과 똑같았다. 말을 들으려고 하지 않는 것도 늘상 있는 일이다. 그러나 오늘만큼은 물러설 수 없었다.

"마사루 씨."

골프를 하다가 햇볕에 탄 옆얼굴을 바라보며 진지한 표정으로 호소했다.

"카사호텔은 지금이 고비예요. 총지배인님은 호텔의 얼굴이라는 사실을 자각하시고, 부디 근무 태도를 개선해주세요."

"……."

"선대 오너를 위해서도……, 제발 부탁드릴게요."

애원한 순간, 와다의 가무잡잡한 얼굴이 실룩거리며 굳었다. 그러더니 아야토 쪽으로 몸을 휙 돌려 험상궂은 얼굴로 노려보았다.

"선대 오너, 선대 오너, 그렇게 아버지가 소중하냐?"

아야토는 눈꼬리를 치켜 올리고 갑자기 달려드는 와다의 모습에 어리둥절해하며 당황한 목소리를 냈다.

"마사루 씨?"

"예전부터 생각했는데, 너……, 우리 아버지랑 그렇고 그런 사이였던 것 아니야?"

"네……?"

너무나도 말도 안 되는 트집을 잡혀 말문이 턱 막혔다. 와다는 말을 잃은 아야토를 향해 두 눈을 번뜩이며 바짝 다가왔다.

"사내놈들이 좋아하는 그 얼굴로 아버지를 유혹했지? 내 말이 맞아, 안 맞아?"

"무슨 말씀을……."

망연자실한 채로 몇 초가 지나자 뱃속에서 화가 치밀어 올랐다.

머리로는 천박한 도발에 넘어가선 안 된다는 걸 알고 있었지만, 피가 부글부글 끓어올랐다. 아야토는 폭발하는 격정을 억누르기 위해 두 주먹을 꽉 쥐었다.

"일밖에 모르던 그 고지식한 아버지를 어떻게 꼬드겼냐? 응? 말해봐."

옅은 웃음을 지으며 얼굴을 가까이 댄 와다에게서 술내가 확 풍겼다. 취한 것이다.

그러나 설령 취해서 한 농담이라 하더라도 해도 되는 말이 있고 안 되는 말이 있다. 아야토는 가늘게 떨리는 주먹을 더 꽉 쥐었다.

"나도 맛 좀 보게 해주라……."

입가를 헤벌레 벌리고 히죽거린 와다가 아야토의 위팔을 잡았다.

"응……? 괜찮지?"

술내 나는 입김이 훅 닿자, 등골에 소름이 오싹 끼쳤다.

"손……, 놔주세요."

"점잔 빼지 마. 아무리 도도한 척해봤자 넌 어차피 아버지가 굴리다가 남기고 간 퇴물이라고."

그런 식으로 폄훼하는 와다의 말을 듣고 있으려니, 마지막 남은 인내의 끈이 뚝 끊긴 것을 알 수 있었다.

와다가 퍼붓는 욕에는 익숙하지만……, 자신만 욕한다면 그렇다 쳐도, 선대 오너를 모욕하는 것은 용서할 수 없었다.

"이제 그만 좀 하세요!"

분노한 아야토는 갈라진 목소리로 외치며 와다의 따귀를 때렸다.

찰싹! 높은 파열음이 주차장에 울려 퍼졌다.

얻어맞은 와다의 허를 찔린 듯한 얼굴이 점차 검붉게 물들더니 팍 일그러졌다.

"너 이 자식!"

낯빛을 붉힌 남자가 달려들더니, 멱살을 잡고 쭉 끌어당겼다.

'맞겠구나!'

와다가 휘두른 오른팔을 시야 한구석에서 포착한 아야토는 충격을 대비해 어금니를 악물었다. 그리고 순간적으로 눈을 감고 얼굴을 돌렸다.

"……."

하지만 각오했던 아픔은 언제까지고 덮쳐 오지 않았다. 의아하게 여기며 미간을 찌푸린 바로 다음 순간, 갑자기 멱살을 잡고 있던 손에서 힘이 빠지면서 몸이 편해졌다.

"끄악!"

와다의 비명을 듣고 살짝 눈을 뜬 아야토는 시야에 비친 장면을 보며 눈을 천천히 휘둥그렇게 떴다.

"어……?"

에두아르가 와다의 등 뒤에 서 있었다. 뒤에서 와다의 오른팔을 잡은 채 한껏 비틀고 있었다.

'어, 어느새?'

"아파, 이거 놔!"

와다가 비명을 지르자, 에두아르는 손을 확 놓았다.

"실례."

마음에 없는 사과를 하고 나선, 오른팔을 문지르며 몸을 웅크리고 앉은 와다를 싸늘하게 흘겨보았다.

"근데 총지배인, 모든 스태프의 모범이 되어야 하는 당신이 부하에게 폭력을 휘두르다니, 어떻게 된 일이지?"

"이, 이 녀석이 먼저!"

"언어 폭력도 본질은 똑같은 것 모르나?"

에두아르가 아야토를 가리키는 와다의 반론을 딱 가로막았다. 말문이 막힌 와다가 분한 듯이 입술을 삐죽거렸다.

'……다 들렸구나.'

방금 전에……, 와다와 했던 대화를 에두아르가 듣고 말았다.

와다가 자신에게 했던 수많은 모멸의 말을 떠올린 아야토는 어금니를 악물었다. 에두아르는 그런 아야토에게 눈길 한 번 주지 않고 와다를 살벌한 눈빛으로 쳐다보았다.

"그리고 총지배인, 요 열흘 정도 지켜봤는데, 당신의 근무 태도는 도저히 눈을 뜨고 볼 수 없더군. 잘못을 뉘우치고 앞으로도 고치지 않는다면 나에게도 생각이 있으니 그렇게 알도록."

에두아르가 그렇게 못을 박자, 와다가 혀를 찼다. 에두아르가 나타나기만 하면 그림자처럼 꼭 붙어 다니며 알랑방귀를 뀌던 태도에서 일변하여 정색한 듯이 코웃음을 흥 쳤다.

"결국 당신도 이 녀석에게 홀딱 빠져버렸구만. 뭐, 그래도 당신은 우리 카사를 사준 은인이니까 친히 충고해 두지."

와다는 욕설을 퍼부으면서 일어서더니, 아야토를 향해 턱을 치켜 올렸다.

"웬만하면 이 녀석은 조심해. 새침한 척하면서 뒤로 할 짓은 다 한다고. 여자보다 예쁜 이 얼굴을 이용해서 남자를 구슬리는 것쯤이야 누워서 떡 먹기……."

"총지배인!"

공기가 떨릴 정도로 살벌한 에두아르의 질책에 흠칫 놀라 몸을 파르르 떤 와다가 그런 자신의 추태를 얼버무리듯이 어깨를 움츠렸다.

"그렇게 무서운 얼굴 하지 않아도 다 안다고. 그럼 방해꾼은 이만 물러갑니다."

에두아르가 손을 살랑살랑 흔들며 주차장을 향해 걷기 시작한 와다를 불러 세웠다.

"총지배인."

"아직 더 할 말이 있으셔?"

"당신이 음주운전으로 잡히면 카사호텔에 흠이 생기니, 외출할 거면 택시를 타도록."

보스의 명령에 얼굴을 찌푸린 와다가 진저리를 치며 욕을 내뱉었다. 그러더니 어깨를 으쓱 치켜들고 발길을 돌렸다.

그대로 온 길을 되돌아가선, 돌계단을 올라가기 시작했다. 이윽고 거친 발소리가 멀어지더니 사라졌다. 주차장에 남은 아야토와 에두아르 사이에는 무거운 침묵이 가로놓였다.

"……."

얼굴을 마주하기는 여러 가지 의미로 거북했지만, 도와줬는데 감사 인사를 하지 않고 자리를 떠날 수도 없었다.

아야토는 복잡한 심정을 가슴 깊이 감추고는, 에두아르를 향해 몸을 돌렸다.

"볼썽사나운 모습을 보여드려서 죄송합니다."

사과의 말을 입에 담은 다음, 고개를 푹 떨구었다. 와다의 폭언은 항상 듣기 때문에 새로울 것도 없지만, 우연히 듣고 만 제삼자 입장에서는 결코 기분 좋은 내용이 아닐 것이다.

"10분 전쯤에 회의를 마치고 돌아왔어. 차 안에서 휴대전화를 만지고 있었더니 두 사람의 목소리가 들려오더군."

에두아르의 설명을 들은 아야토는 새삼 주차장을 보았다. 오른쪽 안쪽에 주차된 검은 리무진에서 운전사의 모습이 작게 보였다.

"그러셨군요……. 그래도 덕분에 위기를 모면했습니다."

진심을 담아 말했다. 만일 에두아르가 중재에 나서주지 않았다면 유혈 사태가 일어났을 가능성도 있다. 그러나 그만큼 와다와 에두아르의 사이는 틀어져버린 것 같지만.

"감사합니다."

다시 한 번, 이번에는 감사의 마음을 드러내기 위해 상체를 굽힌 그때, 머리 위에서 낮은 목소리가 들려왔다.

"방심하지 않는 편이 좋아."

"네……?"

얼굴을 들어 올리자, 진지한 표정을 지은 에두아르와 시선이 딱 마주쳤다.

"와다는 너에게 보통이 아닌 복잡한 감정을 품고 있는 것 같군. 무슨 일이 있고 나서는 늦어. 되도록 그와는 단둘이 있지 않는 편이 좋아."

에두아르가 초조함을 띤 목소리로 충고하자, 아야토는 당황스러웠다.

복잡한 감정? 미움을 받고 있다는 자각은 있지만.

무슨 일이라니……, 설마 덮친다는 뜻인가?

저는 남자이니 그런 걱정은 하지 않으셔도 됩니다. 그렇게 말하려다가 입을 다물었다. 남자인 자신이 동성인 '그'에게 안긴 그날 밤 일을 떠올렸기 때문이다.

자신을 쳐다보는 뜨거운 눈빛에 가슴이 술렁거렸다.

무슨 말을 하고 싶은 듯한 시선을 받으며 체온이 서서히 상승하는 것을 느꼈다.

지금 오늘 아침에 하던 대화를 마저 하고, 10년 전에 왜 아무 말도 하지 않고 떠났는지 묻고 싶다. 아니, 묻고 싶지 않다. 상반되는 두 가지 감정 사이에서 마음이 흔들렸다.

확인하려면 지금이 절호의 기회이다. 하지만 확실한 대답을 듣는 것이 두려웠다.

"나루미야."

한창 갈등하던 중에 이름이 불렸다. 정신을 차려보니 어느새 에두아르의 얼굴이 험악하게 변해 있었다. 지금까지 본 것 중에 가장 매서운 표정을 보고 침을 꿀꺽 삼켰다.

'그'가 먼저 말을 꺼내려는 걸까?

"마……말씀하십시오."

"넌……, 정말로……, 선대 오너와 관계가 있었어?"

에두아르가 한 마디 한 마디 힘을 주며 확인하자, 아야토의 온몸이 확 뜨거워졌다.

이 사람은 ——!

와다의 말을 믿고 자신과 선대 오너의 사이를 의심하는 것이다.

충격을 받은 나머지 등골이 서늘해졌다. 와다가 트집을 잡아 따지고 들었을 때보다 그 충격은 몇 배나 컸다.

'너무……해.'

눈앞에 있는 남자를 부릅 노려본 뒤, 화가 나서 떨리는 목소리로 물었다.

"당신까지……, 그런 말씀을 하시는군요."

"나루미야."

에두아르가 미간을 확 찌푸리며 여전히 당혹스러운 표정으로 이쪽을 향해 손을 뻗어 왔다.

"나루……."

"만지지 마세요!"

자신의 팔을 잡으려 하는 손을 세차게 뿌리치고는 몸을 확 돌린 아야토는 그 자리에서 도망쳤다.

"나루미야!"

자신을 불러 세우는 에두아르의 목소리가 들렸다. 하지만 돌아보지도, 발걸음을 멈추지도 않았다.

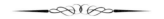

제7장

너무하다.

와다의 말을 그대로 믿고 선대 오너와 자신이 그런 저속한 관계였다고 오해하다니……, 너무하다.

자신이 아무하고나 자는 인간이라 여기고 있었구나.

확실히 '그'와는 처음 만난 날 바로 육체관계를 맺었다. 뜨겁고 달콤하게 구애받아 손님과 호텔리어라는 금기를 범하면서까지 안기고 말았다.

'하지만.'

그런 식으로 격정에 휩쓸려 몸을 맡겼던 적은 10년 전 그날 밤이 처음이자 마지막인데.

자존심을 짓밟힌 충격과 분노로 머리에 피가 몰리는 바람에 주차장에서 탈의실까지 어떻게 왔는지 잘 기억나지 않았다.

겨우 탈의실에 다다르자, 떨리는 손가락으로 유니폼 상의 단추를 풀었다. 평소와 달리 애먹으면서 사복 재킷과 바지로 갈아입은 아야토는 서류가방을 한 손에 들고 종업원용 출입구를 통해 호텔을 나왔다.

지금은 한시라도 빨리 카사호텔에서 벗어나고 싶다. 에두아르와 같은 공간에 있고 싶지 않았다.

고개를 숙인 채 빠른 발걸음으로 전철역에 도착한 무렵, 느닷없이 휴대전화가 울렸다.

재킷 안주머니에서 휴대전화를 꺼낸 아야토는 디스플레이에 표시된【COO】라는 글자를 보고 몸이 굳었다.

"윽……."

에두아르에게서 온 전화였다.

삐리리리리리. 삐리리리리리.

머리로는 전화를 받아야 한다는 것을 알고 있었다. 아무리 조심성 없는 말로 상처를 입었다 하더라도 아까 자신이 취한 행동은 결코 상사에 대한 태도가 아니었다. 보스의 손을 뿌리치고 도망치다니, 무례하기 짝이 없었다.

── 만지지 마세요!

감정을 드러내며 거부하고 말았다.

자존심이 강한 에두아르는 틀림없이 부하 직원의 무례한 행동에 분개하고 있을 것이다.

카사호텔의 미래를 쥔 COO를 건들지 않는 편이 현명하다. 카사호텔을 위해서도 이 상황에서는 개인적 감정을 억누르고 사과하는 편이 좋다. 아까는 제가 실례를 저질렀습니다, 총지배인님의 말을 듣고 놀라서 어찌할 바를 몰라 그만 이성을 잃고 말았습니다, 죄송합니다, 라고.

지금이라면 아직 화해가 가능하다. 상대가 먼저 연락한 지금이라면 아직…….

삐리리리리리. 삐리리리리리.

끙끙거리며 고민하는 동안에도 호출음은 집요하게 울렸다.

몇 번 통화 버튼에 손가락을 댔다가 떼기를 반복하며 한껏 망설인 끝에 결국 전화를 받지 않고 전원을 껐다. 아야토는 얌전해진 휴대전화를 안쪽 주머니에 거칠게 쑤셔 넣은 다음, 마침 플랫폼으로 들어온 전철에 올라탔다.

출입문 부근에 서서 스테인리스로 된 버팀대를 잡고 깊은 한숨을 내쉬었다.

이로써……, 원활한 화해의 가능성은 사라졌다.

에두아르를 완전히 적으로 돌려버리면 스태프의 개혁안 또한 통과되지 않을지도 모른다. 기껏 젊은 스태프를 중심으로 다들 열심히 준비해주었는데, 다름아닌 자신이 가능성의 싹을 뭉개버렸다.

'바보 같긴…….'

그럼에도 도저히 사과할 마음이 들지 않았다.

여기서 타협하고 자신이 먼저 사과하면 사실무근의 죄를 인정하게 되는 것 같았기에, 선대 오너의 인격까지 더럽히는 것 같았기에 도저히 사과하고 싶지 않았다.

'내일부터 어쩌면 좋지?'

앞으로의 일을 생각하니 기분이 잔뜩 우울해졌다. 문득 시선을 든 아야토는 깜깜한 창문에 비친 자신의 얼굴이 너무나도 초췌한 나머지 깜짝 놀랐다.

이런 얼굴을 손님에게 보일 수는 없다. 내일까지 반드시 마음을 새로이 해야 할 것이다.

말은 간단하지만, 한 번 구렁텅이까지 떨어져버린 기분은 그리 쉽게 원상태로 돌아오지 않았다. 집에서 가장 가까운 역에 내려 귀 갓길 도중에 편의점에 들렀지만, 식욕이 전혀 나지 않아 결국 캔커피와 미네랄 워터만 사서 가게를 나왔다.

열쇠로 집 현관문을 열고 문손잡이를 돌렸다. 반쯤 열린 문을 왼손으로 지탱하며 오른손으로 벽에 있는 스위치를 눌렀다. 머리 위에서 조명이 켜지자 그때서야 현관에 발을 들여놓으며 문을 닫았다.

실내로 들어간 아야토는 평소처럼 재킷을 벗으면서 복도, 거실, 부엌, 침실 순으로 조명을 켜며 돌아다녔다. 이콜로지에 어긋난다는 것도, 전기 낭비라는 것도 아주 잘 알고 있었지만, 우선 집 전체의 조명을 켜지 않으면 마음이 진정되지 않았다.

샤워를 하면서 하루의 피로를 씻어 내도, 뜨거운 목욕물에 느긋하게 몸을 담가도 상쾌한 기분은 전혀 들지 않았고, 목욕을 하고 나서 맥주를 마셨지만 역시나 편안함을 찾지 못한 채 침대에 누웠다.

연일 이어진 출근과 초과 근무로 인해 몸은 완전히 녹초가 되었을 텐데도 쓸데없이 뒤척이기만 할 뿐, 잠은 전혀 오지 않았다.

"제길."

마침내 참다 못한 아야토는 침대를 벗어났다.

'어차피 괴로워서 잠을 잘 수 없을 바엔 차라리.'

거실로 이동하여 라이팅 데스크 조명을 켠 다음, 서류가방에서 노트북을 꺼냈다. 그리고 에디터 소프트웨어를 열어 오늘 아침에 손을 대지 못했던 개혁안 정리에 들어갔다.

어쩌면 이 기획서는 햇빛을 보게 될 기회가 없을지도 모르지만, 1퍼센트라도 가능성이 남아 있는 동안에는 포기하고 싶지 않았다.

집중하는 사이에 하늘이 밝아지기 시작했다. 새벽녘에 침대로 돌아가선, 잠시 수면을 취했다.

여섯 시에 자명종이 울리기 전까지 딱 한 시간 어렴풋이 잠이 들었지만, 눈을 떴을 때도 암담한 심정은 여전히 조금도 가시지 않았다.

느릿느릿한 동작으로 출근 준비를 하고 나서 무거운 발걸음으로 아파트를 나왔다.

'출근하기 싫다.'

입사 이래 처음으로 출근하기가 고통스러웠다.

출근하면 필연적으로 에두아르와 얼굴을 마주해야 한다.

에두아르와 얼굴을 마주하면……, 그땐 어떤 태도를 취할지 하룻밤이 지났는데도 아직 마음이 정해지지 않았다.

사과인가. 아니면 결별인가.

가슴속에서 두 개의 선택지 사이를 흔들이처럼 왔다 갔다 하면서 근무 시작 한 시간 전에 직장에 도착했다.

"나루미야 씨, 안녕하세요?"

"안녕."

지하 2층 복도에서 만난 연하의 동료에게 인사를 하자, 그가 의아하다는 듯한 표정을 지었다.

"무슨 일 있으세요?"

"응?"

"얼굴이 평소보다 약간 부은 것 같아서요. 웬일이세요? 어제 술 많이 드셨어요?"

동료와 헤어지고 탈의실로 들어온 아야토는 라커룸 문 뒤쪽에 있는 거울로 얼굴을 확인했다. 잠이 부족한 탓인지 확실히 눈이 약간 부어 있었다. 카페테리아 주방에서 스팀 타월을 받아 와선, 한동안 눈꺼풀 위쪽에 갖다 대고 있었다. 10분쯤 지나 다시 한 번 거울을 확인했다. 아까보다는 꽤 많이 나아진 상태였다.

괜찮아. 이 정도라면 손님도 모를 거야.

그렇게 자신을 타이르며 넥타이를 꽉 맸다. 내일은 밀라노에서 새 유니폼이 도착할 예정이기 때문에 6년 동안 함께한 이 유니폼을 입는 것도 오늘이 마지막이다.

선대 오너가 고른 유니폼을 감회 깊은 얼굴로 입은 다음, 1층 로비까지 올라갔다.

마음이 정해지기 전까지는 만나고 싶지 않다는 아야토의 바람이 이루어졌는지 에두아르는 로비에 모습을 보이지 않았고, 내선도 울리지 않았다. 오늘 아침, 출근 전에 전원을 켠 휴대전화가 울리는 일도 없이 오전 중 업무 시간과 체크아웃 피크는 무사히 지나갔다.

역시 더 이상 아무것도 먹지 않고 있다가 쓰러지면 곤란하다. 그렇게 생각한 아야토는 지하 카페테리아에서 약간 늦은 점심을 위에 욱여넣은 후, 오후 두 시에 데스크로 돌아갔다. 그러자 마침 그 타이밍을 노리고 있었다는 듯이 내선이 울렸다.

심장이 덜컥했다.

'에두아르?'

아야토는 긴장으로 굳은 표정을 지으며 수화기를 들어 올렸다. 배에 힘을 주고 목에서 목소리를 짜냈다.

"네. 1층 로비 나루미야입니다."

그러나 귀에 닿은 것은 예상하던 사람과는 다른 이의 목소리였다.

『나루미야 씨? 쿠보타예요.』

객실 담당이자 개혁안 보조도 맡아주고 있는 그녀의 절박한 목소리에서 무슨 문제가 생겼다는 것을 퍼뜩 알아챘다.

"무슨 일이야?"

『801호실에 묵으시는 손님께서 반지를 잃어버렸다고 하시길래……, 지금 8층 비품창고에서 연락 드리는 거예요.』

역시 문제가 생겼구나.

프런트 매니저 하시구치가 휴일이기 때문에 이 상황에서는 자신이 처리할 수밖에 없다. 등에 아까와는 다른 종류의 긴장이 스쳤다.

"801호실이라고 했지?"

수화기를 어깨에 끼운 채로 키보드를 쳐서 레지스트레이션 카드를 불러왔다.

잠시 후, 단말기 화면에 801호실 데이터가 표시되었다.

이름은 우루시바타 요코. 나흘 전부터 혼자서 스위트룸에 숙박 중. 일주일 동안 체류 예정. 이번이 첫 이용.

눈으로 데이터를 좇고 있는 동안 어제 에두아르를 황홀한 눈빛으로 올려다보던 중년 여성의 모습이 뇌리에 떠올랐다.

그 부인이다.

처음 이용하는 고객이기 때문에 데이터가 얼마 없다. 문제를 처리하기에 앞서 조금이라도 많은 정보가 필요한 상황이지만, 에두아르에게 전화를 하는 것도 마음이 내키지 않았다.

게다가 상황을 전하면 그는 잠자코 있지 않을 것이다. 될 수 있는 한, 바쁜 COO를 번거롭게 하지 않고 스태프들 선에서 처리하고 싶었다.

"알았어. 지금 당장 8층으로 올라갈 테니, 쿠보타는 801호실로 돌아가 있어."

『네, 알겠습니다.』

안도한 듯한 목소리가 귀에 닿았다. 전화를 끊은 아야토는 한순간 망설이고 나선 총지배인실 내선 번호로 전화를 걸었다. 보통 트러블이나 클레임 대응은 하시구치 아니면 자신의 관할이지만, 이번 케이스는 스위트룸 손님이기에 만일을 위해 총지배인에게 전달해 두는 편이 좋을 것 같았기 때문이다.

그러나 예상대로 와다는 내선을 받지 않았다. 통화연결음을 열까지 센 뒤 포기하고 수화기를 내려 놓은 아야토는 데스크에서 벌떡 일어났다.

리셉션에 "총지배인님이 돌아오시면 801호실에서 손님이 반지를 분실하셔서 내가 사정을 들으러 올라갔다고 전해줘." 하고 전언을 남겨 놓은 뒤, 로비 엘리베이터 홀로 뛰어갔다.

8층에 도착하여 엘리베이터에서 내린 순간, 신경질적인 목소리가 홀까지 쩌렁쩌렁 울렸다.

"솔직하게 말해!"

상당히 흥분한 상태였다. 조심해서 대응하는 수밖에 없다.

정신을 바짝 차린 아야토는 활짝 열린 801호실 문을 노크하고 나서 "실례하겠습니다." 하고 말을 걸고 방 안으로 들어갔다. 바깥으로 목소리가 새어 나가지 않도록 손을 뒤로 돌려 문을 닫았다.

801호실 주실에는 새빨간 샤넬 슈트를 입은 우루시바타와 올해 들어온 신입 사원이자 객실 청소 담당인 쿠스모토, 그리고 객실 담당인 쿠보타 세 사람이 있었다.

언뜻 보니 격앙된 중년 여성을 앞에 두고 쿠스모토와 쿠보타 둘

다 얌전한 얼굴로 고개를 숙이고 있었다.

"우루시바타 님."

아야토가 이름을 부르자, 두 사람을 노려보고 있던 여자가 돌아보았다.

"오늘은 프런트 매니저 하시구치가 휴일이라 제가 대신 찾아 뵙게 되었습니다. 어시스턴트 매니저인 나루미야라고 합니다. 저희 스태프가 무슨 결례를 저질렀는지요?"

"이 아가씨가 내 반지를 훔쳤지 뭐야!"

우루시바타가 쿠스모토 앞으로 손가락을 척 들이댔다.

'설마!'

6년 동안 호텔리어 생활을 하면서 온갖 트러블과 클레임을 겪어 왔지만, 손님이 스태프를 도둑 취급한 적은 처음이었다.

눈을 살짝 휘둥그렇게 뜬 아야토가 시선을 돌리자, 쿠스모토는 새빨간 얼굴로 고개를 가로저었다.

"저는……, 그런 적 없어요. 제가 안 훔쳤어요."

"그럼 아가씨 말고 또 누가 있는데!"

아야토는 쿠스모토를 도둑이라고 몰아가는 여자에게 차분한 목소리로 설명을 요구했다.

"쿠스모토가 반지를 훔쳤다고 말씀하시는 이유를 여쭤봐도 될까요?"

"어젯밤에 목욕할 때 반지를 빼고 파우더룸 세면대 위에 놨는데, 오늘 아침 아홉 시 넘어 외출했다가 아까 점심 먹고 돌아왔더니 글

쎄, 그 다이아 반지가 없어졌더라고. 내가 외출한 동안 아가씨가 청
소했잖아?"

"말씀하신 대로 제가 청소 담당이었지만, 제가 파우더룸에 들어
갔을 때는 이미 반지는 세면대 위에 없었습니다."

작은 목소리였지만 또박또박 자신의 혐의를 부정하는 쿠스모토
의 옆에서 쿠보타도 입을 열었다.

"저도 청소할 때 쿠스모토 씨와 함께 실내를 체크했지만, 반지는
없었습니다."

입사한 지 반년 미만인 신입 사원이 스위트룸 객실 청소 업무를
담당하는 경우에는 실수가 없도록 규정상 선배 객실 담당이 보좌
로 붙지만, 두 사람이 입을 모아 부정하자 여자 손님을 더더욱 욱하
게 만든 것 같았다.

"거짓말하지 마!"

신경질적인 고함이 실내에 울려 퍼졌다.

"저희는 거짓말한 적 없습니다."

쿠스모토가 울먹이는 목소리로 반론했다.

"그럼 내가 거짓말을 하고 있다는 소리야?!"

"아뇨……, 그런 뜻이 아니라."

역시 손님 상대로 "네."라고는 대답할 수 없었기에 쿠보타가 괴
로운 듯한 목소리를 냈다.

그러자 여자가 의심스럽다는 듯이 눈을 가늘게 떴다.

"아가씨들, 한패 아니야?"

"무슨 말씀을……!"

급기야 공모했다는 누명을 쓴 쿠스모토와 쿠보타가 아연실색하며 말문을 잃었다.

애초에 다이아 반지를 귀중품 박스에 넣지 않고 세면대에 방치한 점이 문제지만, 잔뜩 격앙된 여자는 처음부터 다른 가능성을 찾아보려 하지 않고 일방적으로 쿠스모토와 쿠보타가 범인이라고 단정한 채 몰아붙였다. 착각의 정도를 보아하니 아무래도 이쪽에서 무슨 말을 한들 이해하려 들 만한 타입은 아닌 것 같다.

반지를 찾아 어디 있는지 확실히 하는 것이 최선이지만, 그녀의 화를 수습하지 않으면 실내 수색조차 불가능할 것이다. 우선 이 상황을 진정시키기 위해서는 두 사람의 상사인 자신이 머리를 숙이는 것이 가장 효과가 있다는 것은 알고 있었다.

하지만 여기서 자신이 사과하면 '호텔 스태프가 반지를 훔쳤다'고 우기는 여성의 주장을 호텔 측이 인정하는 꼴이 된다. 그건 즉, 호텔 스태프를 믿지 않는다고 선언하는 셈이다. 그런 행동만은 절대 해선 안 된다.

그렇다고 손님의 클레임을 정면으로 부정하거나 무시할 수도 없었다. 아무리 찾아봐도 반지가 발견되지 않아 형사 사건으로 넘어가는 최악의 상황이 벌어진다면 호텔이 한 번 잃은 신용을 되찾는 데 최소 3년은 걸린다.

어떻게 대처하는 것이 최선일까?

'진정하고 천천히 잘 생각해보자.'

어려운 결단을 내려야 하는 상황에 처한 아야토가 목덜미를 지글지글 태우는 듯한 초조함을 달래면서 신중하게 머리를 굴리고 있던 그때였다.

"실례하겠습니다!"

복도에서 큰 소리가 들려오더니 문이 벌컥 열렸다. 들어온 사람은 총지배인인 와다였다. 프런트에서 연락을 받고 올라온 듯했다.

와다는 방 중간까지 성큼성큼 들어오자마자 느닷없이 여자에게 머리를 숙였다.

"호텔 총지배인 와다입니다. 저희 스태프가 실례를 저지른 점, 사과 드리겠습니다. 정말 죄송합니다!"

사정도 듣지 않고 사과하는 와다를 보던 쿠스모토와 쿠보타의 얼굴이 창백해졌다.

아야토 역시 깊이 생각도 하지 않고 클레임에는 사과만 하면 된다고 여기는 와다의 그 자리를 모면하기 위한 경솔한 언동을 보며 혀를 차고 싶은 기분이었다.

호텔의 얼굴인 총지배인의 사과가 얼마나 무거운 것인지 전혀 이해하지 못하고 있었다.

손님의 질타는 사랑의 채찍, 감사한 마음으로 겸허히 들거라 ──.
선내 오너는 늘 그렇게 가르쳤지만, 그런 쓴소리와 이번 경우는 질이 달랐다.

"정말 저질이네."

여자가 약간 불만이 가신 듯이 턱을 척 치켜 올렸다.

"자기들이 저지른 죄를 인정하기는커녕 둘이서 작당하고 시치미나 떼다니. 이 호텔은 대체 사원 교육을 어떻게 하는 거야? 변두리 삼류 호텔도 아닌데, 스위트룸에 묵으면서 이런 일은 생전 처음 당해보네."

"정말 죄송합니다. 아직 아무것도 모르는 신입 사원이 저지른 일이니, 부디 용서해 주십시오. 앞으로 두 번 다시 이런 일이 없도록 따끔하게 혼내 놓도록 하겠습니다."

"그것 가지곤 안 되지. 반지 찾고 나서 이런 도벽 있는 사람들은 당장 해고해. 안 그러면 경찰에 신고할 테니까!"

와다가 경찰이라는 단어에 어깨를 움찔 떨었다.

"그, 그것만은 제발 봐주십시오!"

와다는 방아깨비처럼 꾸벅꾸벅 머리를 숙이는가 싶더니, 멍하니 서 있는 쿠스모토와 쿠보타에게 성큼성큼 다가가선 그녀들의 팔을 거칠게 잡았다.

"뭐 하는 거야! 너희도 손님께 사과해!"

윗팔을 잡힌 채 여자 앞에 들이밀어진 쿠스모토가 몸을 흔들며 저항했다.

"하, 하지만, 저는!"

"총지배인님, 잠시만요!"

보다 못한 아야토가 사이에 끼어들었다. 팔을 끌어 쿠스모토와 쿠보타를 자신의 등 뒤에 숨긴 뒤, 와다와 마주 보는 자세로 말했다.

"아직 이 친구들이 반지 분실에 관여했다는 확실한 증거가 없습니다. 손님께서 착각하셨을 가능성도……."

"어디서 무례한 소리를 하는 거야!"

불쾌한 듯이 미간을 잔뜩 찌푸린 와다가 아야토를 큰 소리로 꾸짖었다. 그 얄미운 얼굴에는 '기껏 내가 나서서 이 자리를 수습하려고 하는 중인데 함부로 나대지 마라'고 써 있었다.

"나루미야 매니저도 그 친구들과 함께 사과해!"

"하지만."

"말대꾸하지 말고! 어서 손님께 사과해!"

사과를 강요당해 어금니를 악문 아야토는 그 다음 순간 화들짝 놀라 숨을 삼켰다.

방문이 열려 있었던 것이다. 아까 와다가 들어올 때 문을 닫지 않은 듯했다. 활짝 열린 그 문 뒤에서 이변을 알아챈 스태프들 몇 명이 걱정스러운 듯이 이쪽을 들여다보고 있었다.

큰일이다. 다른 손님의 귀에 들어가면 괜히 소란만 더 커지고 만다.

"문을 닫고 오겠습니다."

황급히 와다에게 그렇게 말하고는 서둘러 출입구로 향한 아야토는 문 바로 앞에서 다리를 흠칫 움츠렸다. 시야 속에 장신의 실루엣이 비쳐 들어왔기 때문이다.

찰랑거리는 플래티나 블론드, 차가운 빛을 발하는 아이스블루색 눈동자.

"아……."

'에두아르!'

어젯밤에 헤어진 이후로 처음 보는 그 모습을 앞에 두고 서서히 치밀어 오르는 거북함을 가까스로 꾹 삼켰다.

지금은 개인적인 감정에 사로잡혀 있을 만한 상황이 아니었다.

"COO……, 저, 실은."

에두아르는 설명하기 위해 입을 연 아야토의 말을 끊더니, 다 알고 있다는 듯이 낮은 목소리로 속삭였다.

"상황은 대충 다 들었어."

아무래도 사태의 경위를 엿들은 누군가가 집무실에 있던 COO에게 잽싸게 알린 듯했다. 아야토가 뒤로 물러나자, 에두아르는 실내로 들어왔다.

"미스터!"

에두아르를 알아챈 여자의 얼굴이 환하게 빛났다.

"내 얘기 좀 들어봐요. 이 아가씨가 글쎄, 내 반지를……."

"마담, 얘기는 나중에 듣죠."

에두아르는 여자의 호소를 반쯤 가로막더니, 와다에게 날카로운 눈빛을 보냈다.

"총지배인, 사건의 경위는 대충 들었는데, 하나 확인하고 싶군. 당신은 무슨 근거로 우리 스태프가 마담의 반지 분실에 관여했다고 확신한 거지?"

"그, 그건 손님께서……, 그렇게 말씀하셨기 때문에……."

횡설수설하는 와다의 대답을 듣자마자, 이번에는 여자를 향해 돌아섰다.

"마담."

"왜, 왜요?"

여자가 에두아르의 매서운 표정에 당황한 듯이 눈을 깜박거렸다.

"실례지만, 저 직원들 중 누가 반지에 손을 대는 현장을 목격하셨습니까?"

"그, 그건……, 못 봤지만, 나 말고 이 방에 들어온 사람은 저 아가씨들뿐이니까 당연히 그렇게밖에 생각할 수 없죠."

여자가 아양을 떨듯이 눈을 위로 살짝 치켜 뜨고 호소하자, 에두아르는 쌀쌀맞게 물러났다.

"현장을 확실히 목격하시고 나서 하는 말씀이 아니라면 저도 마담의 주장을 전면적으로 받아들일 수는 없습니다."

"하지만……."

여자가 머쓱한 얼굴로 입술을 삐죽거렸다.

"확고한 근거도 증거도 없이 추측만으로 스태프의 인격과 명예를 훼손하신다면 저희 호텔도 그에 합당한 법적 수단을 동원할 수밖에 없습니다."

"……."

의연하게 선언하자, 여자가 입을 꾹 다물었다.

자기 편이라고 여겼던 COO가 자신을 내친 충격이 진한 화장을 한 얼굴에 역력하게 드러났다. 그러자 에두아르가 방금 전과는 완전 딴판인 말투로 다정하게 이야기했다.

"우선 반지를 찾아보죠. 손님의 소중한 반지가 발견되지 않는 이상, 저희도 가만히 있을 수 없습니다. 이야기는 그 후에 나눠도 될까요?"

여자가 넋을 잃은 듯이 에두아르를 올려다본 채 고개를 꾸벅 끄덕였다.

마른침을 삼키며 흐름을 지켜보고 있던 스태프들이 그것을 신호로 방안에 우르르 들이닥쳤다. 에두아르가 그들을 향해 지시했다.

"다이아 반지를 찾도록. 플래티나 반지에 팥알만 한 다이아몬드가 박힌 솔리테르 링[8]이다."

"네!"

"주실과 침실, 파우더룸을 세 팀으로 나눠서 찾읍시다."

아야토가 지시하자, 벨보이 키타가와가 재빨리 나섰다.

"아, 그럼 저는 침실을 맡겠습니다."

"그럼 저는 파우더룸을 찾아볼게요."

"저희는 워크인 클로짓을 보겠습니다."

총 열 명이나 되는 스태프가 30분에 걸쳐 열심히 찾은 결과, 예상한 대로 다이아 반지는 주인의 알약 케이스 안에서 나왔다. 어젯밤에 꽤 취한 상태로 방에 돌아온 그녀는 파우더룸에서 반지를 빼고 본인이 직접 알약 케이스에 넣은 것을 까맣게 잊고 있었던 듯했다.

---

8 솔리테르 링: 보석이 하나 박힌 외알박이 반지를 뜻함.

많은 스태프들 앞에서 망신을 당한 여자는 남은 사흘 숙박 일정을 서둘러 취소하고 카사호텔을 떠났다. 에두아르에게는 사과한 것 같지만, 자신이 누명을 씌운 쿠스모토와 쿠보타에게는 마지막까지 사과하지 않은 채 ──.

아마 그녀가 두 번 다시 카사호텔을 찾을 일은 없을 것이다.

CC를 다루는 일은 매우 어렵다. 어시스턴트 매니저로 2년 동안 클레임 처리를 맡아 왔지만, 아직도 매번 이 판단이 옳은지 고민한다. 상대가 인간인 이상, 100퍼센트 올바른 해답 따윈 없을지도 모른다.

하지만 설령 상대가 스위트룸에 묵는다 할지라도 손님이라는 이유만으로 호텔 측이 전면적으로 넙죽 엎드러선 안 된다는 것만은 잘 알고 있다.

손님이 있기에 호텔이 있는 것은 틀림없는 사실이지만, 그 손님과 마찬가지로 스태프도 소중하기 때문이다. 적어도 자신에게는 부하 직원을 믿고 지킬 책임이 있다. 상층부가 현장 스태프의 신뢰를 잃으면 카사호텔은 내일 당장이라도 붕괴되고 말 것이다.

이번 건으로 에두아르도 자신과 같은 생각임을 알게 되어 마음이 든든했다.

'그러고 보니.'

에두아르의 개혁안 중에 종업원용 시설 재검토 항목이 없었던 것을 이제 와서 깨달았다. 비용이 제법 드는 지하 2층 종업원용 카페테리아를 폐쇄하고 손님을 모으기 위한 새로운 시설을 만들 수도 있을 것이다. 하지만 손님뿐만 아니라 종업원을 세심하게 배려하는 것 또한 소중히 여겨 왔던 선대 오너의 마음을 헤아려주었기 때문에 굳이 그곳은 손대지 않았던 걸까?

만약 그렇다면 기쁘지만.

그 에두아르는 반지 소동을 수습한 뒤, 곧바로 마중을 온 비서를 따라 차를 타고 외출해버렸다. 아야토도 반지 수색과 체크아웃하는 여자를 대응하느라 분주했기에 결국 거의 제대로 대화를 나누지 못했지만…….

'돌아오면 감사 인사를 해야겠지?'

어제 그가 했던 잔인한 오해를 용서한 것은 아니지만, 그것과 이것은 별개의 문제였다.

직속 부하 직원의 혐의를 풀어준 데에 대한 감사 인사는 꼭 해야만 한다.

로비 데스크로 돌아가서 곰곰이 생각을 하고 있으려니 누가 말을 걸었다.

"나루미야 씨."

얼굴을 들자, 데스크 옆에 쿠보타와 쿠스모토가 서 있었다.

"아까는 감사했습니다."

"정말 어떡하면 좋을지 난처했거든요. 와주셔서 정말 감사합니다!"

두 사람이 나란히 머리를 꾸벅 숙이자, 아야토는 고개를 가로저었다.

"아냐, 난 아무것도 안 했는걸. 마지막에는 COO께서 수습해 주셨잖아."

"그래도 그때 나루미야 씨가 감싸주셔서 얼마나 기뻤는지 몰라요."

쿠스모토가 말하는 '그때'란 와다가 '손님에게 사과하라'고 강요한 그때일 것이다.

"나도 말씀드릴 생각이지만, 기회가 되면 너희도 COO께 이번 일에 대해 감사 인사 드려."

아야토의 말에 "네." 하고 대답한 쿠보타가 작은 목소리로 덧붙였다.

"실은 저⋯⋯, COO는 셀러브리티인 데다 너무 예쁘니까 가까이 다가가기 힘들다고 할까, 쌀쌀맞은 사람일 것 같다는 인상을 갖고 있었는데, 오늘 일을 계기로 단숨에 팬이 되고 말았어요!"

"저도요! 진짜 멋있으시더라구요~."

두 사람 다 완전히 자신들을 궁지에서 구해준 에두아르의 팬이 되어버린 듯했다. 쿠스모토는 무려 "왕자님 같으셨어요." 하고 황홀한 표정을 지으며 뺨을 붉히고 있었다.

벨보이 키타가와도 한바탕 소란을 피운 여성 손님을 배웅한 뒤, "COO, 다시 봤어요. 저희 편을 들어주시고 그 아줌마한테 따끔하게 한소리 하셨을 땐 솔직히 속이 시원하더라구요."라고 말했다.

확실히 순식간에 상황을 파악하고 그 자리에서 뭘 어떻게 해야 할지 판단하는 힘은 대단했다. 가령 자신이 '그'의 입장이었다면 과연 그만큼 의연하게 대처할 수 있었을까?

그 순간적인 판단력이야말로 COO라는 직함이 그저 장식이 아니라 그가 실제로 수많은 현장에서 지휘해 왔다는 증거일 것이다.

"그에 비해……."

"응……, 진짜 실망이야."

쿠보타와 쿠스모토 두 사람이 따분한 듯이 로비를 얼쩡거리는 와다를 곁눈질로 보며 인상을 찌푸렸다.

이번 건으로 평판이 좋아진 에두아르와는 대조적으로 안 그래도 인망이 없었던 와다의 평가는 땅으로 떨어진 것 같았다.

그렇게 대응했으니 어쩔 수 없다는 생각이 들면서도 앞일을 생각하니 머리가 아팠다.

선대 오너가 세운 카사호텔이 선대 오너의 개성 그 자체를 구현화한 것처럼 대를 이은 와다가 자신 나름의 미학과 지침을 갖고 있지 않으면 새로운 카사호텔은 전망이 없는 데다 아무도 따라오지 않을 것이다.

건물 리노베이션이나 스태프의 의식 개혁 등 다른 그 무엇보다 가장 어려운 일은 와다를 성실한 호텔리어로 만드는 것이었을지도 모른다.

*　　*　　*

다음 날 아침, 에두아르에게서 메시지를 받았다.

어제 에두아르는 아야토의 근무 시간 중에 호텔로 돌아오지 않아 얼굴을 마주하지 못했다.

하룻밤 지난 오늘 아침, 새 유니폼으로 갈아입고 로비로 올라간 아야토는 어시스턴트 매니저 데스크 위에서 하얀 봉투를 발견했다. 안에서 나온 카드에는 갈겨쓴 영어와 에두아르의 사인이 있었다.

【엊그제는 미안했어. 사과의 의미로 오늘 밤 함께 식사를 하고 싶군. 시간을 내주지 않겠어?】

저도 모르게 짧은 문면을 되풀이하여 읽었다.

── 엊그제는 미안했어.

자존심 강한 그 에두아르가 사과를?!

우선 그 사실이 믿어지지 않았다.

── 사과의 의미로 오늘 밤 함께 식사를 하고 싶군.

에두아르가 먼저 함께 식사를 하며 화해하자고 굽혀주었다.

'그 사람이 먼저……, 굽혀주었어.'

믿어지지 않아 몇 번이나 문면을 훑어보고 있으려니 겨우 실감이 났다. 아야토는 아름다운 필치를 바라본 채 한숨을 휴우 내쉬었다.

그렇다고 선대 오너와의 관계를 의심받은 충격이 사라지는 건 아니지만.

그래도 그저께부터 줄곧 술렁거리던 가슴속이 아주 살짝 잔잔해지는 것을 느꼈다.

사적으로 둘이서 식사를 하는 것은 마음이 내키지 않지만, 모처럼 상대가 먼저 다가와 주었는데 그에 보답하지 않으면 또다시 기분이 상하고 말 것이다.

이 상황에서는 카사호텔을 위해 어른답게 그의 제안을 받아들여야만 할 것이다. 그 자리에서 직원들과 생각한 개혁안에 대해 이야기할 수 있을지도 모르니, 생각하기에 따라서는 기회일지도 모른다.

꺼림칙한 감정이 앞장서는 자신을 향해 그렇게 타일렀다.

어쨌든 어제 그 반지 소동에 대한 감사 인사는 직접 해야 한다.

체크아웃 업무가 일단락된 오후 한 시 무렵, 아야토는 감사 인사와 식사 약속에 대한 대답을 하기 위해 로비 우측에 위치한 티룸으로 향했다. 에두아르가 그곳에서 점심 식사를 하는 중이라는 정보를 프런트 스태프로부터 입수했기 때문이다.

밝은 유리창 너머 안뜰이 보이는 공간으로 다가가자, 창가 제일 안쪽에 에두아르의 모습이 보였다. 햇빛을 받아 반짝이는 플래티나 블론드 덕분에 멀리서도 '그'임을 알 수 있었다.

에두아르는 손님처럼 보이는 두 남자와 담소를 나누고 있었다.

한 사람은 20대 초반 정도 될까? 가냘픈 몸과 찰랑거리는 흑발, 그리고 커다란 눈이 인상적인 청초한 분위기의 일본인 청년이었다.

다른 한 사람은 등을 돌리고 있었다. 하지만 얼핏 보인 옆얼굴은 윤곽이 뚜렷했으며, 은테 안경을 쓰고 있었다. 이쪽은 아마 30대 중반 정도 되어 보이는 외국인 남성. 애시브라운색 머리를 올백으로 넘겼으며, 스리피스 슈트를 빈틈없이 갖춰 입고 있었다.

저 손님들과는 어떤 관계일까?

지금까지 에두아르를 호텔까지 찾아온 이들은 한결같이 사업가 같은 슈트 차림의 남성들뿐이었기 때문에 안경을 쓴 남자는 그렇다 쳐도 아직 젊은 청년에게서는 위화감을 느꼈다.

게다가 옆에 있는 청년을 바라보는 에두아르의 눈빛이 심상치 않았다.

항상 쿨한 '그'라고는 생각되지 않는 '귀여워서 어쩔 줄 모르겠다'는 듯한 표정, 청년에게 향한 녹아내릴 듯한 시선이 저도 모르게 아야토를 그 자리에 우뚝 멈춰 서게 했다.

따뜻하고 다정한 미소⋯⋯. 에두아르의 이런 표정을 본 적은 처음이다. 중년층 손님에게 짓는 자애가 가득한 미소나 여성에게 짓는 스마트한 웃음과도 달랐다.

청년도 이따금 에두아르의 어깨에 기대어 눈을 물끄러미 바라보거나, 머리와 얼굴을 만지는 등, 그야말로 아무렇지도 않게 어리광을 부리고 있었다.

두 사람 사이에는 다른 이들과는 확실하게 밀도가 다른 공기가 흐르고 있었다. 아야토는 제삼자의 개입을 거부하는 듯한 그 진한 공기를 느끼며 그 자리에 멍하니 서 있었다.

10년 전에 처음 만났을 때부터 에두아르는 많은 여성들에게 둘러싸여 있었다. 아야토는 일본에 오고 난 뒤에도 다양한 연령층의 여성들이 그에게 추파를 보내는 모습을 몇 번이나 목격했다. 그러나 지금 청년과 이야기를 나누고 있는 에두아르는 그 어떤 미녀를 상대할 때와도 달랐다.

특별한 존재라는 것을 한눈에 알 수 있었다.

마음만 먹으면 틀림없이 어떤 여성이든 손에 넣을 수 있지만, 진정으로 소중히 여기는 상대는 저 청년인 걸까?

저 일본인 청년이 에두아르의 애인?

그렇게 생각한 순간, 밟고 선 바닥이 난데없이 내려앉는 듯한 감각에 사로잡히면서 몸이 쓱 차가워졌다. 가슴 언저리에 격통이 스쳤다.

── 아파.

아야토는 가슴을 팽팽하게 압박하는 통증을 견디지 못하고 사이좋은 에두아르와 청년에게서 시선을 돌렸다. 무의식적으로 두 주먹을 꽉 쥐고는, 고통스러운 숨을 토해 냈다. 그리고 숨을 전부 내뱉은 그때, 느닷없이 도저히 견디기 힘든 그 동통의 정체를 깨달았다.

질투.

이것은 에두아르에게 사랑받는 저 청년에 대한 질투.

자각한 것과 동시에 미쳐버릴 것 같은 감정의 이유를 함께 깨달았다.

'그렇구나.'

자신은 아직 에두아르를 좋아하는 것이다.

10년 전, 호되게 짓밟힌 뒤 마음속에 봉인해 둔 첫사랑. 다시는 같은 실수를 저지르지 않겠다. 감정에 휩쓸리지 않겠다. 그렇게 명심했는데.

그럼에도 불구하고 다시 만나 그의 사람됨됨이를 깊이 알면 알수록 끌렸고, 그런 자신에게 반발하면서도 하루하루 마음을 쌓아가면서……, 오히려 10년 전보다 훨씬 강하게 사로잡히고 말았다.

'바보 같긴…….'

같은 상대에게 두 번이나 실연당하다니.

아야토는 자신의 어리석음을 깨닫고 눈앞이 캄캄해지는 것을 느꼈다.

발걸음을 돌려 행복해 보이는 연인들에게서 돌아선 다음, 재빨리 그 자리를 떠났다.

식사 약속은 거절하자. 이런 정신 상태로 단둘이서 식사를 했다간 무슨 말을 지껄일지 모른다. 공사를 혼동하고 카사호텔의 미래까지 잃어버릴까 봐 두려웠다.

데스크로 돌아간 아야토는 거절의 뜻을 편지지에 적어 내려가기 시작했다.

【식사에 초대해주셔서 감사합니다. 기껏 마음을 써주셨는데, 죄송하지만 오늘은 아쉽게도 시간이 나지 않을 것 같습니다. 또한 내일 이후로는 한동안 시간을 내기 어려운 상태입니다. 죄송하지만, 넓은 마음으로 이해해주시길 바랍니다.】

카사호텔 로고가 들어간 편지지 위에서 만년필을 놀리고 있는 동안, 청년과 에두아르의 행복해 보이는 모습이 뇌리에 어른거렸다. 그때마다 가슴이 욱신욱신 아파 오는 탓에 편지를 쓰다 말고 몇 번이나 펜을 멈추었다.

더 이상 생각하지 마. 생각해봤자 아무 의미 없어. 사적인 감정은 버려.

지금은 카사호텔을 제일 우선으로 생각해야 돼.

어금니를 악물고 조금이라도 방심하면 넘쳐흐를 듯한 마음을 가슴 깊은 곳에 밀어 넣었다.

【추신/스태프들을 대상으로 카사호텔 개혁안을 모집한 바, 재미있는 아이디어가 많이 모였습니다. 조만간 기획서를 정리하여 프레젠테이션을 하고자 합니다. 바쁘신데 죄송하지만, 시간을 내주실 수 있을까요?】

아야토는 가까스로 추신까지 적은 다음, 만년필을 데스크에 놓았다. 편지지 한 장도 다 채우지 못하는 문장을 써 내려간 것만으로도 녹초가 되었다. 접은 편지지를 봉투에 넣고 봉했다.

나중에 벨보이 키타가와를 불러 에두아르의 방에 전달해달라고 하자.

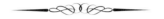

제8장

프레젠테이션 일정이 잡혔다.

일요일 오후, 아야토의 편지를 읽은 에두아르가 '화요일 오후 두 시부터라면 한 시간 정도 시간을 낼 수 있다'는 답장을 준 것이다. 바쁜 COO가 이렇게 미리 시간을 잡아주는 경우는 거의 없을 것이다. 이 기회를 놓치면 다음은 언제가 될지 모른다.

그렇게 생각한 아야토는 서둘러 쿠보타를 데스크로 불러 이야기를 나누었다.

너무 많은 인원이 집무실로 들이닥치는 것도 실례가 될 테니, 프레젠테이션은 두 사람 외에도 한 사람 더 추가하여 총 세 명이 진행하는 것으로 합의를 봤다.

추가 후보로는 벨보이 키타가와의 이름이 거론되었다.

키타가와는 젊은 스태프들 사이에서 리더와 같은 존재인 데다, 개혁안에도 적극적으로 참가해주었기 때문이다. 당장 키타가와 본인에게 타진하자, 내일모레는 휴일임에도 불구하고 프레젠테이션을 위해 나와주기로 했다.

멤버가 정해진 단계에서 화요일 오후 두 시 COO와의 미팅을 잡았다.

일요일 오후 업무가 끝나자마자 집으로 돌아가서 쿠보타가 파일로 정리해준 데이터를 바탕으로 기획서를 작성하기 시작했다. 월요일 중으로는 정리할 예정이었지만, 그러면 많이 늦는다. 아야토는 노트북을 향한 채 밤을 샜다.

다음 주 월요일 아침 미팅에서 철야를 하며 완성한 기획서를 스태프들에게 나눠주고, 오후에는 각 부문 대표자와 대화의 장을 마련했다. 그 자리에서 추가로 나온 의견을 파고들어 수정을 더한 최종 원고를 완성. 근무 시간이 끝난 후, 그것을 바탕으로 쿠보타, 키타가와와 회의를 했다. 심야가 거의 다 된 시간에 퇴근한 아야토는 새벽까지 COO를 위해 영어판 기획서를 작성했다.

꼬박 이틀 동안 거의 자지도, 쉬지도 않고 맞이한 프레젠테이션 당일.

오후 두 시 정각에 맞춰 아야토는 긴장한 탓에 얼굴이 미묘하게 굳은 젊은 두 사람을 데리고 806호실 문을 노크했다.

"나루미야입니다."

"들어와."

"실례하겠습니다."

문을 열자, 정면 데스크에 에두아르의 모습이 보였다. 오늘 아침도 완벽한 미모를 자랑하는 그를 본 순간, 그럴 때가 아닌 것을 알면서도 가슴이 두근거렸다.

일요일에는 결국 만나지 못했고, 어제도 아야토가 기획서 건으로 계속 바빴기 때문에 얼굴을 마주하는 것은 반지 소동 때 이야기를 나눈 후로 처음이었다. 그때도 분주했기 때문에 똑바로 얼굴을 보며 이야기를 나누는 것은 며칠 만이었다.

아직 그를 좋아한다고 새삼 자신의 연심을 자각하고 나서 얼굴을 보는 것도……, 처음이었다.

'안 돼.'

짝사랑 상대를 앞에 두고 날뛸 뻔한 심장을 안간힘을 다해 달랬다. 지금은 사적인 감정을 죽여야만 한다.

"오늘은 저희가 구상한 카사호텔 도쿄 개혁안을 COO께 프레젠테이션하기 위해 찾아 뵈었습니다."

아야토는 열심히 무표정을 지으며 마호가니로 된 데스크 앞까지 나아갔다.

"바쁘신데 귀중한 시간을 내주셔서 감사합니다. 잘 부탁드립니다."

묵례를 하고 얼굴을 든 순간, 에두아르와 눈이 딱 마주쳤다. 아이스블루색 눈이 서서히 가늘어졌다.

"새 유니폼이군."

"아……, 네."

일요일부터 카사호텔 유니폼이 새로이 바뀌었지만, 그러고 보니 샘플이 아니라 자신의 사이즈에 맞춘 유니폼을 입고 COO를 만난 것은 처음이었다. 정면에서 물끄러미 쳐다보는 사랑하는 사람의 시선에 거북함을 느꼈지만 꾹 참았다.

"모양새는 나쁘지 않은데?"

잠시 후, 칭찬을 받은 아야토는,

"굉장히 움직이기 편하고 가볍습니다. 손님들 사이에서도 칭찬이 자자합니다."

그렇게 감상을 늘어놓으며 뒤를 돌아보았다.

"오늘 저의 보조 역할을 해줄 객실 담당 쿠보타 씨와 벨보이 키타가와 씨입니다."

"쿠보타입니다. 잘 부탁드리겠습니다."

"키타가와입니다. 잘 부탁드립니다."

에두아르가 긴장한 표정으로 인사하는 젊은 두 사람을 향해 고개를 살짝 끄덕였다.

"이것이 이번 기획서입니다."

에두아르가 철한 기획서 다발을 받아 들더니, 데스크 위에 놓고 시선을 떨구었다. 아야토가 페이지를 넘기기 시작한 COO 앞에 섰고, 쿠보타와 키타가와가 그 등 뒤에 섰다.

타이밍을 재며 우선 리더인 아야토가 말문을 열었다.

"저저번 주 목요일 스태프 미팅 때 카사호텔 도쿄 개혁안을 모집한 바, 생각 이상으로 많은 의견이 모였습니다. 그때 모인 개혁에 관한 의견과 아이디어를 각 부문별로 정리한 것이 바로 이 기획서입니다. 뒤 페이지에 모든 의견을 랜덤으로 열거했지만, 이번에는 특히 개혁안으로 밀고 싶은 의견을 몇 가지 골라 구두로 설명 드리겠습니다."

"그래."

에두아르가 한 손을 들어 알겠다는 사인을 보냈다.

"그럼 첫 번째 주제부터 설명드리죠. '서비스 익스프레스 도입' —— . 이건 숙박 부문에서 낸 제안입니다. 지금 현재 카사호텔에서는 손님이 방에서 서비스를 부탁할 때, 그 내용에 따라 해당 부서에 전화하는 시스템으로 운영되고 있습니다. 프런트는 내선 번호 1번, 세탁은 5번, 이런 식이죠. 하지만 현행 시스템에서는 몇 가지 서비스를 발주하기 위해 일일이 개별 내선 번호로 전화를 걸어야만 합니다. 그래서 손님의 모든 요청을 한 번에 맡기 위한 전문 부서 신설을 제안드립니다."

"그 전문 부서가 서비스 발주를 일괄적으로 받고, 주문 내용별로 각 부서에 연락 및 준비를 한다는 뜻이군."

역시 이해가 빠른 에두아르가 확인하자, "그렇습니다." 하고 대답했다.

"이로써 손님은 '서비스 익스프레스' 버튼 하나로 모든 서비스의 일괄 발주가 가능해집니다. 이 시스템의 도입을 통해 손님은 번거로운 수고를 덜고, 저희는 보다 신속한 서비스 대응이 가능합니다.

이런 시스템은 실제로 외국계 호텔에서 도입 중이며, 많은 손님들에게 호평을 얻고 있다고 합니다."

"확실히 일괄 발주는 미국이나 유럽에 있는 주요 호텔에서 주류가 되고 있긴 하지만, 이 서비스를 구현화하기 위해서는 전화를 받는 스태프에게 고도의 스킬이 필요하지 않을까?"

"지적하신 대로 다양한 전문지식과 어학 능력이 필요합니다."

타당한 지적을 솔직하게 인정했다. 아야토 본인도 그것이 최대의 문제점이라고 여겼다.

"저희도 현실적으로 시간을 들여 그 정도 되는 인재를 키울 만한 체력이 카사호텔에 남아 있는지가 성공의 열쇠가 되리라고는 생각하지만……."

"그래도 뭐, 생각해볼 만하군."

잠시 후 들려온 에두아르의 코멘트에 가슴을 쓸어내렸다. 일단 첫 제안부터 도무지 대책이 없는 내용은 아닌 것 같다.

안도와 동시에 마음을 다잡은 아야토는 다음 항목으로 넘어갔다.

"다음 내용도 숙박 부문에서 낸 '보안 강화'에 관련한 제안입니다. 산책 겸 가볍게 들를 수 있는 편안한 분위기가 카사호텔의 매력 중 하나라 자부하고 있습니다만, 보안면에서 약간 허술한 것은 아닌가 하는 반성의 의견이 있습니다. 우선 모든 객실에 카드키 도입. 또한 그와 연동하여 카드키가 없는 사람은 엘리베이터에서 스위트룸 플로어로 올라갈 수 없도록 하는 등, 안전면을 강화하고 싶다. 그에 따른 문제를 미연에 방지하고, 손님도 안심하고 이용할 수 있는 호텔이 되고 싶다 ── . 그런 내용입니다."

"보안 강화는 나도 생각했던 부분이야."

COO의 동의를 얻어 계속해서 숙박 부문의 제안을 발표했다.

"이어서 금연 객실 증설. 원활한 취침을 도모하기 위해 침대를 정돈해주는 턴다운 서비스 도입. 청소용 웨건 폐지."

"웨건 폐지?"

에두아르가 얼굴을 들었다.

"네. 이로써 복도를 웨건이 막는 바람에 손님의 통행을 방해하는 사태를 해소할 수 있습니다."

"그런 게 가능한가?"

"비품창고와 객실을 몇 번이나 왕복해야 하기 때문에 청소 담당의 부담이 늘어나는 데다, 그에 상응하는 훈련도 필요하지만, 개인적으로는 불가능하지 않다고 생각합니다."

이 문제는 예전부터 개인적으로 언젠가 실현하고 싶다는 생각에 머릿속으로 시행착오를 거듭했다. 지금은 청소 담당의 효율을 우선시하고 있지만, 사용한 타월과 시트로 산더미가 된 웨건이 좁은 복도를 몇 시간이나 막고 있는 상황은 아무리 생각해도 일처리가 깔끔하다고는 말하기 어렵기 때문이다.

호텔이라는 비일상적인 공간과 시간을 돈을 내고 사주시는 손님들에게 스태프의 적나라한 현실을 보여주는 것은 바람직하지 못하다.

"실현되면 스태프들의 작업이 손님 눈에 띄지 않게 되겠군."

에두아르도 흥미를 가진 것 같았기에 이 문제에 관해서는 추가로 더 자세한 기획서를 제출하자고 마음먹었다.

"다음은 레스토랑, 조리 부문에서 낸 관내에 '델리카트슨 숍[9]'을 개설하자는 제안입니다."

"그렇군."

"이 델리카트슨 숍에서는 손님들에게 인기인 각 레스토랑 인기 메뉴를 런치 박스 형태로 테이크아웃용으로 판매하는 것 외에도 호텔에서 만든 데니쉬와 반찬, 케이크, 콩피즈리[10], 쇼콜라 같은 것도 판매할 것입니다. 또한 선물용으로 햄과 소시지, 구운 과자, 차 등을 판매. 최종적으로는 카사호텔 브랜드로 레토르트 혹은 통조림 제품을 판매하는 것도 시야에 넣고 있습니다."

눈앞에 있는 기획서에 무언가를 기입하는 에두아르의 동작을 지켜보며 다음으로 넘어갔다.

"연회 부문에서는 케이터링 업무 참가 제안이 있었습니다."

"케이터링?"

"카사호텔 연회장이 비는 날에 한해 외부 파티 및 이벤트 회장에서 케이터링 주문을 받아 셰프, 웨이터, 웨이트리스 등 서비스 스태프들의 인재를 파견하고자 하는 시도입니다."

"꽤 재미있는 발상이군."

"감사합니다."

9 델리카트슨 숍: 샌드위치나 햄, 소시지, 치즈, 빵, 반찬 등을 테이크아웃용으로 파는 음식점.
10 콩피즈리: 설탕을 주원료로 그 특성을 활용하여 만드는 당과.

아야토는 감사 인사를 한 다음, "이상, 각 부문에서 드리는 제안에 대한 발표를 마치겠습니다." 하고 말했다.

"여기서부터는 객실 담당 쿠보타 씨가 발표를 담당하겠습니다. 아직 입사한 지 1년 반밖에 되지 않았지만, 여성 스태프 대표로서 의견을 취합해 왔습니다."

아야토는 사전에 회의한 대로 소개를 받고 한 발짝 앞으로 나온 쿠보타와 교대하듯이 뒤로 물러났다.

"잘 부탁드립니다."

에두아르가 표정이 딱딱한 쿠보타에게 "릴랙스." 하고 말을 걸었다.

"네."

쿠보타가 그래도 아직 약간 경직된 미소를 지은 채 입을 열었다.

"향후 카사호텔의 신규 고객 획득을 위해서는 지금까지 카사호텔을 별로 이용하지 않았던 손님층……, 즉 젊은 여성에게 어필해 나가는 것이 필요하다는 생각이 들었습니다. 그래서 각 부문의 의견과는 별도로 여성의 시점으로 대상을 좁혀 아이디어를 모집해 보았습니다."

거기까지 말한 쿠보타는 한 박자 쉬고 다시 말을 이었다.

"가장 많았던 것은 여성 전용 객실을 만들자는 의견이었습니다. 금연실을 인테리어부터 여성층을 타깃으로 꾸미고, 파우더룸을 넓게, 어메니티도 여성층이 기뻐하는 라인업으로 꾸려 여성층만 이용할 수 있게 하는 겁니다. 차라리 남자는 출입을 금하는 것도 충분히 검토할 만한 가능성이 있다고 생각합니다."

"남자는 출입 금지인 여성 전용 객실이라."

"자신이 숙박 손님일 경우를 가정한 '어떤 방에 묵어보고 싶습니까?'라는 질문에는 프레이그런스 오일이나 요가 매트 같은 물건이 놓여 있거나, 턴다운 서비스 때 초콜릿과 메시지 카드가 곁들여져 있는 등……, 그런 소소한 배려가 담긴 방에 묵고 싶다는 의견이 있었습니다."

에두아르도 여성만의 의견이라는 점이 흥미로운지 열심히 귀를 기울이고 있었다. 그 모습에서 힘을 얻었는지, 쿠보타의 표정이 서서히 밝아졌다.

"게다가 이건 약간 여자만의 꿈이 들어간 제안이지만, 이런 여성 전용 객실에 한해 버틀러 서비스를 도입하는 건 어떨까요?"

"버틀러 서비스라니, 예를 들면 비엔나 임페리얼 호텔처럼 말인가?"

"네. 여성 손님이 혼자, 아니면 자매나 모녀, 친구 등 여자끼리 호텔을 이용할 때는 집안일이나 허드렛일에서 해방되어 특별한 시간을 보내고 싶을 거라고 생각하거든요. 만약 객실에 전임 버틀러가 붙어서 도착부터 체크아웃까지 바지런하게 하나하나 보살펴준다면……, 마치 자신이 영국 귀족이 된 것 같은 기분에 젖을 수 있을 것입니다. 단 하루일지라도 까만 모닝코트에 나비 넥타이를 맨 집사의 시중을 받은 경험은 잊을 수 없는 특별한 추억이 될 것이라 생각합니다. 일부러 유럽까지 가지 않아도 일본에서 버틀러 서비스를 받을 수 있다면 화제가 되지 않을까요?"

요령을 파악한 쿠보타의 입심이 점점 열을 띠기 시작했다.

　"그리고 그다음으로 많았던 것이 결혼식에 관한 의견이었습니다. 지금 호텔업계 전체의 흐름으로 보면 결혼식 관련 수주가 감소한 상황이지만, 모든 여성이 간소하고 수수한 스몰웨딩을 바라지는 않습니다. 틀에 박힌 딱딱한 피로연이 싫을 뿐이지, 결혼식을 올리는 당사자가 납득할 만한 결혼식을 올릴 수 있다면 평생 단 한 번 있는 중요한 이벤트에서 보다 많은 사람들에게 축복받길 바라는 여성들도 많을 것입니다. 그래서 드리는 제안입니다만, 예를 들면 피로연 수주를 연회장에 국한하지 않고 호텔 레스토랑에서도 받아보는 건 어떨까요?"

　"레스토랑을 전세 내서 파티를 연다는 뜻인가?"

　에두아르가 확인하자, 쿠보타가 "그렇습니다." 하고 긍정했다.

　"고객은 연회장보다 캐주얼한 예산으로 이용할 수 있고, 레스토랑마다 특유의 분위기를 살린 하우스 웨딩스러운 연출도 가능합니다. 또한 우리 호텔 입장에서도 호텔 레스토랑을 활성화할 수 있는 이점이 있죠."

　"지금 그 제안에 대해 보충 설명을 드리겠습니다."

　아야토가 조심스럽게 끼어들었다.

　"종전의 피로연은 대안(大安) 길일과 공휴일이 겹친 날에 집중적으로 몰렸지만, 기껏 쉴 수 있는 휴일 하루를 허비하는 것보다 평일 저녁 시간이 초대객도 참가하기 쉽지 않을까 하는 의견도 있었습니다. 특히 금요일 저녁 여섯 시 이후 및 대안 길일 밤 시간에 플랜을 짜면 어느 정도 수요가 있을 것 같습니다."

에두아르가 생각에 잠긴 표정으로 "나이트 웨딩 말이군." 하고 중얼거렸다.

이미 결혼식이나 사람 숫자에 의존한 영업은 가망이 없다고 판단한 COO는 연회 부문을 없애고 새로운 시설을 만들 속셈이라는 것을 아야토 말고는 아무도 모른다. 어제 쿠보타로부터 결혼식에 관련한 다양한 제안을 들었을 때도 일부러 그 이야기는 하지 않았다. 어쩌면 오늘 프레젠테이션 여하에 따라 COO의 생각이 바뀔지도 모른다고 생각했기 때문이다.

"그리고 저, 제 개인적인 제안을 말씀드려도 될까요?"

쿠보타가 조심스럽게 말하자, 에두아르가 "그래, 얘기해봐." 하고 허가했다.

"제가 생각하는 카사호텔의 가장 큰 매력은……, 풀과 나무에 에워싸인 환경입니다. 그 환경을 살려 독립형 가든 예배당을 건설하는 것은 힘들까요? 예식 후에도 안뜰에서 피로연 대신에 가든 파티를 열어도 근사할 것 같습니다."

그 아이디어는 아야토도 처음 들었지만, 입지를 살린 콘셉트는 나쁘지 않았다.

예식용 예배당 건설에는 상당한 투자가 필요하지만, 만일 실현되면 카사호텔의 강력한 랜드마크가 될 것이다.

에두아르도 같은 생각이었는지, 눈앞에 있는 기획서에 뭔가를 쓱쓱 적고 있었다.

"여러모로 주제 넘는 말씀을 드렸지만, 상품이 될 만한 플랜만 만들어 낼 수 있다면 웨딩 사업에는 아직 가능성이 남아 있다고 생각합니다. 부디 검토 부탁드립니다."

상체를 깊이 쓰러뜨려 인사한 쿠보타가 뒤쪽으로 물러나고, 대신 벨보이 유니폼 차림의 키타가와가 앞으로 나갔다.

"이 친구는 쿠보타 씨와 동기이고, 벨보이 업무를 맡은 지 1년 반 됐습니다. 젊은 스태프 대표로 이번 프레젠테이션에 참가했습니다."

아야토가 소개하자, 키타가와가 허리를 꾸벅 숙여 인사했다. 그러더니 패기 때문인지 약간 발개진 얼굴로 이야기하기 시작했다.

"저기, 저는 호텔 학교 동기들과 호텔업계의 미래에 대해 자주 이야기를 나누는데요, 다들 말하거든요. 외국계 기업 참전에 따른 거친 파도를 헤치고 살아남기 위해서는 결국 브랜드력을 높이는 것이 가장 중요하다고요. 브랜드력이란 설명은 잘 못하겠지만, 역시 카사호텔만의 오리지널리티라고 생각합니다. 다른 호텔에는 없는 개성이라고 할까요?"

말은 서툴지만, 키타가와 나름대로 열심히 설명하려는 것이 전해져 왔다.

"아까 쿠보타가 제안한 내용처럼 카사호텔 특유의 이벤트나 플랜, 시설이 있다면 자연스럽게 취재가 들어와 기사화되거나, 입소문이 퍼질 것 같거든요. 예전에 안뜰에서 하던 연주회도 좋지만 말이죠."

"연주회?"

아야토가 에두아르의 질문에 대답했다.

"매년 초여름에서부터 한여름에 걸쳐 안뜰에서 열리던 관현악

연주회입니다. 하지만 아쉽게도 올해는 중지되었습니다."

"중지된 데에는 무슨 이유가 있나?"

"딱히 이유는 없지만, 외부에서 연주자를 부르면 그만큼 경비가 들고, 비용은 전부 호텔에서 부담하기 때문에 총지배인님의 판단에 따라 중지되었습니다."

에두아르가 납득했다는 듯이 어깨를 움츠리더니 "계속해봐." 하고 키타가와를 재촉했다.

"그리고 역시 인터넷을 활용해야 하지 않을까요? 지금도 일단 카사호텔 홈페이지가 있긴 하지만, 내용이 피상적이라 흡인력이 좀 떨어지거든요. 그 상태로는 홈페이지 방문자를 매료시킬 수 없습니다. 콘텐츠를 더 알차게 채워 매력 있는 홈페이지로 만들어야 합니다."

"매력 있는 홈페이지라. 예를 들면?"

"예를 들어 현재 숙박 페이지는 그저 무미건조하게 공표 요금만 나열되어 있을 뿐인데요, 고객은 더 자세한 정보를 원하지 않을까요? 각 객실의 겨냥도를 게재한다든가, 사진으로 실내를 여러 각도에서 볼 수 있도록 한다든가, 그런 식으로 적극적으로 객실을 팔기 위한 아이디어가 필요합니다. 그리고 사이트에 로고숍을 개설하여 카사호텔에서 사용하는 물건을 전부 구입할 수 있도록 하는 것도 하나의 방법일 것 같습니다. 아까 레스토랑에서 낸 제안에도 있던 델리카트슨부터 침구, 베개, 침대까지 실제로 손님이 카사호텔에서 사용해보고 '갖고 싶다'는 생각이 든 물건을 인터넷으로 구입할 수 있게 말이죠."

"흠."

"아, 맞다. 기왕이면 로셀리니 그룹이 소유한 해외 호텔 예약도 우리 호텔 사이트에서 할 수 있게 하는 것도 좋을 것 같습니다. 영어를 못하는 고객은 해외 호텔을 온라인으로 예약하기 힘들잖아요."

"……그런가?"

모국어 외에도 영어와 일본어를 유창하게 구사하는 에두아르가 감이 오지 않는 표정으로 중얼거렸다.

"일본인 중에는 외국어를 못하는 사람이 많습니다. 그래서 현지에 가보고 나서야 이런 데에 묵을 생각이 아니었다고 실망하는 경우도 꽤 있을 것 같거든요. 그런 고객을 위해 사전에 자세한 교섭을 대행해주는 건 어떨까요?"

"참 훌륭한 서비스군."

에두아르에게 칭찬을 받은 키타가와가 쑥스러운 듯이 헤헤 웃었다.

"SNS 이용도 포함해 홈페이지를 개선하면 카사호텔 온라인으로도 예약이 늘 것이라고 확신합니다."

아야토는 요새 젊은이다운 키타가와의 의견에 귀를 기울이면서 내심 크게 놀랐다.

처음에는 긴장했던 키타가와가 마지막엔 COO 앞에서 주눅 들지 않고 당당하게 자신의 의견을 주장했다. 아까 전에 발표한 쿠보타도 마찬가지였다.

아직 햇병아리라고 여겼는데……, 어느새 이렇게나 성장한 걸까?

기회만 제대로 주면 이렇게 많은 역할을 훌륭하게 해낼 수 있구나. 아야토는 새삼 뼈저리게 깨달았다.

어쩌면 카사호텔에는 지금까지 젊은 스태프가 실력을 발휘할 수 있는 자리가 없었던 걸지도 모른다.

'그러고 보니.'

유니폼이 스타일리시하기 때문이기도 하겠지만, 요 며칠 사이에 스태프들의 움직임이 한층 샤프하고 빠릿빠릿해진 것 같은 느낌이 들었다.

COO가 늘 했던 지적이 몸에 뱄는지, 유니폼이 바뀐 것을 계기로 손님의 눈에 자신들이 어떻게 비칠지를 의식하기 시작한 듯했다.

이렇게 말하는 아야토 본인도 요 보름 사이에 자신이 변한 것을 느끼고 있었다.

예전에는 완고하게 선대 오너의 호텔리어 철학과 그가 사랑했던 것을 지켜야만 한다고 생각했다.

그것이 자신의 사명이라고 믿기도 했다.

하지만 에두아르와 함께 2주라는 시간을 보내면서 개혁에 몰두하는 그의 진지한 자세를 가까이서 보고 있는 동안 조금씩 생각이 바뀌었다.

온고지신의 자세로 옛 것과 새로운 것을 잘 조합하여 카사호텔 안에서 융합해 나가는 것은 불가능할까?

그런 마음을 담은 프레젠테이션은 대체로 좋은 분위기 속에서 종반에 접어들었다.

"마지막으로 저의 개인적인 견해를 말씀드려도 될까요?"

에두아르가 의견을 구하는 아야토를 향해 고개를 끄덕였다.

"그래, 말해봐."

키타가와와 위치를 교대한 아야토는 정면에 있는 얼굴을 똑바로 응시하며 이야기하기 시작했다.

"방금 전에 쿠보타와 키타가와가 말한대로 향후 여성층과 젊은 층 고객 확보는 카사호텔의 긴급한 과제입니다. 하지만 그와 반대로 카사호텔의 최대 고객층인 시니어 세대를 놓치는 건 참으로 아까운 일이 아닐 수 없습니다. 저는 가능하면 지금까지와 마찬가지로 시니어 세대 손님을 확실하게 유지하면서 새로운 고객층을 개척하는 것이 바람직하다고 생각합니다."

"……."

"따라서 앞으로 거대한 시장을 형성하리라고 예측되는 시니어 세대 확보를 위해서도 리노베이션을 통해 나이 많은 손님이나 몸이 불편하신 손님이 편하게 묵으실 수 있도록 관내를 배리어 프리로 만들기를 희망합니다. 또한 전부터 말씀드렸지만, 카사호텔의 상징인 본관의 존속을 거듭 부탁드립니다. 아까 키타가와도 '카사호텔만의 오리지널리티'라는 말을 언급했습니다만, 저는 많은 손님들의 추억이 새겨진 본관의 정취야말로 카사호텔 최대의 개성이라고 생각합니다."

아야토는 맑디 맑은 호면 같은 아이스블루색 눈동자에 호소했다.

"바쁜 일상에서 벗어나 쉬러 오시는 젊은 여성 손님도, 육아와 일이 일단락된 중년 부부 손님도, 인생의 동반자를 잃고 홀로 피서를

오시는 노년의 손님도……, 다양한 세대가 공존해야 비로소 '집(카사)'
이 아닐까요?"

아야토가 그런 말로 마무리하자, 에두아르가 천천히 기획서를
덮었다. 그리고 아야토, 쿠보타, 키타가와 순서대로 얼굴을 쳐다보
더니, 마지막으로 아야토에게 한 번 더 시선을 돌리고 나서 단정한
입술을 열었다.

"아주 흥미로운 프레젠테이션이었어. 이만한 내용을 단기간에
정리하느라 많이 힘들었겠군. 자네들의 열정이 잘 전해지던걸. 다
들 수고 많았어."

에두아르는 그렇게 말하자마자 일부러 자리에서 일어나 악수를
청해 왔다.

아야토도 그가 내민 커다란 오른손을 맞잡았다.

의외로 따뜻한 손바닥……. 이게 그의 본질일 것이다.

얼핏 보면 차가울 것 같지만, 내면은 대단히 뜨겁다.

그 냉철한 베일 속에 '뜨거움'을 간직한 눈동자가 지금 기분 탓인
지 자신을 다정하게 바라보고 있는 듯한 기분이 들어……, 가슴이
술렁거렸다.

아야토는 당장이라도 가슴속에 있는 감정의 유리잔에서 흘러넘
칠 것 같은 자신의 마음이 두려워진 나머지 살며시 손을 뺐다.

"저희야말로 끝까지 들어주셔서 감사합니다."

그런 다음, 감사의 말을 입에 담으며 가볍게 인사했다.

셋이서 집무실을 뒤로하고 복도로 나오자마자, 쿠보타가 한숨을

크게 내쉬었다.

"긴장해서 죽는 줄 알았어요."

"뭔 소리야? 얘기 엄청 잘하더만."

키타가와의 딴죽에 "사돈남말하긴." 하고 맞받아친 쿠보타가,

"그야 COO가 귀중한 시간을 내주셨으니 1초라도 헛되이 할 수 없잖아."

그렇게 말하며 아야토를 돌아보았다.

"분위기 좋았죠?"

"응. 너희가 열심히 해준 덕분이야."

작게 미소를 지으며 고마움을 전하자, 젊은 두 사람이 기쁜 듯이 웃었다.

"채용되면 좋겠다~."

"그러게. 하나라도 통과되면 축배 들자."

이번 프레젠테이션을 통해 카사호텔의 위기를 전면으로 회피했다고는 생각하지 않는다. COO의 마음이 변할지 어떨지도 모른다. 그래도 저항도 해보지 않고 그냥 고분고분 휩쓸리긴 싫었다.

후회가 없도록 지금 할 수 있는 일은 힘껏 해 두고 싶다.

인원 정리에 관해서도 생산성을 높여 이익이 올라가면 현재 인원을 유지할 수 있을 것이다. 그렇게 믿고 희망을 버리지 말자.

아야토는 앞을 걸어가는 젊은 두 사람의 등을 바라보며 마음속으로 맹세했다.

＊　　　＊　　　＊

프레젠테이션을 끝낸 아야토가 일상 업무로 돌아간 뒤로 몇 시간이 지난 저녁 여섯 시 무렵의 일이었다.

"나루미야 씨, 잠깐만."

프런트 매니저 하시구치가 다가오더니 귓속말을 했다.

아야토는 그의 매서운 표정에서 불길한 예감을 느끼며 자리에서 일어섰다. 손님 눈에 띄지 않는 사각 지역인 로비 구석까지 가자, 하시구치는 발걸음을 멈추고 돌아보았다.

"총지배인이 해고당했어."

"네?"

아닌 밤중에 홍두깨 같은 소식에 저도 모르게 큰 소리를 내고 만 아야토는 황급히 목소리를 낮추었다.

"그렇게 갑자기……, 뭐 때문에요?"

"나도 방금 전에 들어서 자세한 사정은 모르지만, COO가 결정했나 봐."

"COO가……."

불과 몇 시간 전에 마주했던 미모를 떠올렸다.

──무능하지만, 선대 오너의 아들이야. 선대의 핏줄인 그의 존재는 적어도 몇십 년 동안 이 호텔을 이용해 온 단골 고객에게는 의미가 있지.

언젠가 에두아르가 자신에게 했던 말이 뇌리에 떠올랐다.

COO가 선대 오너의 호텔을 이어받은 2대라는 간판에 이용 가치가 있다고 여기는 동안에는 와다가 그 자리에서 물러날 일은 없을 줄 알았는데.

"들자 하니 호텔 돈을 어마어마하게 쓰고 다녔나 봐."

하시구치가 못마땅한 얼굴로 턱을 쓰다듬었다.

"호텔 돈을……?"

해고의 충격이 가시기도 전에 추격타가 가해지는 바람에 그저 멍하니 똑같은 말을 되풀이했다.

"……세상에."

일만 빼먹은 게 아니라 그런 범죄 행위에까지 손을 대고 다녔구나.

"나도 많이 놀라긴 했지만……, 안타깝게도 그 사람이라면 그러고도 남잖아. 유산도 곧바로 탕진하고 여기저기에 빚까지 진 것 같더라."

"……."

"총지배인이 호텔 공금을 써버린 끝에 해고당했다는 얘기가 외부에 퍼지면 카사호텔 입장에서도 손실이 크니까. 그래서 따로 공표 없이 조용히 해고 처분을 내린 것 같아."

다시 말해, 경찰에는 넘기지 않고 민사 소송도 하지 않겠다는 거구나.

어느 정도 되는 금액을 써버린 건지는 모르지만, 그 돈을 퇴직금으로 대신하는 정도로 끝났다는 것은 그나마 온정을 베풀어줬다는 뜻이 아닐까?

『카사호텔을 부탁한다. ……마사루도 부탁하마.』

선대 오너가 숨을 거두기 직전에 했던 말이 되살아나면서 마음이 차츰 어두워졌다.

선대 오너에게 부탁을 받은 경위도 있었기에 최대한 와다를 뒷바라지해 왔다. 하지만 공금까지 손을 대고 말았으니 더는 도저히 감쌀 수가 없다.

"다음 인사가 정해지기 전까지 총지배인 자리는 COO가 겸임하신대. 해고 처분에 대해서는 조만간 정식 발표가 있을 거야. 직원들도 크게 동요할 테니 두루두루 잘 좀 봐줘."

"알겠습니다."

하시구치와 헤어진 뒤, 데스크로 돌아온 아야토는 마음속의 동요를 애써 감추며 일을 계속했다.

여덟 시가 되자 특히나 길게 느껴진 하루의 업무가 끝났다. 지하 2층으로 내려간 아야토는 아래층에서 올라온 쿠보타와 계단에서 딱 마주쳤다.

"다행이다! 나루미야 씨, 지금 마침 데스크로 가려던 참이었어요."

절박한 표정의 그녀가 따라오라는 듯이 팔을 잡아당기더니 층계참 구석으로 데려갔다.

"총지배인님이 해고되셨다는 게 정말이에요?"

느닷없는 질문에 미간을 찌푸렸다.

벌써 소문이 퍼졌구나.

"누구한테서 들었어?"

"지하 카페테리아에서 총지배인님 본인이 '이건 부당 해고야!'라고 미친 듯이 소리를 꽥꽥 지르면서 난동을 부렸다고 하더라구요. 술도 좀 들어간 것 같았다고 하고……. 그러다가 아까 호텔에서 나가셨나 봐요."

"총지배인님이?"

머리가 지끈거렸다. 기껏 COO가 온정을 베풀어 주었는데, 왜 자기가 그걸 다 망치는 걸까?

"아까 여자 탈의실에 갔더니 그 얘기로 난리가 났더라구요. 이걸 시작으로 대대적인 구조조정이 시작될까 봐 다들 불안에 떨고 있어요."

사정을 모르는 스태프들이 동요하는 것도 이해는 가지만, 그렇다고 와다가 해고된 이유가 공금 사용이라는 사실을 입밖에 낼 수는 없었다.

아야토는 마찬가지로 불안한 듯한 쿠보타의 시선을 응시하며 입을 열었다.

"구조조정 건에 관해서는 솔직히 나도 아는 것이 없어. 앞으로 카사호텔이 어떻게 될지 아는 사람은 COO뿐이야."

쿠보타가 걱정스러운 듯이 눈을 깜박였다.

"단, 이것만은 말해 둘게. COO는 아무 이유 없이 직원을 해고하는 분이 아니야."

"하지만……."

아야토는 아직 흔들리고 있는 눈동자를 똑바로 응시하며 확신에 찬 목소리로 말했다.

"반지 소동이 있었을 때도 쿠보타와 쿠스모토를 막무가내로 처분하지 않으셨잖아. 안 그래?"

"듣고 보니……, 그렇네요."

쿠보타가 거우 납득한 듯이 고개를 천천히 끄덕였다. 그 얼굴에서 시선을 돌린 아야토는 벽을 처다보면서 중얼거렸다.

"낮에 했던 프레젠테이션을 통해 우리가 할 수 있는 일은 다 했는걸. 이제 최대한 평온한 마음으로 COO의 결단을 기다릴 수밖에 없어."

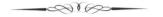

제9장

　와다의 전격 해고로부터 하룻밤이 지난 다음 날, 아야토는 오랜만에 반차를 냈다. 하지만 잇따른 체크인의 물결이 진정되기를 기다렸다가 업무를 마무리했기 때문에 실제로 일을 마친 시각은 세 시 반. 유니폼에서 사복인 슈트로 갈아입은 후, 네 시에 호텔을 나왔다.

　호텔을 나오자마자 그 길로 향한 곳은 아오야마에 있는 와다가와 나루미야의 위패를 모신 절이었다. 이 절의 묘지에 아야토의 부모님과 선대 오너가 잠들어 있었다.

　9월 초순에 COO가 일본에 온 이후로 일 때문에 계속 정신이 없어서 낮 시간에 좀처럼 시간이 나지 않아 결국 오히간[11] 마지막 날

---

11 오히간: 일본의 계절 풍습 중 하나로, 춘분과 추분 당일을 중심으로 3일간, 1년에 두 차례 죽은 자를 애도하는 기간.

에 성묘를 오게 되고 말았다.

원래는 아들인 와다와 함께 공양하는 것이 바람직하다는 것을 알고 있다. 하지만 어젯밤에 술에 취해 소동을 피우고 카사호텔을 나간 이후로 와다와 연락이 되지 않는 상태였다. 일단 휴대전화 음성사서함에 『내일 저녁에 아오야마 절에 다녀올 생각이에요. 시간 맞으시면 같이 가지 않으실래요? 연락 주세요.』하고 메시지를 남겨 두었지만, 얼추 예상했던 대로 이 시간까지 연락이 없었다.

해고당한 직후이기 때문에 자신과 얼굴을 마주하기 껄끄러운 것도, 부친의 묘 앞에 얼굴을 내밀기 어려운 것도 모르는 건 아니다.

'공금 사용이라.'

카사호텔이라는 유산을 탕진한 것만으로는 모자랐다는 뜻일까?

탄식을 한 번 하고 난 뒤, 문을 지나 경내로 발을 들여놓았다.

아야토는 본당 본존상에 참배하고 절 주지 스님께 인사를 마친 다음, 묘지로 향했다.

두 개가 나란히 있는 묘석을 깨끗이 씻고 나서 잡초를 뽑고, 빗자루로 쓸어 주위를 청소했다. 그러고 나서 지참한 꽃과 향을 올린 뒤, 통에 담긴 물을 떠서 묘석 위에 뿌렸다.

먼저 부모님의 묘 앞에서 합장을 하고 근황 보고를 마친 아야토는 이어서 선대 오너의 묘 앞으로 이동했다. 이 바로 전에 선대의 묘 앞에서 합장을 한 것은 카사호텔이 로셀리니 그룹에 매수된 직후였다.

'오늘은……, 아니, 오늘도 안타까운 보고를 드려야 할 것 같아요.'

합장 배례를 하면서 원통함에 어금니를 악물었다.

'마사루 씨가 카사호텔에서 해고됐어요. ……죄송해요. 마사루 씨를 부탁하셨는데……, 이렇게 되어버려서.'

고개를 푹 떨구고 마음속으로 사과했다.

이렇게 되고 나서 보니 선대 오너가 불초자식이 카사호텔을 매각한 끝에 공금까지 써버린 가혹한 현실과 직면하지 않아 그나마 다행이라는 생각이 들었다.

얼마나 손을 마주하고 있었을까? 문득 오른쪽 뒤에서 인기척을 느꼈다.

"여쭤보신 묘는 두 번째 줄 모퉁이를 돌아 맨 끝으로 가시면 됩니다."

주지 스님의 목소리? 누군가를 묘지로 안내하고 있는 것 같았다. 한순간 와다인 줄 알았지만……, 아무리 그래도 자기 집안 가문의 묘가 어디 있는지 모르는 일은 없을 것이다.

"제가 같이 갈까요?"

"아뇨, 괜찮습니다. 여기까지 안내해주셔서 감사합니다."

'응……?'

익숙한 목소리에 눈을 크게 떴다. 돌아보고 싶었지만, 목소리의 주인은 묘석에 가려져 모습이 보이지 않았다.

'잘못 들었나……?'

목소리는 매우 흡사했지만, 이런 곳에 '그'가 올 리가 없다. 분 단위의 스케줄로 움직이는 '그'가 일부러 선대 오너의 묘를 찾을 이유도 없다.

게다가 굳이 말하자면 '그'는 선대 오너를 호의적으로 여기지 않는 듯했다. 자신이 선대 오너 이야기를 할 때마다 불쾌해했기 때문이다.

목소리의 주인이 '그'일 가능성을 부정하고 있는 동안에도 자갈을 밟는 발소리가 이쪽으로 천천히 다가왔다.

── 선대 오너를 향한 충성심도 빨리 버려.

언젠가 그렇게 내뱉었던 싸늘한 목소리를 뇌리에 떠올리면서 숨을 죽인 채 기다리고 있으려니, 머지않아 묘석 뒤에서 장신의 남자가 모습을 드러냈다.

"윽……."

마침내 하얀 백합 꽃다발을 품에 안은 에두아르가 나타났다. 눈이 마주친 순간, 아이스블루색 눈이 한껏 커졌다.

"나루미야?"

그러나 '그' 이상으로 깜짝 놀란 사람은 나루미야였다.

"어째서……, 당신이 이곳에?"

저도 모르게 일어서서 그렇게 물었다. 거리를 좁힌 에두아르가 아야토로부터 몇 발짝 떨어진 곳에서 걸음을 멈추었다. 그러더니 허를 찔린 듯한 표정으로 가만히 내려다보았다.

"비서가 오늘이 '오히간' 마지막 날이라고 하길래 시간을 내서 왔는데……, 우연이군."

그 설명만으로는 납득이 가지 않은 아야토가 다시 한 번 물었다.

"왜죠? 왜 당신이 선대 오너의 묘를 찾아온 거죠?"

질문에 대답하지 않고 시선을 쓱 돌린 에두아르가 와다가의 묘를 쳐다보며 말했다.

"설명은 나중에 하도록 하지. 우선 성묘를 끝내자."

*　　*　　*

에두아르가 들고 있던 하얀 백합을 묘 앞에 바친 다음, 둘이서 나란히 합장했다. 그 후, 두 사람은 묘지를 걷기 시작했다.

"오늘 근무는?"

"오늘은 이미 퇴근했습니다. 성묘를 하기 위해 반차를 냈거든요."

"그렇군. 그럼 장소를 옮겨 식사하면서 얘기를 나누도록 하지."

에두아르와 둘이서 식사할 마음은 나지 않았지만, 아까 했던 질문의 대답을 듣지 않고 돌아갈 수도 없었다. 순간적으로 망설인 끝에 아야토가 "네." 하고 수긍하자, 에두아르가 한쪽 눈썹을 치켜 올리더니 "주차장에 리무진을 대기시켜 놨어." 하고 말했다.

두 사람은 절 주차장에 대기하고 있던 리무진 뒷좌석에 올라탔다. 약 10분 후, 니시아자부 방면으로 달리기 시작한 리무진이 소리도 없이 도착한 곳은 아야토도 잘 아는 이탈리안 레스토랑 주차장이었다.

입맛이 까다로운 문화인이나 재계인이 주로 이용하는 고급 리스토란테로, 나폴리 출신의 이탈리아인 신에 셰프가 실력을 발휘한다. 맛에 관해서는 나무랄 데가 없고, 내장도 시크하며 차분한 분위기이기 때문에 아야토도 손님을 몇 번 소개한 적이 있다.

[Buonasera, signor Rossellini.]

지배인인 프란체스코 마르코니가 덩치 좋은 몸을 흔들며 에두아르를 맞이했다.

[Buonasera, Francesco.]

한동안 유창한 이탈리아어 회화가 이어지더니 방으로 안내받았다. 플로어에서 격리된 복도 맨 끝에 위치한 VIP용 방이었다. 앤티크 가구로 꾸며진 5.5평 크기의 방으로, 호화롭긴 하지만 너무 화려하지 않은 인테리어가 편안함을 주었다.

새하얀 테이블클로스가 덮인 4인용 테이블에 마주 보는 모양새로 앉았다. 에두아르는 천연 탄산수와 식전주인 시칠리아산 오렌지 주스를 넣은 아베르나[12], 스투치키노[13]를 서빙한 카메리에레[14]가 가기를 기다렸다가 입을 열었다.

"뜻하지 않게 저번에 신청했던 식사 약속이 실현됐군. 그때도 거절당하지 않았다면 여기로 데리고 올 생각이었어. 여기 오너 겸 셰프인 안토니오는 일본에서 자기 가게를 갖기 전에 우리 그룹 리스토란테에서 일했거든."

하지만 아야토는 그가 유도하는 대로 잡담을 나눌 만한 정신적 여유가 없었다. 에두아르는 차 안에서도 선대 오너와의 관계에 대해 이야기해주지 않았기 때문에 이제 슬슬 참는 데도 한계인 상태였다.

---

12 아베르나: 이탈리아 시칠리아에서 생산되는 전통주.
13 스투치키노: 식전술과 즐기는 전채. 가늘고 긴 연필 모양으로 구운 빵인 그리니시 혹은 구운 바게트 위에 마늘과 올리브 오일을 바른 브루스케타 등.
14 카메리에레: 서빙 등을 하며 손님을 직접 대응하는 남자 홀 스태프.

"가르쳐주세요."

식전주를 입에 대지도 않고 설명을 요구했다.

"왜 선대 오너의 묘를 찾아오신 거죠?"

재촉을 당한 에두아르가 어깨를 살짝 으쓱거리더니, "알았어, 얘기하지." 하고 중얼거렸다.

"와다 료이치로 씨는 생전에 나와 교류가 있었어."

"네……?"

아야토는 생각지도 못한 고백에 잠깐 동안 말을 잃었다.

로셀리니 그룹이 카사호텔을 매입한 시기는 선대 오너가 세상을 떠난 지 2년 가까이 지난 무렵이다. 그렇기 때문에 매수에 관련하여 에두아르와 선대 오너가 직접 얼굴을 마주할 기회는 없었을 터.

"언제……부터 교류가 있으셨어요?"

"처음 그를 만난 건 4년 전이야."

"4년 전……."

그렇게 예전부터?!

"4년 전 여름에 료이치로가 이탈리아 여행을 한 건 알고 있나?"

그 말을 듣고 기억을 거슬러 올라갔다.

"그러고 보니 그땐 이탈리아에 가셨어요."

선대 오너는 아무리 나이를 먹어도 탐구심을 잃지 않았으며, 정보 수집을 게을리하지 않는 사람이었다.

새로운 호텔이 생기면 반드시 직접 가서 서비스를 체험했다. 1년에 몇 번은 해외까지 가서 세계 각국의 호텔을 묵으며 돌아다녔다.

아야토도 몇 번 동행한 적이 있지만, 4년 전 이탈리아 여행 때는 프런트에 일손이 부족했던 탓에 장기 휴가를 쓸 수가 없었다.

"그때 밀라노에 들른 그가 로셀리니 그룹이 운영하는 호텔에 묵었지. 옛날 건물을 매입해 리노베이션을 거친 새로운 스타일의 호텔로 화제가 된 곳이라 시찰하는 겸 숙박했다고 하더군."

4년 전으로 말할 것 같으면 마침 로셀리니 그룹의 호텔·의류 부문이 라이프 스타일 제안형 디자인 호텔을 전개하기 시작한 시기와 겹친다.

"그 당시, 오픈한 지 얼마 되지 않은 그 호텔에 리브인하던 중이었어. 혼자서 아침 식사를 하던 료이치로에게 말을 걸었더니, 그도 일본에서 호텔을 경영하는 호텔리어라고 하더군."

카사호텔에서의 아침과 마찬가지로 먼저 손님에게 말을 걸고 커뮤니케이션을 도모하는 것이 에두아르만의 방식일 것이다.

"곧바로 의기투합한 우리는 그날 밤, 저녁 식사를 함께하기로 했지."

"그러셨군요."

저도 모르게 한숨이 새어 나왔다.

4년 전에 그런 일이 있었던 줄은 전혀 몰랐다.

어쩌면 선대 오너와 대화를 하다가 에두아르의 이름을 들은 적이 있었을지도 모른다. 하지만 아무튼 국내외에 친구가 많은 분이었던 데다, 자신 또한 설마 그 이름이 10년 전에 만난 '그'의 이름이라고는 꿈에도 생각지 못했으니 특별히 기억에 담아 두지도 않았을 것이다.

"그의 이야기는 재치가 넘치고, 실로 흥미로웠어."

에두아르가 과거를 돌아보듯이 약간 먼 곳을 바라보는 눈빛으로 말을 이었다.

"그 무렵의 나는 새로운 스타일의 호텔 비즈니스에 착수한 지 얼마 되지 않아 많은 망설임과 고민을 떠안고 있었지만, 그 고민을 털어놓자 그는 자신의 풍부한 경험과 대조하며 매우 도움이 되는 조언을 아낌없이 해주더군. 덕분에 큰 고민이 그 후 몇 시간 만에 사라졌지. 저녁 식사가 끝날 무렵, 난 어느새 그의 인품, 그리고 호텔리어로서 가진 철학에 반해버리고 말았지 뭐야."

그렇게 말하는 에두아르의 눈빛은 약간 다정함을 띠고 있었다.

정말로 선대 오너를 좋아했구나. 그렇게 실감하는 것과 동시에 의문이 생겨났다.

그럼 왜 자신이 선대 오너의 이름을 꺼낼 때마다 지겹다는 듯한 표정을 지었을까?

그 의문을 입에 담기 전에 에두아르가 말을 이었다.

"우리는 그 후에도 이메일과 편지, 전화 등을 통해 친교를 나누었지. 료이치로는 틈만 나면 '일본에 오면 카사호텔에 꼭 한 번 묵어달라'고 말해주었지만, 결국 그가 살아 있는 동안 그 기회는 찾아오지 않았어."

"……."

에두아르는 일단 말을 끊고 탄산수를 마신 뒤, 또다시 이야기를 하기 시작했다.

"들자 하니 료이치로는 자신이 세상을 떠난 후에 아들이 제구실을 할지 걱정했던 것 같더군."

"선대 오너께서 그렇게 말씀하셨어요?"

"확실하게 말하진 않았지만, 대화를 나누던 중에 그렇게 느낀 적이 몇 번 있었어. 밀라노에서 만찬을 함께했을 때도 자리에서 일어나기 전에 아주 진지한 표정으로 이렇게 말했지. '난 카사호텔을 위해 가족을 희생하고 말았다. 당신은 같은 실수를 범하지 않도록.'이라고. 그 말과 표정은 지금도 내 마음에 깊이 새겨져 있어."

숨을 꿀꺽 삼켰다.

"선대 오너께서 정말로 카사호텔을 위해 가족을 희생하고 말았다고 말씀하셨어요⋯⋯?"

"그래."

확실히 선대 오너는 가정적인 사람이라고는 말하기 어려웠다. 일하느라 거의 쉬지도 않았고, 장기 휴가는 시찰에 투자했으며, 가족을 돌보지 않고 인생 대부분의 시간을 카사호텔에 바쳤다. 선대 오너보다 5년 일찍 세상을 떠난 부인은 그런 남편을 이해하고 받아들였던 것 같지만, 외아들은 워커홀릭이었던 부친을 아직도 미워하는 경향이 있다.

프로로서 그 길을 깊이 연구하고 아무리 훌륭한 인격을 가졌다 하더라도 완벽한 인간 따윈 이 세상에 없다. 카사호텔이 선대 오너 가족의 희생 위에 성립됐다고 생각하니 복잡한 마음이 가슴속에 소용돌이쳤다.

"세상을 떠나기 반년 전쯤이었지."

에두아르가 아야토의 생각을 가로막듯이 나지막이 중얼거렸다.

"그가 전화를 걸어오더니, 자기가 죽고 나서 카사호텔의 경영이 기울게 되면 나에게 매입해달라고 부탁하더군."

"그런 일이?!"

아야토는 선대 오너의 죽음으로부터 2년이 경과한 지금이 되어서야 밝혀진 진실에 놀라서 소리를 질렀다.

다시 말해, 선대는 그 시점에서 이미 후계자인 아들을 어느 정도 포기하고 에두아르에게 카사호텔의 미래를 맡겼다는 뜻이다.

많은 호텔 경영자 중에 최종적으로 선대 오너가 선택한 사람이 바로 에두아르였던 것이다.

그 사실을 감회에 젖어 곱씹고 있으려니, 정면에 있던 얼굴이 어딘지 쓸쓸한 듯이 말했다.

"그 무렵부터 몸의 이변을 알아채고 있었던 건지도 몰라."

"……그래서 당신은 그 제의를 받아들이셨나요?"

"만일 그렇게 되는 경우에는 내가 책임지고 인수할 테니 안심하라고 말했더니, 무척 안도한 목소리로 고맙다고 하더군."

"어떤 물건을 매입할지……, 한 번도 직접 확인하시지 않았는데도 말인가요?"

에두아르는 추궁하듯이 묻는 아야토에게 고개를 끄덕였다.

"카사호텔이 어떤 호텔인지는 료이치로로부터 이야기를 들어서 알고 있었던 데다, 그가 손수 키운 호텔이라면 틀림없이 근사할 것이라는 확신이 있었지. 그래서 망설임은 없었어."

에두아르의 확고한 대답을 듣자, 아야토는 십 년 묵은 체증이 확 내려간 듯한 기분이 들었다.

수완가인 COO가 왜 사전 시찰도 하지 않고 카사호텔 도쿄를 매입했는지 줄곧 납득이 가지 않았지만, 이로써 겨우 이유를 알았다. 선대 오너로부터 자세한 이야기를 듣고 카사호텔의 내부 사정을 꿰고 있었기 때문이다.

"그래서 선대 오너가 돌아가신 후, 당신은 그분과의 약속을 지키셨군요."

"결과적으로 그런 셈이지."

아야토의 말을 긍정한 에두아르가 "단." 하고 말을 덧붙였다.

"만약 료이치로의 아들이 아무 탈 없이 카사호텔을 유지해 나갈 수 있을 것 같으면 일절 관여하지 않을 생각이었어. 그게 가능하면 당연히 융자 같은 건 받지 않고 자신들의 힘으로 꾸려 나가는 편이 좋으니까. 스태프를 위해서도, 고객을 위해서도."

"하지만……, 역시 유지하지 못했죠."

아들인 와다에게 재능이 없었다기보단 자신이 카사호텔을 이어받아 이끌어 나가야겠다는 책임감이 처음부터 결여된 상태였다고 말하는 편이 옳을 것이다.

"료이치로가 세상을 떠난 뒤, 도쿄에 있는 조사 회사에 의뢰하여 카사호텔의 경영 상태에 대해 하나하나 자세히 보고를 해달라고 했지. 상태를 보다가 마침내 위험 수준에 달했길래 융자의 손길을 뻗자, 와다 주니어는 기뻐하며 달려들더군. 계약서도 제대로 읽지도 않고 사인을 하지 뭐야."

단정한 입술 가장자리가 치켜 올라가며 빈정거리는 웃음을 지었지만 순식간에 사라졌다.

"확실히 난 료이치로와의 약속을 지키기 위해 카사호텔을 매입했어. 하지만 실제로 경영을 맡는 입장이 되면 오너로서 엄격한 수완과 판단력이 필요하지. 정에 휩쓸려 호텔 문을 닫게 만들어버리면 그야말로 내가 매입한 의미가 없으니까. 경영에 관여하는 이상, 나를 믿고 카사호텔 도쿄를 맡겨준 료이치로의 마음에 보답하기 위해서도 반드시 경영을 바로잡겠다. 그렇게 마음속으로 결심하고 카사호텔에 발을 들여놓았어."

아야토는 진지한 표정으로 말하는 에두아르를 보며 눈을 천천히 크게 떴다.

10년 만에 재회한 그날……, 그런 결의를 가슴에 품고 카사호텔에 부임했던 거구나.

'똑같아…….'

선대 오너가 사랑했던 카사호텔을 있는 그대로의 모습으로 유지하려 하는 자신과 개혁을 추진하는 에두아르.

자세는 달라도 두 사람의 근본은 카사호텔 도쿄를 존속시키고자 하는 점에서 동일했던 것이다.

"직접 이 눈으로 본 카사호텔은 들었던 대로 자연이 풍요롭고, 환대가 넘치는 멋진 호텔이었지만, 동시에 많은 결점도 안고 있었지. 시설의 노후화는 중대하게 대처해야 하는 문제점이지만, 내가 가장 신경 쓰였던 것은 스태프에게 패기가 없는 점이었어. 대체로 얌전하고 개성이 없더군. 선대 오너 료이치로가 정한 방침을 계속 고분고분 지키고 있었지. 하지만 시대가 변하면 손님의 요구도 변하는 것이 세상의 이치거든. 뼈대가 되는 사상까지 바꿀 필요는 없지만, 새로운 요구에 대응해 나가는 유연함은 필요해. 하지만 카사호텔 스태프에게서는 선대 오너가 세상을 떠났으니 이제 자신들만의 새로운 카사호텔을 만들어 나가야겠다는 의욕이 느껴지지 않더군."

"자신들만의……, 새로운 카사호텔을 만들어 나가야겠다는 의욕?"

아야토는 저도 모르게 에두아르의 말을 앵무새처럼 반복한 뒤, 자신에게는 그런 발상이 없었다는 것을 깨달았다.

선대 오너가 일궈 낸 카사호텔을 지키는 일에만 사로잡혀 있느라…….

"우두머리가 바뀌면 당연히 조직도 바뀌지. 확실히 료이치로는 창립자이긴 하지만, 그는 이미 이 세상에 없어. 그러니 그의 유산을 이어받은 세대가 카사호텔을 새롭게 이끌어 가며 자신들만의 카사호텔을 만들어 나가는 것이 당연한 이치지."

자못 당연하다는 듯이 말하는 에두아르를 보며 두 눈을 점점 더 휘둥그렇게 떴다. 그래도 아직 순간적으로 발상의 전환이 되지 않아 말을 우물거렸다.

"그건……, 하지만."

"료이치로는 너에게 '카사호텔을 바꾸지 말라'고 했나?"

아야토는 고개를 좌우로 흔들었다.

"아닙니다. '부탁한다'고만……."

그렇다. 선대 오너는 '바꾸지 말라'는 말은 한마디도 하지 않았
다.

자신이 멋대로 그렇게 해야 한다고 생각했을 뿐이다.

허를 찔린 아야토가 아이스블루색 눈동자를 쳐다보자, 에두아르
가 조용히 말했다.

"적어도 료이치로는 아마 로셀리니가 경영하는 새로운 스타일의
호텔을 보고 나서 나에게 카사호텔을 맡기자는 판단을 내렸을 거
야."

그 말이 맞다. 선대 오너가 에두아르를 택한 이유.

그것이 모든 것의 해답이었다.

선대 오너는 카사호텔이 변하지 않기를 바라지 않았던 게 아니
었다.

"카사호텔을 시찰한 나는 정체된 분위기를 타파하기 위해서는
큰 개혁이 필요하다고 판단했어. 너희 스태프들에게는 아픔을 동
반하는 혹독한 개혁일지도 모르지만, 카사호텔이 폭풍 같은 경쟁
속에서 살아남기 위해서는 과감하게 정리할 수밖에 없거든."

"……."

할 만큼 했다고 생각했는데, 역시 그런 결론에 이르는구나.

‘구조조정은 피할 수 없겠어.’

실망이 서서히 가슴속에 퍼져 나갔다. 아야토는 무릎 위에 놓은 손을 꽉 쥐었다.

"하지만 어제 프레젠테이션을 통해 생각이 바뀌었지."

"네……?"

고개를 숙이고 있던 아야토는 얼굴을 번쩍 들어 올렸다. 에두아르의 눈이 자신을 똑바로 보고 있었다.

"그만큼 아이디어가 나왔다는 것은, 자신들의 힘으로 카사호텔을 바꿔 나가려는 의욕이 있다는 뜻이니까. 사실 최근 들어 현장 스태프들에게서는 예전과 다른 에너지를 느꼈거든. 어쩌면 지금까지는 료이치로라는 창립자의 카리스마가 너무나도 거대한 탓에 수동적일 수밖에 없었던 것일지도 모르지."

아야토는 침을 꿀꺽 삼키고는, 긴장으로 굳어진 표정으로 조심스레 확인했다.

"그, 그럼 어제 그 기획서는?"

미소를 살짝 지은 에두아르가 힘차게 고개를 끄덕였다.

"너희 기획서와 내 개혁안을 잘 절충해 나가면 될 것 같아."

통과됐다!

"가……감사합니다!"

흥분에 들뜬 목소리로 감사를 전한 아야토는 머리를 깊이 숙였다.

‘다행이다.’

모두의 노력은 헛되지 않았어.

이로써 본관 철거와 구조조정의 위기를 전면 회피한 것은 아니지만, 그래도 확실하게 앞으로 한 걸음 나아갔다. 그토록 원했던 옛것과 새로운 것의 융합이라는 전개가 보이기 시작했다.

아야토가 한 줄기 광명의 빛을 얻은 기쁨을 곱씹고 있으려니, 에두아르도 다정한 표정으로 쳐다보았다.

그 부드러운 눈빛에 가슴이 철렁한 바로 그 다음 순간, 눈앞에 있는 얼굴이 갑자기 어두워졌다.

"총지배인 해고 건은?"

"……들었습니다."

"주니어에게는 어떤 형태로든 최대한 도움을 주고 싶었어. 아무리 망나니라 해도 료이치로의 핏줄인 아들이니까. 그렇게 생각하고 총지배인 자리를 주었지만……, 역시 질이 안 좋아도 너무 안 좋더군."

괴로운 표정으로 바라보고 있으려니 아까 선대 오너의 무덤 앞에서 오랫동안 합장을 하고 있던 에두아르의 모습이 떠올랐다. 어쩌면 자신과 마찬가지로 와다에 대해 보고를 했던 건 아닐까?

그래서 오늘 일부러 와다가의 묘가 있는 절을 찾아왔을지도 모른다는 생각이 문득 들었다.

"공금을 쓰고 다녔다는 사실은 언제부터 알고 계셨습니까?"

아야토가 질문하자, 에두아르는 "예전부터 의심하긴 했어." 하고 대답했다.

"하지만 조사를 시작한 건 내가 일본에 오고 난 뒤야. 이 눈으로 직접 그가 일하는 모습을 보고 나니 설령 꼭두각시라 할지라도 이대로 그를 수장으로 앉혀 놓아봤자 카사호텔에 아무런 도움이 되지 않겠다는 판단이 서더군. 요 일주일 동안 내부 조사를 진행하던 중 결정적인 증거가 발견되어 해고를 단행했지."

"……그러셨군요."

"내가 직접 본인에게 '형사 고발은 하지 않겠다. 사용한 공금은 불문에 부칠 테니, 카사호텔에서 나가달라'고 했어."

그것이 에두아르가 와다에게 베푼 마지막 온정일 것이다.

그러나 부친에게서 물려받은 재산과 직장을 잃은 와다는 앞으로 어떻게 될까?

와다는 과거에 두 번 결혼했지만, 두 번 모두 몇 년 안 살고 헤어졌다. 전처들과의 사이에 자식이 없어서 그나마 다행일지도 모르지만…….

와다의 앞에 기다리고 있는 고난에 대해 생각하고 있으려니, 명령조의 말이 귀를 타고 넘어왔다.

"너도 이만 그를 잊어."

시선을 들자, 에두아르가 매서운 표정을 짓고 있었다.

"우린 할 만큼 했어. 반대로 말하면 그에겐 모든 것을 잃은 지금이 처음부터 다시 시작할 수 있는 기회가 될 거야."

"……."

"그도 이미 어린애가 아니야. 더 이상 온정을 베풀어봤자 본인에게 아무런 도움도 안 돼. 그를 위해서라도 이쯤에서 내치는 편이 좋아."

에두아르가 하는 말이 옳다는 것은 안다. 머리로는 이해하지만, 그렇다고 해서 그렇게 쉽게 딱 잘라 포기할 수도 없다. 카사호텔을 위해 희생한 소년기를 생각하면 와다에 대한 일말의 연민을 도저히 지울 수 없었다.

"더 이상 동정하지 마. 알겠지?"

거듭 확인하는 에두아르를 향해 고개를 끄덕이지 못하고 있자, 똑똑똑, 노크 소리가 들려왔다. 문이 열리더니 지배인인 프란체스코가 얼굴을 내밀었다.

"환담 중에 실례하겠습니다. 식전주를 더 준비할까요?"

프란체스코가 유창한 일본어로 묻자, 에두아르는 "아니, 이제 됐어." 하고 대답했다.

"그럼 슬슬 안티파스토[15]를 가져와도 될까요?"

아마 이야기가 일단락되기를 기다리고 있었을 것이다. 손목시계를 힐끔 보자 방에 들어온 지 이미 30분이 지나 있었다.

에두아르가 괜찮냐는 듯이 눈빛으로 묻자, 아야토는 고개를 끄덕였다. 그러자 에두아르는 프란체스코에게 "식사를 가져다주게." 하고 말했다.

"와인은 뭘로 준비할까요?"

"오늘 요리는 뭐지?"

---

15 안티파스토: 이탈리아식 차가운 오르되브르, 즉 전채요리를 뜻함.

"안티파스토는 '허브와 큰징거미새우가 들어간 샐러드', 프리모 피아토[16]는 '보타르가[17]'를 얹은 완두콩과 꼴뚜기 파스타', 세콘도피아토[18]는 '블랙 트뤼플로 향을 낸 뒤, 머스터드 소스를 곁들인 뿔닭과 순무찜'입니다."

"그럼【BIANCO DEL LEONE】와【ROSSO DEL LEONE】를 요리에 맞춰 각각 한 병씩 부탁하지."

"알겠습니다."

아야토는 프란체스코가 자리를 뜨고 난 뒤 에두아르에게 물었다.

"아까 주문하신 비앙코(화이트 와인)와 로쏘(레드 와인)는 유명한 와인인가요?"

이름을 듣자 하니 이탈리아 와인인 것 같았지만, 둘 다 들어본 적이 없는 상표였다. 직업 성격상 와인에 대해서도 나름대로 지역이나 상표를 공부하고 있지만, 수가 어마어마하게 방대한 탓에 역시 프랑스 와인 이외의 지식은 좀처럼 따라가질 못했다.

"시칠리아 와인인데,【BIANCO DEL LEONE】는 카타라토,【ROSSO DEL LEONE】는 네로 다볼라라고 하는 시칠리아 토착 품종인 포도를 사용하지. 최근에는 네로 다볼라의 유행과 제조자 마에스트로 줄리오 트룰리의 명성이 높아지면서 빈티지에 따라서는 상당한 고가로 거래되는 것 같더군."

---

16 프리모피아토: '첫 번째 접시'라는 뜻. 각종 파스타나 리소토 등.
17 보타르가: 숭어나 참치, 황새치 등의 알을 주머니 채로 소금에 절여 말린 지중해 음식.
18 세콘도피아토: '두 번째 접시'라는 뜻. 메인 요리로, 보통 생선과 육류 요리로 나뉨.

"죄송해요. 제가 공부가 많이 부족했습니다."

에두아르가 크게 부끄러워하는 아야토를 보며 어깨를 살짝 움츠렸다.

"적은 수량만 일반 시장에 유통되니 당연한걸. 여긴 셰프의 힘으로 들여 놓고 있는데, 아마 도쿄에서 그 두 와인을 취급하는 곳은 이 가게뿐일 거야."

"그렇게 희귀한 와인인가요?"

에두아르가 놀라는 아야토의 앞에서 생각에 잠긴 표정을 지었다.

"글쎄. 만약 오늘 나루미야가 마셔보고 마음에 들어 한다면 카사호텔에서도 취급할 수 있도록 하지. 다른 곳에서는 입수 불가능한 와인을 마실 수 있다면 레스토랑 홍보도 될 테니."

"네? 하지만 희귀한 와인이잖아요? 그렇게 간단히 입수할 수……."

"우리 와이너리에서 만드는 와인이거든."

그 대답을 듣고 한순간 말을 잃었다.

"우리……?"

"시칠리아에 있는 본가 【팔라초 로셀리니】 지하가 양조장이지. 와이너리는 형의 관할이지만, 부탁하면 아마 팔아줄 거야."

쉬운 일이라는 듯이 말하는 남자의 기품 있는 미모를 새삼스럽게 뚫어지게 보았다.

'그랬지.'

이렇게 얼굴을 마주하고 이야기를 나누다 보니 깜박할 뻔했지만.

이 사람은 진정한 셀러브리티인 것이다.

세계 각지를 돌아다니는 제트 센터이며, 세계적 기업 로셀리니 그룹의 호텔·의류 부문을 책임지는 COO.

자신과는 사는 세계가 다른……, 구름 위의 존재.

엄밀하게 말하면 자신 같은 일개 호텔리어가 편하게 식사를 함께 나눌 만한 사람이 아닌 것이다.

연정을 품는 것은 더더욱…….

                    *   *   *

안토니오의 요리는 처음부터 끝까지 전부 근사했고, 로셀리니가 시칠리아 본가에서 만든 와인 【BIANCO DEL LEONE】와 【ROSSO DEL LEONE】도 둘 다 맛이 무척 훌륭했다.

와인 때문에 혀가 풀린 아야토는 어느새 카사호텔의 개선점과 앞으로의 전망에 대해 열변을 토했다. 에두아르도 맞장구를 치면서 이따금 날카로운 지적과 질문을 이어 갔다.

세계적으로 유명한 호텔을 꿰고 있는 에두아르의 경험담이 또 어찌나 재미있는지, 시간 가는 줄도 몰랐다.

대부호 오너가 취미 삼아 경영하는 영국의 성관 '와틀리 매너'나 프랑스 보졸레의 고성 호텔 '샤토 드 바뇰', 수많은 세계적 셀러브리티가 찾는 이탈리아 포지타노 '일 산 피에트로', 〈수상의 누각〉이라 불리는 옥외 욕실이 달린 스위트룸을 보유한 발리의 '코모 샴발라 에스테이트 베가완기리' 등등……, 이름은 알지만 실제로 묵어본 적은 없는 유명 호텔에 대한 이야기는 처음부터 끝까지 정말 흥미로웠다.

시간을 잊고 그의 이야기에 집중하다 보니 어느새 밤 열 시를 넘은 시간이었다.

그야말로 이탈리아 댄디 가이다운 잘생긴 셰프에게 인사를 하고 나서 에두아르와 함께 가게를 나온 무렵, 이미 인접한 주차장은 완전한 어둠으로 덮여 있었다.

"감사합니다. 요리도 와인도 아주 맛있게 잘 먹었습니다."

"나도 즐거웠어."

옆을 걷는 에두아르와 눈이 마주쳤다.

"……"

이런 흔해 빠진 말이 아니라 더 센스 있는 감사의 말을…….

그럼에도 불구하고 마음이 초조할 뿐, 입밖으로 말이 나오지 않았다.

사실은 일 얘기 말고도 하고 싶은 질문이 수두룩했다.

왜 10년 전에 처음 만났을 때 다른 이름을 가르쳐주신 거에요?

언제부터 저인 줄 아셨어요?

그 일본인 청년은……, 애인인가요?

하지만 가슴에 떠오르는 질문을 입에 담을 용기는 없었기에 살며시 시선을 돌렸다. 얼마 안 있어 리무진이 세워진 곳에 다다르자 에두아르가 발걸음을 멈추었다. 재빨리 운전석에서 내린 흰 장갑을 낀 운전사가 뒷좌석 문을 열었다.

"집까지 바래다주지."

기껏 해준 제안이었지만, 아야토는 고개를 좌우로 흔들었다. 근사한 식사까지 얻어먹었는데 집까지 배웅받자니 송구스러웠다.

게다가 더 이상 에두아르와 사적인 시간을 보냈다간 시간의 축적에 비례해 마음이 커져버릴 것 같아 두려웠다. 오늘만 해도 이미 정이 많고 책임감이 강한 '그'의 새로운 면모를 알고 속수무책으로 끌리고 말았기 때문이다.

"아뇨, 괜찮습니다. 지하철 타고 가겠습니다."

에두아르의 표정이 험악해졌다.

"그럼 내가 지하철 역까지 바래다주도록 하지."

잠시 후, 그가 이어서 제시한 제안 —— 마치 여자를 대하는 듯한 말투에 몹시 당황했다.

"무슨 말씀이세요……. 정말로 괜찮습니다."

"여기서 역까지 가는 길은 어두워."

"네?"

낮은 중얼거림의 의미를 확인하기도 전에 운전사 쪽을 돌아본 에두아르가 "이 친구를 역까지 바래다주고 올 테니, 잠시만 더 기다려주겠나?" 하고 말했다.

"알겠습니다."

"가자."

그대로 걷기 시작한 에두아르의 장신을 어쩔 수 없이 뒤쫓아 걷기 시작했다.

확실히 길은 어두웠다. 큰길에서 한 블록 안쪽에 있기 때문인지 떠들썩한 니시아자부와는 반대로 사람 모습 하나 보이지 않았다. 어깨를 나란히 하고 어둑어둑한 길을 걸으면서 아까까지만 해도 그렇게 말을 잘하더니 말수가 없어진 에두아르의 모습에 당혹감을 느꼈다.

숨막히는 침묵을 주체하지 못한 아야토는 곁눈으로 조각상 같은 옆얼굴을 힐끔힐끔 엿보았다. 주위가 어두운 탓인지 표정은 확실히 알 수 없었다. 무슨 생각을 하고 있을까? 왜 남자인 자신을 일부러 역까지 바래다준다는 말을 꺼낸 걸까?

—— 여기서 역까지 가는 길은 어두워.

혹시……, 자신이 어둠을 무서워하기 때문에……, 그래서?

신사적인 '그'다운 다정한 배려에 가슴이 아팠다.

'부탁이니까.'

이제 더 이상 좋아하게 만들지 말아줬으면 좋겠다. 이루어질 수 없는 사랑 따윈 점점 커져봤자 괴로울 뿐이니까.

되도록 빨리 잊어야 하는데.

"저……."

절박한 초조감에 등을 떠밀려 말을 걸자, 에두아르가 이쪽을 보았다.

"이제 괜찮습니다. 여기서 이만……."

지하철 역까지는 아직 더 가야 하지만, 어서 혼자가 되고 싶다는 마음 하나로 그렇게 말했다.

"오늘은 정말로 잘 먹었습니다. 푹 쉬세요. 가보겠습니다."

아야토는 연거푸 말을 잇자마자 에두아르의 말을 기다리지도 않고 도망치듯이 그 자리를 떠났다.

"아야토!"

곧바로 에두아르가 불렀다. 아야토는 어깨를 움찔 떨었다.

── 아야토.

10년 전에 자신을 뒤에서 끌어안고 귓가에서 그렇게 부른 달콤한 목소리가 되살아나면서 다리가 움츠러들었다.

그 자리에서 얼어붙어 있자, 성큼성큼 다가온 에두아르가 약간 거칠게 위팔을 움켜잡았다. 그러더니 자신을 향해 아야토의 몸을 획 돌렸다.

항상 쿨한 '그'치고는 웬일로 절박함이 넘치는 험악한 표정을 바로 가까이서 보고 숨을 삼킨 ── 그 찰나.

"윽……."

그대로 에두아르의 품속에 안겼다. 에두아르가 턱을 쭉 치켜 올리는가 싶더니 바로 그 직후, 따뜻한 무언가가 입술을 덮었다.

'……응?'

순간적으로 무슨 일이 일어났는지 몰랐다. 반사적으로 몸부림을 치려 했지만, 품속에 더 꽉 안기고 말았다. 이때에 이르러서야 아야토는 겨우 자신이 무슨 짓을 당하고 있는지 깨달았다.

에두아르의 입술이 자신의 입술을 덮고 있었다.

'세상, 에.'

에두아르가 지금 나한테 키스한 거야?

왜?! 왜 갑자기 키스 같은 걸!!

혹시 와인을 마시고 취한 건가?

전혀 그렇게 보이지 않았는데, 역시 취한 건가?!

"읍……, 음, 응."

아야토는 갑작스러운 일에 반쯤 혼란에 빠지면서도 에두아르의 품에서 벗어나고자 필사적으로 저항했다. 그러나 저항하면 저항할수록 자신을 끌어안는 팔의 힘은 강해졌고, 입맞춤도 깊어졌다.

── 뜨거워.

10년 만에 닿는 '그'의 뜨거운 입술로 인해 체온이 점점 상승하더니, 몸에서 서서히 힘이 빠졌다. 문득 저항이 약해진 틈을 타고 혀가 입술을 비틀어 벌리듯이 침입했다.

"으……, 음."

혀를 난폭하게 휘감으며 입안을 정열적으로 휘저어 대자, 머리 한가운데가 안개 낀 듯이 뿌예졌다.

"응……, 훗."

입가에서 타액이 흘러 떨어지며 찔꺽찔꺽, 젖은 소리가 고막을 울렸다.

'아……안 돼. 안 돼…….'

안개가 하얗게 낀 머리 한구석에서 경종이 울리고 있었다.

이대로 휩쓸렸다간 10년 전과 같은 실패를 되풀이할 것이다.

'그'에게는……, 그 일본인 청년이……, 애인이 있는데.

청렴해 보이는 젊은 청년의 모습이 뇌리에 떠오른 바로 그 순간, 등골에 전류가 찌리릿 스쳤다.

이러면 안 돼. 안 돼. 절대로!

'그'에게는 가벼운 유흥일지 몰라도 자신은 그렇지 않다. 그런 식으로 딱 잘라 생각할 수 없다.

열심히 몸을 비틀며 날뛰자, 에두아르의 입술이 한순간 떨어졌다. 아야토는 또다시 자신을 끌어당기려 하는 '그'에게 정신없이 저항했다.

"그만하……."

삐리리리리리.

아야토는 에두아르가 느닷없이 울린 전자음에 멈칫한 한순간의 틈을 놓치지 않고 가슴을 퍽 밀쳤다. 그런 다음, 허를 찔려 한 발짝 뒤로 물러선 에두아르의 팔에서 재빨리 벗어났다.

"아야토!"

자신의 이름을 부르는 목소리가 들렸지만, 이번에는 멈춰 서지 않았다.

"아야토!!"

자신을 불러 세우는 목소리를 뿌리치듯이 큰길까지 단숨에 뛰어나왔다. 그리고 인파에 섞여 뒤를 돌아본 다음, 에두아르가 쫓아오지 않는 것을 확인하고 나서야 겨우 속도를 늦추었다.

심장이 엄청난 기세로 쿵쾅쿵쾅 두방망이질 치고 있었다. 온몸이 몹시 뜨거웠다.

"헉……, 헉."

발걸음을 멈추고는 떠들썩한 큰길에서 거친 숨을 가다듬던 아야토는 아직 전자음이 집요하게 울리고 있다는 것을 깨달았다.

삐리리리리리. 삐리리리리리……

이 정도까지 집요하게 전화를 거는 것을 보아하니, 업무 관련 긴급 사항일지도 모른다.

그렇게 생각한 아야토는 떨리는 손으로 가슴 주머니에서 휴대전화를 꺼냈다.

"여보……세요?"

『아야토? 나야.』

낯익은 목소리가 들려오자, 아야토는 미간을 찌푸렸다.

"마사루 씨……?"

『아야토……, 의논할 게 있어.』

와다가 자신의 이름을 부르다니, 대체 얼마 만일까? 아마 많이 약해진 상태일 것이다.

"지금 어디 계세요?"

『호텔 신관 지하 주차장에 있어. 부탁이야. 지금 와주면 안 될까?』

제10장

아야토는 와다에게서 걸려온 전화가 끊어지자마자 곧바로 택시를 잡았다.

"카사호텔 도쿄까지 가주세요."

택시 기사에게 목적지를 알려준 다음, 달리기 시작한 차 뒷자석에 몸을 기대었다. 와다의 상황도 걱정됐지만, 그보다 아까 에두아르가 한 행위에 정신이 팔려 있었다. 충격의 여운이 아직도 남아 있었다.

사이드 윈도로 시선을 돌린 아야토는 입술에 손가락을 대고 아까 나눈 키스를 되새겼다.

10년 만에 닿은 '그'의 입술 감촉이……, 온기가 남아 있는 것 같은 기분이 들었다.

'그'는 왜 키스 같은 걸 했을까?

자신이 유혹해서?

그럴 리 없다. 리스토란테에서도 시종일관 카사호텔과 세계 각지에 있는 호텔 이야기만 했을 뿐, 사적인 이야기는 꺼내지 않았다. 하물며 10년 전 밤에 대해서는 서로 미리 짜기라도 한 것처럼 일절 언급하지 않았는데 —— .

하지만……, 혹시 자신도 모르게 그런 눈빛으로 '그'를 보고 있었던 걸까? 자신은 확실하게 선을 그었다고 생각해도, 그에게 연연해하는 감정이 태도에 나타난 걸까?

아니라고 딱 잘라 부정하지 못한 채 괴로운 한숨을 푹 쉬었다.

이대론 안 된다. 특히 '그'에 관해서는 10년 전부터 전혀 발전이 없다.

냉철하게, 사무적으로 대하고자 항상 주의를 기울이고 있지만 실제로는 딱 잘라 생각하지 못한다는 것을 뼈저리게 깨닫고는 마음이 침울해졌다.

이루어질 수 없는 연정에 휘둘리며 '그'의 행동 하나하나에 꼴사납게 동요나 하고…….

아까도 당황한 나머지 "저는 당신의 불장난에 어울릴 생각 따윈 없습니다." 하고 단호히 거절하지 못한 채 어정쩡한 태도로 달아나 버렸다.

'다음에 얼굴을 마주하면……, 그럴 마음이 없다고 확실하게 말하자.'

그리고 이 마음을 매듭지을 것이다.

……그렇게 해야 한다. 아니, 무슨 일이 있어도 반드시 그렇게 해야만 한다.

최대한 빨리 미련 가득한 이 마음을 모두 버리고 끝을 내지 않으면 조만간 틀림없이 일에 지장을 초래할 것이다.

몇 번이나 자신을 타이르고 있는 사이에 어느새 창밖이 익숙한 풍경으로 변해 있었다. 스태프인 자신이 정면 현관에 택시를 대자니 왠지 꺼려졌다. 아야토는 카사호텔로 이어지는 언덕 바로 앞에서 택시 기사에게 말을 걸었다.

"저기 신호등 앞에서 세워주세요."

택시에서 내린 아야토는 꾸불꾸불한 언덕길을 걸어서 올라갔다. 건물 뒤쪽으로 돌아간 다음, 종업원용 출입구로 호텔 관내에 들어갔다.

"수고 많으십니다."

수위에게 인사를 하고 계단을 향해 복도를 걸어 나가면서 열심히 생각을 바꾸었다.

에두아르에 관한 일로 고민이 끊이지 않았지만, 우선 지금 가장 우선적으로 대처해야만 하는 현안 사항은 와다였다.

── 그도 이미 어린애가 아니야. 더 이상 온정을 베풀어봤자 본인에게 아무런 도움도 안 돼. 그를 위해서라도 이쯤에서 내치는 편이 좋아.

리스토란테에서 에두아르가 했던 충고가 머리 한구석에서 되풀이되었다.

그 말이 옳다는 것은 충분히 알고 있었다. 그래도……, 와다가 직접 자신에게 도움을 요청한 이상, 지금까지의 관계를 딱 잘라 끊어 버릴 수는 없었다.

자신의 존재 또한 와다가 이렇게 된 원인 중 하나였다.

자신이 없었더라면, 선대 오너를 동경한 자신이 호텔리어를 꿈꾸며 카사호텔에 입사하지만 않았더라면 선대와 와다의 사이가 그렇게까지 틀어질 일도 없지 않았을까?

그렇게 생각하니 도저히 일말의 죄책감을 떨쳐 낼 수 없었다.

게다가 자신을 싫어하는 와다가 그런 식으로 울며 매달릴 정도였으니 틀림없이 꽤나 궁지에 몰린 상태일 것이다.

와다만큼은 설마 그럴 리가 없겠지만, 자포자기에 빠져 '실수'를 저지를까 봐 무서웠다.

'신관 지하 주차장에 있겠다고 했는데.'

어제 그 난리를 쳤으니 곧바로 스태프들과 얼굴을 마주하기가 거북해서 주차장에 몸을 숨기고 있는 걸지도 모른다.

아야토는 계단을 이용하여 지하 2층 플로어로 내려갔다. 늦은 시간이라 복도에는 인적이 없었다. 스태프 그 누구와도 마주치지 않고 플로어 맨 끝에 있는 문에 다다랐다. 철문을 밀어 연 다음, 주차장으로 나왔다. 그러고 나서 주변을 휘 돌아보았다.

콘크리트로 된 휑뎅그렁한 공간에는 차 열 몇 대가 푸르스름한 형광등 불빛을 받으며 주차되어 있을 뿐, 사람의 모습은 보이지 않았다.

"……."

출입구에서 몇 발짝 나와 가만히 서 있으려니, 오른쪽 안쪽에 주차된 사륜구동차 뒤쪽에서 검은 챙이 달린 모자를 깊이 눌러쓰고 검은색 옷을 입은 남자가 나타났다.

"마사루 씨……."

등을 굽히고 점퍼 주머니에 두 손을 찔러 넣은 자세로 천천히 다가온 와다가 아야토의 앞에서 멈춰 섰다. 챙 아래에서 엿보이는 눈이 어두운 빛을 내뿜으며 번뜩거리고 있었다. 와다가 번뜩이는 두 눈을 약간 치켜 들고 끈적하게 노려보자, 등골에 소름이 오싹 끼치면서 식은땀이 흘렀다.

── 와다는 너에게 보통이 아닌 복잡한 감정을 품고 있는 것 같군. 무슨 일이 있고 나서는 늦어. 되도록 그와는 단둘이 있지 않는 편이 좋아.

예전에 이 주차장에서 에두아르가 했던 충고가 뇌리를 스쳤지만, 이제 와서 도망칠 수도 없었다.

아야토는 와다의 사나운 오라에 주눅이 들면서도 겉으로는 최선을 다해 아무렇지 않은 척하고 물었다.

"하실 말씀이 뭔가요?"

와다는 그 질문에는 대답하지 않고 말없이 발길을 돌려 걷기 시작했다.

"마사루 씨, 어디 가세요?"

"……따라와."

아야토는 양해도 구하지 않고 혼자 멋대로 걷기 시작한 그의 뒤를 어쩔 수 없이 쫓아갔다.

터벅, 터벅, 터벅.

쥐 죽은 듯이 고요하고 광대한 공간에 두 사람의 발소리만이 크게 울려 퍼졌다.

주차된 차와 차 사이를 몇 십 미터 걸어가다가 이윽고 막다른 벽과 부딪치자 와다는 그제야 발걸음을 멈추었다.

군데군데 가느다란 균열이 일어난 치장 콘크리트 벽에는 튼튼한 철문이 박혀 있었다. 보일러실 문이었다.

철문으로 다가간 와다가 점퍼 주머니에서 오른손을 뺐다. 그 손에는 열쇠 꾸러미가 쥐어져 있었다. 총지배인은 긴급 상황에 대비해 관내 주요 시설 열쇠를 한데 묶은 열쇠 꾸러미를 수중에 보관하지만, 보아하니 와다는 아직 그것을 반납하지 않은 듯했다.

열쇠 꾸러미 중에서 하나를 끄집어 낸 와다가 보일러실 열쇠구멍에 열쇠를 꽂아 넣었다. 찰칵, 자물쇠가 열리는 소리가 났다.

끼익……. 와다가 무거운 소리와 함께 철문을 잡아당겨 열면서 뒤돌아보았다.

"보여주고 싶은 게 있어."

"이 안에……, 있단 말씀이에요?"

아야토는 와다의 어깨 너머로 어두컴컴한 보일러실을 바라보며 미간을 찌푸렸다.

"그래."

고개를 끄덕이는 가무잡잡한 얼굴을 의심스러운 눈초리로 쳐다보았다.

이런 곳에 뭐가 있다는 걸까? 애초에 '의논할 게 있어서' 자신을 불러냈을 텐데.

"뭐 의논할 게 있다고 하시지 않았어요?"

"그 전에 꼭 보여주고 싶은 게 있어. 아까 총지배인실에서 짐을 정리하다가 아버지가 생전에 남기신 메모를 발견했거든. 그 메모에 '주차장 보일러실에 해외에서 입수한 미술품이 보관되어 있다'고 적혀 있더라. 어쩌면 가치 있는 걸지도 몰라."

"선대 오너의 유품이란 건가요?"

확실히 선대 오너는 앤티크 수집이 취미였지만, 그 컬렉션은 자산 가치가 높지 않았다. 그래도 전 재산을 잃은 지금의 와다에게는 큰돈이 될지도 모른다.

"일단 너랑 같이 확인하는 편이 좋을 것 같아서 말이야."

"하지만……, 왜 이런 곳에?"

의심쩍은 듯이 중얼거리며 한 발짝 발을 내딛어 보일러실 안을 들여다본 바로 그 직후였다. 몸을 쓱 돌려 피한 와다가 등을 세게 밀었다.

"앗."

몸을 가누지 못하고 헛발을 디디는 사이에 뒤에서 확 밀치는 바람에 완전히 균형을 잃었다. 앞으로 고꾸라지면서 쓰러지듯 바닥에 무릎을 꿇은 순간, 등 뒤에서 불길한 소리가 울려 퍼졌다.

쾅!

"윽⋯⋯."

'감금당했어?!'

몸을 홱 돌려 문으로 달려들었다. 어둠 속에서 손으로 더듬거리며 간신히 문손잡이가 있는 곳을 찾아냈지만, 그 바로 직전에 문을 철컥 잠그는 소리가 났다. 핏기가 싹 가셨다.

"못된 장난도 정도껏 하세요!"

문손잡이를 철컥철컥 돌리면서 소리쳤지만, 철문 너머에서는 밉살스러운 목소리만이 돌아올 뿐이었다.

"싫은데?"

"마사루 씨!"

"너, 그 이탈리아놈 꼬셔서 날 쫓아냈지?"

"그런 적 없어요!"

"네가 COO한테 있는 얘기 없는 얘기 지어낸 거 아니야!"

"아니에요! 믿어주세요, 마사루 씨!"

하지만 아무리 간절하게 호소해봐도 와다는 들을 생각조차 하지 않았다.

"자기 혼자 온갖 쿨한 척은 다 하면서 날 바보 취급 하는 건 진작에 알고 있었어. 벌레 보는 듯한 눈으로 쳐다보기나 하고 말이야. 아버지 첩이었던 주제에."

와다는 거친 말을 홱 내뱉었다.

"저와 선대 오너는 그런 사이가 아니에요! 오해하시는 거예요!"

"흥, 입으로는 무슨 말을 못해."

"마사루 씨! 부탁이에요! 열어주세요!"

"깜깜한 데 있으니까 기분이 어때? 그때가 그립지?"

와다가 비웃는 듯한 목소리로 말하자, 아야토는 화들짝 놀라 숨을 삼켰다.

"너무, 해……."

와다는 아야토의 부모님이 어떤 사고를 당해 어떻게 돌아가셨는지 알고 있다. 그 PTSD(외상 후 스트레스 장애)로 인해 아야토가 어둠을 무서워한다는 사실도 알고 있다. 전부 알면서 자기가 해고를 당한 분풀이로 이곳에 아야토를 가둔 것이다.

일부러 어린애 같은 수법으로 감쪽같이 속이기까지 하면서……. 그저 날 괴롭히기 위해.

그렇게까지……, 자신을 미워했구나.

새삼 그 사실을 실감하자 몸이 차가워졌다. 온몸의 힘이 빠지는 듯한 허탈감에 사로잡혀 있으려니, 문 건너편에서 시끄럽게 욕하는 소리가 들려왔다.

"흥! 아침까지 실컷 고통이나 받아라! 여긴 아침까지 아무도 드나들지 않으니까 말야. 아무리 울고불고 난리 쳐봤자 아무도 도와주러 오지 않을걸? 꼴좋다!"

껄껄 웃는 소리가 점점 멀어져 갔다.

와다의 비웃음이 완전히 들리지 않게 되자 망연자실했던 아야토는 정신을 번뜩 차리고는 철판을 주먹으로 쾅쾅 두드렸다.

"누구 없어요?! 열어주세요! 누가 좀 열어줘요!"

어둠 속에서 힘껏 소리쳤다. 주먹이 아플 때까지 철판을 두드렸지만, 쥐 죽은 듯이 고요한 문 건너편에서는 아무런 반응도 없었다.

"누가……, 좀……, 살려줘요……."

그러는 사이에 점점 숨이 가빠지더니, 입술이 저리고 목소리가 쉬었다. 흉부에 강한 압박감을 느꼈고, 무릎도 덜덜 떨리기 시작했다.

"헉……, 헉."

더 이상 서 있을 수 없을 만큼 다리가 후들후들 떨리는 바람에 고통스러운 숨을 헉헉 몰아쉬는 목을 한 손으로 누른 상태로 몸이 주르륵 흘러내렸다. 몸을 천천히 돌린 아야토는 철문에 몸을 기댄 채 바닥에 웅크리고 앉았다.

심장이 세차게 쿵쾅쿵쾅 뛰고 있었다.

아무리 눈을 가까이 대도 자신의 손바닥조차 보이지 않는 칠흑 같은 어둠. 이 정도로 완전한 어둠 속에 갇힌 적은 10년 전 뉴욕에서 있었던 엘리베이터 사고 이후로 처음이었다.

10년 전 그때는 그래도 '그'가 곁에 있었다. 과호흡 때문에 혼란에 빠진 자신을 껴안고 전기가 복구될 때까지 등을 다정하게 쓰다듬어 주었다.

밀착된 체온과 규칙적인 심장 소리가 눈물이 다 날 만큼 든든했다.

하지만 이번에는 곁에 아무도 없다. 아무리 소리쳐도 아무도 도와주러 와주지 않는다.

'그때와 똑같아……'

공포심이 서서히 지배하기 시작한 뇌리에 먼 옛날에 일어난 사고의 기억이 되살아났다.

열세 살이 되던 해의 여름이었다.

여름 연휴에 부친의 고향으로 귀성하던 도중, 아야토와 부모님이 타고 있던 차가 큰 지진에 휘말렸다.

차체가 뒤뚱 기운 그다음 순간, 측면에 있던 산에 산사태가 나면서 아야토 일가는 차와 함께 산 채로 묻혔다.

옆으로 뒤집어진 충격으로 인해 뒷좌석에서 굴러 떨어지면서 좌석 아래쪽 틈에 몸이 낀 아야토는 아무 외상 없이 기적적으로 구출되었다. 하지만 운전석과 조수석에 있던 부모님은 차창을 깨고 차 안으로 우르르 밀려들어 온 흙모래에 몸이 거의 묻히고 말았다.

처음에는 "아야토, 힘내렴.", "구조대원분이 이제 곧 구해주러 오실 거야."라고 말하며 아야토를 격려해주던 부친과 모친의 목소리가 서서히 작아지더니 뚝뚝 끊겼다.

그리고 마침내 더는 아무것도 들리지 않았다.

『아빠……, 엄마……, 대답해봐.』

『무슨 말 좀 해봐.』

『제발 날 혼자 두지 마……. 부탁이야…….』

하지만 아무리 울고불고 애원해봐도 부모님은 아무런 대답도 하지 않았다.

구조되기까지 반나절 동안 어둠 속에서 다가오는 공포와 절망에 몇 번이나 짓눌릴 뻔하면서도 희박해진 공기 속에서 악착같이 버티었다.

"괴로……워."

그때 느낀 공포와 절망이 되살아나면서 다시금 자연스럽게 눈물이 마구 흘러나왔다.

공기가 희박해졌다고 느끼는 것은 PTSD의 증상이며, 의사가 강한 스트레스로 인한 착각이라고 알려주긴 했지만 실제로 숨 쉬기가 힘드니 어쩔 도리가 없었다.

"누가 제발……, 살려줘……."

두 다리를 모으고는 몸을 둥글게 말았다. 발작을 일으킨 것처럼 떨림이 멈추지 않아 어금니가 딱딱 울렸다.

"누가 나 좀……."

목구멍에서 오열 섞인 애원이 넘쳐흘렀다. 정신을 차려 보니 아야토는 어느새 '그'의 이름을 입에 담고 있었다.

"에두……아르."

이 상황에서 아무리 그 이름을 불러봤자 '그'에게는 들리지 않는다. 닿을 리도 없다.

"에두아르……. 에두아르."

알고 있었지만, 그래도 자신에게는 '그'밖에 없었다.

요 10년 동안 줄곧 마음 깊은 곳에서 둥지를 틀고 살던 사람.

지독하게 차였는데도, 몇 번이나 봉인하려 했는데도 도저히 잊을 수 없었다.

단 한 번 관계를 맺었을 뿐인 '그'에게 사로잡힌 채 다른 그 누구를 좋아하게 되지도 못하고…….

"에두아르……. 에두아르."

헛소리처럼 되풀이하고 있으려니, 문득 머리 위에서 찰칵 소리가 났다. 뺨을 타고 흐르는 눈물을 그대로 방치한 채 무릎을 끌어안고 몸을 떨던 아야토는 느릿느릿 얼굴을 들었다.

끼익……, 철문이 열리면서 그 틈으로 비쳐 들어온 빛이 어둠을 갈랐다.

"……!"

뒤를 돌아본 찰나, 눈을 꿰뚫는 환한 빛을 받으며 두 눈을 가늘게 떴다. 이윽고 서서히 초점이 맞은 눈동자가 역광으로 인해 까맣게 보이는 장신의 실루엣을 포착했다.

"아야토!"

자신을 부르는 목소리를 듣는 것과 거의 동시에 팔을 붙잡힌 아야토는 그 팔에 끌어 올려졌다. 그 팔은 아야토의 몸을 돌리더니 꽉 끌어안았다.

"흑……."

강한 포옹에 숨이 막힌 아야토는 얼마 안 있어 자신을 껴안고 있는 온기의 정체를 깨닫고는 눈을 천천히 크게 떴다.

"에두……아르?"

믿어지지 않는다……. 어째서……, '그'가 이곳에?

'꿈인가? 아니면 헛것을 보고 있는 건가?'

너무나도 혼란스러운 나머지 자기가 보고 싶은 대로 자신의 뇌가 만들어 낸 꿈이 아닌가 의심하는 아야토로부터 살짝 몸을 뗀 에두아르가 아야토의 얼굴을 들여다보며 물었다.

"괜찮아?"

집어삼킬 듯이 자신을 쳐다보는 아이스블루색 눈동자. 걱정스러운 듯이 미간을 확 찌푸린 얼굴.

꿈이 아니다……

틀림없이 '그'였다.

어둠에서 구조된 안도감보다도 놀라움이 더 컸던 나머지 멍하니 물었다.

"어째서……, 당신이?"

그 직후, 에두아르가 안도가 묻어나는 얼굴로 "정신을 잃진 않았나 보군." 하고 중얼거렸다.

"호텔 현관 바로 앞에서 네가 뒷문을 통해 관내로 들어가는 모습을 봤거든. 꼭 하고 싶은 얘기가 있어서 차에서 내려 너를 쫓아왔는데 수위가 지하로 내려갔다고 하길래 계단으로 내려왔어. 그랬더니 지하 2층에서 와다와 딱 마주친 거야."

"마사루 씨와?"

"네가 어디 있는지 아냐고 물었더니, 히죽히죽 역겨운 웃음을 짓더군. 그 얼굴을 보고 무슨 일이 있었구나 하는 감이 확 왔지. 그래서 와다를 추궁해 너를 보일러실에 가뒀다는 자백을 받고 열쇠를 빼앗아 이리 온 거야."

"그러……셨군요."

설명을 듣고 납득하며 안도한 바로 다음 순간, 몸에서 힘이 쭉 빠지면서 무릎이 푹 꺾였다. 하마터면 고꾸라질 뻔했지만, 그 직전에 에두아르가 아야토의 몸을 팔로 떠받쳤다.

"아무튼 여기서 나가자."

에두아르가 비틀거리는 아야토의 몸을 끌어안듯이 부축하며 보일러실에서 데리고 나갔다.

밝은 주차장으로 나가자, 차에 기대듯이 축 늘어진 채 땅바닥에 주저앉아 있는 와다의 모습이 보였다. 콘크리트에 내던져진 오른쪽 신발 근처에는 모자가 뒤집힌 상태로 떨어져 있었다. 고개를 푹 숙인 와다는 입가가 찢어진 채로 한 줄기의 피를 흘리고 있었다.

"마사루 씨?"

보아하니 와다는 기절했는지 미동조차 하지 않았다. 아야토는 시선을 돌려 에두아르의 옆얼굴을 보았다.

"당신이……, 마사루 씨를?"

완벽한 셀러브리티인 데다 폭력 행위와는 거리가 멀어 보이는 에두아르가 누군가를 때렸다는 사실이 조금 믿어지지 않았지만, 눈앞에 펼쳐진 상황으로 유추하건대 그렇게밖에 생각할 수 없었다.

"네가 어디 있는지 좀체 불지 않길래 입을 열게 하기 위해선 어쩔 수 없었어."

고통스러운 표정으로 긍정한 에두아르가 아야토를 바로 근처에 있는 차에 기대게 하더니 귓가에 속삭였다.

"잠깐만 여기서 기다려."

그렇게 말하자마자 와다에게 성큼성큼 다가가더니, 그 어깨를 잡고 흔들어 깨웠다.

"언제까지 누워 있을 생각이지? 얼른 일어나."

"윽……."

에두아르가 끙끙거리며 어렴풋이 눈을 뜬 와다의 멱살을 잡더니 난폭하게 쭉 끌어당겼다.

"잘 들어. 두 번 다시 카사호텔에 얼씬거리지 마라. 물론 아야토에게도 접근하지 말고."

기백이 넘치는 명령에 와다의 관자놀이가 실룩거렸다.

"이번이 마지막 경고다. 네가 재기하길 바라는 마음에 충분한 온정과 유예를 베푼 걸 모르진 않겠지? 앞으로 만약 경고를 무시하고 우리 앞에 모습을 보인다면 그땐 용서하지 않겠다."

"……."

"내 손으로 네놈의 인생을 끝장내주겠다는 말이다."

얼음처럼 차가운 목소리가 입술을 타고 흘러 떨어졌다. 단정한 얼굴 때문에 더더욱 범상치 않게 느껴지는 박력은 옆에서 보고 있기만 해도 등골이 오싹할 정도였다.

"알겠나?"

거듭 확인하자, 와다는 창백한 얼굴로 몇 번이나 고개를 끄덕였다.

와다를 두고 주차장을 뒤로한 에두아르와 아야토는 8층까지 엘리베이터를 타고 올라갔다.

아야토는 에두아르의 어깨를 빌려 806호실까지 간신히 도착했다.

집무실 문을 열고 방 중간까지 유도한 에두아르가 "여기서 쉬어." 하고 소파를 권했다.

"감사합니다."

아야토는 그의 권유에 따라 조심스레 소파에 앉았다. 푹신한 쿠션에 몸이 잠기자마자 가슴 깊은 곳에서 한숨이 새어 나왔다. 긴장의 실이 끊어지면서 덜덜 떨리던 다리가 겨우 진정되었다. 흐트러진 심장 소리도 정상으로 돌아오는 중인 것 같았다.

"뭐 마실 거라도 갖다줄까?"

그 말에 고개를 가로저었다.

"괜찮아요."

"힘들면 침실 침대에 누워."

"마음 써주셔서 감사합니다. 하지만 정말로 괜찮아요. 많이 진정됐거든요."

와다가 자신에게 폭력을 휘두른 것도 아니기 때문에 육체적인 대미지는 없었다. 30분 정도 쉬고 나면 틀림없이 회복될 것이다.

아야토는 그래도 소파 앞에 서서 아직도 자신을 걱정스러운 듯이 내려다보는 에두아르를 올려다보며 감사를 전했다.

"구해주셔서 감사합니다."

진심 어린 감사의 말을 입에 담고 나서 다시 한 번 에두아르의 얼굴을 쳐다보았다.

만약 그대로 '그'가 구해주러 오지 않았다면……, 자신은 어떻게 됐을까? 생각만 해도 소름이 끼쳤다.

"당신이 저를 어둠 속에서 구해주신 건 이번이 두 번째예요."

재회하고 나서 처음으로 10년 전에 대해 언급하자, 에두아르가 고개를 끄덕였다.

"10년 전 그날 밤……, 넌 정전된 엘리베이터 안에서 가엾을 만큼 몸을 떨고 있었지. 어둠 속에서도 네가 겁을 먹고 있다는 것이 전해져 와서……, 나도 모르게 그만 껴안고 말았어."

"그때도 폐를 끼쳐서 죄송했습니다."

"네가 어둠을 무서워하는 이유를 물어봐도 될까?"

에두아르가 신중한 말투로 묻자, 아야토는 고개를 꾸벅 끄덕였다.

"제가 예전에 사고로 부모님을 잃었다는 이야기를 드린 적 있죠? 그때 저도 함께 생매장을 당했어요."

일부러 담담하게 털어놓자, 눈앞에 있던 아름다운 얼굴이 고통스러운 듯이 일그러졌다.

"생매장?"

"큰 지진이 일어나는 바람에 타고 있던 차가 산사태에 휩쓸려 흙모래에 깔렸거든요. 구출되기까지 반나절 동안 공기도 희박한 어둠 속에서 지낸 탓에 어두운 밀실이 트라우마가 되고 말았죠."

"반나절이나."

에두아르가 그 기나긴 시간을 곱씹듯이 말을 되풀이하더니 곧바로 확인했다.

"와다는……, 그 사실을 알면서도 너를 보일러실에 가뒀단 말이야?"

"그만큼……, 저를 미워하고 있다는 뜻이겠죠."

시야 속의 아름다운 얼굴이 미간을 팍 찌푸렸다.

"그 사람은 아버지인 선대 오너와 저의 관계를 줄곧 의심했어요. 하지만 아무리 부정해도 믿어주지 않더라구요. 선대 오너는 절친의 손자라는 이유 하나만으로 부모를 잃은 저를 거둬 대학까지 보내주셨는데 말이죠."

"……그렇군."

격한 감정을 필사적으로 억누르고 있는 듯이 갈라진 목소리가 나지막이 들려왔다.

"아까 그 사실을 몰라서 다행이었군. 알았다면 와다를 가만두지 않았을 거야."

손가락 관절이 하얘질 정도로 주먹을 꽉 쥔 에두아르가 허공을 노려보며 말했다.

"난 지금까지 되도록 피비린내 나는 폭력 사태와는 무관한 인생을 보내기 위해 노력해 왔어. 하지만 그런 내 안에도 살인 충동이 있다는 것을 태어나서 처음 알았지 뭐야."

"에두아르?"

에두아르의 온몸에서 피어 오르는 살의에 허를 찔린 상태로 험악한 얼굴을 올려다보고 있자, 에두아르가 천천히 몸을 굽혀 카펫 바닥에 한쪽 무릎을 꿇었다. 그러더니 아야토와 시선을 맞추며 더

할 나위 없이 진지한 얼굴로 입을 열었다.

"아야토, 부탁이니까 지금 여기서 맹세해줘. 두 번 다시 와다에게 상관하지 않을 것이며, 그의 부름에 응하지 않겠다고."

"······."

"나를 위해 맹세해줘. 안 그러면, 만약 다음에 무슨 일이 있었을 땐, 와다의 목숨을 보장할 수 없어."

아야토는 한마디 한마디 또박또박 끊어 말하는 에두아르의 눈동 자가 평소와는 달리 불온한 빛을 내뿜는 것을 포착하고는 침을 꿀 꺽 삼켰다.

로셀리니 그룹과 마피아에 대한 소문이 뇌리를 스쳤다.

경우에 따라서는 정말 엄포로 끝나지 않을지도 모른다······.

게다가 와다와 관련하여 할 수 있는 일은 이미 다 했다. 그 결과 가 방금 전의 그 가혹한 처사라면 더 이상 자신이 관여해봤자 와다 의 증오가 커질 뿐이라고 판단하지 않을 수 없었다.

"네. 두 번 다시 마사루 씨와 만나지 않을게요."

갈라진 목소리로 딱 잘라 단언하자, 에두아르가 안심한 듯이 한 숨을 쉬었다.

"그게 와다를 위한 일이기도 해."

에두아르는 혼잣말을 하듯이 중얼거리고 나서 일어서더니 아야 토의 옆에 앉았다. 그러더니 몸을 비스듬히 튼 다음, 마찬가지로 몸 의 방향을 바꾼 아야토의 얼굴을 물끄러미 쳐다보았다.

"그래도 늦지 않게 가서 다행이야. ······네가 오랫동안 고통받지 않아 정말 다행이야."

어딘가 애절한 목소리와 눈빛에서 '그'의 진심이 전해져 오자, 가슴이 서서히 뜨거워졌다.

"……흉한 꼴을 보여드려서 정말 죄송합니다."

"아야토."

에두아르가 이마에 떨어진 앞머리를 부드럽게 쓸어 올려주었다. 머리카락을 만지작거리던 손이 서서히 스르륵 내려오더니 어깨를 잡았다. 그대로 끌어안으려는 듯한 기척을 느낀 아야토는 에두아르의 가슴을 살며시 밀어냈다.

"이러시면 안 돼요."

가능하면 그 포옹에 몸을 맡기고 싶다는 충동을 억누르며 떨리는 목소리로 거부했다.

"아야토……, 어째서?"

에두아르가 아름다운 얼굴을 확 찌푸렸다.

어째서…… ── 라니, 그토록 잔혹한 질문을 하고는 대답을 요구하는 '그'가 한순간 너무나도 미웠다.

"당신에게는……, 애인이 있잖아요?"

"애인?"

아야토는 의심쩍은 목소리로 물어보는 에두아르를 눈을 치켜뜨며 흘겨보았다. 이런 상황에서도 시치미를 뗄 생각인 건가?

"얼마 전에 티룸에서 함께 점심 식사를 하시던 검은 머리의……, 일본인 청년이 당신의 애인 아닌가요?"

"티룸에서 점심 식사? 검은 머리의 일본인?"

에두아르는 최근의 기억을 더듬는 중인지 한동안 침묵하더니 이해가 갔는지 느닷없이 "아아, 사흘 전 점심 때." 하고 말했다.

"당신은 마음이 내켰을 때만 정사를 즐길 수 있는 가벼운 관계를 원하실지도 모르지만, 저는……, 기대에 부응할 수 없습니다. 당신처럼 그런 유흥에도 익숙지 않은 데다, 그렇게 약삭빠른 편도 아니거든요. 확실히 10년 전에는 그렇게 흘러갔지만, 그땐……."

"그 녀석은 내 동생이야."

에두아르가 애절한 호소를 가로막았다.

"네……? 동생?"

순간적으로 무슨 뜻인지 이해하지 못한 아야토는 멍한 목소리로 되풀이했다.

"그래, 진짜로 핏줄이 이어진 내 친동생."

우스움을 꾹 참는 듯한 에두아르의 표정을 몇 초 쳐다본 뒤, 더듬더듬 반론했다.

"하, 하지만……, 그분은 검은 머리에 검은 눈……, 일본인처럼 보였는걸요."

플래티나 블론드에 아이스블루색 눈을 가진 에두아르와는 하나도 닮지 않았다.

"루카의 어머니는 일본인이거든. 이탈리아에서 나고 자랐지만, 지금은 일본에 있는 대학교에서 공부 중이야."

"다시 말해……."

아야토는 혼란스러운 머리를 안간힘을 다해 정리했다.

"동생분은 이탈리아인 아버지와 일본인 어머니 사이에서 태어났다는 말씀인가요?"

"그래. 동생의 어머니는 우리 아버지의 세 번째 아내야. 나와 형과 동생은 셋 다 어머니가 달라. 내가 일본어를 할 수 있는 것도 어렸을 적, 그 당시에는 가정교사였던 그녀가 가르쳐준 덕분이지."

그래서 에두아르가 원어민 수준으로 일본어로 대화가 가능한 거구나.

그리고……, 애인인 줄 알았던 청년은 동생이었어.

"10년 전……, 너와 하룻밤을 보낸 다음 날 아침, 그 '미카'가 위독하다는 연락을 받았어."

표정을 다잡은 에두아르가 천천히 입을 열었다.

10년 전, '그'가 아무 말도 하지 않고 떠난 사정이 지금 밝혀지려 하는 것을 감지한 아야토는 아직 몹시 혼란스러워하면서도 앉은 자세를 바로 했다.

"병으로 앓아누워 부득이 병원에 장기 입원 중이긴 했지만, 그날 새벽에 병세가 갑자기 위중해졌더군."

"그래서 서둘러 체크아웃을 하신 거예요?"

"응. 어느새 방에서 나가버린 너에게 편지를 남기고, 아침 일찍 서둘러 아로마호텔을 떠났지."

"편지를……, 남기셨다고요?"

의아하다는 듯이 묻자, 에두아르가 놀란 표정으로 되물었다.

"너의 손에 전해지지 않은 거야?"

"네, 못 받았어요."

에두아르가 미간을 찌푸렸다.

"어떻게 된 일이지? 호텔을 떠날 때 내 연락처가 적힌 편지를 너에게 전해달라고 벨보이에게 맡겨 놨는데."

아야토도 10년이라는 세월이 흘러 밝혀진 진실에 놀라 눈을 휘둥그렇게 떴다.

"그런 일이⋯⋯?

하지만 짐작 가는 구석도 있었다. 그 무렵에는 코넬대 학생이라는 이유로 동료 벨보이들에게 괴롭힘을 당한 일이 제법 있었기 때문이다.

이제 와서 우연인지 고의인지는 확인할 방법이 없는 데다 결과적으로 자신의 손에 건네지지 않았지만, 에두아르는 그때 연락처를 남겨주고 갔다.

그렇다는 말은 즉, 그 하룻밤으로 끝낼 생각은 없었다는 건가?

한순간 마음이 들떴지만 금세 급강하했다.

하지만⋯⋯, 나중에 자신이 전화를 걸었을 땐 몹시 차가웠다.

여전히 '그'의 진의를 파악하지 못하고 있으려니, 그 사이에 충격에서 회복된 듯한 에두아르가 말을 이었다.

"미카의 장례식이 끝나고 신변이 진정된 참에 호텔로 전화를 해봤지만, 넌 이미 아로마호텔을 그만둔 뒤였지."

"여름 방학 동안에 인턴십으로 나온 거라, 그다음 주에는 학교로 복귀했어요."

"얼마나 충격을 받았는지 몰라. 그 뒤로 아무리 기다려도 너에게선 아무런 연락도 없었으니까……. 뭐, 지금 와서 사정을 듣고 보니 내 연락처를 몰랐으니까 어쩔 수 없었다는 건 이해가 되지만."

에두아르가 복잡한 표정으로 중얼거렸다.

"프런트 매니저에게서 네가 코넬대 학생이라는 이야기를 듣고 몇 번이나 대학교에 전화해서 불러낼까 생각했어. 하지만……, 연락이 없는 것이 너의 대답인 것 같다는 기분이 들어서 좀처럼 용기가 나지 않더군."

용기가 나지 않았다고?

에두아르답지 않은 약한 소리에 위화감을 느낀 아야토는 당혹스러워하며 입을 열었다.

"저도……, 편지의 존재는 몰랐기 때문에 마찬가지로 고민했어요. 다음 날 아침에 출근했더니 당신은 이미 체크아웃하신 후였죠. 그게 당신의 대답이라는 걸 알면서도 좀처럼 포기할 수가 없더라구요……. 스스로도 참 깨끗이 포기 못하고 질질 끈다는 생각이 들었지만, 확실한 대답이 듣고 싶어서 뱅큇 매니저에게서 들은 당신의 주소로 전화번호를 알아보고 전화를 걸었어요."

"전화?"

"그때 저를 매몰차게 거부하셨던 그 말은 지금도 잊을 수 없어요."

본인을 앞에 두고 그만 원망에 찬 목소리가 흘러나왔다.

"네가 누군지도 모르고 아로마호텔에서 만난 적도 없다, 이런 전화는 민폐일 뿐이다, 두 번 다시 연락하지 마라. ……당신의 말을 듣고 회복이 불가능할 정도로 큰 상처를 입었다구요."

"잠깐만. 그건 내가 아니야. 넌 대체 누구에게 전화를 한 거지?"

"당연히 레지스트레이션 카드에 기입되어 있던 이름……, 미스터 사이먼 로이드 말곤 없죠."

에두아르가 미묘한 표정을 지었다.

"그건 내 친구 이름이야."

"친구?"

"그 당시, 파리에 있는 대학에 재학 중이던 나는 여름 휴가로 뉴욕에 있는 친구 집에 머물렀지. 그런데 그 친구가 급한 볼일이 생겨서 영국 본가로 돌아가게 됐거든. 근데 그 친구 할아버지가 유명한 영화 감독이라 그날 밤엔 프로듀서가 주최하는 파티에 참석할 예정이었어. 그래서 내가 급히 부탁을 받고 그 친구 대역으로 그 친구의 할머니를 에스코트했던 거고."

그 설명이 계기가 되어 그 파티에서 '그'가 노부인을 에스코트했던 모습을 떠올렸다.

"친구가 대역을 맡아준 답례로 잡아준 방이었기 때문에 레지스트레이션 카드는 그의 이름으로 되어 있었지. 넌 그걸 보고 친구의 이름을 내 이름이라고 착각했던 거구나."

"그럴 수가……."

그때 그 전화 상대는 에두아르가 아니었단 말이야?

도무지 믿어지지 않았지만, 눈앞에 있는 진지한 얼굴을 보니 자신을 놀리고 있다고도 생각되지 않았다. 설명도 논리 정연하고, 모순되는 점이 없었다.

그것이야말로 진실이라는 실감이 나는 것과 동시에 납득도 갔다.

'그래서……, 미스터 사이먼 로이드가 그렇게 쌀쌀맞았구나.'

전혀 기억조차 없는 상대로부터 뜬금없이 전화가 왔으니 몹시 불쾌했을 것이다.

"저는……, 당신과 카사호텔에서 재회한 뒤에도 당신이 무슨 이유가 있어서 이름을 두 개로 나눠 쓰시는 줄로만 알았어요. 저 같은 서민은 짐작도 하지 못할 상류계급만의 사정이 있겠거니 하고……."

"이름 때문에 불쾌한 일을 겪게 만들었군. 미안해."

에두아르가 얌전한 목소리로 말했다.

"아뇨……, 당신 탓이 아니에요."

모든 것은 첫 단추를 잘못 끼워 생긴 엇갈림이 낳은 오해.

운명의 신이 꾸민 장난이라고 생각할 수밖에 없다.

"뉴욕에서 머무는 동안에도 머리 한구석에선 줄곧 미카의 상태가 걱정됐거든. 그래서 그날 밤, 호텔 파티 회장에서 미카와 같은 일본인인 너를 발견했을 땐 무척이나 신경이 쓰여서 그만 눈으로 좇고 말았지."

그럼 파티 회장에서 몇 번이나 시선이 마주친 건 우연이 아니었던 것이다.

"너와 우연히 한 엘리베이터에 탔을 땐 깜짝 놀랐어."

"……저도 놀랐어요."

"정전 사고가 있고 나서 네가 샴페인을 들고 방을 찾아와주었을 때, 스스로도 이유를 알 수 없는 충동에 사로잡혀 정신을 차려 보니 널 꽉 껴안은 채 입술을 빼앗고 있더군. 아무리 아름답다 한들 넌 같은 남자임에도 불구하고 내 것으로 만들고 싶다는 미칠 듯한 욕망을 억누르지 못하고 그만……."

"……."

"너도 날 받아들여 주었기에 그야말로 꿈만 같은 하룻밤을 보낼 수 있었어."

그때의 자신은 누군가와 섹스를 한 적조차 처음이었기에 그저 '그'의 리드에 몸을 맡겼다. 그런 자신을 상대로도 즐거워해 주었다면 기쁘지만.

"하지만 파리에 돌아가서 너의 연락을 기다리는 동안, 그때 네가 나를 거부하지 않은 이유는 내가 스위트룸 숙박객이었기 때문은 아닐까 하는 의심이 생겨났지. 입장상 손님인 나를 거스르고 싶어도 거스를 수 없었던 것은 아닐까. 그렇게 생각하니 너에게서 연락이 오지 않는 것도 납득이 가더군."

"에두아르……."

그건 아니라고 부정하기 전에 에두아르가 말했다.

"참 꼴사나운 얘기지만, 그래도 포기하지 못하고 코넬대에 네 앞으로 편지를 보냈어."

"……네?"

황급히 기억을 거슬러 올라갔지만, 그런 편지를 받은 적은 없었다.

"언제쯤 보내셨어요?"

"늦가을 쯤에."

역시 전혀 기억이 없다.

"어쩌면……, 보낸 사람의 이름이 제가 기억하던 이름과 달라서 당신인 줄 모르고 봉투도 열어보지 않은 채로 찢어버렸을지도 몰라요."

코넬대 재학 당시에는 아주 가끔 변태 같은 편지를 받는 경우가 있었기 때문에 모르는 사람이 보낸 우편물은 전부 봉투를 열어보지 않고 처분했다.

"반년을 기다려도 답장이 오지 않아서 마침내 결론을 내렸지. 넌 나와 보낸 밤을 잊고 싶어 한다. 그렇다면 나도 더 이상의 접촉은 포기하고 너를 잊어야만 한다고 말이야."

전화와 편지……, 방법은 다르지만 자신들은 똑같이 상대에게 다가갔다가 운명의 신의 얄궂은 장난으로 인해 엇갈리고……, 서로를 잊어야만 한다고 믿었다…….

"그 이후로 너를 잊기 위해 많은 여자들과 사귀다가 대학을 졸업하고 나선 일에 몰두했지. 하지만 결국 그 후로 10년 동안……, 아무리 발버둥을 쳐도 널 완전히 잊을 수는 없었어."

'똑같아…….'

요 10년 동안 '그'도 자신과 똑같은 마음으로 지내 온 것이다.

가슴을 누가 꽉 죄는 듯이 고통스러워졌다.

잊어야 한다고 생각하면서도 도저히 잊지 못하고……, 다음 사랑으로 발을 내딛지도 못한 채……, 그날 밤 포개진 살갗의 기억에 사로잡혀 있었다.

"카사호텔 로비에서 재회했을 땐 깜짝 놀랐어. 넌 10년 전과 전혀 변하지 않았더군. 아름답고 당당하게 서 있는 모습. 눈이 번쩍 뜨이는 오리엔탈 뷰티……. 한눈에 너라는 걸 알았지."

아야토는 자신을 뜨겁게 쳐다보는 눈빛과 과분한 칭찬의 말에 얼굴이 달아오르는 것을 의식하면서 중얼거렸다.

"전혀 눈치채지 못하신 줄 알았어요. 저 같은 놈은 이미 잊어버리셨을 거라고 생각했거든요."

"설마."

에두아르가 자조하듯이 입가를 끌어 올렸다.

"그땐 사람들 앞에서 너를 껴안지 않으려고 나 자신을 억누르는 게 고작이었어. ……그 순간을 꿈꾸며 호텔 사업을 시작했다고 하면 믿을래?"

이번에는 아야토의 입에서 "설마."라는 말이 튀어나왔다.

"무슨……, 얼토당토않은 말씀을 하시는 거예요."

아야토가 믿을 수 없다는 듯이 고개를 좌우로 흔들자, 에두아르가 희미하게 미소를 지었다.

"스스로도 명확하게 의식했던 건 아니지만, 나도 모르는 사이에 마음 어딘가에 아련한 희망을 품고 있었다는 것을 그 순간 깨달았어. 하지만 염원이 이루어졌다고 잔뜩 들떠 있던 것도 한순간이었지. 나와 눈을 마주치려 하지 않는 너를 보며 냉수를 뒤집어쓴 듯한 기분이 들더군⋯⋯. 게다가 '처음 뵙겠습니다'라고 인사하길래 나를 기억하지 못하거나, 아니면 나와의 과거가 직장 동료들에게 알려지길 원하지 않는 것 둘 중 하나구나 하고 내 나름대로 추측했지. 그 후, 필요 이상으로 데면데면한 태도를 취하는 너를 보며 그 추측은 확신으로 바뀌었어. 아마 넌 그날 밤 일을 기억하고 있지만, 그럼에도 불구하고 사무적인 관계를 바라고 있다. 그렇다면 나도 그 바람에 최대한 보답하자고 생각했지."

"저는⋯⋯, 어쩌다가 하룻밤을 함께 보낸 상대가 당신의 사업과 관련된 관계자로 나타나면 당신에게 폐가 될 것 같아서⋯⋯, 모르는 척하는 게 서로를 위한 일이라고 생각했어요. 하지만⋯⋯."

아야토는 마침내 최근 보름 동안 꼭꼭 감추고 있던 애달픈 속마음을 털어놓았다.

"⋯⋯당신과 재회한 뒤로 봉인해 둔 감정이 넘쳐흘러 날마다 쌓여 가고 있어요."

그렇게 쌓이고 쌓인 감정을 한 번 터뜨리고 나니 흘러넘치는 감정을 제어할 수 없었다.

"당신의 행동 하나하나에 혼자 휘둘리고⋯⋯, 동생분한테까지 질투나 하고⋯⋯."

에두아르가 절절히 호소하는 아야토를 다정한 눈으로 바라보았다.

"나야말로 료이치로에게 질투했어."

"선대 오너에게?"

"넌 입만 열면 '선대 오너'를 찾았으니까. 그가 얼마나 멋진 사람인지는 나도 알고 있었기 때문에 더더욱 너의 마음을 독점하고 있는 '선대 오너'에게 화가 나더군."

혹시 '선대 오너'라는 말을 입에 담을 때마다 언짢아하던 이유가 그건가?

에두아르가 그런 어린아이 같은 질투를 하다니, 도저히 믿을 수가 없지만.

"선대 오너에 대한 친애와 존경심은 당신을 향한 마음과는 달라요."

아야토가 진지하게 대답하자, 에두아르는 입을 일자로 꾹 다물더니 "알아." 하고 대답했다.

"그래도 어느새 질투를 하고 만단 말이지. 너의 마음속에 나 이외의 남자가 있다는 게 용서가 안 돼."

가슴속에 품은 격정을 살짝 엿보이며 딱 잘라 말한 에두아르가 아야토의 손을 잡았다. 그러더니 손등에 입을 맞추고 나서 아야토의 눈을 똑바로 쳐다보았다.

"지금 선대 오너에 대한 마음과는 다르다고 했지만."

"네."

"난 파티에서 처음 본 순간부터 너에게 끌렸어. 엘리베이터 안에서 널 껴안았을 땐 이미 사랑에 빠진 상태였다고."

사랑 —— 에두아르의 입에서 처음으로 나온 그 단어를 듣자마자 가슴이 떨렸다.

"넌?"

에두아르가 손끝으로 입술을 꾹 누르며 물었다.

'그'와 자신은 사는 무대가 다르다. 게다가 둘 다 남자라는 난제도 있다. 아무에게도 축복받을 만한 관계가 아니라는 점도 알고 있다.

언젠가 자신의 존재가 '그'의 발목을 잡을 날이 올지도 모른다.

'그래도……'

더 이상 마음을 속일 수는 없다. 도저히.

"……저도 마찬가지예요. 저도 파티 회장에서 눈이 마주친 순간, 당신에게 사로잡히고 말았어요. 호텔리어가 손님과 관계를 갖는 건 금지 행위인 줄 알면서도 당신과 하나가 되고 싶은 욕구를 거스르지 못했어요……."

차가운 미모가 마침내 망설임을 떨친 아야토의 고백을 듣더니 달콤하게 녹아내렸다.

"우린 꽤 멀리 돌아왔군."

정말 그 말대로 멀리 돌아왔다. 결코 짧지 않은 10년이라는 공백.

재회하고 나서도 수많은 오해로 부딪치고는 서로를 미워하며……, 엇갈리기를 반복했다.

"하지만 더 이상 놓아주지 않을 거야."

에두아르가 열정이 가득 담긴 눈으로 바라보며 뜨겁게 고백했다.

"아야토……, 사랑해."

"저도……, 사랑해요."

떨리는 목소리로 오랜 세월에 걸쳐 쌓인 마음을 고백하자, 행복한 듯이 미소를 지은 에두아르의 얼굴이 다가왔다. 입술과 입술이 포개졌다. 아야토도 이번에는 도망치지 않고 그 입맞춤을 받아들였다.

에두아르가 입을 맞춘 채 아야토를 꽉 껴안았다.

사랑하는 사람의 넓고 단단한 가슴에 감싸여 달콤한 키스와 키스 사이에 '사랑한다'는 말을 몇 번이나 반복하여 듣는 동안, 지금 자신을 껴안고 있는 사람이 정말로 '그'라는 실감이 서서히 복받쳐 올랐다.

아야토는 어느새 가슴에 가득 찬 환희를 곱씹으면서 작게 속삭였다.

"당신에게……, 두 번이나 잡히고 말았어요."

"두 번?"

에두아르가 신기해하는 목소리로 묻자, 아야토는 미소를 지었다.

"10년 전 그날 밤, 그리고 오늘 밤이요."

제11장

"응……, 흐읏."

깊이 맞추고 있던 입술을 떼고 나서 각도를 바꿔 또다시 입을 맞추었다. 마치 10년치 공백을 되찾으려는 듯이 몇 번이나 키스를 되풀이했다.

아야토가 연인과의 달콤한 키스에 흠뻑 취해 있는 동안, 등에 있던 에두아르의 손이 서서히 아래로 미끄러졌다. 그러더니 허리에서부터 엉덩이까지 애무하듯이 부드럽게 어루만졌다.

'……아.'

이윽고 커다란 손바닥이 둥그런 엉덩이를 감싸쥐었다. 그대로 주물러 대듯이 꽉 움켜쥐자, 찌릿찌릿한 전류가 등을 스쳤다. 아야토는 그 충격으로 퍼뜩 정신을 차렸다.

이곳은 집무실이자 자신들의 직장임을 떠올리고는, 싹 날아갔던 자제심이 다시 날아 돌아왔다.

'일터에서 이런 짓을 해선 안 돼…….'

호텔리어의 본분을 되찾은 아야토는 에두아르의 입술이 떨어지는 틈을 노려 얼굴을 홱 돌렸다. 몸을 비틀어 연인의 품에서 벗어나려 하자, 에두아르는 이상하다는 듯이 "왜 그래?" 하고 물었다.

"직장에서……, 이러면 안 돼요."

꺼져 들어갈 듯한 목소리로 호소하자, 에두아르가 미간을 약간 찌푸렸다. 그러더니 생각에 잠긴 표정을 지은 다음, 그를 잡고 있던 팔을 풀고 아야토의 손을 잡았다.

"이쪽으로 와."

에두아르의 손에 이끌려 주실을 가로질렀다. 에두아르가 옆방과의 경계에 해당되는 안쪽 문을 열더니, 먼저 실내로 들어가선 아야토를 안으로 불러들였다.

── 침실.

최근 보름 동안 몇 번이나 집무실에 얼굴을 비쳤지만, 사적인 공간에 발을 들인 적은 처음이다.

"……."

저도 모르게 한 발짝 내딛고는 실내를 둘러보았다.

벽지부터 바닥, 가구까지 차분한 베이지색으로 통일된 침실은 벽 쪽에 워크인 클로짓과 파우더룸으로 통하는 문 두 개가 나란히 있었으며, 한가운데에 킹 사이즈 침대가 자리잡고 있었다. 침구는 전부 순백색. 벽에 맞닿은 헤드보드 오른쪽에는 나이트 테이블이 놓여 있었다.

기본적인 구조는 다른 스위트룸과 그다지 다르지 않다.

수도 없이 봐서 익숙한 레이아웃. 하지만 지금 이곳에 서 있는 것만으로도 가슴이 미칠 듯이 술렁거렸다.

'심장이…….'

두근두근 뛰며 존재를 주장하기 시작한 심장을 진정시키기 위해 두 주먹을 꽉 쥔 그때, 등 뒤의 문을 닫은 에두아르가 자신의 이름을 불렀다.

"아야토."

시선을 올리자 아이스블루색 눈동자와 눈이 마주쳤다. 예쁘게 생긴 입술이 벌어졌다.

"침실은 내 사적 공간이야. 이 문을 닫은 순간, 우리는 로셀리니 그룹의 COO도, 카사호텔 도쿄의 어시스턴트 매니저도 아닌 그저 어디에나 있는 연인 사이가 되는 거야."

에두아르의 입에서 나온 '연인 사이'라는 단어에 가슴속이 달콤하게 쑤셨다.

"……."

그래도 아직 직장인 카사호텔의 일실에서 사랑을 나누는 행위에 대한 죄책감을 완전히 떨쳐 내지 못한 채 연정과 프로 의식 사이에서 흔들리고 있으려니, 에두아르가 아야토의 어깨를 꽉 잡았다.

"아야토……, 부탁이야."

에두아르가 고통스러운 목소리로 애원했다.

"더는, 단 1초도 기다릴 수 없어."

셀러브리티이자 현명하고 품위 있는 미모의 소유자 ── 자신이 아는 한 최상의 남자가 처음으로 보이는 여유없는 절박한 표정에 가슴이 달콤쌉싸름하게 찌잉 저려 왔다.

"에두아르."

스스로도 억누를 수 없는 충동에 따라 살짝 발돋움한 아야토는 아름다운 얼굴에 자신의 얼굴을 가까이 가져갔다.

처음으로 자신이 먼저 연인의 입술에 살며시 입을 맞추었다.

"윽……."

에두아르의 어깨가 희미하게 떨렸다……고 생각한 다음 순간, 아야토의 몸은 공중에 붕 떠 있었다.

"어……?"

첫날밤을 맞이한 신부처럼 에두아르의 품에 안긴 자신의 모습에 당황하고 말았다.

"에두아르……, 잠시……만요."

에두아르의 품 속에서 얼어붙어 있는 사이에 침대까지 옮겨진 아야토는 하얀 듀베 위에 부드럽게 눕혀졌다.

매트리스를 삐걱 울리며 마찬가지로 침대 위에 올라온 에두아르가 슈트 재킷을 벗어 침대 아래로 던졌다. 방금 전에 했던 '단 1초도 기다릴 수 없다'는 말을 몸으로 표현하듯이 조급한 손놀림으로 넥타이를 풀더니, 이 역시 바닥 위에 내던졌다. 앞 단추를 풀어 셔츠를 벗어던지면서 천천히 몸을 덮으며 아야토의 입술을 틀어막았다.

"음……, 음……, 으응."

에두아르는 입술을 틀어막은 채로 아야토의 재킷을 벗기더니, 넥타이를 풀어 스륵 뽑아 냈다. 이어서 셔츠 단추에 손을 가져다 댔다.

그 손이 곧바로 셔츠 이음매를 활짝 열어젖히자, 아야토는 불안한 마음에 몸을 작게 떨었다.

이대로 있다간 오렌지색 간접조명 불빛 아래에서 '그'의 눈앞에 빈약한 나체를 드러내게 된다.

그 사태는 되도록 피하고 싶었다.

어떻게 해야 그 사태를 모면할 수 있을지 생각하는 동안에도 에두아르의 손은 척척 움직이더니, 마침내 아야토의 셔츠를 벗기고 말았다. 초조함에 사로잡힌 아야토는 큰마음을 먹고 "부탁이에요."라는 말을 입에 담았다.

"조명을 조금 약하게 해주시면 안 될까요?"

"어둠은 싫어하지 않아?"

에두아르가 의아하다는 듯이 대꾸했다.

"캄캄한 건……. 하지만……, 밝으면 밝은 대로 창피해요."

"창피해? 왜?"

진지한 얼굴로 물어보니 뭐라 대답해야 할지 몰랐다.

"왜냐니……."

애초에 이탈리아인인 '그'와 일본인인 자신은 생각하는 방식이 다를지도 모른다. 게다가……. 눈앞에 있는 근육으로 다져진 아름다운 육체를 바라보았다.

넓은 어깨. 매끄러운 굴곡을 그리는 가슴. 군살 하나 없는 탄탄한 복부.

이런 몸이라면 누구에게 보여도 부끄럽지 않을 테고, 주눅드는 감정 또한 갖지 않는 것도 이해가 간다.

"이렇게 예쁜데 부끄러워할 필요 없어."

이상적인 육체의 소유자가 진지한 얼굴로 그렇게 말하자, 아야토는 고개를 절레절레 흔들었다.

예쁘지 않다.

"……10년 전과는 달라요."

게다가 처음 관계를 나눈 뒤로 10년이라는 세월이 지난 상태였다. '그'의 기억 속에 있는 자신과는 틀림없이 다를 것이다.

그렇게 생각하니 점점 더 주눅이 들었다.

자신과 마찬가지로 원래는 노멀인 에두아르가 그다지 젊지도 않은 자신의 몸을 보면……, 어떻게 느낄까?

흥이 식진 않을까? 역시 안 되겠다, 못 안겠다고 하면…….

'충격에서 다시 일어설 수 없을 거야.'

"그때처럼……, 이제 젊지 않은걸요."

자신이 없어서 그만 변명 같은 말이 입을 타고 흘러나왔다.

"넌 처음 만났을 때와 똑같아."

위로해주는 것은 기쁘지만.

"그렇지 않아요. 확실히 당신은 변하지 않았을지도 모르지만, 저
는."

"이제 그만 말해."

"읍."

에두아르는 시끄러운 입을 틀어막듯이 입술로 입술을 덮더니, 입
안에서 꿈틀거리는 음탕한 혀의 움직임에 정신이 팔려 있는 틈을
타 허리띠를 풀었다. 지이이익, 지퍼를 내리는 소리가 귀에 닿은 직
후에 입술이 떨어지더니, 바지와 속옷을 동시에 발목까지 단숨에
쑥 내려버렸다.

에두아르의 손이 저항할 틈도 없이 아야토의 두 무릎을 잡고 양
쪽으로 확 열어젖히자, 아야토의 입에서 저도 모르게 "앗!" 하고 비
명이 튀어나왔다.

"보지 마세요……!"

견딜 수가 없었다.

알몸이라는 사실만으로도 이미 충분히 창피한데 국부까지 들춰
지다니, 수치심으로 미쳐버릴 것만 같았다.

안간힘을 다해 다리를 오므리고자 저항했지만, 에두아르의 몸이
방해하는 바람에 불가능했다.

"부탁이에요. 보지 마세요……."

하는 수 없이 울먹이는 소리로 애원했지만, 에두아르는 그 청을

들어주기는커녕 구석구석 하나도 빠짐없이 끈적한 시선으로 훑어 보았다.

수치심으로 몸이 화끈 달아오른 아야토는 두 눈을 질끈 감았다.

"……예뻐. 크림처럼 부드러운 피부와 매끈한 팔다리."

얼마 안 있어 에두아르가 감탄스러운 목소리로 중얼거리자, 아 야토는 실눈을 떴다. 자신보다 훨씬 더 아름다운 얼굴이 아야토를 뜨겁게 바라보고 있었다.

"하얀 피부에 연한 빛깔을 띤 돌기가, 살아 숨 쉬는 열매 같아."

뻗어 온 손이 오른쪽 젖꼭지를 움켜쥐자, 아야토는 몸을 실룩 떨 었다.

"또다시 이렇게 너의 숨김없는 이 아름다운 모습을 볼 수 있다고 생각하니 꿈만 같군."

"에두아르."

"이제부터 너를 안을 수 있다니, 왠지 믿어지지 않아."

"무슨……."

그런 야단스러운 소리를 하냐고 말하려던 아야토는 눈앞에 있는 진지한 얼굴을 보고는 말문이 턱 막혔다.

"10년 동안……, 너와 보낸 밤을 떠올릴 때마다 미칠 것만 같았 어."

자신을 향하는 애달픈 눈빛을 보고 있으려니 가슴이 뜨거워졌 다.

"……저도 마찬가지예요."

다시 한 번 안기고 싶어서. 사랑하는 사람과 하나가 되고 싶어서.

이루어지지 않는 꿈을 꾸면서 혼자 외로움에 애태우며 베개를 적신 적도 있었다.

기적이 일어나 마침내 재회했고, 포기했던 마음이 하나가 되면서 이렇게 또다시 사랑을 나눌 수 있는 기쁨.

이 기분을 '그'에게 전하고 싶다는 충동에 등을 떠밀려 상반신을 일으킨 아야토는 말없이 에두아르의 하의에 손을 가져갔다.

"아야토?"

의아해하는 목소리에도 아랑곳 않고 허리띠 버클을 풀어 앞을 느슨하게 풀어헤쳤다. 그러고 나서 속옷 안에서 '그'를 꺼내려고 했지만, 손으로 살며시 제지당했다.

"갑자기 왜 그래?"

에두아르가 이해할 수 없다는 표정으로 물었다.

"넌 그런 짓 안 해도 돼."

10년 전에도 분명히 그렇게 말하며 결국 하게 해주지 않았다.

자신만 일방적으로 쾌감을 느낄 뿐……

침대에 자세를 바로 하고 앉은 아야토는 에두아르를 슬쩍 올려다보면서 호소했다.

"하고 싶어요."

우아한 얼굴이 당혹스러운 듯이 미간을 찌푸렸다.

"하지만……"

"부탁이에요. 하게 해주세요."

에두아르는 한동안 아야토의 눈을 물끄러미 쳐다보고 나서 한숨을 푹 쉬었다.

"알았어."

겨우 양해를 얻은 아야토는 속옷 안에서 묵직한 물건을 꺼냈다.

'크다……'

"무리할 필요 없어."

주눅이 든 것을 알아챘는지, 머리 위에서 걱정스러운 목소리가 들려왔다. "괜찮아요." 라고 대답한 아야토는 큰마음을 먹고 두 다리 사이에 얼굴을 가져다 댔다. 그리고 입을 크게 벌린 다음, 열 덩어리를 입안에 쏙 머금었다.

"응, 으……, 음……, 응."

솔직히 말하자면 얼마 동안은 고통이 훨씬 컸다. 태어나서 처음 하는 행위인 데다, 목구멍까지 한껏 채운 이물감으로 인해 눈물이 살짝 고였다.

그러나 이윽고 조금씩 팽창하기 시작한 에두아르의 욕망으로 입안의 예민한 부분을 자극당하면서 서서히 황홀한 기분이 들었다. 몸이 살살 달아오르고 하복부가 찌잉 저려 오더니, 마침내 꽉 오므린 허벅지 사이가 차츰 젖어 가는 것을 느꼈다.

'아……'

입에 물기만 했는데도, '그'를 입으로 애무하기만 했는데도 이렇게 느끼고……, 이렇게 젖어버리는 음탕한 자신이 매우 부끄러웠다.

하지만 느끼는 이유는 상대가 '그'이기 때문이다.

사랑스러운 남자이기 때문에 봉사하는 것마저 이렇게 기분 좋을 수가 없었다.

"응……, 흐……아."

에두아르가 머리카락 사이로 손가락을 집어넣어 두피를 부드럽게 마사지하자, 아야토는 눈을 가늘게 떴다.

10년 전에는 일방적으로 애무를 받으며 느끼기만 했다. 하지만 오늘은 자신의 애무로 느껴주기를 바라는 마음이었다.

에두아르가 자신에게 해준 행위를 떠올리며 그 기억을 그대로 따라 하듯이 애무했다.

중심에 혀를 휘감아 복잡한 융기에 혀끝을 뻗었다. 입 전체를 사용하여 턱이 나른해질 때까지 정신없이 봉사한 탓에 입가에서 타액이 쓱……, 하고 흘러 떨어졌다.

"아야토……."

한숨 섞인 요염한 목소리로 이름을 불렀다. '그' 또한 느끼고 있다는 것이 전해지는 그 목소리에 반응하여 허리가 근질근질 쑤셨다. 에두아르의 손가락이 이마와 뺨을 어루만졌다. 그 손바닥에서 '그'의 마음이 전해져 오는 것 같아 온몸이 천천히 뜨거워졌다.

정신을 차려 보니 연인의 욕망은 주체할 수 없을 정도로 성장한 상태였다. 늠름하게 우뚝 솟은 그곳을 입술로 훑자, 선단에서 끈적한 점액이 흘러넘쳤다.

"이제……, 됐어."

다급한 목소리가 귓가에 들려왔다. 그래도 놓지 않고 입으로 계속 '그'를 자극하고 있으려니, 머리 위에서 숨을 죽이는 기척이 느껴졌다.

"안, 돼……, 어서 떨어져……, 크윽."

낮은 신음 소리와 거의 동시에 '그'의 열이 왈칵 터졌다. 목구멍 안쪽에 이글이글 들끓는 액체가 좌악 뿌려졌다.

"웃……."

양손으로 얼굴을 잡고 쭉 뽑아 낸 순간, 입가에서 하얗고 탁한 액체가 흘러나왔다. 아야토는 입안에 남은 액체의 흔적을 꿀꺽 삼켰다.

"……마셨어?"

에두아르가 아야토의 입술을 손가락으로 닦으면서 놀란 듯한 표정으로 확인했다. 고개를 끄덕이자, 에두아르는 얼굴을 찡그렸다.

"이상한 맛 났지?"

"아뇨……, 맛있었어요."

아야토는 고개를 가로저으며 황홀한 말투로 중얼거렸다.

"정말이에요. ……당신 것이니까요."

애달픈 표정을 짓고 눈을 가늘게 뜬 얼굴이 다가오더니, 코끝에 입을 쪽 맞추었다. 그러더니 이마와 이마를 찰싹 붙였다.

"널 원해."

평소에는 차가운 아이스블루색 눈동자에 욕정의 색이 뚜렷하게 깃들어 있었다.

"저도……, 당신을 원해요……."

아야토가 조심스레 동의하자, 지근거리에 있는 미모가 미소를 지었다.

"그럼 서봐. 그리고 뒤를 향한 다음……, 그래, 그쪽 벽에 두 손을 짚어봐."

지시에 따라 무릎을 세운 상태로 헤드보드 위쪽 벽에 두 손을 대자, 뒤에서 아야토의 다리를 확 벌렸다. 그 다리 사이로 에두아르의 손가락이 살그머니 들어왔다. 조신하게 닫힌 구멍을 손끝으로 꾹 누르자, 아야토의 등이 실룩 떨렸다.

"여긴……, 아직도……, 나만 알고 있는 거야?"

귓가에서 그렇게 묻자, 아야토는 살짝 쉰 목소리로 "……네." 하고 대답했다.

"그 후로 아무에게도 허락하지 않았어?"

"당신 이외의 남자에게 안길 생각은 해본 적도 없어요."

그렇게 대꾸하면서 손가락이 안으로 들어오려는 것을 느꼈지만, 몸이 반사적으로 손가락을 조이면서 이물의 침입을 거부하고 말았다.

"정말이네. 아주 좁아……."

등 뒤에 있는 에두아르가 어딘가 기쁜 듯이 속삭인 뒤, 몸을 낮추는 기척이 들었다. 두 언덕을 손가락으로 벌리자 은밀한 곳에 냉기가 느껴졌다. 그리고 잠시 후, 곧바로 뜨겁고 축축하게 젖은 무언가가 닿았다.

"뭐……야?"

저도 모르게 그만 소리를 낸 아야토는 얼마 안 있어 그것이 무엇인지 알아채고는 눈을 휘둥그렇게 떴다.

'혀, 혀가?!'

'그'가 혀로 그런 곳을?

"그건, 아, 안 돼……요."

살짝 혼란에 빠진 아야토는 몸을 비틀어 벗어나고자 저항했다. 그러나 에두아르가 골반을 꽉 잡고 있는 탓에 벗어날 수 없었다.

"싫어, 더럽단 말이에요……, 싫어요!"

등 뒤에 있는 에두아르가 고개를 좌우로 세차게 흔들며 거부하는 아야토를 매섭게 혼냈다.

"참아. 우리가 이어지기 위해 필요한 과정이니까."

에두아르가 타이르자, 아야토는 어금니를 꽉 깨물었다.

당연하지만, '그'도 좋아서 하는 행위가 아닐 것이다. 여자와 달리 자연스럽게 젖지 않는 그곳은 이렇게 적실 수밖에 없다.

설령 아무리 창피하다 하더라도 견뎌야만 한다.

"윽, 응……."

바짝 세운 혀로 안쪽까지 적셔지는 수치를 입술을 깨물며 견디고 있는 동안에도 음란한 물소리가 질척질척 들려오는 바람에 관자놀이가 뜨거워졌다.

"앗."

타이밍을 살피고 있었는지, 이번에는 딱딱한 것이 푹 들어왔다.

그것이 들어왔다 나갔다 하자 무엇인지 깨달았다. 손가락이다. 게다가 다른 손이 앞쪽에 있는 욕망을 훑기 시작했다.

"응, 으, 응……."

그런 식으로 앞을 문질러 대면서 뒤쪽으로는 타액을 안에 넣듯이 손가락을 뺐다 넣기를 반복했다.

얼마 안 있어 안쪽에서 찌걱찌걱, 젖은 소리가 들려오기 시작했다.

"거, 긴……, 아앗."

10년 전에도 몹시 문란하게 변해버렸던 곳을 단단한 손끝으로 찌르자, 허리가 출렁 굽이쳤다. '그곳'을 문지르자 도저히 목소리를 참을 수가 없었다. 스스로도 귀를 막고 싶을 만큼 달콤한 교성이 연달아 흘러나오고 말았다.

"하앗……, 하, 아, 앙."

어느샌가 욕망의 선단에서도 투명한 꿀이 흘러넘쳐 뚝뚝 떨어졌다. 찔걱, 물소리가 나면서 손바닥이 위아래로 움직였다. 문질린 부분에서 달콤한 자극이 생겨나더니, 수면의 파문처럼 온몸에 전해져 갔다.

"꽤……, 부드러워졌군."

"윽……."

느닷없이 몸 안에서 손가락이 뽑히자, 아야토는 상실감을 느끼며 숨을 삼켰다. 곧바로 에두아르가 등을 뒤덮더니, 단단하게 발기한 자신을 천박하게 실룩거리는 구멍에 밀어붙였다.

'뜨거워.'

손가락으로 벌린 엉덩이 틈새에 젖은 홍분을 쑥 문질러 댔다.

"응……, 흐웃……, 앗."

꼿꼿하고 단단한 물건이 엉덩이 사이를 오갈 때마다 그 늠름함과 열기를 뼈저리게 깨닫고는 온몸이 위축되는 듯한 공포를 느끼는 반면, 뒷구멍이 탐욕스럽게 벌름거렸다. 언젠가 철저하게 익힌 쾌감을 기억하는 몸이 '그'를 기다리며 작게 전율했다.

그런데도 애타게 기다리고 있는 그것은 좀처럼 들어오지 않았다.

'그'로 가득 채워지고 싶은데.

'그' 생각밖에 할 수 없을 정도로 한가득 채워줬으면 좋겠는데.

"아……, 이제……, 부탁이에요……."

잔뜩 애를 태우던 허리가 음탕하게 흔들렸고, 다리가 덜덜 떨렸다. 완전히 녹아내린 안쪽 주름이 상스럽게 수축을 반복했다.

"부탁? 어떻게 해주길 바라지?"

귓가에서 요염한 허스키 보이스가 재촉했다.

"……."

"마지막까지 똑똑히 말해봐."

역시 이 사람은 심술쟁이다.

'뭘 원하는지 다 아는 주제에.'

그렇게 생각했지만, 이미 그를 비난할 여유 따위는 없었다. 안쪽이 욱신욱신 쑤시면서 허벅지 안쪽이 파르르 떨렸고, 몸속이 마치

화로를 집어삼킨 듯이 뜨거웠다. 입에서 바삐 흘러나오는 한숨도 뜨거웠다.

……더 이상 애를 태웠다간 어떻게 될 것만 같다.

"너……."

바싹 쉰 목을 열심히 쥐어짰다.

"넣어주세요……."

선단이 음란한 애원을 기다렸다는 듯이 쑥 들어왔다.

"아앗."

아야토는 몸이 갈라지는 충격에 하얀 목을 크게 뒤로 젖히며 헐떡였다.

"하, 앗."

에두아르가 젖꼭지를 만지작거리면서 성기를 애무하며 날카로운 끝으로 아야토의 몸을 열었다. 세 곳을 한꺼번에 몰아세우자, 아픔과 쾌감이 뒤섞인 폭풍에 농락당했다.

물건을 흔들어 올리면서 뿌리 끝까지 밀어 넣은 순간, 온몸이 꿈틀 경련하더니 ── .

"앗, 아앗……!"

아야토는 숨이 넘어가는 듯한 소리를 내면서 절정에 달했다. 하얗고 탁한 액체가 사방에 좌악 흩날렸다.

"흐……아……."

여운으로 떨리는 뒤쪽에서 에두아르가 쑤욱 빠져나갔다. 버팀목을 잃고 무릎이 푹 꺾이며 맥없이 쓰러진 아야토를 다부진 팔이 지탱하더니 몸을 휙 뒤집었다.

눈과 눈이 마주친 순간, 에두아르가 한쪽 뺨으로만 씨익 웃었다.

"여전히 잘 느끼는구나."

자신이 너무나도 한심스러운 나머지, 눈에 눈물이 글썽거렸다.

자신이 원해 놓고는, 이렇게나 일찍 절정에 달해버리다니.

'바보 같긴. ……이렇게 한심할 수가.'

"죄, 죄송해요……."

"아주 귀여웠어."

미소를 지은 에두아르가 눈물 방울을 입술로 쪽 빨았다.

"괜찮아. 몇 번이든 절정으로 보내줄 테니까."

그렇게 말한 에두아르는 입술에 키스를 한 다음, 그대로 아야토를 침대에 벌렁 넘어뜨렸다. 그러더니 이번에는 두 다리를 깊이 접은 자세로 만들고 나서 마주 보는 모양새로 늠름한 물건을 바짝 가져다 댔다. 또다시 입을 다물고 있던 뒷구멍을 여전히 단단한 선단으로 꾹 비집어 열었다.

"앗."

에두아르의 수컷이 점막을 휘감으며 돌진했다. 묵직한 질량으로 꿰뚫리던 아야토는 달곰쌉쌀함을 느끼면서 미간을 찌푸리고 신음했다.

"으, 웅……, 들어왔……."

허리를 흔들며 안쪽까지 전부 밀어 넣은 에두아르가 아야토의 두 손을 시트에 누르며 피스톤 운동을 시작했다.

얕게, 깊게 밀려왔다 밀려가는 파도처럼 차츰차츰, 서서히 몰아쳤다.

뭉근한 불에 지져지는 듯이 느릿한 움직임에 따라 쾌감이 조금씩 커져 갔다.

그러는 동안에도 입술과 귀, 목덜미에 끊임없이 키스가 퍼부어졌다. 젖꼭지를 손가락으로 애무하자, 달콤한 전류가 재빨리 등골을 타고 올라갔다.

"응, 아, 앙, 아……흐응."

"기분 좋아?"

에두아르가 귓가에서 쉰 목소리로 묻자, 아야토는 솔직하게 고개를 끄덕였다.

"응……, 좋, 아요……."

"어디를 어떻게 하면……, 좋아? 안쪽을 찔러주는 게 좋아? 아니면 여기?"

에두아르는 그렇게 속삭이면서 전립선을 빙글 후벼 팠다.

"아앗, 안 돼요……, 그렇게……, 찌르면……."

비명 같은 교성이 칠칠치 못하게 벌어진 입술에서 흘러나왔다.

"어떻게……, 될 것 같……, 아읏."

느끼는 곳을 찔릴 때마다 관능이 몸속에서 부풀어 가면서……, 점막이 흐물흐물 녹아가는 것을 스스로도 알 수 있었다. 선단에서 넘쳐흘러 축을 타고 떨어진 쿠퍼액이 에두아르의 수컷까지 흠뻑 적시고 있었다.

"응……, 웅, 흐읏."

허리가 '그'의 애무를 하나도 남기지 않고 받아들이고자 원을 그리듯이 흔들렸다. 탐욕스러운 자신을 부끄럽게 여기면서도 도저히 멈출 수 없었다. 안쪽 주름이 몸 안에 있는 늠름한 쐐기에 끈적하게 들러붙어 무의식적으로 바짝 조이고 말았다.

"큭……."

에두아르가 미간에 주름을 잡으며 아야토의 두 다리를 다시 끌어안았다. 그 직후, 속도가 확 올라갔다.

"앗, 앗, 아읏."

위에서 찔러 넣듯이 뺐다가 박기를 반복하자, 결합 부분에서 질 퍽, 찔꺽, 망측한 물소리가 새어 나왔다. 그것조차 미약 같은 효과를 발휘하는 바람에 아야토는 쉴 새 없이 교성을 쏟아 냈다.

"하앗, 아아앗, 하웅."

마지막에는 고관절이 삐걱거리고 시야가 흔들릴 만큼 격렬하게 뒤흔들렸다. 아야토는 떨어지지 않도록 안간힘을 다해 땀으로 흠뻑 젖은 넓은 등에 매달렸다.

힘찬 율동. '그'의 목덜미에서 뚝뚝 떨어지는 땀. 뜨거운 숨결. 검은자가 촉촉이 젖었고, 머릿속이 새하얘졌다.

"아……, 가, 갈 것 같……아앗!"

한계에 다다른 찰나, 몸속의 맥동이 한층 크게 부풀어 오르더니 마침내 터졌다.

"하, 앗."

콸콸, 콸콸, 뜨거운 격류가 간헐적으로 몸 안에 쏟아졌다. 아야토는 몸 가장 깊은 곳이 뜨겁게 젖는 감각을 느끼며 몸을 작게 떨었다.

"아……아……."

절정의 어운을 맛보며 몸을 가늘게 떨고 있자, 에두아르가 몸을 굽혔다.

"아주……, 근사했어."

황홀한 목소리로 속삭이자, 아야토도 그를 향해 미소를 지어 보였다.

"에두아르."

"아야토……, 사랑해."

정담을 주고받고 나서 나눈 입맞춤은 지금까지 했던 그 어떤 키스보다도 달콤하게 느껴졌다.

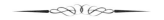

종 장

똑똑똑, 노크를 하고 나서 집무실 문을 열었다.

"에두아르, 좋은 아침입니다."

유니폼인 블랙 슈트를 입은 아야토가 정면 데스크까지 똑바로 다가가자, COO가 오늘 아침에도 아름다운 미모를 뽐내며 얼굴을 들었다.

"나루미야, 좋은 아침. 바쁜데 일부러 불러서 미안해."

영업 개시 시간인 여덟 시까지 30분의 유예를 남기고 마침 신관 로비 어시스턴트 매니저 데스크 단말기와 마주한 타이밍에 책상 위에 놓인 내선이 울린 것이다.

"아뇨, 괜찮습니다. 무슨 용건으로 부르셨는지요?"

사적으로는 에두아르와 연인 사이가 됐지만, 공적으로는 변함없이 상사와 부하 직원 사이였다. 설령 이 자리에 둘만 있다 하더라도 아야토는 근무 시간 중에는 종전과 변함없이 말투를 바꿀 생각 따위 없었다.

그저께 밤. 서로의 마음을 확인하고 10년 만에 사랑을 나눈 뒤 자신의 생각을 전하자, 에두아르도 이해해주었다.

『단, 너의 사생활은 전부 내 거야. 알겠지?』

침대 속에서 연인이 자신을 등 뒤에서 껴안으며 속삭였던 말이 문득 귀에 되살아나자 몸이 달아오를 뻔했지만 안간힘을 다해 꾹 참았다.

'바보야. 공사를 혼동하고 싶지 않다고 한 사람은 나잖아.'

말만 번지르르한 자신의 자제심을 질타하는 동안에도 에두아르의 시선이 자신에게 쏟아지고 있는 것을 느꼈다.

눈과 눈이 마주치자 시선과 시선이 서로 얽혔다.

정면에서 보내는 뜨거운 시선을 받고 있으려니 관자놀이가 서서히 뜨거워졌다. 그런 눈으로 보면 떠오르고 만다. 어젯밤에도 그의 침대에서 달콤하게 괴롭힘을 당해 몇 번이나 울었던 일이.

『싫어, 에두아르……, 이제 그만.』

『아직 안 돼. 나를 더 실컷 맛보라고. ……봐봐, 너도 아직 원하고 있잖아.』

『하……앗, 아, 앙, 아앗 ── !』

"……."

아야토는 잘못된 방향으로 굴러가려던 기억의 연쇄를 끊어 내기 위해 헛기침을 했다.

"저, 저기……, 무슨 용건으로 부르셨습니까?"

아야토가 재촉하자 천천히 눈을 깜박인 에두아르가 "아아." 하고 고개를 끄덕였다.

"내 귀국 일정이 정해졌어."

"귀국 일정이……."

조만간 밀라노에 돌아갈 것이라는 이야기도 이미 그저께 밤에 들었다.

아시아권 진출을 시야에 넣고 활발하게 움직이고 있다고는 해도 로셀리니 그룹의 거점은 어디까지나 유럽과 미국이다. 그룹 COO를 맡아 매일같이 몹시 바쁜 에두아르가 보름 이상이나 카사호텔에 체류한 것이 오히려 예외 중의 예외였다.

그 부분도 머리로는 이해하고 있었지만, 역시 충격은 떨쳐 낼 수 없었다.

"며칠에 나가십니까?"

"사흘 후 아침에 출발할 거야."

"사흘 후……, 갑작스럽네요."

스스로는 아무렇지도 않은 척했지만, 어쩌면 낙담한 마음이 목소리로 나왔을지도 모른다.

"일단 밀라노로 돌아가지만, 내년 봄에 'Rossellini Giappone(로셀리니 자포네)' 오픈에 맞춰 앞으로도 빈번하게 일본을 찾을 예정이야."

위로하는 듯한 목소리에 퍼뜩 정신을 차린 아야토는 황급히 입가에 미소를 지었다.

"COO께서 돌아오시는 날까지 스태프 일동 긴장을 늦추지 않고 근무하겠으니 안심하십시오."

에두아르가 작게 미소를 짓더니 표정을 다잡았다.

"그러고 보니 현재 공석인 총지배인 자리 말인데."

"네."

"잠정적으로 내가 겸임했지만, 언제까지고 총지배인이 없는 상태로 호텔을 운영해 나갈 수도 없겠지. 그래서 이번을 계기로 후임을 정해 두고 싶어."

에두아르의 말대로 앞으로 COO가 자리를 비운다는 것을 생각하면 현장 최고 책임자로서 결정권을 가진 사람이 필요하다.

그렇게 생각한 아야토가 몸가짐과 마음가짐을 바로 한 그 직후였다.

"나루미야, 네가 맡아줘."

난데없는 지명에 허를 찔린 아야토는 잘못 들은 줄 알고 다시 물었다.

"죄송합니다. 지금 뭐라고 말씀……."

"너를 카사호텔의 새로운 총지배인으로 임명하고 싶어."

에두아르가 확실하게 딱 잘라 말해도 전혀 감이 오지 않아 반쯤 멍하니 중얼거렸다.

"제가……, 말인가요?"

"너밖에 없잖아? 프런트 매니저 하시구치와도 의논해봤는데, 하시구치도 네가 적임자라고 추천하더군."

"하시구치 씨가……."

엄밀하게 말하면 나이로 봐도, 현재 지위로 봐도 하시구치가 승격하는 것이 타당한 인사였다.

그 하시구치가 자신을 추천해 주었다고 하니 물론 기쁘다. 하지만 자신은 하시구치보다 두 배나 어린 나이인 데다 호텔리어 경력도 6년밖에 되지 않는다.

"영광이지만……, 저 같은 풋내기가 그런 중요한 역할을 잘 수행해 낼 수 있을까요?"

마음속의 불안을 입에 담자, 한쪽 눈썹을 치켜 올린 에두아르가 "난 너보다 한 살 아래인데?" 하고 되받아쳤다.

"당신은 특별하시니까요."

서민이자 지극히 평범한 자신과 날 때부터 남들 위에 서는 것이 정해진 상류 계급의 사람이 같은 도마 위에 올려지자, 아야토의 입에서 약간 비꼬는 듯한 말이 절로 나왔다.

"최근 유명 호텔 체인 간부층은 해마다 더 젊어지고 있어. 매년 변화의 양상을 보이는 고객의 요구에 부응하고, 솔선해서 진두 지휘를 해 나가기 위해서는 젊은 감성과 체력이 필요하기 때문이지."

확실히 본국에서 부임한 외국계 유명 호텔 체인의 수장은 30대 후반부터 40대에 걸친 젊은 사람이 주류였다. 아야토의 대학 동기

중에도 주요 간부가 된 친구가 꽤 있었다.

"게다가 나루미야……, 너만큼 카사호텔을 사랑하고 이해하며 열정을 쏟는 호텔리어는 또 없으니까."

그렇게 단언하며 자신을 쳐다보는 아이스블루색 눈동자에는 조금의 흔들림도 없었다.

"아마 모든 스태프들에게 물어봐도 하시구치와 같은 대답이 돌아올 거야."

잇따른 격려의 말을 들으며 그 맑은 두 눈동자를 바라보고 있는 동안 가슴에 자욱하게 끼어 있던 망설임이 안개가 걷히듯이 싹 사라졌다.

"받아들여 주겠어?"

아야토는 허리를 쭉 펴고 나서 진지한 얼굴로 수락했다.

"부족한 점도 많겠지만, 열심히 하겠습니다."

묵례한 뒤 고개를 들자, 눈앞에 있는 아름다운 얼굴이 살짝 미소를 지었다.

"천국에 있는 료이치로도 기뻐하겠군. ……그럼 내일 아침에는 스태프들에게 발표하고, 오후에는 보도 자료를 돌리도록 하지. 취임 후에는 한동안 분주해질 테니 각오해."

"네."

에두아르가 마음가짐을 다잡는 아야토의 앞에서 책상으로 시선을 떨구었다.

"그리고 또 한 가지, 본관 내진 조사 결과가 나왔어."

"으……."

'드디어……, 나왔구나.'

저도 모르게 숨을 죽였다. 이 결과 여하에 따라 본관 폐쇄가 정해지기 때문이다.

아야토는 서류를 넘기는 에두아르의 말을 숨도 쉬지 않고 기다렸다.

"……."

이윽고 얼굴을 든 에두아르가 내진 조사 결과를 전했다.

"현시점에선 내진성에 문제가 없다고 하더군."

"정말이십니까?!"

"그래, 본관 영업을 계속해도 지장 없으니 안심해."

그 결론을 들은 순간, 스스로도 얼굴이 환하게 빛난 것을 알 수 있었다.

'다행이다!'

본관을 폐쇄하지 않아도 된다. 손님들에게서 추억의 장소를 빼앗지 않아도 된다.

"감사합니다!"

진심을 담아 감사의 인사를 전하자, 에두아르가 고개를 천천히 좌우로 흔들었다.

"난 아무것도 하지 않았는걸. 너희 스태프들이 건물을 애지중지 사용하고, 바지런하게 수리해 온 결과겠지."

칭찬의 말을 입에 담은 에두아르의 따뜻한 눈빛을 보고 있자니 가슴이 서서히 뜨거워졌다.

"앞으로도 카사호텔의 상징인 본관을 하루라도 오래, 소중히 사용하도록 하겠습니다."

뜻밖에도 이것이 총지배인 아야토의 첫 결의 표명이 되었다.

카리스마적인 매력을 갖추고 있던 선대 오너와 똑같이 할 수는 없을 것이다.

에두아르 같은 위엄이나 리더십도 갖고 있지 않다.

호텔리어 경력도 아직 얼마 되지 않은 풋내기다.

그러니까 부족한 부분은 하시구치, 키타가와와 쿠보타……, 모두의 도움을 빌리자.

스태프 모두가 힘을 합쳐 새로운 카사호텔을 만들어 나가자.

손님이 발을 들인 순간 안심하고 편안한 마음으로 쉴 수 있는 '우리 집(카사)'을 —— .

*　　　*　　　*

사흘 후, 에두아르의 귀국 날 아침.

아야토와 에두아르는 잠깐 동안의 이별을 아쉬워하듯이 가을의 기척이 감돌기 시작한 카사호텔 안뜰을 산책했다.

"안녕히 주무셨어요?"

"네, 잘 잤습니다. 아침 공기가 참 기분 좋네요."

약간 앞을 걷고 있던 에두아르가 산책 중인 손님과 스쳐 지나갈 때마다 아침 인사를 나누었다. 그 뒤에서 아야토는 문득 발걸음을 멈추었다. 그리고 뒤를 돌아본 연인의 그늘진 표정에 당황했다.

"아야토……, 귀국 전에 너에게 꼭 해야 할 얘기가 있어."

"네, 말씀하십시오."

에두아르가 웬일로 머뭇거리는 듯한 기색을 보이다가 천천히 입을 열었다.

"로셀리니 일족이 가진 또 하나의 얼굴에 대해서야."

"또 하나의 얼굴?"

"로셀리니가는 세계를 무대로 폭넓은 사업을 전개하는 콘체른이라는 얼굴 외에도 이면의 얼굴을 갖고 있지."

그 말을 들은 아야토는 혹시나 하고 생각했다.

예상대로 미간을 찌푸린 에두아르가 고통스러운 목소리로 말했다.

"마피아의 일면을."

'역시.'

그런 소문이 돌고 있다는 얘기는 들었지만, 정말이었구나.

"시칠리아와 마피아의 관계는 역사가 깊어. 지주 귀족 시대까지 거슬러 올라가지. 로셀리니가도 처음에는 농지 관리인이었어. 그후 대대로 와인, 올리브 오일, 시칠리아 오렌지 등의 생산과 교역을 해 왔지만, 우리 아버지 대에서 사업을 확장하는 데 성공했지. 아버지는 2년 전에 은퇴하셨고, 현재 로셀리니 그룹의 CEO는 큰형인 레오나르도가 맡고 있어. 그와 동시에 형은 5대째 당주……, 즉 로셀리니 패밀리의 카포(보스)라는 지위를 이어받았지."

아야토는 말없이 에두아르의 설명에 귀를 기울였다.

"난……, 내 안에 흐르는 마피아의 피를 오랫동안 부정하며 살아왔어."

예전에 에두아르는 '되도록 피비린내 나는 폭력 사태와는 무관한 인생을 보내기 위해 노력해 왔다'는 말을 한 적이 있다. 아야토는 그의 이야기를 들으면서 마피아의 피를 부정하는 마음이 그렇게 만들었을지도 모른다고 짐작했다.

"물론 로셀리니 그룹이 콘체른으로서 급성장하게 된 토대에는 패밀리의 결속이 큰 공적을 세웠다는 것도 틀림없는 사실이야. 시칠리아 사람들이 버팀목이 되어주었기 때문에 그룹이 이만큼 덩치를 키웠다는 점은 충분히 잘 알고 있어. 그래도 난 패밀리의 존재를 용인할 수 없었지."

"……."

"시칠리아 귀족의 피를 이어받은 형은 로셀리니 그룹이 세계적 기업으로 발전한 지금도 마피아라는 정체성을 버리려 하지 않아. 로셀리니의 혈통에 긍지를 갖고 있는 데다, '명예'를 중시하고, 패밀리의 유대를 무엇보다 소중히 여기며 살고 있어. 형은 미카가 죽고 나서 가족들이 시칠리아를 떠나 뿔뿔이 흩어진 뒤에도 혼자 완고하게 본가를 떠나려 하지 않았지. 그런 형과 나는 어느새 패밀리의 존재 방식에 대한 의견이 엇갈리면서 만나기만 하면 서로를 물어뜯느라 바빴어. 시칠리아를 나와 파리에 있는 대학교에 진학한 나는 졸업한 뒤에도 고향으로 돌아가지 않았고, 형이 사는 본가에는 되도록 얼씬거리지도 않았지. 요 10년 동안 시칠리아에는 몇 번 가지도 않았어."

"그렇게까지……."

아야토가 중얼거리자, 에두아르가 자조 섞인 미소를 지었다.

"아무것도 몰랐던 어린 시절에는 천혜의 자연을 가진 시칠리아를 얼마나 좋아했는지 몰라. 형하고도 사이좋은 형제였고."

에두아르는 머나먼 기억을 떠올리듯이 두 눈을 가늘게 떴다.

"열세 살이 되던 해 여름, 삼촌으로부터 어머니의 죽음을 둘러싼 진상을 듣기 전까지는……."

에두아르의 어머니. 비극의 배우 이자벨 라로크.

부호와 결혼하여 아이를 낳은 지 몇 년 후, 그야말로 행복의 절정에서 사고로 죽음을 당한 배우의 기품 있는 미모가 눈앞에 있는 연인과 겹쳐졌다.

"어머님은 프랑스분이고, 배우로 활동하셨죠?"

"우리 어머니에 대해 알아?"

"출연하신 작품은 전부 봤습니다. 스크린에서 활동하시던 그분을 처음 본 순간부터 열렬한 팬이 되어 출연작 비디오를 열심히 모았거든요."

"전부? 굉장한걸?"

눈을 휘둥그렇게 뜬 에두아르가 "그래도 그렇게 말해주니 기쁘다." 하고 미소를 지었다. 하지만 곧 험악한 표정으로 되돌아갔다.

"어머니는 사고로 돌아가셨지만, 삼촌이 말하기를 사고를 일으킨 차의 브레이크에 인위적인 조작이 가해졌다 하더군. 그 당시 로셀리니 패밀리와 적대 관계에 있던 패밀리의 짓이고, 원래는 아버지를 노렸지만 운 나쁘게 어머니만 희생되었다……는 설이 유력하지만, 진상은 아직도 오리무중이야."

"……."

"그 이야기를 들었을 때부터 난 우리 일족도 포함해 마피아의 존재 자체를 미워하게 되었지. 점차 패밀리의 결속에 얽매인 시칠리아에서 살기가 괴로워져서 대학 진학을 계기로 도망치듯이 고향을 나왔고."

그런 사정이 있으니 패밀리에 대해 복잡한 감정을 품는 것도 어쩔 수 없는 일처럼 느껴졌다.

"난 그 후로도 오랫동안 고향을 외면하고 살아왔어. 일에 몰두하며 시칠리아……, 패밀리를 잊으려 했지."

자신에게는 이미 가족이 없기 때문에 알 수 없지만, 태어나 자란 고향에 본가가 있음에도 불구하고 그곳을 외면한 채 살아가는 삶은 더더욱 외롭고 고통스럽지 않을까?

"하지만 카사호텔에 체류하면서부터 어쩐지 자꾸만 태어나 자란 시칠리아 본가를 떠올리게 되더군. ……이 안뜰 때문인지도 모르겠어."

언젠가 에두아르가 지금과 마찬가지로 이 안뜰에 서서 한가운데에 있는 화단을 그리운 눈빛으로 바라보던 모습을 떠올렸다.

── 여긴……,【팔라초 로셀리니】같군.

아야토도 그 중얼거림에 이끌려 한 번도 가본 적이 없는 머나먼 이국을 상상했었다.

"……지금까지 아무 말도 안 해서 미안해."

아야토는 사과의 말을 입에 담은 에두아르를 놀란 눈으로 올려다보았다.

"네가 로셀리니가 가진 이면의 얼굴을 알고 날 경멸할까 봐 무서웠어."

고뇌의 그림자가 깃든 아름다운 얼굴이 시야에 들어왔다.

"무슨 말씀이세요……. 제가 경멸하다니."

있을 수 없는 일이라고 말하기 전에 또다시 에두아르가 말을 이었다.

"만약 네가."

그렇게 말하고는 중간에 말을 한 번 끊은 에두아르가 머지않아 굳게 다문 입술을 벌려 갈라진 목소리로 나지막이 말했다.

"마피아의 피를 이어받은 사람을 용서할 수 없다고 한다면……."

"저의 마음은 변하지 않아요."

아야토는 마지막까지 다 듣지 않고 딱 잘라 말했다.

"아야토."

불안에 떠는 연인을 쳐다보며 말했다.

"당신은 당신인걸요. 제가 당신을 좋아하게 된 이유는 당신이 로셀리니 그룹의 COO이기 때문도, 이자벨 라로크의 아들이기 때문도, 물론 마피아의 피를 이어받았기 때문도 아니에요. 10년 전, 당신의 정체를 알 방법도 없던 데다 이름조차 모르는 상태에서도 처음 보자마자 속수무책으로 끌리고 말았다구요. 그 마음은 지금도 변함없어요."

에두아르의 파란 눈동자가 커졌다.

"게다가……, 당신은 아무런 범죄에도 손을 대지 않았잖아요. 당신이 일에 얼마나 진지하게 임하는지, 얼마나 정이 깊은지, 얼마나 한결같은 사람인지도 잘 알아요. 그렇기 때문에 그런 당신을 알면 알수록 강하게 끌리는 제 자신을 도저히 억누를 수가 없었어요."

"……고마워."

아름다운 얼굴이 한순간 당장이라도 울음을 터뜨릴 듯이 일그러졌다. 그러더니 이윽고 무언가를 곱씹는 듯이 엄숙한 목소리가 흘러나왔다.

"너를 잃지 않아 하느님께 감사할 따름이야."

가슴 앞에서 십자 성호를 그은 에두아르가 아야토의 손을 살며시 잡았다.

"아야토……, 널 데려가고 싶은 곳이 있어."

"데려가고 싶은 곳? 어딘가요?"

"오랫동안 계속……, 피해 왔던 고향."

"시칠리아 말씀이세요?"

"그래. 너에게 그 청록빛 바다와 황금색 대지를 보여주고 싶어."

에두아르가 미소를 지었다.

"……그리고 무엇보다 우리 형제가 태어나 자란【팔라초 로셀리니】를."

연인의 말에 고개를 끄덕인 아야토는 마찬가지로 그 커다랗고 따뜻한 손을 꼭 잡았다.

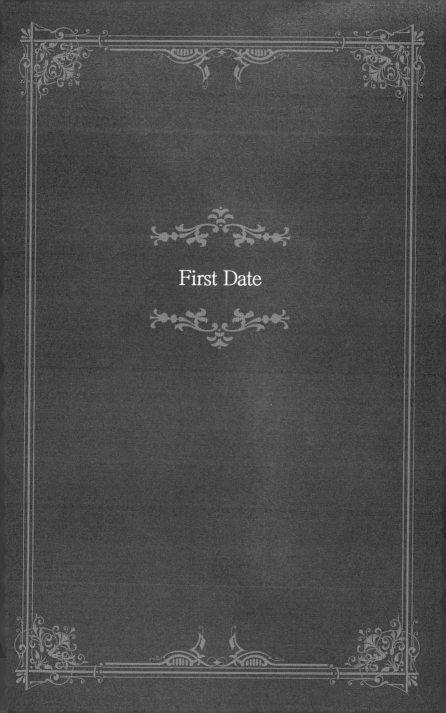

First Date

그날, 아침에 일어난 순간부터⋯⋯, 정확히 말하자면 전날 밤부터 아야토는 긴장한 상태였다.

그 탓인지 잠도 깊이 들지 못했던 것 같다. 많은 꿈을 꾸었다.

자명종은 평소보다 한 시간 반 늦은 일곱 시에 맞춰 놨지만, 습관적으로 여섯 시 전에 눈을 뜨고 말았다. 다시 자려고 시도해봤지만 잠이 들지 않아 결국 어쩔 수 없이 여섯 시 반에는 침대에서 일어났다.

그래도 평상시 아침보다는 느긋하게 보낼 수 있다.

오늘은 오랜만에 하루 휴가를 냈다. 성묘를 위해 반차를 쓴 적은 있지만, 하루 통째로 휴가를 낸 것은 9월 들어 처음 있는 일이었다.

7월과 8월도 여름 휴가의 영향으로 많이 바빴다.

그리고 9월에 들어오고 나선 COO의 일본 방문과 관련된 이런저런 —— 말미를 장식한 총지배인 해고에 이르기까지 —— 사건이 연달아 일어나는 바람에 도저히 하루 느긋하게 쉬어야겠다는 기분이 들지 않았다.

'하지만 그것도……, 내일로 일단락돼.'

안도와 섭섭함이 뒤섞인 복잡한 감정을 느끼며 탈의실에서 잠옷을 벗은 아야토는 배스 솔트를 녹인 욕조에 누웠다.

평소에는 한정된 아침 시간을 빡빡하게 나눠 쓰기 때문에 아침 목욕은 포기할 수밖에 없다. 하지만 오늘 아침은 시간에 여유가 있다. 그리고 오늘이라는 날을 놓치면 다음 기회는 틀림없이 좀처럼 찾아오지 않을 것이다.

"후우……."

딱 알맞는 온도의 목욕물에 느긋하게 몸을 담그자 서서히 힘이 빠지는 느낌이 들었다. 저도 모르게 깊은 한숨이 새어 나왔다.

전전날인 금요일, 아야토는 '카사호텔 도쿄'의 새로운 총지배인으로 임명되었다.

그다음 날 토요일 아침에는 COO가 직접 새 인사를 발표했고, 하시구치와 키타가와, 쿠보타를 비롯한 전 스태프로부터 축하를 받았다.

"너라면 할 수 있어. 기대 많이 하고 있으니까 열심히 해줘."

"잘됐다! 이제 나루미야 총지배인님만 믿고 따를게요!"

"새로운 보스가 나루미야 씨라니, 정말 기뻐요!"

오후에는 보도 자료가 나갔고, 정보는 금세 확산된 것 같았다. 그날 하루에만 관계자들로부터 문자가 쇄도하는 바람에 휴대전화 착신음이 끊이질 않았다.

대체로 좋은 소식이라고 받아들여주는 것 같아서 안심했다.

기쁜 반면, 자신 같은 풋내기가 그런 중요한 위치를 감당해 낼 수 있을까 하는 불안 또한 떨쳐 내지 못했다.

그러나 임명된 지 이틀이 지난 지금은 큰 역할을 맡겨준 COO, 그리고 자신의 일처럼 기뻐해준 스태프들과 관계자들의 기대에 보답하고 싶다는 마음이 더 컸다.

요 이틀 동안 카사호텔을 이렇게 만들고 싶다, 저렇게 만들고 싶다, 그런 아이디어가 잇따라 펑펑 솟구치는 탓에 스스로도 깜짝 놀랐다.

모든 아이디어를 실현하기에는 시간이 걸리겠지만, 초조해하지 말고 착실히 카사호텔이 살아남기 위한 개혁을 진행해 나가고 싶다.

과거로부터 받은 유산을 확실하게 이어받으면서 새로운 가능성을 개척해 나가고 싶다.

자신은 남들을 이끌어 갈 만한 리더십이 없는 성격이라고 생각했지만, 가슴속에 새로운 길을 열어 가고자 하는 마음이 물밀듯이 차오른 것을 느낄 수 있었다.

하지만 오늘은 우선 새로운 과제와 앞으로의 중책을 일단 내려

놓고 몸과 마음을 쉬게 하자. 그러기 위한 휴일이다.

좋아하는 책을 한 손에 들고 미지근한 물에 한 시간 정도 몸을 푹 담근 뒤, 몸을 씻고 머리를 감고 나서 욕실을 나왔다.

최근에는 밤에도 샤워만 하고 자는 경우가 많아서 그런지 등이 당기는 것 같은 느낌이 들었는데, 오랜만에 사치스러운 시간을 보낸 덕분에 몸이 가벼워졌다. 어깨 결림도 많이 풀린 것 같은 기분이 들었다.

목욕 가운을 걸치고 머리카락의 물기를 닦아 낸 다음, 아침 식사 준비에 들어갔다.

햄에그와 루꼴라 샐러드를 접시에 보기 좋게 담고 나서 토스트를 준비하고 밀크티를 우려 낸 그때, 다이닝 테이블 위에 놓은 휴대전화가 부르르 떨렸다.

손에 든 휴대전화에는 문자 착신 알림이 떠 있었다. 보낸 사람은 【COO】.

'에두아르한테서 온 문자다.'

황급히 문자를 열어보자, 짧은 영문이 눈에 확 들어왔다.

【좋은 아침. 슬슬 일어날 때일 것 같아서 보내. 오늘 일정은 변경 없지? 난 예정대로야. 카사호텔 밖에서 너와 만날 수 있다니. 기대하고 있을게.】

문면을 다 읽은 아야토의 입가에 웃음이 피어났다.

아야토는 곧바로 답장을 보냈다.

【안녕히 주무셨어요? 저는 약속 시간에 문제없이 도착할 것 같

습니다. 오늘 잘 부탁드리겠습니다.】

보내기 버튼을 누르고 나서 답장을 너무 딱딱하게 보냈다고 반성했지만, 사적으로 연인 관계가 되었다고 해서 성격상 갑자기 태도를 바꿀 수는 없었다.

보름 전쯤, 10년 전에 함께 하룻밤을 보낸 상대 에두아르 로셀리니와 운명적으로 재회했다.

카사호텔의 새로운 오너로서 일본을 찾은 에두아르와는 10년 전의 이별에 대해 서로 오해가 있는 바람에 재회하고 난 뒤로 계속 마음이 엇갈리기만 할 뿐이었다.

선대 오너가 사랑한 카사호텔을 지키는 데에만 혈안이 되어 있던 아야토는 개혁을 추진하려는 에두아르를 파괴자로 간주하고 적대시했다.

하지만 많은 사건을 겪으며 방법론은 다르지만 카사호텔을 아끼는 마음은 똑같다는 것을 이해할 수 있게 되었다.

조금씩 거리를 좁힘에 따라 서로를 옭아매던 오해를 풀고 마침내 서로에게 마음을 전할 수 있었던 것이 불과 사흘 전 일이다.

마음이 통해 정식으로 연인 사이가 된 이후로 요 사흘 동안은 그야말로 꿈만 같은 시간이었다.

아야토의 인생에서 가장 농밀하고 행복한 시간이라 해도 무방했다.

하지만 행복한 시간은 대부분 오래가지 않는 법.

내일이 되면 에두아르는 밀라노로 돌아가버린다.

물론 유럽을 거점으로 삼는 로셀리니 그룹의 COO로 있는 그가 언제까지고 일본에 머물 수 있을 리도 없을 뿐더러, 그 점은 아야토도 충분히 잘 이해하고 있었다. 게다가 에두아르는 귀국 후에도 일본에 올 기회를 되도록 자주 만들겠다고 약속해주었다.

그렇기 때문에 하루하루 다가오는 이별의 날을 냉정하게 받아들이고 있었다. 하지만 스스로도 모르는 사이에 외로운 마음이 언동에 드러났을지도 모른다.

그저께 밤, 집무실에서 에두아르로부터 '내일모레는 하루 쉬라'는 명령을 받았다.

데스크 앞에 서 있던 아야토는 갑작스러운 명령에 허를 찔렸다. 에두아르가 일본을 떠난 뒤라면 그렇다 쳐도, 지금? 이라는 생각이 들었기 때문이다.

"그럴 수는 없습니다. 총지배인으로 취임하면 COO께서 떠나시기 전에 미리 상의드리고 싶은 확인 사항이 산더미처럼 쌓여 있으니까요……."

"그래서 그래."

"네?"

"내가 귀국하는 것과 동시에 명실상부 네가 카사호텔의 수장이 되잖아. 모든 책임과 중압이 너의 어깨를 짓누를 거라고. 성실하고 부지런한 너는 모두의 기대에 온 힘을 다해 부응하려 하겠지. 그렇게 되기 전에 휴가를 잡아서 쉬도록 해. 내가 일본에 온 이후로 한 번도 휴가를 쓴 적이 없잖아? 안 그래?"

거짓말은 할 수 없었기에 "맞습니다." 하고 인정했다.

"네가 보기와는 달리 강인하다는 건 알아. 하지만 그래봤자 사람인 이상, 쉬지도 않고 계속 일했다간 저도 모르는 사이에 피로가 쌓이면서 조만간 어딘가로 여파가 확 몰려올 거야. 게다가 수장인 네가 쉬지 않으면 아랫사람들도 눈치를 보느라 쉬질 못한다고."

그 말을 듣고 나니 찔리는 곳이 많았다.

"회의는 오늘, 내일 동안 해치워버리자. 그리고 내일모레 일요일에는 휴가를 쓰는 거야. 새로운 임무에 임하기 위해서는 심신의 피로를 풀어줘야 돼."

머리로는 에두아르가 하는 말이 지당하다는 것을 알고 있었다. 아마 요새 잠이 부족한 것을 이미 꿰뚫어 봤을 것이다. 새로운 체제로 이행하기에 앞서 연달아 회의를 하고 관계자들에게 인사를 도느라 요 이틀 동안 아야토는 눈코 뜰 새 없이 바빴다. 밤 늦게 업무에서 해방되어 에두아르와 함께 시간을 보냈기 때문에 수면 시간은 이틀 연속 세 시간도 채 되지 않았다.

자신의 몸 상태를 걱정하고 내리는 명령임을 머리로는 이해했지만, 고분고분 따를 수는 없었다.

휴가를 하루 내면 안 그래도 얼마 남지 않은 에두아르와의 시간이 줄어들고 만다.

귀국 전날에 억지로 휴가를 내고 집에 있어봤자 어차피 마음이 진정되지 않아 하루 종일 안절부절못하고 쉬지도 못할 것을 잘 알고 있었다.

그런 자신을 예측할 수 있기 때문에 별 의미가 없다고 생각하는 것과 동시에 약간 침울해졌다.

에두아르는……, 마지막 날에 나와 지내지 않아도 좋은 걸까?

1초라도, 1분이라도 더 함께 있고 싶어 하는 사람은……, 나뿐일까?

가슴이 애달프게 삐걱거리는 바람에 그만 원망스러운 눈빛으로 정면에 있는 미모를 쳐다본 그때였다.

"나도 일요일엔 휴가를 내도록 하지."

아야토는 아무렇지도 않게 말하는 에두아르를 보며 눈을 크게 떴다.

"지금 뭐라고 말씀하……."

"내일모레는 하루 종일 함께 지내자."

그의 말에 두 눈을 깜박거렸다.

"하루 종일……, 함께?"

"그래, 데이트하자."

"데이트?"

에두아르가 아직 실감이 나지 않는 아야토를 응시하며 "음……, 될 수 있으면 밖에서 데이트하고 싶군." 하고 중얼거렸다.

"물론 난 카사호텔이라는 공간을 더할 나위 없이 사랑해. 하지만 애착이 강하기 때문에 도무지 일과 떼어 놓고 생각할 수 없단 말이지. 문을 닫아도 완전한 사적 공간이라고는 할 수 없으니, 만남의 장소로도 적합하지 않고 말이야."

그건……, 그 위화감은 아마 아야토가 훨씬 강할 것이다.

아무리 에두아르가 "이제부터는 연인간의 시간이야."라고 해도, 카사호텔에서 관계를 맺는다는 사실에 대한 죄책감을 완전히 불식시키는 것은 어려웠다.

"그래서 적어도 귀국 전날에는 상사와 부하 직원이라는 관계를 잊고 그저 연인 사이로서 지내고 싶었거든. 너를 하루 내내 독점하고 싶어."

에두아르가 뜨거운 눈빛으로 호소하자, 환희가 서서히 치밀어 올랐다.

에두아르도 자신과 마찬가지로 남은 시간을 함께 보내고 싶어 했던 것을 알고 나니 무척 기뻤다.

'나만 그런 게 아니었어.'

아야토는 가슴에 가득 찬 환희를 곱씹으며 "알겠습니다." 하고 대답했다.

"그럼 말씀하신 대로 내일모레는 휴가를 내겠습니다."

만족스러워하는 듯한 에두아르의 표정을 보고 있으려니, 아야토의 안에 있는 욕구가 치밀어 올랐다.

"저……, 그럼 제가 내일모레 계획을 세워도 될까요?"

"물론이지. 네가 도쿄의 거리를 안내해주다니 기쁜걸?"

그러한 대화를 거쳐 오늘 에두아르와의 데이트 약속을 잡았다.

'그래……, 데이트.'

새삼 그 말을 되새기자 등이 간지러워졌다.

재회한 이후로 에두아르와 밖에서 만난 것은 성묘하러 절에 갔다가 우연히 만나 리스토란테에서 식사를 한 그날 밤뿐.

　게다가 그땐 아직 서로의 마음이 통하지 않은 상태였다.

　그렇기 때문에 제대로 된 데이트는 오늘이 처음이었다. 애초에 연애에 어두운 아야토는 과거에도 데이트를 해본 경험이 거의 없다.

　'……긴장된다.'

　오늘에 이르게 된 경위를 상기하고 있으려니 긴장이 서서히 커졌다. 아야토는 남아 있던 밀크티를 들이켜고 마음을 진정시켰다.

　아침밥을 먹는 동안 머리를 말렸다. 그리고 양치질을 하고 나서 침실에서 옷을 갈아입기 시작했다.

　오늘 입고 갈 옷은 어제 자기 전에 한 시간 정도 고민했다.

　원래 패션에는 관심이 없는 데다 요 몇 년 동안은 일하느라 바빠서 사생활이 없는 것이나 마찬가지였기 때문에 데이트에 걸맞는 세련된 옷을 갖고 있지 않았다. 이번에는 사러 갈 시간적 여유도 없었다.

　수중에 가지고 있는 옷 중에서는 슈트가 가장 무난하다면 무난하겠지만, 사적인 만남에서까지 슈트를 입고 가는 것도 별로였다. 그렇다고 너무 편한 복장으로 갔다간 함께 길을 걷는 에두아르와 어울리지 않을 것이다. 그에게 창피를 주지 않을 만한 수준의 사복……을 어젯밤 옷장 앞에서 잔뜩 고민한 끝에 겨우 상하의를 골라 옷걸이에 걸어 놓았다.

삭스블루 셔츠에 연회색 재킷, 바지는 애시그레이 원 플리츠 팬츠. 신발은 검은색 스웨이드 로퍼.

셔츠의 가장 위쪽 단추를 하나 풀고, 넥타이는 매지 않았다.

다른 옷을 입어도 평소와 달라진 점은 별로 없지만, 오늘은 이것이 최선이었다.

옷을 갈아입은 다음, 이상한 점은 없는지 전신거울을 보며 체크했다. 에두아르는 로셀리니 그룹의 의류 부문을 총괄하는 만큼 본인 또한 아주 세련되고 패션에도 민감하기 때문에 방심은 금물이다.

"문제……없을 것 같아."

혼잣말을 하고 나서 세면대로 이동했다. 거울에 비친 얼굴은……, 여자만큼 공들여 화장할 수도 없기 때문에 이제 와서 뭘 어떻게 하려 한들 아무 소용 없었다.

'헤어 스타일.'

평소에는 직업 성격상 빗으로 정리하긴 하지만, 휴일인데 너무 잔머리 없이 빗어 넘기는 것도 이상할 것 같아 무스를 바르지 않고 자연스럽게 흘려 넘겼다.

몸단장을 마치고 나서 손목시계를 보니 9시 20분.

지금 나가면 약속 시간 10분 전에는 약속 장소에 도착할 수 있다.

"좋아."

아야토는 목소리를 내어 기합을 넣은 다음, 현관으로 향했다.

　　　　*　　　*　　　*

　약속 장소인 타카다노바바 역 개찰구에 예정대로 약속 시간 10분 전에 도착했다. 자칫 잘못해서 에두아르가 먼저 도착해버릴 가능성을 고려하여 충분히 여유를 두고 나온 것이다.

　'다행이다. 아직 안 왔어.'

　개찰구를 나와 주위를 빙 둘러보고는 한숨을 휴우 내쉬었다.

　알기 쉽게 역 개찰구를 약속 장소로 잡았지만, 아마 에두아르는 차를 타고 올 것이다.

　그렇게 생각한 아야토는 개찰구를 등지고 선 자세로 사거리를 바라보면서 에두아르가 오기를 기다렸다. 일요일이기 때문에 역 앞은 커플이나 아이를 동반한 가족으로 북적이고 있었다. 오가는 차도 많았고, 기다리는 동안에도 많은 사람들이 눈앞을 지나갔다.

　전철이 역에 도착하자 개찰구에서 인파가 우르르 밀려나왔다. 그 후, 인파가 잠잠해지더니 얼마 안 있어 또다시 우르르 밀려나왔다.

　그 과정을 두 차례 되풀이한 무렵, 아야토는 손목시계를 힐끔 확인했다.

　10시 1분 전.

　슬슬 올 시간이 됐다. 위 언저리가 또다시 긴장으로 인해 위축되는 것을 느끼고 있으려니, "아야토." 하고 자신의 이름을 부르는 목소리가 들려왔다.

목소리가 들린 방향으로 몸을 돌렸다. 주위 사람들보다 키가 훨씬 커서 얼굴이 한눈에 쏙 보이는 장신의 미남이 마침 개찰구를 나오는 참이었다.

'에두아르?'

슈트 차림이긴 하지만 일할 때 입는 슈트가 아니라 색이 화려해서 딱딱해 보이지 않았다.

게다가 포인트로 재킷 옷깃에 있는 플라워 포켓에 넥타이와 같은 천으로 만들어진 작은 꽃이 달린 핀이 꽂혀 있었다. 자신은 절대 흉내 낼 수 없는 고도의 여유로움이 느껴졌다.

'역시 패션의 프로.'

아야토는 눈앞까지 온 에두아르를 살짝 넋을 놓고 보다가 입을 열었다.

"전철 타고 오셨네요? 깜짝 놀랐습니다."

항상 운전사가 딸린 리무진으로 이동하는 에두아르가 전철을 타고 올 줄은 전혀 예상도 못했다.

"일본 전철은 아주 쾌적하다고 하길래 한 번 타보고 싶었거든. 마침 좋은 기회길래."

호기심이 왕성한 '그'다웠다.

"무슨 문제는 없으셨습니까?"

"전혀. 사인 시스템이 확실하게 잘 되어 있으니까 역에서 헤맬 일도 없었어. 시간도 정확하고, 전철 안은 청소가 구석구석까지 꼼꼼히 잘 되어 있는 덕분에 청결했고. 들은 것보다 훨씬 쾌적하던데?"

"다행이네요."

일본인으로서 일본의 교통기관을 칭찬받으니 역시 기뻤다.

하지만 말은 그렇게 해도 자신의 연인은 전철 안에서 틀림없이 꽤나 눈에 띄었을 것이다. 같이 탔던 사람들이 에두아르를 힐끔힐끔 쳐다보는 모습이 눈에 선했다. 한편, 에두아르는 자신이 주목의 대상임을 눈치채지 못했다. 남의 주목을 끄는 것은 '그'에게 그다지 특별한 일이 아니기 때문이다. 사방팔방에서 느껴지는 시선을 쿨한 얼굴로 무시했을 것이다.

전철 안의 상황을 상상하고는 풀어질 뻔한 입가에 힘을 주어 꾹 다물고 있으려니, 에두아르가 아이스블루색 눈동자로 아야토를 물끄러미 쳐다보았다. 그러더니 머리에서부터 구두까지 온몸을 샅샅이 훑어보고 나선 눈을 가늘게 떴다.

"오늘은 슈트가 아니구나."

"아, 네."

"근사하군. 슈트나 유니폼 차림의 너도 금욕적이고 매력 넘치지만, 오늘의 차림은 일할 때와는 또 달라서 좋은걸?"

다행이다. 아무래도 합격점은 받은 것 같다.

"오직 나만을 위해 차려입어준 것 같은 기분이 들어서 말이지……."

에두아르가 그윽한 눈빛으로 아야토의 눈을 바라보며 속삭였다.

"……당신을 위해 차려입었어요."

그 시선을 받아 내며 작은 목소리로 긍정했다. 에두아르가 녹아내릴 것 같은 미소를 지었다.

"기뻐."

아야토도 덩달아 미소가 떠올랐다.

"……."

혼잡한 곳에서 서로를 바라보다가 지나가던 사람들의 시선을 느끼고는 그만 정신을 번쩍 차렸다.

안 돼. 안 그래도 에두아르가 남들 눈에 띄기 쉽다는 사실을 깜빡 잊고 있었다.

"여긴 사람이 많으니……, 슬슬 갈까요? 이쪽으로 오십시오."

어깨를 나란히 하고 걷기 시작한 지 얼마 되지 않아 옆에서 나지막이 중얼거리는 목소리가 들렸다.

"……오늘도 존댓말이군. 일하는 것도 아닌데."

에두아르와 자신은 손님과 호텔리어로 만났고, 현재는 상사와 부하 직원 사이이다.

아무리 사적인 시간이라 해도 허물없는 말투로 말하자니 몹시 거부감이 들었다. 공사를 능숙하게 구분하지 못하는 자신이 서툴다는 것은 알고 있지만.

"……죄송합니다."

의기소침하게 사과하자, 에두아르가 어깨를 움츠렸다.

"그렇게 갑자기 공사를 나눌 수 없는 너의 마음도 이해해. 당분간은 어쩔 수 없지. 언젠가 마음을 더 열고 어리광 부려줬으면 좋겠지만."

에두아르는 너그러운 목소리로 아야토를 어르고 달래더니, 기대에 찬 얼굴로 "그래서, 오늘 계획은 어떻게 되지?" 하고 물었다.

"약속 장소를 이곳으로 잡은 데에는 무슨 이유가 있는 건가?"

"네. 지금부터 안내하겠습니다."

아야토도 마음을 가다듬고는, 목적지까지 최단 경로로 에두아르를 인도했다. 5분 정도 지나 행선지에 도착했다.

"여긴……?"

어딘지 모르게 쇼와 시대의 흔적이 남아 있는 건물 앞에 선 에두아르가 한동안 곰곰이 생각하더니 중얼거렸다.

"영화관?"

레트로한 포스터가 쭉 붙어 있는 로비의 분위기를 보고 무슨 건물인지 추측한 듯했다.

"네. 신작이 아니라 구작을 중심으로 상영하는 영화관……, 이른바 명화 극장이죠. 일본에서는 DVD와 케이블 TV의 보급에 따라 해마다 감소하면서 현재는 전국적으로도 몇 군데 없어요. 여긴 그얼마 남지 않은 명화 극장 중 한 군데로, 영업을 시작한 지 50년이넘은 역사를 가진 곳입니다."

"그렇군……. 역사 있는 영화관. 그래서 정취가 있구나. 그러고보니 넌 영화를 좋아했지?"

"유일하게 취미다운 취미죠."

하지만 최근에는 호텔 일이 바빠서 오로지 DVD로만 보고 있는상황이었다.

고등학교 때는 이 명화 극장에도 뻔질나게 다녔지만, 그 후 미국으로 유학을 갔다가 사회인이 되어 일본에 돌아와서도 바빠서 영화를 볼 겨를이 없는 나머지 발길이 뜸해졌다. 오늘도 몇 년 만에 이곳을 찾았다. 하지만 아무리 공백이 있어도 옛 보금자리로 돌아온 듯한 안심감이 들었다.

"이 영화관도 시대의 흐름을 거스르지 못하고 한 번 휴관한 적이 있지만, 이 거리의 상징을 잃고 싶지 않다는 지역 주민들의 응원에 힘입어 간신히 재오픈했다고 하더라구요."

"호오."

"특히 이 근처 대학교 학생들이 재오픈을 위한 서명 모집을 시작으로 재오픈 후에도 어떤 식으로 경영을 유지해 나갈지 마케팅 조사를 거쳐 경영 방법을 제안하기까지 했다고 들었습니다."

50년 넘는 역사를 가진 명화 극장에 관련된 이야기를 들려주자, 에두아르가 감회 깊은 표정으로 "카사호텔 본관 같군." 하고 말했다.

"네?"

"옛날부터 고객에게 사랑받는 상징이기도 하잖아."

"듣고 보니……."

확실히 그랬다. 그래서 이곳에 오면 그립고 반가운 마음이 드는 것일지도 모른다.

"다시 말해, 카사호텔도 젊은 스태프들의 힘을 빌려 변해 갈 수 있다는 뜻이지. 물론 원래 가진 장점을 잃지 않고."

아야토는 에두아르의 말에 고개를 깊이 끄덕였다.

"그렇게 변해 나가고 싶습니다."

"그건 그렇고."

에두아르가 "영화관 데이트라, 데이트답고 좋은데?" 하고 미소를 지었다.

"그렇게 말씀해주셔서 다행입니다. 잠깐 여기서 기다려 주시겠어요?"

에두아르로부터 떨어진 아야토는 발권기로 다가갔다. 그리고 영화표를 두 장 사서 돌아오더니 "받으세요." 하고 한 장을 건네었다.

"영화표를 사다준 거야?"

아야토는 안쪽 주머니에서 지갑을 꺼내려고 하는 에두아르를 제지했다.

"영화표 값은 제가 내게 해주세요."

"하지만."

"오늘은 제가 계획을 세웠으니까요."

아야토가 딱 잘라 말하자, 에두아르가 한숨을 푹 쉬더니 체념한 목소리로 "그럼 감사히 받도록 하지." 하고 굽혀주었다. 저번에 이탈리안 레스토랑에서 식사를 대접받았기 때문에 이번에는 자신이 돈을 내고 싶었다. 재력에 압도적인 차이가 있긴 하지만, 얻어먹기만 하려니 마음에 걸렸다.

"여기 영화관에서는 영화표 한 장으로 영화 두 편을 볼 수 있어요. 볼 영화 시간을 지정하고 영화가 끝나면 무조건 나와야 하는 규정은 없기 때문에 하루 종일 여기 있으려고 마음 먹으면 가능하긴 하지만, 우리는 이제 상영할 첫 번째 작품을 볼 예정입니다."

"네가 추천하는 영화인가?"

"네."

작고 아담한 극장 안에는 자리가 150석 정도 있었다. 오늘 1회차 시간인데도 자리는 이미 반쯤 찬 상태였다. 집에서 대형 TV로 편히 볼 수 있는 시대가 되어도 영화는 스크린에서 보고 싶어 하는 관객층이 일정 수 있는 것이다.

빈자리 중에서 스크린에 너무 가깝지도 않고, 그렇다고 너무 떨어지지도 않아 비교적 보기 편한 자리를 골라 에두아르와 나란히 앉았다. 그 후에도 사람들이 잇따라 들어오더니 거의 만석이 된 상태에서 관내 조명이 훅 꺼졌다.

"괜찮아?"

걱정스러운 목소리가 귓가에 들렸다.

"어두운 건 싫어하잖아?"

"걱정해주셔서 감사합니다. 하지만 이 정도로 깜깜한 건 괜찮아요."

몸 상태에 따라 숨이 막힐 때도 있지만, 영화가 시작되어 집중만 하면 문제는 없다. 반대로 말하면 취향에 맞지 않는 영화는 힘들다. 그러나 오늘은 괜찮으리라는 자신이 있었다.

"정말로?"

"네, 여긴 넓기도 하니까요."

작은 목소리로 이야기하는 동안 스크린을 덮고 있던 커튼이 열렸다. 잠시 후, 스크린이 밝아지더니 다음 상영 예정작 예고가 시작되었다. 그 예고는 5분 정도 나오다가 끝났다.

'드디어 본편이다.'

긴장이 높아졌다. 곁눈으로 에두아르를 힐끔 엿보자, 조각상 같은 옆얼굴은 스크린을 똑바로 응시하고 있었다.

또다시 밝아진 스크린 한가득에 한 여성의 얼굴이 클로즈업되었다. 이만큼 클로즈업을 해도 그 미모는 어디 나무랄 데가 없을 정도로 완벽했다.

"으⋯⋯."

옆에 있던 에두아르가 숨을 작게 삼켰다. 그리고 눈을 크게 뜨더니, 몸을 앞으로 살짝 내밀었다. 아야토도 연인의 시선을 좇아 정면 스크린으로 얼굴을 돌렸다.

기품이 넘치는 플래티나 블론드. 환하고 하얀 피부. 우아하고 아름다운 곡선을 그리는 눈썹. 긴 속눈썹에 에워싸인 아이스블루색 눈동자. 관능이 감도는 도톰한 입술.

20세기 마지막 쿨뷰티, 이자벨 라로크.

그녀를 처음 본 것도 이곳이었다.

이제 와서 생각하면 고등학교 때 이 명화 극장에서 스크린 속에 비친 그녀에게 홀딱 반한 것이 모든 일의 시작이었던 것 같은 기분이 든다.

은막의 스타인 그녀에게 반하고 몇 년 뒤, 마치 보이지 않는 실이 끌어당기기라도 한 것처럼 그녀의 아들인 '그'와 만났다. 나아가 10년 후의 재회로 이어지는 '운명'의 발단.

'역시 예쁘다…….'

아야토는 시대가 변해도 퇴색하지 않는 미모에 새삼스럽게 감명을 받으면서 다시 한 번 옆에 있는 에두아르의 모습을 살폈다.

연인은 자신과 똑 닮은 얼굴을 뚫어지게 쳐다보고 있었다. 이 작품은 아야토가 가장 좋아하는 영화로, 그녀의 대표작이라고도 할 수 있는 명작이다.

물론 에두아르도 모친의 대표작을 몇 번이나 봤을 것이다.

하지만 이국의 영화관에서 보면 또 다른 기분이 들지 않을까?

이윽고 에두아르가 한숨을 작게 후우 내쉬더니, 아야토 쪽을 보았다.

"……영화관에서 어머니와 만난 건 굉장히 오랜만이야."

에두아르는 한숨 같은 목소리를 흘렸다.

"게다가……, 일본에서 만날 수 있을 줄은 몰랐어."

"여기 지배인님이 어머님의 열렬한 팬이셔서 정기적으로 이자벨 라로크가 출연하는 영화를 상영해주세요. 저도 여기서 어머님을 처음 뵈었습니다."

아야토도 작은 목소리로 속삭이며 대꾸했다.

"오늘 여기서 재상영을 한다는 소식을 듣고 꼭 당신을 여기로 모시고 싶었어요……. 자리가 빼곡히 찬 것을 보면 아시겠지만, 어머님의 오래된 팬들이 상영할 때마다 이렇게 모인답니다."

극장 안을 둘러본 에두아르가 깊이 감동한 듯한 표정으로 고개를 끄덕였다.

"이런 깜짝 선물을 준비해줬을 줄이야. 정말 기쁘군."

에두아르가 곱씹듯이 중얼거리더니 아야토 쪽으로 손을 슬쩍 뻗어 왔다. 팔걸이 위에 놓인 손을 꽉 잡힌 아야토는 어깨를 흠칫 떨었다.

"에두아르⋯⋯."

"고마워⋯⋯."

에두아르는 눈을 똑바로 쳐다보며 속삭였다. 그 눈동자에서 감사의 마음을 읽어 낸 아야토의 가슴에 환희의 물결이 잔잔하게 퍼졌다.

오늘 같은 날, 아야토의 추억이 담긴 영화관에 이자벨 라로크의 영화가 상영될 확률은 천문학적인 숫자에 가까울 것이다. 그야말로 운명이라고 해도 과언이 아니었다.

그래서 꼭 '그'를 이곳에 데려와서 함께 감상하고 싶다는 욕구를 억누를 수 없었다. 다분히 자기 중심적인 생각이었지만.

'기뻐해줘서 다행이야⋯⋯.'

그 후로 두 사람은 말없이 영화에 집중했다.

에두아르는 영화가 상영되는 동안 줄곧 아야토의 손을 잡고 놓지 않으려 했다. 누가 보면 어쩌나 하는 생각에 조금 조마조마했지만, 다들 영화에 정신이 팔렸으니 괜찮다고 자신을 타일렀다.

연인의 손에서 전해지는 온기 덕분인지 한 번도 답답함을 느끼지 않고 좋아하는 영화를 마지막까지 즐길 수 있었다.

*　　*　　*

영화를 다 보고 난 뒤, 신주쿠까지 택시로 이동했다.

아야토만 아는 비장의 가게에서 조금 늦은 점심을 먹기 위해서이다.

인터넷 식도락 사이트 같은 곳에도 게재되지 않은 곳으로, 지역 주민들에게 크게 사랑받고 있는 숨겨진 맛집이었다. 아야토도 몇 년 전에 우연히 가게 앞을 지나가다가 왠지 모르게 마음이 끌려 들어가보고는 가격 이상의 맛에 감동하여 그 이후로 단골이 되었다.

단, 애석하게도 초로의 부부가 꾸려 나가는 동네 정식집이기 때문에 서비스나 분위기는 기대할 수 없다. 그다지 청결하지도 않다. 가게 앞에서 에두아르에게 그렇게 설명하며 "괜찮으시겠어요?" 하고 확인했다.

그 말에 대한 에두아르의 대답은 '네가 추천하는 가게라면 들어가보고 싶다'.

"맛은 보증합니다."

"그렇다면 들어가보도록 하지. 일본의 일반적인 식당에 흥미가 있거든. 이탈리아에서도 정말로 맛있는 음식을 내놓는 곳은 서민의 부엌인 트라토리아[19]니까."

결론을 말하자면 에두아르는 이 정식집을 굉장히 마음에 들어 했다. 솔직히 셀러브리티 오라를 뿜어 대는 에두아르는 벽에 기름

---

19 트라토리아: 지방의 특색 음식이 중심인 소규모의 식당.

때가 앉은 가게와 전혀 어울리지 않았지만, 본인이 전혀 의식하지 않는 것 같았기에 아야토도 그 점은 신경 쓰지 않기로 했다.

사실은 오늘의 데이트 코스를 짜는 데 앞서 무척이나 고민했다.

정보를 찾기 위해 인터넷 서핑을 하던 중, 이자벨 라로크의 영화가 상영된다는 사실을 알고 오전 일정을 정했다. 하지만 문제는 식사였다.

아야토도 프런트에서 안내와 접객 업무를 담당하는 호텔리어로서 웬만한 고급 음식점은 머릿속에 얼추 들어 있다. 나름대로 연줄도 있기 때문에 유명 음식점을 예약하는 것도 가능했다.

하지만 에두아르를 고급 음식점에 데려가는 것은 너무 진부할 것 같다는 생각이 들었다.

'그'야말로 전 세계 일류 레스토랑을 찾아다녔을 터. 새삼 아무리 좋은 가게에 데려간다 한들 놀라지 않을 테고, 자극도 되지 않을 것이다.

그렇다면 차라리 그와는 가장 먼 곳에 있는 서민적인 가게……를 찾아 머리를 굴리고 있으려니 문득 신주쿠에 있는 이 정식집이 떠올랐다.

밤에는 가볍게 한잔 할 수도 있는 이 가게는 중국 요리부터 일식, 양식까지 메뉴도 잡다했다.

두 사람은 그 다양하고 풍부한 메뉴 중에서 아야토가 추천하는 돼지고기야채볶음과 돈가스, 새우튀김을 주문하여 나눠 먹었다. 에두아르는 '절묘하게 익혀 아삭한 야채의 맛과 바삭하게 튀겨진 튀김옷이 그야말로 완벽하다'고 절찬하며 접시를 단숨에 싹 비웠다.

특히 돈가스를 마음에 들어 한 것 같았다.

"코톨레타와 비슷한데, 이건 돼지고기인가?"

코톨레타란 일본에서 말하는 '밀라노식 커틀릿'이다. 송아지 고기를 두드려 늘린 다음, 튀김옷을 입혀 불에 볶고 튀긴다. 확실히 돈가스와 비슷했다.

"이건 돼지 등심입니다. 일본에서는 일반적인 요리이고, 전문점도 많죠. 이걸 달고 짭짤하게 간을 해서 조린 다음, 그 위에 달걀을 풀면 돈가스 덮밥이 됩니다."

"그것도 먹어보고 싶군."

에두아르의 요청에 따라 돈가스 덮밥으로 마무리했다. 이것도 마음에 들었는지, "일본의 돈가스 덮밥은 참 맛이 깊군." 하고 끊임없이 감탄했다.

배불리 먹고 나서 누가 돈을 낼지 실랑이를 벌였지만, "여긴 카드 불가입니다."라는 말로 에두아르의 저항을 막으며 간신히 아야토가 계산하는 데 성공했다. 이 가게라면 금액도 어느 정도 예상이 갈 테니, 에두아르도 별로 부담을 느끼지 않을 것이다. 그 점도 좋았다.

"전부 다 아주 맛있더군. 만족스러웠어."

그 얼굴을 보니 진심으로 만족하고 있는 것을 알 수 있었다.

"다행입니다."

아야토는 기쁨을 곱씹었다. 자신이 좋아하는 가게를 연인에게 소개하고 함께 공유할 수 있다니, 이 얼마나 행복한 경험일까? 이것이야말로 데이트의 진정한 묘미였다.

그 후, 소화도 할 겸 신주쿠를 어슬렁거렸다.

긴자와 롯폰기, 니시아자부, 【Rossellini Giappone(로셀리니 자포네)】의 준비실이 있는 아오야마까지는 가본 적이 있는 에두아르도 신주쿠는 처음 와봤다며 흥미진진해했다.

아마 에두아르가 알고 있는 세련된 도쿄의 이미지와 혼잡한 신주쿠는 분위기가 약간 다를 것이다. 아야토도 계획성과는 무관한 어수선한 이 거리를 싫어하진 않았다. 뭐라 표현하기 힘든 신비한 힘과 에너지로 가득하기 때문이다.

보아하니 에두아르도 그렇게 느낀 듯했다.

당장이라도 가게 출입구에까지 상품이 흘러넘칠 것 같은 난잡한 가게에도, 젊은 여성들이 가득한 가게에도 적극적으로, 그리고 과감하게 들어가서 눈에 띄는 상품을 들고는 "이건 뭐지?" 하고 아야토에게 물어보았다.

에두아르는 기품 있고 아름다운 외양과는 딴판으로 무척 호기심이 강했다. 아야토의 경험상 미지의 세계에 강한 흥미를 보이는 것은 유능한 사업가의 특징이었다.

그렇기 때문에 세상의 움직임에 민감하게 반응하며, 시대를 앞질러 새로운 사업을 선점할 수 있는 것이다.

이왕이면 에두아르의 왕성한 호기심을 채우기 위해 이 지역 사정에 밝지 않은 초심자는 발을 들여놓기 힘든 매니악한 구역을 중심으로 안내하며 돌아다녔다. 룸살롱과 호스트바 같은 유흥 주점이 즐비한 뒷골목을 대충 지나온 뒤, 얼마 안 있어 에두아르가 발걸음을 멈추었다.

아야토도 덩달아 멈춰 서서 연인의 시선을 더듬었다. 에두아르가 보고 있던 것은 5미터 정도 앞에 세워진, 딱 보기에도 신주쿠 거리에 어울리지 않는 건물이었다.

원형의 탑을 품듯이 세워진 유럽 고성처럼 생긴 건물이었다. 건물과 그를 에워싼 벽은 크림색, 첨탑 지붕은 하늘색. 자세히 보니 고성을 흉내 내어 만든 가짜임을 바로 알 수 있었다. 물론 에두아르도 진짜가 아니라는 사실을 알아챘을 것이다.

그러나 인적 없는 뒷골목에 왜 '고성 비슷한 것'이 세워져 있는지 의문은 남았을 것이다.

수상쩍은 듯한 얼굴로 건물을 물끄러미 쳐다보던 에두아르가 "저건 뭐지?" 하고 물었다.

"아……, 저기."

아야토는 말을 우물거렸다. 여태까지는 어떤 질문에도 술술 대답했기에 에두아르가 이상했는지 왜 그러냐는 듯이 아야토를 돌아보았다.

눈과 눈이 마주치면서 대답을 재촉하는 듯한 눈빛이 향해지자 어떻게 설명해야 좋을지 몰랐다.

아마 유럽에는 없는 시설일 것이기 때문에 이해하지 못할 것이다.

아야토가 어떻게 설명해야 될지 쩔쩔매고 있으려니, 에두아르가 건물로 시선을 되돌렸다. 그러더니 "응?" 하고 의아한 목소리를 내며 '성 비슷한 것'을 향해 성큼성큼 다가갔다.

"자……잠시만요!"

아야토도 황급히 장신을 쫓아갔다. 가까이 다가갈수록 건물 전체가 색이 바랜 것이 눈에 들어오면서 꽤나 오래된 건물임을 알 수 있었다.

간신히 에두아르를 따라잡았다. 에두아르는 입구 쪽 벽에 붙여진 안내 간판을 바라보고 있었다.

"『rest』……, 『stay』."

안내 간판에 있는 영어 단어만 골라 읽고는, "호텔이군." 하고 중얼거렸다.

그러더니 획 돌아보며 아야토에게 "호텔 맞지?" 하고 확인했다.

"아, 네."

"이 외관은 영국 고성 호텔을 모방한 건가?"

"아, 아뇨……, 그런 게 아니라……."

그의 추궁에 횡설수설 대답했다.

"왜 이곳에 세워진 걸까? 이렇게 중심가에서 떨어진 곳에 숙박 수요가 있나?"

팔짱을 낀 에두아르가 경영자의 얼굴로 비즈니스 가능성을 검토하기 시작했다. 보아하니 외관도 위치도 특이한 호텔은 그의 탐구심에 불을 붙인 듯했다.

"게다가……, 『stay』는 알겠는데 『rest』는 뭐지?"

한편 아야토는 금방이라도 안에서 대실 손님이 나오지 않을까 조마조마할 뿐이었다. 지금 당장 에두아르의 팔을 끌고 이곳을 떠나고 싶었지만, 그는 수수께끼의 '성 비슷한 것'을 흥미진진하게 살피느라 움직일 것 같지 않았다.

'누가 이 장면을 봤다간…….'

지금의 두 사람은 러브호텔에 들어갈지 말지 의견을 굽히지 않고 옥신각신 중인 커플로밖에 보이지 않을 것이다.

안 그래도 둘 다 남자인 데다, 에두아르는 50미터 밖에서 봐도 눈에 띄는데.

때마침 시간상 인적이 없으니 다행이지만, 그래도 언제 누가 이 길로 들어올지 모른다. 여기서 아는 사람과 딱 마주칠 가능성은 낮다고 해도 아예 없진 않다.

'이렇게 됐으니 사실을 얘기하고 납득해달라고 하는 수밖에 없겠어.'

궁지에 몰린 아야토는 미묘하게 경직된 입을 겨우겨우 열어 "저기." 하고 말을 꺼냈다.

"여긴 연인용 호텔입니다."

"연인용 호텔?"

"그……, 커플이……, 사용하기 위한…….."

섹스를 하기 위한다는 말은 하기 거북해서 말을 머뭇거리고 있자, 갑자기 에두아르가 "아아." 하고 이해가 갔다는 듯한 목소리를 냈다.

"혹시 커플용 호텔을 말하는 건가? 일본이나 아시아권 일부 나라에서는 연인들이 데이트를 할 때 이런 호텔을 이용하는 것이 일반적이라는 얘기는 들은 적이 있어."

"……알고 계셨어요?"

호텔업계에 몸담고 있는 사람답게 러브호텔의 존재를 들어본 적이 있는 것 같았다. 자세한 설명을 하지 않아도 대략적인 기초 지식은 있는 것 같아 안도했다.

"『rest』라는 건 시간에 따라 돈을 받고 방을 빌려주는 시스템인가?"

"네,『휴식』이라는 형태로 한 시간부터 세 시간 단위로 방을 빌려주는 시스템입니다."

"그건 그렇다 쳐도, 외관이 왜 이렇지?"

"이용 목적이 목적인 만큼 대대적으로 광고할 수 없기 때문에 그대신 이런 식으로 눈에 띄는 외관을 홍보 수단으로 삼는 것 같습니다. 단, 최근에는 젊은 층이 쉽게 들어갈 수 있도록 일반 호텔과 다르지 않은 사양이 늘고 있는 추세라 이런 특수한 외관을 지닌 시설은 줄고 있다고 합니다."

"그렇군."

납득한 듯이 고개를 끄덕인 에두아르가 약간 전시대적인 외관을 응시하며 아무렇지도 않게 말했다.

"들어가보자."

한순간 무슨 뜻인지 몰라 10초 정도 반응하지 못했다.

"네에에?!"

"유럽 같은 지역에는 없는 업무 형태라 예전부터 관심이 있었거든. 마침 시찰하기 좋은 기회군."

에두아르는 그렇게 말하자마자 입구로 냉큼 들어가버렸다.

"에, 에두아르!"

당황한 아야토는 큰 목소리로 그를 불렀다.

"여긴 당신이 시찰할 만한 곳이 아니에요!"

안간힘을 다해 말렸지만, 에두아르는 발걸음을 멈추지 않고 밖에서 보이지 않도록 가리기 위해 둘러쳐진 산울타리 건너편으로 자취를 감추고 말았다.

'가버렸어……'

몇 초 얼어붙어 있던 아야토는 머리를 절레절레 흔들었다. 멍하니 있어도 될 때가 아니다.

마음을 굳게 먹고 부지 안으로 들어갔다. 산울타리 건너편에 건물 정면 현관이 있었다. 그 자동문을 열고 흠칫거리며 건물 안에 발을 들여놓았다.

아야토는 일 성격상 많은 호텔을 가봤지만, 러브호텔에 들어온 적은 태어나서 처음이었다.

호텔 스태프에게 뭐라고 변명할까?

죄송해요. 외국인 친구가 착각하고 들어왔네요?

변명을 생각하면서 로비를 나아갔다.

외관 이미지를 본뜬 건지, 로비 안도 성관스러운 분위기의 인테리어였다. 바닥에는 돌이 깔렸고, 벽에는 액자에 끼워진 장식용 유화, 천장에는 샹들리에. 소파와 팔걸이 의자 다리도 고양이 다리처럼 생긴 캐브리올 레그 디자인이었다. 단, 세월이 꽤 지난 탓인지 외관과 마찬가지로 낡아서 색이 바래져 있었다.

로비 안을 한 번 쓱 둘러보며 접수처, 엘리베이터 홀, 계단을 발견하긴 했지만, 사람의 모습은 없었다. 프런트조차 아무도 없었다.

'호텔 스태프는……, 없는 건가?'

어둑어둑한 로비에서 가슴을 쓸어내리면서 다시 한 번 주변을 응시한 아야토는 기둥 맞은편에 홀로 있는 사람 그림자를 발견했다. 슈트 차림의 장신.

"에두아르!"

에두아르는 벽에 쭉 붙어 있는 스크린을 보고 있었다. 아야토가 뛰어와서 옆에 나란히 서자, "이거 봐봐." 하고 재촉했다.

"각 방 사진을 투과형 스크린으로 볼 수 있게 해 놨어. 이건 메뉴야. 이것을 보는 한, 방은 저마다 사양이 다른 것 같군. 다양한 타입이 있기 때문에 사진으로 확인하고 고를 필요가 있는 거구나."

아야토도 이 시스템을 본 적은 처음이었다. 그래서 접수처에 사람이 없구나.

물론 사람이 아예 없을 리가 없으니, 뒤쪽에서 감시카메라로 로비를 확인하다가 무슨 문제가 발생하면 틀림없이 프런트 스태프가 나올 것이다.

"아마 스크린 불빛이 들어온 것이 들어갈 수 있는 방이고, 불빛이 꺼진 것이 사용 중인 방인 것 같아. 어느 방에 들어갈지 정하면 하단에 있는 이 버튼으로 선택이 가능하구나. ……스태프와 얼굴을 마주하지 않고 체크인할 수 있는 시스템인가 보군. 아주 좋은 아이디어인데?"

에두아르가 감탄한 듯한 목소리로 말했다.

아야토는 사용 중인 방이라는 표현에 얼굴을 살짝 붉혔다. 불빛이 꺼진 스크린에 표시된 방에서 지금 그야말로 커플이 섹스를 하고 있다고 생각하니 여기서 벗어나고 싶다는 충동이 치밀어 올랐다. 근질근질한 느낌에 등을 떠밀린 아야토는 에두아르의 팔을 잡았다.

"이제 그만 밖으로 나가죠."

하지만 그 말을 무시한 에두아르가 느닷없이 스크린 아래쪽 버튼을 눌렀다.

"앗……, 뭐 하시는……!"

덜컹, 소리가 울리더니, 몇 초 후에 뭔가가 짤랑 떨어지는 소리가 들렸다. 스크린 아래에 있는 가로로 긴 공간에 손을 쑥 넣은 에두아르가 열쇠를 손가락으로 집어서 꺼냈다.

그러자 스크린 화면이 바뀌더니, 방 번호와 방까지 가는 경로가 표시되었다.

"507호실. 엘리베이터로 5층까지 올라가서 엘리베이터 홀을 나와 왼쪽으로 꺾으면 일곱 번째에 있는 방이군."

"……안내가 잘 되어 있네요."

이 점에는 아야토도 그만 감탄의 목소리를 냈다. 들어와서 나갈 때까지 스태프와 얼굴을 마주하는 일 없이 이용할 수 있다는 철저한 콘셉트를 갖고 있었다. 그와 동시에 인건비 절감도 된다.

서비스가 상품인 카사호텔 같은 호텔과는 정반대의 콘셉트이긴 하지만, 이용자의 입장을 고려한 시스템이었다. 성에 소극적이고 예민한 일본인의 멘탈을 고려한 서비스일 것이다.

아야토도 그 점에서는 전형적인 일본인 멘탈이기 때문에 이런 곳에서 되도록 다른 사람과 얼굴을 마주하고 싶지 않은 기분은 이해할 수 있었다.

"좋아, 방까지 올라가보자."

열쇠를 손에 쥔 에두아르가 터무니없는 말을 입에 담았다.

"네?!"

경악한 목소리를 내자, 에두아르는 이제 와서 무슨 소리냐는 표정으로 쳐다보았다.

"여기까지 왔는데, 방 안을 시찰하지 않고 그냥 가면 무슨 의미가 있겠어?"

"그, 그건……, 그렇지만."

"틀림없이 방 안에도 특별한 장치가 있을 거야."

그렇게 중얼거린 에두아르의 아이스블루색 눈동자는 반짝반짝 빛나고 있었다. 탐구심 스위치가 완전히 켜지고 말았다.

'이렇게 될 줄 알았으면 신주쿠 뒷골목 같은 데는 안내하지 말 걸…….'

그러나 이제 와서 후회해도 이미 늦었다.

"후학을 위해서야. 자."

에두아르가 등에 손을 가져다 대고 에스코트하자, 아야토는 마지못해 엘리베이터에 올라탔다. 위로 올라가는 상자 안에서 아야토는 자신을 타일렀다.

'방을 보기만 할 뿐이야……. 방을 보고, 호기심이 채워지면 에두아르도 만족하겠지.'

5층에 도착한 두 사람은 스크린의 지시대로 복도를 왼쪽으로 꺾었다. 그리고 일곱 번째 문 앞에서 에두아르가 열쇠를 꺼내 열쇠구멍에 찔러 넣었다.

문을 열고 먼저 실내로 들어간 에두아르가 조명 스위치를 켰다. 아야토도 불이 켜진 방에 들어갔다. 등 뒤에서 문이 쾅 닫히더니 문이 철컥 잠기는 소리가 들렸다.

그 소리에 놀라 휙 돌아본 아야토는 문손잡이를 돌리고자 했다. 그러나 꿈쩍도 하지 않았다. 초조해진 아야토는 문손잡이를 몇 번이나 짤가닥짤가닥 돌리고 잡아당겼다.

"왜 그래?"

"잠겨버렸어요. 안쪽에서 문이 안 열려요. 열쇠도 없어요."

카사호텔도 자동으로 문이 잠기긴 하지만, 안에서는 열 수 있다.

"잠시만."

실내를 한 바퀴 돈 에두아르가 벽 쪽을 가리키며 "이곳에 정산용 기계가 있어." 하고 말했다.

"제한 시간이 되면 이 기계로 정산을 해야 도어록이 해제되는 시스템인가 보군."

"그 전까지는 문이 열리지 않는다는 건가요?"

"무슨 긴급 사태가 발생한 경우에는 내선 전화로 프런트에 연락하면 해제될 거야. 화재나 지진이 일어난 경우에는 프런트에서 일제히 해제할 테고, 제한 시간이 아직 많이 남아 있어도 정산만 하면 아마 나갈 수 있겠지."

'방만 보고 바로 나갈 생각이었는데…….'

설명을 들으며 창백해져 있으려니, 에두아르가 어깨를 움츠렸다.

"어차피 벌써 금액이 발생됐으니, 방 안을 탐색해보자고."

그러더니 그렇게 말하자마자 곧바로 실내를 탐색하기 시작했다.

방은 6.6평의 주실, 욕실과 화장실로 나뉘어져 있었다.

벽지는 자잘한 꽃무늬. 커튼도 로라 애슐리풍 꽃무늬. 카펫은 코럴 핑크. 소파와 테이블은 캐브리올 레그 디자인이었다.

러브호텔이라는 단어에서 연상되는 보라색이나 형광 핑크 같은 원색을 다용(多用)한 천박하고 싸 보이는 내장이 아니었다. 굳이 말하자면 여성들이 좋아할 만한 로맨틱한 분위기였다.

방 한가운데에 킹 사이즈 침대가 하나 놓여 있었다. 그리고 그 침대와 마주 보듯이 대형 TV가 놓여 있었다.

침구 세트는 베이비 핑크로 통일되어 있었다. 침대 커버도 베개도 핑크색. 양쪽 다 프릴이 풍성하게 달려 있었다.

핑크로 뒤덮이고 여기저기에 프릴이 한가득 달린 침구를 보고 있자, 왠지 모르겠지만 등이 근질근질했다.

대놓고 싸구려 느낌이 드는 원색보다 핑크색 프릴이 사방팔방에 나풀거리는 광경이 어떤 의미로는 더 에로틱할지도 모른다는 생각이 들기 시작하더니…….

촤악, 소리에 어깨를 흠칫 떨며 돌아보자, 에두아르가 창문 커튼을 연 참이었다.

창밖은 바로 옆 건물 벽이라 경관 같은 것은 없었다.

"흐음. 경치를 파는 호텔은 아니니까."

창밖 풍경에 납득한 에두아르가 이어서 욕실로 향하더니, 욕실 조명 스위치를 딸깍 켰다.

그 직후, 침대 옆에 서 있던 아야토는 화들짝 놀라 눈을 부릅떴다.

밝아진 욕실의 모습이 벽 너머로 훤히 비쳐 보였기 때문이다. 보아하니 매직미러로 되어 있는 듯했다.

'……욕실의 모습을 몰래 훔쳐볼 수 있다는 건가?'

커플 한쪽이 샤워를 끝내기를 기다리는 동안에 몸과 마음을 흥분시키기 위한 장치일지도 모른다.

정말로……, 여긴 '섹스를 하기 위한 방'인 것이다.

새삼스럽게 실감이 들면서 얼굴이 확 뜨거워졌다.

"왜 그래? 얼굴이 빨간데……?"

욕실에서 나온 에두아르가 묻자, 아야토는 고개를 절레절레 흔들었다.

"아, 아무것도 아닙니다. ……그보다 탐색은 끝나셨는지요?"

"응, 대충. 굉장히 흥미로웠어."

실내를 한 차례 둘러보며 호기심을 만족시킨 듯했다. 그 대답을 들은 아야토는 속으로 안도했다.

다행이다. 더 이상 여기 있다간 왠지 이상해져버릴 것 같다.

"그럼 슬슬……."

방에서 나가자고 재촉하려던 그때, 에두아르가 "여길 아직 못 봤네." 하고 벽 쪽에 있는 옷장으로 다가갔다. 그러더니 문을 양쪽으로 잡아당겨 열었다.

"응?"

위화감을 호소하는 목소리를 듣고 옷장으로 다가간 아야토는 에두아르의 어깨 너머로 안을 들여다보았다. 목욕 가운 두 벌과 함께 의류가 몇 벌 걸려 있었다.

"윽……."

"이건 뭐지? 왜 간호사 유니폼이 이곳에?"

간호사복을 손에 든 에두아르가 인상을 찌푸렸다.

"누가 놓고 간 건가?"

"아뇨, 그런 게 아니에요."

그 옷이 왜 여기 있는지 눈치챈 아야토는 눈을 내리깔고 작게 대답했다. 되도록 언급하지 않고 싶었지만, 아무 설명 없이 이 자리에서 벗어날 수는 없을 것이다.

"……아마 호텔 서비스일 겁니다."

"서비스?"

아야토는 의아해하는 에두아르를 힐끔 올려다보았다. 그리고 눈이 마주친 순간 쓱 피했다.

"그……, 유니폼을 입고……, 플레이를……, 하기 위한."

"플레이?"

"코……코스튬 플레이, 를."

왜 자신이 이런 설명을 해야 하는 건지 울고 싶어졌다. 오히려 이 것이야말로 가벼운 수치 플레이였다.

"……."

어처구니가 없는지, 에두아르가 말없이 아야토를 물끄러미 쳐다보았다. 이마 언저리에 시선이 느껴져서 얼굴이 더욱더 달아올랐다.

'얼굴이……, 뜨거워.'

얼굴이 홍당무가 된 것을 스스로도 알 수 있었기 때문에 더더욱 이 자리에 있기가 거북했다.

"저……, 잠시 실례하겠습니다."

아야토는 그렇게 말하자마자 그 자리를 떠나 화장실로 도망쳤다. 그리고 나서 문을 잠그고 한숨을 푹 쉬었다.

얼굴도 뜨겁지만, 심장도 세차게 뛰고 있었다.

자신이 너무 깊이 생각한다는 것은 알고 있었다. 이 호텔에 들어온 것도 단순히 호기심일 뿐. 틀림없이 그런 발칙한 의도는 아닐 것이다.

'그런데도 나 혼자만 의식하고……, 창피하게.'

변기에 앉아 두방망이질 치는 심장과 한껏 달아오른 얼굴이 진정되기를 기다렸다.

너무 늦게 나가도 걱정할까 봐 슬슬 나가고자 일단 물을 내렸다.

좋아. 기합을 넣고 문을 연 순간이었다. 귓속으로 한껏 교태를 부리는 여자의 신음 소리가 날아 들어왔다.

『아, 아아~앙.』

"……엥?"

아야토는 자신의 귀를 의심하고 얼어붙었다. 그러나 여자의 교성은 쉴 새 없이 이어졌다.

『아, 옹……, 아앙……, 아앗……, 거기……, 기분 좋아…….』

화장실에서 뛰어나온 아야토가 목격한 것은 침대에 앉은 에두아르가 TV 방향으로 리모컨을 들고 있는 모습이었다.

큰 화면을 보았다. 그 화면에 한가득 클로즈업된 것은 알몸인 남녀가 뒹굴고 있는 영상이었다. 여자가 남자 위에 걸터앉은, 이른바 기승위. 밑에서 찔러 올릴 때마다 여자의 풍만한 가슴이 위아래로 출렁출렁 흔들렸다.

『최고야……, 아앗……, 더……, 더 찔러줘…….』

적나라한 교성 때문에 기껏 내려간 피가 또다시 머리에 확 몰렸다.

"에두아르! 뭐 하고 계신 거예요!"

비명 같은 목소리로 소리를 질렀다. 격분한 아야토와 달리 에두아르는 태연했다.

"TV를 틀었더니 갑자기 시작되더군."

'설마, 일부러 이러는 건가?'

그렇게 의심할 만큼 천연덕스러웠다.

"이건 성인 채널이에요! 어서 끄세요!"

버럭 소리를 지르면서 에두아르 곁으로 뛰어갔다. 그런 다음, 손에서 리모컨을 낚아채서 상반신을 비틀며 TV 전원을 껐다. 신음 소리가 사라지자 긴장이 풀어졌는지 발밑이 휘청거렸다. 아야토는 그대로 에두아르를 향해 픽 쓰러졌다.

"으앗."

"아야토!"

아야토를 받아 낸 반동으로 인해 에두아르가 침대에 벌렁 나자빠졌다.

"앗……."

의도와 달리 에두아르를 침대에 넘어뜨린 꼴이 된 아야토는 위를 보고 넘어진 연인과 눈이 마주치자 숨을 꿀꺽 삼켰다. 에두아르도 아이스블루색 두 눈동자를 크게 떴다.

"죄, 죄송합니다."

황급히 몸을 비키려 하자, 에두아르가 위팔을 잡았다.

"에두아르?"

연인이 자신을 올려다보는, 지금까지 경험한 적 없는 자세로 있으려니 심장이 쿵쾅 뛰었다. 에두아르가 아야토의 눈을 아래에서 들여다보며 물었다.

"······화장실에서 흥분한 몸을 진정시키다 온 거야?"

정곡을 찔리는 바람에 가슴이 뜨끔했다.

"아, 아뇨······, 아니에요."

"정말로?"

진의를 살피는 듯한 눈빛 앞에서 입술을 깨물었다. 그동안에도 아까 그 포르노 배우의 신음 소리와 음란한 물소리가 잔향이 되어 고막에 몇 번이나 되풀이되었다. 잔향과 몸을 밀착한 에두아르에게서 전해지는 '열기'에 부채질당한 몸이 점점 뜨거워졌다.

'더는······, 안 되겠어.'

얼버무릴 수도 없을 정도로 흥분하고 말았다.

분명히 에두아르에게도 전해졌을 것이다.

"아야토."

에두아르가 손을 뻗어 입술을 만졌다. 손끝으로 도톰한 입술을 더듬자, 등이 오싹오싹 떨렸다.

"······넌 정말 사랑스럽구나."

에두아르가 눈을 가늘게 뜨고 속삭였다.

"에두아르······."

"너의 사랑스러운 언동에 부추김당하는 바람에 오늘 하루 동안 몇 번이나 머릿속에서 너를 넘어뜨렸는지 몰라."

"네?"

"겨우 현실로 이루어지는군."

요염한 미소를 지은 에두아르가 아야토의 팔을 쭉 당겼다. 그러더니 힘에 이끌려 쓰러진 몸을 반대로 돌렸다. 어느샌가 위치가 바뀌어 아야토가 에두아르를 올려다보는 자세가 되었다.

"에두아……."

이름을 부르는 도중에 입술이 틀어막혔다. 허를 찔려 얇게 벌어진 입술 사이로 혀가 쑤욱 침입했다.

"으음……."

오늘 처음 나누는 키스로 금세 입안이 달콤하게 녹아내렸다. 그래도 얼마 동안은 망설임이 더 컸다.

'이럴 생각이……, 아니었는데…….'

하지만 끈적하고 농후한 혀의 애무에 의해 마침내 마지막 저항까지도 녹아 없어졌다.

"흐……으음."

정신을 차려 보니 아야토는 연인의 목에 팔을 감고 달콤한 입맞춤을 유도하고 있었다.

*　　*　　*

정신없이 키스를 나누던 그때는 몰랐다.

에두아르의 혀가 입에서 나간 뒤 폐에 차 있던 숨을 후우 내쉰 다음 순간, 아야토는 몸을 흠칫 떨었다.

두 눈이 차츰 커졌다.

천장에 비친 자신과 눈이 맞았기 때문이다. 순간적으로 상황을 파악하지 못하고 혼란스러워했지만, 곧바로 뭐가 어떻게 된 건지 납득했다.

'천장에……, 거울!'

놀랍게도 침대 위쪽 천장 부분이 거울로 뒤덮여 있었다.

'어……어째서?'

물음표가 떠오른 직후, 머리에 정답이 번뜩였다.

혹시……, 하는 모습을……, 보기 위해?

'으아아…….'

이곳이 '행위를 위한 호텔'이라는 사실은 알고 있었지만, 실제로 그런 상황에 놓이자 견디기 힘든 수치로 인해 온몸이 뜨거워졌다.

"왜 그래?"

아야토의 동요가 전해졌는지, 에두아르가 귓가에 속삭였다.

"처, 천장이."

에두아르가 목을 비틀어 천장을 올려다보았다. 그러더니 "거울……." 하고 중얼거리고 나선 얼굴을 원위치로 돌렸다.

"빈틈이 없군."

아야토는 어딘가 재미있어하는 듯한 표정을 보며 "창피해요." 하고 호소했다.

"왜?"

"그야……, 거, 거울에 비치니까요."

"우리가 사랑을 나누는 모습이?"

고개를 끄덕이자, 에두아르의 손이 하복부로 뻗어 오더니 다리 사이에 닿았다. 이미 반응하여 부풀어 오른 그곳을 손바닥으로 살며시 어루만지자, "앗." 하고 들뜬 목소리가 새어 나왔다.

에두아르가 한쪽 입가를 치켜 올려 미소를 지었다.

"효과가 아주 대단한걸? ……우리도 멋진 창의력을 본받아야겠군."

"에두아르."

아야토는 촉촉한 눈으로 연인을 흘겨보았다.

"그런 말씀……, 앗."

항의하던 중간에 숨을 삼켰다. 지이익, 지퍼가 내려가는 소리가 들리더니 에두아르의 악랄한 손이 안으로 숨어 들어왔기 때문이다. 긴 손가락으로 속옷 위에서 욕망을 주물러 댔다.

"많이 갑갑하지……?"

허스키 보이스가 귓바퀴를 간질이자 등골이 실룩 떨렸다.

"하앗……"

희롱하는 듯한 손가락 놀림 때문에 그곳이 더더욱 팽창했다.

안 그래도 이 호텔에 들어오고 나서부터 청각과 시각으로 계속 다양한 자극을 받은 탓에 몸 안쪽이 욱신욱신 쑤셨는데. 아야토는 더 이상 정욕을 숨기지 못하고 뜨거운 한숨을 토해 냈다.

"괴로워? 편하게 해줄까?"

살살 달래듯이 다정하게 재촉하는 에두아르를 향해 고개를 작게 끄덕였다. 욕망이 좁은 천 안에서 단단하게 부풀어 아플 정도였다.

몸을 일으킨 에두아르가 아야토의 팔을 잡고 일으켜 세웠다. 그러더니 잽싸게 재킷과 셔츠를 벗게 한 다음, 허리띠를 풀고 바지와 속옷을 벗겨 냈다. 알몸이 되는 데에는 거부감이 들었지만, 앞으로 할 일을 생각하면 옷에 주름이 지는 것도 곤란하다. 그러니 이 상황에서는 따를 수밖에 없었다.

마찬가지로 슈트 재킷을 벗고 넥타이를 풀어헤친 에두아르가 침대 머리맡에 세팅되어 있던 젤 튜브를 집어 들었다. 그리고 알몸이 된 아야토를 엎드리게 한 다음, 튜브에서 짜낸 젤을 엉덩이 사이에 꼼꼼히 발랐다.

한동안 좁은 통로 위를 미끄러지듯이 문지르면서 타이밍을 엿보던 손가락이 몸속으로 들어왔다.

"아웃……."

목구멍에서 신음 소리가 밀려나왔다. 그래도 요새 날마다 관계를 갖고 있기 때문인지 위화감은 그다지 없었다. 날이 갈수록 위화감이 쾌감으로 변하는 속도가 빨라지고 있는 듯한 느낌이 들었다.

"흐, 으……응!"

젤과 함께 왔다 갔다 하는 손가락으로 전립선을 자극하자, 반쯤 선 페니스에서 꿀이 넘쳐흘렀다. 음낭도 꽈악 오그라들었다.

"꽤 부드러워졌군."

혼잣말을 중얼거린 에두아르가 손가락을 빼더니 아야토의 몸을 뒤집었다. 에두아르 자신은 침대 위에 무릎을 세우고 앉아 슈트 하의를 풀고 욕망을 꺼냈다. 늠름하게 선 수컷의 상징이 눈앞에 나타나자 상스럽게도 침을 꿀꺽 삼키고 말았다. 이미 몇 번이나 봤지만,

그때마다 그 크기에 동요하고 만다.

에두아르가 또다시 머리맡에 손을 뻗어 콘돔을 집었다. 여긴 정말로 뭐든지 갖춰져 있었다.

그는 곧바로 콘돔 포장지를 이로 물어서 뜯은 다음 내용물을 꺼내어 자신의 우뚝 선 그곳에 능숙하게 씌웠다.

그러고 나선 아야토의 두 다리를 양쪽으로 벌린 다음, 젤로 젖은 오므라진 그곳에 선단을 바짝 가져다댔다.

"넣을게."

고개를 꾸벅 끄덕인 직후, 큰 압력이 가해졌다.

압도적인 힘과 단단함이 몸을 비집어 열었다.

"흐앗."

서로 요 며칠 동안 고통 없이 원활하게 받아들이는 요령을 터득하는 중이었다. 몸에서 되도록 힘을 빼고 호흡을 맞추며 천천히 삼키는 것이다.

"그래……, 잘하고 있어."

아야토는 격려를 받으며 조금씩 연인을 받아들였다. 마지막에는 에두아르가 뿌리 끝까지 단번에 밀어 넣었다.

"흐읏……, 하아……."

빈틈 없이 받아들인 활력은 오늘도 뜨거웠다. 콘돔 너머로 전해져 오는 열기.

지금 이 순간에도 열량을 점점 키우고 있는 것 같은 기분이 들었다.

에두아르는 아야토가 그 열기에 익숙해지기를 기다리지도 않고 움직이기 시작했다.

"응, 앗, 앗."

갑자기 몸이 격렬하게 뒤흔들리는 탓에 큰 소리가 나오고 말았다. 황급히 목소리를 참으려 했지만, 에두아르가 "됐으니까 참지 마." 하고 재촉했다.

"여긴 방음이 확실하게 되니까 얼마든지 목소리를 내도 괜찮아."

평소에는 카사호텔에서 사랑을 나누기 때문에 머리로는 바깥까지 들릴 리가 없다는 걸 알면서도 마음속에서는 제어가 걸리고 말았다.

"네가 내 것으로 느끼는 목소리를 듣고 싶어. 들려줘."

달콤한 목소리로 그렇게 부탁하니 고삐가 풀리고 말았다. 에두아르의 수컷이 들어왔다 나가기를 반복할 때마다 새어 나오는 음란한 목소리를 도저히 억누를 수 없었다.

"응, 아응……, 앙……, 앗, 응……."

평소보다 요염하게 들리는 자신의 교성에도 부추김당했다. 평소와 다른 해방감 때문인지 다리가 크게 흔들렸다. 안쪽도 세차게 굽이치면서 연인을 꽉 잡아당기려 했다.

"굉장한걸……. 평소보다 느끼고 있구나."

나지막한 허스키 보이스로 그렇게 말한 에두아르가 아야토의 두 무릎을 더 벌리게 하더니 우뚝 선 자신의 그것을 안쪽까지 꾹 밀어넣었다. 그 상태로 가장 깊은 곳을 후벼 파듯이 허리를 빙글빙글 돌리자 전류가 찌리릿 스쳤다. 저릿저릿한 쾌감으로 인해 등이 공중으로 붕 떠올랐다.

"응……, 그건……, 아, 아."

"여기가 좋아?"

"조, 좋아요."

"더 찔러줬으면 좋겠어?"

"더, 더……, 더!"

망측하게 소리치며 두 팔, 두 다리를 에두아르의 몸에 휘감았다. 그리고 몸을 꽉 끌어당긴 바로 그때, 아야토는 화들짝 놀랐다.

천장에 자신과 에두아르의 모습이 비치고 있었다. 다부진 몸에 매달린 채 쾌감에 녹아들어 황홀한 표정을 짓고 있는 자신이.

"윽……."

온몸이 바르르 떨린 바로 그때, 한계까지 부풀어 있던 욕망이 폭발했다.

"아, 아앗……."

갑작스러운 절정으로 인해 몸 안이 파르르 경련하면서 에두아르를 꽉 조였다.

"크, ……윽."

안그래도 좁은 통로를 몇 번 왕복하던 에두아르의 욕망이 더 이상 참지 못하겠다는 듯이 터졌다. 아야토는 쾅 하고 폭발하는 듯한 충격을 느꼈다. 콘돔을 사이에 두고도 연인이 절정에 달한 것을 알 수 있었다.

"헉……, 헉…….'

두 사람 다 절정에 달하고 나서 호흡을 잠시 고른 뒤, 아야토는 "죄송해요." 하고 사과했다.

"타이밍을……, 못 맞춰서."

"괜찮아. 그 대신 한 번 더……, 해도 되지?"

에두아르가 그렇게 조르자, 아야토는 미소를 지었다. 그리고 승낙의 말 대신 연인의 입술에 입을 살짝 맞추었다.

*   *   *

호텔에서 나왔을 때는 이미 해가 완전히 저물어 있었다.

연인과 어깨를 나란히 하고 신주쿠 뒷골목을 걷던 아야토의 입에서 저도 모르게 한숨이 흘러 떨어졌다.

시작은 좋았다. 명화 극장에서 두 사람에게 각각 추억으로 남아 있는 영화를 보고, 같은 기분을 나누었다.

이자벨 라로크를 향한 마음을 공유했다.

정식집도 나쁘지 않은 선택이었다. 에두아르도 잘 먹었고, 실제로 음식도 아주 맛있었다.

그 후에 했던 아이쇼핑도 '그'의 왕성한 호기심을 충족시킨 것 같았다.

중간까지는 아무 문제 없었는데, 어디서 어떻게 잘못한 걸까?

더 포근하고 따뜻한 데이트를 목표로 삼았는데, 정신을 차려 보니 왠지 이상한 방향으로 흘러가고 말았다.

내일 도쿄를 떠나는 연인에게 마지막으로 근사한 추억을 만들어 주고 싶었는데, 셀러브리티인 '그'와 도무지 어울리지 않는 러브호텔에서…… 그런 일은 예정에도 없었다.

풀이 죽어 있자, 옆을 걷고 있던 에두아르가 기분 좋은 목소리로 말했다.

"아주 즐거운 데이트였어."

"윽……."

그 말을 듣고 발걸음을 멈춘 아야토는 마찬가지로 발걸음을 멈춘 연인 쪽으로 몸을 돌렸다. 그리고 도저히 믿어지지 않는 마음으로 물었다.

"이런 걸로 만족하세요?"

에두아르가 반대로 의외라는 표정을 지었다.

"이런 거? 아주 멋진 시간이었는걸. 오늘 하루 동안 도쿄의 새로운 매력을 잔뜩 알게 됐으니까."

"정말이세요?"

"그럼. 네 덕분이야, 아야토. 완벽한 안내였어."

무작정 칭찬을 받은 것 같아 놀랐지만, 아무래도 에두아르는 진심인 듯했다. 그의 표정에서 진심으로 하는 말이라는 것을 읽어 낸 순간, 어깨에서 힘이 쭉 빠졌다.

"그렇다면……, 다행입니다."

예정과는 방향성이 달라지고 말았지만, 주인공인 에두아르가 '즐거웠다'고 말해주는 것이 가장 중요했다.

"그런데 말이지, 운동을 좀 해서 배가 고픈걸. 카사호텔 지하 사원식당에 가서 저녁 먹을까?"

에두아르가 제안하자, 아야토는 "사원식당에서요?" 하고 되물었다.

일부러 사원식당까지 가지 않아도 카사호텔에는 맛이 훌륭하다고 평판이 자자한 레스토랑이 몇 군데나 있기 때문이다.

"그래……, 사원식당 카레라이스는 최고거든."

에두아르가 어딘지 모르게 황홀한 표정으로 중얼거렸다.

"일본을 떠나기 전에 한 번 더 먹어 두고 싶어."

"카레라이스……."

확실히 사원식당 카레는 평판이 좋은 데다 1년 내내 가장 인기 있는 메뉴이긴 하지만, 에두아르가 먹어본 적이 있는 줄은 몰랐다.

"카레……, 시식해 보셨군요."

"당연하지. 스태프가 먹는 음식을 먹어보지 않으면 그들의 마음을 이해할 수 없다고."

생각지도 못한 말이었다. 하지만 곧바로 이 사람은 원래부터 이런 사람이었다는 것을 떠올렸다.

차가워 보이지만, 실은 누구보다 가슴이 뜨거운 남자.

'그래서……, 반했지.'

게다가 사원식당 카레라이스는 오늘 같은 날의 마무리로 적합한 음식일지도 모른다.

그런 생각이 든 아야토는 곁에 있는 연인을 향해 미소를 지었다.

"카사호텔로 돌아가죠."

카사호텔로 돌아가자고 제안한 에두아르도 미소를 지었다. 그러더니 아야토의 손을 꼭 잡고 행복한 듯이 말을 덧붙였다.

"돌아가자……, 우리의 카사로."

Episode Zero ~from 약탈자~

그가 '신주쿠 햐쿠닌쵸'라는 지역에 살고 있다는 사실은 조사를 통해 바로 알았다.

에스닉 요리점, 아시안 잡화를 취급하는 점포가 늘어섰으며, 외국 국적인 사람들이 많이 살고 있는 지역인 듯했다.

하지만 역 앞의 혼잡한 길거리를 약간만 벗어나니 일찍이 많은 문필가와 문화인이 살았다고 하는 역사 깊은 주택가가 펼쳐져 있었다.

일본 가옥과 오래된 민가가 아직도 남아 있는 그 주택가 일각에 하야세의 저택이 있었다.

거무칙칙한 나무 벽으로 둘러싸인 으리으리한 일본 가옥이었다.

집이 워낙 비좁아서 '토끼장'이라고 비웃음을 당하기도 하는 일본의 주택 사정을 비추어 보면 파격적인 부지 면적이라고도 할 수 있었다.

군데군데 이끼가 끼어 있고 무게가 느껴지는 분위기에서는 그 저택이 눈바람을 견뎌 낸 세월이 느껴졌다. 벽 너머로 엿보이는 수목도 훌륭하게 뻗은 가지를 보아하니 수령이 100년은 될 것 같다.

집이라는 것은 신기하게도 그곳에 사는 사람을 보여준다. 사이가 나쁜 가족이 사는 집은 보기에도 음침하고, 반대로 쾌활한 사람들이 사는 집은 보는 사람까지 행복한 기분이 들게 해준다.

이 한산한 주택가에 있는 하야세의 저택에서는 이질감이 느껴졌다. 햇수가 비슷해 보이는 집도 많이 있었지만, 그 어떤 집과도 다른 독특한 분위기를 풍기고 있었다.

주위의 간섭을 거부하는 듯한 고고한 모습.

자신은 이와 비슷한 분위기를 가진 집을 알고 있다.

그 집에 사는 자들은 그 지역의 무법자이다. 그 주변 사람들은 멀리서 그 저택의 모습을 살핀다. 그곳에 사는 사람들의 동향이 궁금하긴 하지만, 공공연하게 어울리고 싶지는 않기 때문이다.

리무진 뒷좌석에서 창문 너머로 저택의 정면 현관을 바라보던 레오나르도는 조용한 주택가에 드르르륵 울려 퍼지는 소리를 듣고 어깨를 움찔 떨었다.

문이 닫혀 있는 탓에 여기서는 안의 상황을 짐작할 수 없지만, 틀림없이 저택의 격자 미닫이문이 열리는 소리였을 것이다. 숨을 죽인 상태로 기다리고 있으려니, 마침내 정면에 있는 바깥문이 열렸다.

초로의 여성이 나왔다. 그 여성은 한 손에 들고 있던 양동이에서 물을 뜨더니 길가에 뿌려대기 시작했다.

'……아니군.'

낙심한 레오나르도는 시트에 등을 깊이 기대었다.

이곳에 리무진을 댄 지 이미 한 시간이 지났다. 여기서 기다린다고 해서 확실하게 만날 수 있는 것도 아니다. 지금 현재 저택 안에 그가 있다는 확증 또한 없었다.

'난 대체 뭘 하고 있는 거지…….'

레오나르도는 스스로에게 물었다.

애당초 이런 짓을 해봤자 무슨 의미가 있을까?

시칠리아에서 자가용 제트기를 타고 하네다에 도착한 것이 어제 심야.

보통은 일로 스케줄이 꽉 차지만, 상대측의 갑작스러운 미팅 취소로 인해 일정이 이틀 비고 말았다. 그 이틀 동안 뭘 하면서 보낼지 멍하니 생각하던 중, 갑자기 일본으로 가야겠다는 생각이 든 것이다.

그렇게 결심한 다음 순간에는 이미 자가용 제트기를 준비하도록 비서에게 명령하고 있었다.

그야말로 충동적으로 밀어붙인 행동.

요새 들어 일하느라 바빠서 마음이 답답했기에 스스로도 자신의 능동적인 행동에 살짝 놀랐다.

호텔에서 잠시 잠을 청한 뒤, 해가 뜨기를 기다렸다가 아직 주택가가 모두 잠들어 고요한 시간에 리무진을 갖다 대었다.

그리고 계속 기다리는 중이다.

'그래……, 기다리는 중이야.'

그를 이 눈으로 직접 한 번 보기 위해.

하지만 그 후로 30분이 지나도 정면에 있는 문이 또다시 열리는 일은 없었다.

슬슬 출근할 시간일 텐데……. 그럼에도 집에서 나오지 않는 것을 보니 어쩌면 어젯밤에는 외박을 했을지도 모른다. 성인 남성이니 친구 하나둘 정도는……, 아니, 애인도 있을 것이다.

역시 약속 없이 갑자기 찾아오는 것은 무리가 있었다.

반쯤 체념에 사로잡혀 있던 그때였다.

끼익……, 나무 문이 삐걱거리는 소리가 울렸다. 정면에 있는 문이 아니었다. 저택 옆쪽에 있는 출입구였다. 저도 모르게 몸을 내밀어 출입구 쪽을 응시했다.

나온 사람은 가냘픈 남자였다. 슈트를 입었고, 한 손에는 서류가방을 들고 있었다.

이렇다 할 특징이 없는 회색 슈트였지만, 스타일이 좋아서 그런지 라인이 무척 아름다워 보였다. 검은 머리는 짧지도, 길지도 않았다. 하얀 피부가 눈에 띄었다.

남자는 이쪽을 향해 좁은 뒷길을 따라 똑바로 걸어왔다.

가까이 다가올수록 얼굴이 또렷하게 보였다. 고개를 숙인 작은 얼굴에는 속눈썹 그림자가 진하게 드리워졌고, 콧날은 오똑했다. 남자치고는 가는 눈썹과 얇은 입술.

큰길로 나온 남자가 얼굴을 들었다. 길게 찢어진 두 눈이 훤히 드러났다. 촉촉하고 까만 눈동자.

"윽⋯⋯."

시원스러운 얼굴 생김새를 보고는 숨을 삼켰다.

'미카⋯⋯!'

마음속으로 소리쳤다. 그 정도로 그의 모친을 쏙 빼닮은 남자였다. 여성과 남성이라는 차이가 있음에도 불구하고 이렇게까지 닮은 것은 기적이나 다름없었다.

유리창 너머로 집어삼킬 듯이 쳐다보고 있으려니, 리무진의 존재를 알아챈 남자가 이쪽으로 시선을 향했다.

눈이 맞을 뻔하자 반사적으로 몸을 쓱 눕혔다. 남자는 레오나르도가 잠시 몸을 숨기고 있는 동안 저택 앞쪽 큰길에서 왼쪽으로 꺾은 것 같았다.

뚜벅뚜벅, 뚜벅뚜벅, 조용한 주택가에 그의 구두 소리가 울려 퍼졌다. 레오나르도는 역으로 향하는 구두 소리를 들으며 한숨을 후우 내쉬었다.

또다시 창문에 얼굴을 가까이 대고는, 멀어지는 뒷모습을 눈으로 좇았다.

하야세 아키라.

미카가 일본에 남겨둔 외아들.

그 존재는 꽤 예전부터 알고 있었다. 생전에 미카가 이따금 이야기한 적이 있기 때문이다.

아키라가 얼마나 다정하고, 용기 있고, 현명했는지. 어린 아키라가 모친을 지키고자 분투한 수많은 에피소드를 몇 번이나 들었는지 모른다.

그래서 만난 적은 없어도 하야세 아키라는 레오나르도에게 줄곧 전설 같은 존재였다.

그 하야세 아키라를 이 눈으로 직접 본 순간, 그저 이야기를 듣고 아는 게 아니라 이 세상에 살아 있는 사람으로서 자신의 안에서 숨 쉬기 시작한 것을 느꼈다.

딱히 그를 미카의 대역으로 삼고 싶은 것은 아니다.

그러나 지금 막 그가 자신의 특별한 존재가 되었다는 것은 알 수 있었다. 하지만 아직 말을 걸 수는 없다.

노름꾼의 핏줄로 태어났음에도 불구하고 일반인으로 살아가려 하는 하야세 아키라에게 마피아인 자신은 환영할 만한 존재가 아닐 테니.

지금은 아직 지켜봐야 하는 시기이다.

하지만 언젠가 반드시 말을 걸고 대화를 나누자.

그렇게 되면 들려주고 싶다.

그의 모친이 얼마나 【팔라초 로셀리니】의 주민들에게 사랑받았는지.

시칠리아의 가족들에게 얼마나 소중한 존재였는지 ——.

문득 정신을 차려 보니 그의 모습은 이미 시야에서 사라진 상태였다.

창문에서 얼굴을 돌리고 시트에 몸을 기댄 레오나르도는 운전사에게 명령했다.

"출발해."

그 얼굴에는 조용하고 흡족한 미소가 떠올라 있었다.

후 기

처음 뵙겠습니다. 안녕하세요. 이와모토 카오루입니다.

'로셀리니가의 아들 포획자'를 구매해주셔서 감사합니다.

로셀리니 시리즈 문고판 제3탄입니다. 이번 달에는 '수호자'와 동시에 발행되는데요, 시간적으로 봤을 땐 이쪽이 나중이기 때문에 먼저 '수호자'를 읽고 나서 '포획자'를 읽어주시면 더 원활하게 읽으실 수 있을 거예요.

'포획자'는 3형제 중 차남 에두아르의 사랑 이야기입니다.

단행본으로 나왔을 땐 먼저 장남과 삼남에게 남자 애인이 생겼기 때문에 남은 차남의 두 어깨에 로셀리니가의 존망이 달린 상태였죠.

여기서 에두아르까지 남자를 만나면 후계자는 어떻게 되는 거지? (꿀꺽)

⋯⋯그 당시에는 걱정해주신 분도 계셨겠지만, 에두아르는 무려 10년 전부터 사랑에 빠져 있었다⋯⋯는 결말이었습니다(웃음).

그 에두아르는 배우인 어머니를 닮아 쿨뷰티. 쿨뷰티는 비교적 수의 형용사로 쓰이는 경우가 많은 것 같지만, 저는 미인공을 좋아하기 때문에 에두아르도 공작공으로 설정해 보았습니다. 공의 미모를 묘사할 때마다 매번 즐거워서 신이 나요.

공작공에게는 외모가 정반대인 수를 커플로 붙여주는 게 안정감 있지만, '포획자'는 수도 미인이라는 공수 더블 미인 설정에 도전해 보았습니다. 로셀리니라면 반짝임이 다소 과해도 용서될 것 같은 기분이 들었거든요.

단, 일단 비주얼 균형을 고려해 아야토는 조신한 아시아 미인으로 설정했습니다. 오리엔탈 뷰티네요. 직업도 금욕적이고 엄격한 호텔리어로.

호텔이 무대인 이야기는 한 번 써보고 싶었기 때문에 무척 즐겁게 작업했습니다. 언젠가 또 도전해보고 싶어요.

이 '포획자'에서 처음으로 등장한 카사호텔 도쿄는 연계작 '사랑 시리즈'에서도 다양한 사랑 이야기의 무대로 등장한답니다. '독재자의 사랑', '지배자의 사랑', '구애자의 사랑'에서는 카사호텔이 비교적 중요한 역할을 다했습니다. 아야토도 중요 인물로 등장하니, 괜찮으시면 '사랑 시리즈'도 한번 읽어주세요.

그리고 '포획자'의 또 하나의 주제는 '재회로 다시 피어난 사랑'.

제가 좋아하는 10년애입니다.

운명에 농락당하고 엇갈리는 바람에 이별, 그리고 재회, 또다시 엇갈림……. 좋네요, 아주 좋네요. 한때는 카사호텔을 둘러싸고 대립하던 두 사람이 10년 동안 품고 있던 사랑을 다시 불태우고 성취해 나가는 과정을 재미있게 읽어주시면 좋겠습니다.

또한 음성으로 두 사람의 엇갈리는 사랑에 푹 빠질 수 있는 드라마 CD도 발매 중입니다. 나카무라 유이치 씨가 에두아르를, 노지마 켄지 씨가 아야토를 연기해 주셨습니다. 에두아르의 달콤한 속삭임과 아야토의 츤데레가 아주 멋지답니다. 드라마 CD도 아무쪼록 잘 부탁드립니다.

그리고 이번 권 오리지널 스토리는 편집자님의 요청에 따라 어떤 시설을 무대로 써봤습니다. 그곳이 어딘지는 직접 읽고 확인해주세요(웃음).

저는 굉장히 즐거웠어요. 루비문고 편집부 여러분, 멋진 소재를 요청해주셔서 감사합니다!

공작×오리엔탈 뷰티의 조합은 하스카와 아이 님의 미려한 일러스트가 없었다면 성립하지 않았을 거예요. 애당초 하스카와 님께서 지원 사격을 해주시리라는 것을 몰랐다면 떠오르지 않았다……고 해도 과언이 아닙니다. 그 정도로 아름다운 두 사람입니다. 러프 스케치를 받았을 때 느꼈던 감동은 지금도 생생하답니다. 아름다운 호텔리어 유니폼 차림도 정장 일러스트로는 당대 최고의(라고 멋대로 보증) 일러스트레이터 하스카와 님이 작업해주셨기 때문에 탄생할 수 있었습니다.

하스카와 님, 다시 한 번 정말로 감사합니다!

다음 달에는 삼형제와 그 파트너들이 총출동하는 '공범자'가 발행됩니다. '공범자'의 오리지널 스토리는 약간 색다른 내용으로 써볼까 합니다.

즐겁게 기다려주시면 감사하겠습니다.

그럼 다음 달에도 이어서 뵙기를 바라며.

2014년 여름이 끝날 무렵
이와모토 카오루

로셀리니가의 아들 3
◆포획자◆

초판 1쇄 인쇄 / 2019년 10월 8일
초판 1쇄 발행 / 2019년 10월 18일

지은이 / Kaoru Iwamoto
일러스트 / Ai Hasukawa
옮긴이 / 심이슬
펴낸이 / 오영배
편집진행 / 조혜영, 김은경, 오정인
책임편집 / 삼양코믹스 일본만화 편집부
디자인 / 이희종
펴낸 곳 / (주)삼양출판사

주소 / 서울 강북구 도봉로 173 캠프 6층
편집부 전화 / (02) 980-2140
영업부 전화 / (02) 980-2112
FAX / (02) 983-0660
등록번호 / 제 9-46호
등록일자 / 1999년 3월 11일

THE SON OF THE ROSSELLINI FAMILY Volume 3 CAPTOR
ⓒKaoru Iwamoto 2007, 2014
Illustration by Ai Hasukawa
First published in Japan in 2014 by KADOKAWA CORPORATION, Tokyo.
Korean translation rights arranged with KADOKAWA CORPORATION, Tokyo.

ISBN 979-11-283-9720-2 04830 / ISBN 979-11-283-9693-9 (세트)

 은 (주)삼양출판사의 BL번역소설 레이블입니다.